台州文獻叢書

【明】黄綰 撰
張宏敏 點校

石龍集

上海古籍出版社

圖書在版編目(CIP)數據

石龍集／(明)黄綰撰；張宏敏點校．—上海：
上海古籍出版社，2021.4
(台州文獻叢書)
ISBN 978-7-5325-9924-0

Ⅰ.①石…　Ⅱ.①黄…　②張…　Ⅲ.①中國文學—古
典文學—作品綜合集—明代　Ⅳ.①I214.82

中國版本圖書館 CIP 數據核字(2021)第 059552 號

台州文獻叢書
石龍集
[明]黄綰　撰
張宏敏　點校
上海古籍出版社出版發行
(上海瑞金二路 272 號　郵政編碼 200020)
(1)網址：www.guji.com.cn
(2)E-mail：guji1@guji.com.cn
(3)易文網網址：www.ewen.co
江陰市機關印刷服務有限公司印刷
開本 710×1000　1/16　印張 30.25　插頁 5　字數 329,000
2021 年 4 月第 1 版　2021 年 4 月第 1 次印刷
ISBN 978-7-5325-9924-0
K·2980　定價：158.00 元

《台州文獻叢書》編纂指導委員會

《台州文獻叢書》編纂委員會

《台州文獻叢書》諮詢委員會

《台州文獻叢書》古籍編輯部

台州文獻叢書總序

台州位於浙江中部沿海，境内群山起伏，丘陵錯落，河道縱横，島嶼衆多。一九八四年發現的仙居下湯遺址，證明早在九千至一萬年前，就有先民在這裏活動。今台州、温州、麗水以及閩北一帶古稱「東越」。戰國時期，越王子裔在這一帶與東甌人融合，建立東甌政權。即使從西漢昭帝始元二年（公元前八五年）置回浦縣算起，至今也有兩千多年的歷史。一代又一代的台州人在這裏耕山耘海，戰天鬥地，與時俱進，在改造自然、改造社會、發展自己的同時，積累了豐富的知識，留下了浩繁的文獻。

三國吴沈瑩著《臨海水土異物志》，對台州的水稻雙熟制及野生植物有所記載。宋朝陳仁玉著成《菌譜》，爲目前所知世界最早的食用菌專著。徐似道著的《檢驗屍格》是我國第一部司法驗屍技術著作。陳騤著的《文則》爲我國第一部修辭學著作。趙汝适撰有《諸蕃志》，爲我國第一部記述中外交通、貿易與外國物産風土的志書。賈似道著有《促織經》，爲世界上第一部昆蟲學專著。陳景沂著成《全芳備祖》，爲我國第一部植物學辭典。明朝王士性所著《廣志繹》包含豐富的地理學思想與地理學資料。戚繼光在台州抗倭靖海，留下了不朽的軍事著作《紀效新書》。清朝的齊召南歷經三十年著成《水道提綱》，是研究河流的巨著。李誠編《萬山綱目》，是研究山脈的傑作。台州在南朝時就開創了佛教天台宗，北宋時又創立了道教南宗祖庭，被稱爲佛宗道源，歷代高僧名道留下了許多佛學、道教著述。唐朝鄭虔左遷台州，聚徒講學，開台州教育之先河；南宋時台州成爲輔郡，淳熙年間，著名理學家朱熹駐節台州，講學各地，文教特盛。台州被稱爲「小鄒魯」，歷代的儒學著作蔚爲大觀。歷朝歷代，有許多台州人出仕游宦，留下了許多「經濟之學」的奏疏，至於屬於「辭章之學」的詩文，更是車載斗量。台州文獻是祖國文化寶藏的一個有機組成部分，有許多著作在全國乃至全世界産生了廣泛的影響，對人類文明做出了巨大的貢獻。

古人文獻雖然也記載著一些自然科學知識，但記載更多的是歷史、人物、典章制度、詩詞文賦等人文科學知識。文獻不僅記載著知識，也承載著精神。知識經常更新，精神一脈相承。台州精神的發展是有台州傳統文化基因的。台州人的硬氣自古有名，台州的和合文化近年來也被廣爲傳揚。改革開放以來，台州人敢爲天下先，發展民營經濟，創造了「台州現象」，使台州從一個相對落後的地區，發展成爲股份合作制經濟發祥地、長三角地區先進製造業基地、中國民營經濟最具活力城市、國家小微企業金融服務改革創新試驗區、國家社會信用體系建設示範城市、浙江省灣區經濟發展試驗區、國家衛生城市、國家森林城市、全國環保模範城市、中國優秀旅游城市、全國文明城市、中國最具幸福感城市，這些都與台州精神的發揚光大不無關係。台州精神，不同的學者有不同的表述，但都與硬氣、和合等台州傳統文化的基因有千絲萬縷的聯繫。

當前，台州發展已經邁上了新時代新征程。我們要以黨的十九大精神統領全局，高舉習近平新時代中國特色社會主義思想偉大旗幟，拉高標杆、争先進位，全力推動高質量發展，全面深化改革，再創民營經濟新輝煌，加快建設獨具魅力的「山海水城、和合聖地、製造之都」，奮力譜寫「兩個高水準」台州篇章。這不僅需要我們總結台州的新民主主義革命、社會主義革命和社會主義建設，特别是四十年改革開放的實踐和經驗，也要總結自清朝上溯至先秦台州先人積累的各種知識和經驗，繼承其精華，抛棄其糟粕，使傳統與現代融爲一體，堅定台州文化認同、文化自信。因此加强台州文獻的發掘、研究、整理和利用，意義非常重大。

台州人對文獻的發掘、整理和研究，有著悠久的歷史傳統。南宋台州學者陳耆卿在編撰台州現存的第一部總志《嘉定赤城志》時，首設《辨誤門》，記載了他對文獻的一些研究成果，被認爲是台州文獻整理工作的濫觴。至清朝、民國，濫觴演變爲巨流，出現了一大批成果：如黄瑞《台州金石録》、洪頤煊《台州札記》、戚學標《台州外書》、王棻《台學統》、宋世犖《台州叢書》等。這些成果有的屬於考據，有的屬於輯佚，有的屬於彙編。從民國進入新中國的項士元先生，爲台州文獻的保護和整理工作做出了重要貢獻。至改革開放以後，台州文獻的整理、研究工作得到地方黨委、政府的高度重視，其中啓動於二〇一一年的《台州文獻叢書》編纂工程，因其科學性、系統性、豐富性，以及巨大的工作量形成地方文獻整理、研究的一個高峰！

《台州文獻叢書》包括台州文獻典籍的影印、台州先賢著作的點校整理以及對台州歷史文化進行理論研究的《台州文化研究叢書》三大塊面。《台州文獻叢書》的編纂工程，是一項聚全市之力的重大文化工程，在台州文化史上具有里程碑意義。這部叢書是地方歷史文化的結晶，爲世人打開瞭解台州地方文化的窗口。願優秀的歷史文化更好地傳承和弘揚，服務當代，惠澤未來。

《台州文獻叢書》編纂委員會
二〇一八年四月

點校説明

《石龍集》的作者黄綰，字宗賢，號石龍，又號久庵山人、久庵居士、石龍山人，後世學者稱久庵先生、久翁先生。明浙江布政司台州府黄岩縣（今浙江省台州市黄岩區北城街道新宅村）人。生於明憲宗成化十六年二月十一日（公元一四八〇年三月三十一日），卒于明世宗嘉靖三十三年九月初四日（公元一五五四年九月三十日），享年七十五歲。作爲政治家與社會活動家，黄綰一生經歷成化、弘治、正德、嘉靖四朝，爲官二十餘載，先後四次出仕，又四次請歸，往來於北京、南京之間，歷任後軍都督府都事、南京都察院經歷司經歷、南京工部營繕司員外郎、南京刑部員外郎、《明倫大典》纂修官、光禄寺少卿、大理寺左少卿、詹事府少詹事兼翰林院侍講學士、詹事府詹事、南京禮部右侍郎、禮部左侍郎、禮部尚書兼翰林院學士等職。任南京都察院經歷時，積極參與了嘉靖初的「大禮議」活動，與張璁、桂萼、席書、黄宗明、方獻夫、霍韜等人極力主張「繼統不繼嗣」；任禮部左侍郎時，作爲欽差成功撫戢了「大同兵變」，而受到嘉靖帝的賞識與信任，官至禮部尚書兼翰林院學士。

作爲思想家、哲學家、文學家的黄綰，畢生以學「聖人之學」而「明道」爲己任。青年時期師從理學名家謝鐸，刻苦用功于程朱理學。中年時期，與王陽明、湛若水等心學大家結盟共學，曾一度服膺于陽明「致良知」之學，創辦「石龍書院」，致力於在浙南台州一帶傳播弘揚陽明學；陽明歿後，多次上疏爲陽明争取「名分」，撰有《陽明先生行狀》，輯刊陽明存世文獻，還撫養王陽明哲嗣王正億並以女嫁之。晚年因出使安南未成而「落職閑住」，隱居黄岩翠屏山，以讀書、著書、講學終老，開展對宋明諸儒學術思想的批判，提出具有復古傾向且成一家之言的「艮止執中」之學，堪稱中晚明時期「王門」内部自覺修正「王學」的先驅。

黄綰一生「好古深思，閎覽博物」，著述宏富：經學著作有《易經原古》《書經原古》《詩經原古》《禮經原古》《春秋原古》《四書原古》《大學中庸古今注》《廟制考議》等，政論著作有《思古堂筆記》《知罪録》《石龍奏議》《雲中奏稿》《邊事奏稿》《邊事疏稿》等，哲學、文學著作有《困蒙稿》《恐負卷》《石龍集》《久庵文選》《明道編》（亦作《久庵日録》）等，家乘編纂有《洞黄黄氏世德録》《家訓》等，此外，參修《明倫大典》，編理《陽明先生存稿》《桃溪類稿》等。黄綰之著述，徐象梅撰《兩浙名賢録》、慶霖等修《（嘉慶）太平縣誌》、黄虞稷撰《千頃堂書目》、嵇曾筠等修《（雍正）浙江通志》、陳寶善等修《（光緒）黄岩縣誌》、王棻撰《台學統》、項元勛編《台州經籍志》、喻長霖等修《（民國）台州府志》、楊晨編《台州藝文略》，皆有載録。黄綰遺稿號數百卷，可惜大多「以海寇殘毁散逸」而不傳；今存者僅有《石龍集》《久庵先生文選》《知罪録》《明道編》及散見於明清學者詩文集（諸如《王文成公全書》《明儒學案》《名臣經濟録》等）、家乘（《洞黄黄氏宗譜》）、地方志（如《（光緒）太平續誌》《（光緒）樂清縣誌》《（雍正）浙江通志》）等史料之中的詩文若干篇。兹僅對黄綰詩文集之《石龍集》的版本、文獻價值略作説明。

《石龍集》，共二十八卷，《千頃堂書目》卷二十四、《明史》卷九十九、《（雍正）浙江通志》卷二百五十、《（嘉慶）太平縣誌》卷十五、《台學統》卷四十四[一]均録有書目。今存嘉靖十二年（一五三三）三月十九日封儀大夫南京兵部尚書王廷相作序之嘉靖刻本，臺灣「國家圖書館」有藏[二]。版本描述：「綫裝，12 册；19.7×14.8 公分；10 行，行 20 字；左右雙欄，版心白口，單白魚尾。」又，臺灣「中研院」歷史語言研究所傅斯年圖書館藏該本微卷。序文首葉鈐印「劉承幹[三]字貞一號翰怡」「吴興劉氏嘉業堂藏書印」「吴氏藏書之印」，可知明嘉靖刻本《石龍集》原爲清季浙江湖州南潯嘉業堂劉承幹所藏。另外，此刻本之中尚有不少由清末民初浙江黄岩學者王舟瑶（一八五八—一九二五）據《久庵先生文選》本（今日本尊經閣文庫藏有明萬曆十三年刻本）所作的校記文字，比如卷十二《贈鄒謙之序》文葉上有「王舟瑶案：《久庵文選》卷六載此序多異字，蓋此系初稿，彼系後日改竄者」字樣，卷二十二《少穀子傳》葉上有「王舟瑶案：《久庵文選》卷十一所載頗多異文，系改竄之作」字樣，卷二十六《刑部右侍郎東瀛王公神道碑銘》葉上有「王舟瑶案：《乾隆黄岩志》載此文，頗多删改」字樣，等等。説明王舟瑶曾經對明刻本《石龍集》有過一番校勘，其中也透露出《石龍集》係黄綰親手編選、刊刻，而《久庵先生文選》刻本中有不少篇幅係後學「改竄」以致「異文」頗多。情況的確如此。如果我們認真對校《石龍集》《久庵先生文選》中同一文本所涉文字，就會發現許多異文、異字。上文提到《石龍集》卷二十六《刑部右侍郎東瀛王公神道碑銘》葉上「王舟瑶案：《乾隆黄岩志》載此文，頗多删改」，該王舟瑶親批此條案語不避清乾隆皇帝諱，可知王舟瑶校勘案語作於民國。至於王舟瑶校勘本《石龍集》如何輾轉至劉承幹嘉業堂則不得而知，而劉承幹嘉業堂藏本流傳至臺灣「國家圖書館」，則可能是劉承幹自二十世紀三十年代家道中落後不得不變賣藏書所致,「抗日戰争發生後,劉承幹將大量珍貴古籍運到上海,經鄭振鐸、徐玉森介紹將明刊本秘密售給重慶中央圖書館(現存臺灣)」。[四]

此外,浙江圖書館古籍善本部藏有《石龍集》二十八卷六册鈔本一種。浙江圖書館所記藏書卡片編目爲——「類别: 集明别集; 編號: 四五一三; 書名: 《石龍集》二十八卷; 板式: 清鈔本; 部册: 六册。」每卷卷首皆鈐印「浙江省立圖書館藏書印」。經勘對,可以肯定此鈔本系據嘉靖刻本謄録,至於該鈔本何時何人組織鈔録,我們可以從鈔本之中得到一些綫索,比如在該鈔本「《石龍集》卷第六終」、「《石龍集》卷第二十三終」、「《石龍集》卷第二十八終」末均附有「辛酉重九日後學江涵覆校」字樣,而在卷二十八《祭洞黄先墓文》葉上有江涵的一處校勘記: 「『遠』,原鈔本作『源』,友人改鈔『遠』字,(江)涵意疑改作『思源』。」據此,我們推知,《石龍集》該鈔本系江涵(籍貫、生卒年、生平事蹟待考,可以肯定江涵生於清末、卒於民國[五]或稍後)組織一批友人據明嘉靖刻本謄録,其中原本「王舟瑶案語」亦一併謄録; 且江涵在覆校友人謄鈔本之後,自己還作有部分校語。「民國辛酉」即民國十年、公元一九二一年。前文已經判斷王舟瑶校勘案語作於民國,那麽,江涵組織的鈔録、覆校工作在一九二一年重陽日完成無疑。所以,我們完全有理由判定: 今浙江圖書館藏《石龍集》鈔本系一九二一年鈔本,而非什麽「清鈔本」。至於該民國鈔本如何由嘉業堂輾轉至浙江圖書館收藏,則有待進一步的考證。

《石龍集》二十八卷,卷首系王廷相於「嘉靖十二年春三月十九日」所作序文一篇。卷一: 賦八首; 卷二: 四言詩一首、五言古詩三十題三十七首; 卷三: 七言古詩十四首、歌辭三題六章、樂府四題九首、五言律詩十一題十二首；卷四：五言律詩三十五題四十首、五言排律三首；卷五：七言律詩四十二題四十四首；卷六：七言律詩三十八題三十九首、七言排律一首、五言絶句十三題十八首；卷七：七言絶句八十六題一百三十二首、新詞二首；卷八：論八篇、雜文十二篇；卷九：雜文十三篇；卷十：雜文七篇；卷十一：序十七篇；卷十二：序十八篇；卷十三：序二十一篇；卷十四上：記二十三篇，卷十四下：記九篇；卷十五：書十四篇；卷十六：書兩篇；卷十七：書九題十七篇；卷十八：書十八題三十篇；卷十九：書十六題二十三篇；卷二十：書三十九題五十篇；卷二十一：題跋二十六篇；卷二十二：傳十二篇；卷二十三：行狀三篇、墓誌銘五篇；卷二十四：墓碣銘、墓表、碑銘十二篇；卷二十五：墓誌銘、墓表、墓碣銘七篇；卷二十六：墓誌銘、墓碣銘十四篇；卷二十七：祭文二十三篇；卷二十八：祭文三十五篇。

王廷相在《石龍集·序》文中高度評價了黄綰的學術思想[六]：「余讀《石龍集》，知黄子學有三尚而爲文之妙不與存焉。何謂三尚？明道、稽政、志在天下是也」。王廷相從「道」「政」「文」三重維度宏觀評論了《石龍集》的學術宗旨與文學成就：「自其見於集（《石龍集》）者言之，有義命之順適、有天人之契合、有良知之求、有功利之祛、有無欲之澄靜、有養心之澹泊、有慎獨克己之造，有精一執中之純，如羿之照的、扁之照疾，謂於道有不明乎哉！其論治也，提紀綱、達經權、弘禮樂、酌刑賞、覈治忽、計安危、嚴君子小人之辯、契恤民弭亂之術，無不中其幾宜而准其劑量，謂於政有不稽乎哉！……無意于爲文者志專於道，雖平易疏淡而其理常暢，雲之變化、湍之噴激，甯無定象可以執索，其文之至矣乎！黄子（黄綰）之文當以無意求之。」通讀《石龍集》，我們會發現王廷相對黄綰的學術評價是剴切到位的，他還在序末記道：「熟讀大稿三月乃作此，而於先生之學尤未盡探也。不知可以附之末否？望教之，幸幸。」

《（嘉慶）太平縣誌》以黄綰《石龍集》爲標的，對黄綰學術、政見、文學皆有高度評價：「（黄綰）尚書，世家子，留心世務，上李西涯書、儲柴墟書，條書指陳，皆中時弊。繼從陽明、甘泉二先生遊，更講明經學，報蘊益宏，爲文自達所見，絶去曲士拘牽，亦不屑規左馬而襲沈謝。」[七]此外，《石龍集》在黄綰生前不止一次刊刻，葉良佩在一次重刻之後就撰有《〈石龍集〉後序》，其中有云：「有刻久庵公所撰詩若文曰《石龍集》者，授新本於予，俾卒業焉。」[八]考察《石龍集》詩文内容，基本可以判定《石龍集》所收黄綰詩文的著作年代上起弘治九年（一四九六）左右、下訖嘉靖十七年（一五三八）左右，從中可以解讀黄綰青年、中年時代「明道稽政」的志業追求與「志在天下」的理想抱負。

《台州文獻叢書》本《石龍集》的點校整理主要以臺灣「國家圖書館」藏明嘉靖年間「王廷相序」刻本爲底本，參校浙江圖書館古籍善本部藏《石龍集》民國年間鈔本，以及日本内閣文庫藏明萬曆年間刊本《久庵先生文選》（此係黄綰詩文選集，其版本文獻價值不容小覷）。爲便於讀者瞭解黄綰的生平學行，《石龍集》附録黄綰「行狀」「傳記」若干種。点校者在獲得《石龍集》《久庵先生文選》過程中，有幸得到台灣中山大學吴孟謙博士的襄助；在尋訪黄綰墓地、石龍書院、洞黄古村落及存世的黄綰摩崖石刻過程中，得到了浙江省台州市黄岩區、玉環縣、温嶺市等地黄綰後裔的支持。《台州文獻叢書》本《石龍集》在點校整理、審查出版過程中，得到了台州文史研究專家徐三見先生、朱汝略先生、楊新安先生，《台州文獻叢書》編纂委員會辦公室許鋤心女士，以及上海古籍出版社編輯的幫助。在此，一併致以誠摯的感謝！點校整理明代陽明學者黄綰的《石龍集》，這對深入開展「台州陽明學」「台州學術思想史」的研究，是一件很有意義的工作。然而個人學識、學力有限，點校本《石龍集》難免出現疏漏，敬祈讀者不吝賜教。

庚子夏日，張宏敏謹識於杭州西子湖畔

【校勘記】

〔一〕（民國）王棻撰《台學統》卷四十四《性理之學》三十二稱「《石龍集》三十卷」（見一九一八年吴興劉氏嘉業堂刻本）、《雍正浙江通志》卷二百五十《經籍十·集部三·别集·明》亦稱「石龍集三十卷」，卷數顯系誤記。

〔二〕檢録「臺灣地區善本古籍聯合目録」網站，知臺灣「國家圖書館」還藏有該刻本的十四卷殘本，存卷一至卷三、卷八至卷十八。

〔三〕劉承幹（一八八二至一九六三），字貞一，號翰怡，别署求恕居士，原籍浙江上虞人，其祖于雍正間遷居湖州南潯鎮。清光緒三十一年（一九〇五）貢生，曾任候補内務府卿，入民國以清遺老自居。劉承幹自一九一〇年起即有志於藏書，一九二〇年至一九二四年在南潯建嘉業藏書樓。劉承幹亦熱心於將所藏善本刻印流傳，爲此，他曾延請當時著名學者如繆荃孫、葉昌熾、董康爲他校書。

抗戰期間，劉氏家道中落，藏書逐漸散出。其中明刊本一千二百種歸前重慶中央圖書館，現在臺灣；清人文集和地方志現在復旦大學圖書館；其他多見藏於浙江圖書館。見《明清著名藏書家：劉承幹》，轉引自「國學網」http://www.guoxue.com/gjsb/ldcsj/csj-lcgan.htm，二〇〇一年六月十八日。

［四］《明清著名藏書家：劉承幹》，轉引自「國學網」http://www.guoxue.com/gjsb/ldcsj/csj-lcgan.htm，二〇〇一年六月十八日。

［五］此處使用「民國」特指公元一九一二年至一九四九年這段歷史。

［六］王廷相所撰《石龍集序》另見王孝魚點校《王廷相集》，中華書局一九八九年版，第四一七至四一八頁。

［七］（清）戚學標等纂：《（嘉慶）太平縣誌》卷十五《書目・石龍集》，光緒二十二年刻本，第十七至十八頁。

［八］（明）葉良佩：《海峰堂稿》卷十三，日本内閣文庫藏嘉靖三十年刻本。

目録

卷五……四〇

卷六……五二

七言律詩……五二

卷七……六七

【校勘記】

［一］［二］ 二首，底本無，據前後文補。

［三］ 有，底本缺，據前後文補。

［四］ 有引，底本缺，據前後文補。

卷十二……一四四

卷十三……一五九

卷十四上

卷十九……二六四

卷二十……二七九

卷二十五……三七二

卷二十六……三八七

卷二十七……四〇三

卷二十八……四一三

石龍集序

（明）王廷相

浚川子曰：余讀《石龍集》，知黄子學有三尚，而爲文之妙不與存焉。何謂三尚？明道、稽政、志在天下是也。明道而不切於政，則空寂而無實用。稽政而不本於道，則陋劣而非經術，不足以通天下之情，亦不足以協萬物之宜。其爲志也，得其偏隅而迷其綜括，欲周天下之變，難矣。故君子不知尚，黄子之學則異於是。

自其見於《集》者言之，有義命之順適，有天人之契合，有良知之求，有功利之祛，有無欲之澄静，有養心之澹泊，有慎獨克己之造，有精一執中之純，如羿之照的、扁之照疾，謂於道有不明乎哉？其論治也，提紀綱，達經權，弘禮樂，酌刑賞，覈治忽，計安危，嚴君子小人之辯，契恤民弭亂之術，無不中其幾宜而準其劑量，謂於政有不稽乎哉？夫道明則仁義由、德性成、學術正、風教端矣，政稽則皇極建、治化流、民物遂、社稷奠矣。學具乎此，得時而行，必舉海宇而覆冒之，非志存於天下萬物者能之乎？由是觀之，殆於聖賢之所立幾矣。良以先生忠信誠一之心，若天性之自然；宗社生民之念，將至死而後已。故其見諸文者，非道德之發越，必政事之會通矣。

夫今之人，刻意模古，修辭非不美也，文華而義劣、言繁而蔑實，道德政事，置所涉載，將於世奚益？謂不有歉於斯文也哉！嗟乎！有意於爲文者，志專於文，雖裁製衍麗而其氣常塞，組繪雕刻之跡，君子病之矣。無意於爲文者，志專於道，雖平易疏淡而其理常暢，雲之變化、湍之噴激，窅無定象可以執索，其文之至矣乎！黄子之文，當以無意求之，故曰：學有三尚而爲文之妙不與存焉者，此也。

嘉靖十二年春三月十九日。

熟讀大稿三月乃作此，而於先生之學猶未盡探也。不知可以附之末否？望教之，幸幸。廷相白。

卷一

賦

惜志賦

羌古人之好脩兮，繽佩服之陸離。時好穢而昌讒兮，或沉淵以遺悲。白日迅不留兮，昧黄昏之非期。胡余亦好芳兮，固無羨乎青朱。欲乘麟以馳騁兮，窮大道于黄虞。招風牧以同列兮，參皋夔以齊驅。何今日之貿貿兮，雜美惡而無區。蝘蜓爲龍兮，魚目爲珠。嗟美人之既邁兮，邈逸轍而莫追。欷歔傷哉！吾將凌白水兮，陟崑崙之孤危。拔瓊枝以駕鳳兮，入雲天之清虚。縱逸羽如所之兮，覽方外之無隅。幸日月之未墜兮，極昭昭于斯須。

江離賦（有引）

江離，香草也。屈原託爲佩以道脩潔，故賦之曰：

旦余步兮江干，悵極盻兮留連。曷茸茸兮凌亂，香紛蒸兮麝虋。波滔滔兮交流，山莫莫兮雲浮。步方皋兮履錯，恣中丘兮凝目。乃蘼蕪兮葳蕤，矯花葉兮貞馥。煙露零兮悽其，爛文章兮誰服。悵美人兮靡還，慨馨香兮妍郁。蘭爲友兮菊爲族，雖不藏兮何傷，矢孤芳兮幽獨。

謝知賦[一]

皇予初之有志，非古訓其何追？仰聖哲以圖範，將終身以爲期。羞一藝之不立，屣青紫而忘披。惟既高而莫及，恒十年而難基。意怊悵以荒唐，行踽踽而堪悲。胡君子之不憫，乃小人之群嗤。念己職之未盡，又何暇乎他爲？奉晨昏於膝下，力菽水於山巇。忽歲行之陻阸，貽惶惶於慈闈。忍涕泗而出走，望國門以驅馳。洶塵土之茫茫，睋兩目而無歸。非夫子之爲德，吾顛連其誰依？診肝腑於平生，指心旌於狐疑。雖骨肉之深情，亦莫至而逾兹。懷不朽以爲報，豈一死之可希！堅志意以自勵，尚千載以追隨。羌古人之遭際，信天謀而神毘。匪同氣以相求，乃生人之遇奇。傅岩何脩而夢至，固殷宗之默思。南陽既卧而欲終，胡帝胄之能移？惟時運之湊泊兮，亦經綸之宜施。苟鬼神之參差兮，雖尼父亦何其？箕子幽囚，梅伯爲醢；鳳凰在笯，麒麐被羈。乃堪岩以自藏，庶龐叟之所規。聽接輿之來歌，敢鼓瑟於吹竽。怖今日之莫知，爰考卜於蓍龜。曠此世之寂寥，惟斯人之是蘄！

【校勘記】

[一]　萬曆年間刻本《久庵先生文選》題下「有引」：「爲虎谷王子作也。」

歸志賦

哀莫淑兮，余生世之陘厄。蒙童不靈兮，長惽惽而靡覺。仰前良以取懿兮，轉雕刻而隳樸。志意墮以陷兮，去聖哲之淳慤。念誰於我憫兮，啓迷岐於窮坂。怊惝怳以自思兮，顧荒惚而欲返。豈風霜之不裘兮，寧顑頷而不飯。晝乾乾而莫懈兮，宵耿耿其如惄。將謂茲其幾兮，又多艱之見窘。思陟而或墜兮，既遥奔而復近。持晦而顯兮，方明白而反隱。將求親而遇疏兮，忽朝矛而暮盾。奚冰寒而火燠兮，或遥龍而邇蚓。伊時勢則固然兮，亦惟命之是允。蘭蕙之芬兮，雜鮑魚而臭溷。皎白璧之輝光兮，青蠅集而污坋。觀古人以爲度兮，撫予膺以自忍。尚有訴於予遭兮，乃終立以舒蘊。和懷璞而無足兮，卒必售夫至寶。臏成能以殘形兮，竟奇勛之自造。巷伯僇服宫兮，抒忠雅而直道。馬遷佴蠶室兮，擅述作以摛藻。周公流讟兮，舄几几其爰好。傅説胥靡兮，羌經綸以自抱。雖困踣兮何傷，彼無合兮何懆。結余茅兮幽渚，矢余遯兮山陬。石嵸巃兮周堵，樹蓊蓊兮交挐。澗激激兮風吹，雲黯黯兮陰留。虎豹悲兮猨狖愁，淒余止兮將余仇。騫余舉兮思逍遥，放營魂兮解煩勞。麗玄鶴兮謝芝田，辭青麋兮去叢苞。浴蘭湯以潔體兮，衣紫綺之新裘。折日華以爲珮兮，綴明月以爲鈎。朝霞舂爲粻兮，玉露掬以爲羞。戒雷電使前驅兮，插虹蜺以爲旄。排雲氣而上騰兮，指天皇之靈州。天潢湯湯不可涉兮，列宿伺以梁舟。叫帝閽兮登層臺，謁上帝兮嗽衷素。帝端居兮儼垂旒，廣樂奏兮疏安歌，皇赫清寂兮翳敷猷。謂淫逸非志兮，惟精一之當由。余迅悟而旋歸兮，求幽貞之所休。蘿竹陰幪兮澗水流，崆峒玄穆兮居斯求。厭六籍兮塵余目，虛余心兮空余腹。元神翕兮氤芳馥，歛棼思兮反初服。亂曰：天高兮地厚，若有人兮與之耦。寥哉廓兮，天地因之而後有。思若人兮藐難就，俛以從兮没吾齒，超兩儀兮與之壽。

太史石賦

若有人兮揚舲，下澧浦兮何從。秋夜永兮月朗，纜巨石兮江中。儼圜丘兮孤峙，躡巉岩兮峻峰。蒹葭帀兮蒼蒼，魚龍寂兮波空。風蕭蕭兮西來，水滔滔兮流東。望重華兮不見，弔湘纍兮無蹤。羌獨立兮四顧，憺踟躕兮忡忡。煙光曖兮冥濛，山木黯兮蒼葱。零[一]露下兮瀼瀼，恍或來兮顒顒。苟忠誠兮吻合，豈千載兮無通？亂曰：石不可泐兮，江不可堙。惟夫人兮不朽，又何江石兮常新。

【校勘記】

[一] 零，底本缺，據《久庵先生文選》補。

浩齋賦（有引）

浩齋，陸封君自號。其子秋曹主事原静俾予賦之。

維美人之静處兮，托幽居以容與。仰前哲以爲旌兮，葆神明以爲軌。世刻核以險隘兮，獨寥落于中野。橫侮焚轢兮，澹委弛以含垢。審人情以端操兮，見天真之樞紐。辯利害于毫芒兮，允不忘以懷咎。仁義集而恒由兮，恍鄒叟其左右。綿一氣之申申兮，充太宇其何有？匪卿雲之五色兮，豈虹蜺之可偶！龍虎噓而滃瀁兮，剛風勵而莫湊。鯤鵬迅而扶摇兮，烝若怒而不紓。迺正氣之不侔兮，恬愉静以貞虚。世不靈而共遺兮，蹈嶮巇以躊躇。入荆棘而求廣兮，徒曖昧以終日。睹斯人之逸豫兮，邅回車而改適。毋望洋而增慨兮，守真志以永畢。亂曰：環堵窅兮雲水空，若皎皎兮天地通，飲沆瀣兮遊無窮。

文昌辭

雲霧兮窅窅，蒼蓋兮冥冥。靈若來兮倏去，乘白騾兮熒熒。夾兩螭兮何處，映日月兮齊明。倚參婁兮摛文，司下土兮才英。焱將燦兮珠佩，爛若華兮垂精。薦醽醑兮欣欣，表衷曲兮含情。感精誠兮不昧，若昭昭兮逢迎。悵思君兮勞心，羌欲報兮屏營。

介庵賦（有引）

金溪黄君號介庵，其子綸請賦之，其辭曰：

猗若人之方直兮，世撟阿其何如？曷守道而不變兮，樂天命以長愉。分有政予厥家兮，羌流澤于鄉閭。抑細人其羞承兮，彼姝者以爲模。起澄心於通顯兮，秘密事其咨謨。履盤石以自固兮，矢幽貞于霞居。託棐忱於康謡兮，寄逸興於雲涯。惟高風之敻絶兮，世或反而澆漓。蓄瀸澤而終流兮，豈將來之弗施。惟耇老以詒則兮，願執鞭以追隨。

卷二

四言詩

賜觀文華殿詩（有序）

嘉靖甲午十一月丙寅，皇上命輔臣臣孚敬、臣時、少保臣言、侍郎臣宗明及臣綰，詣觀文華殿齋所。臣於創見感激之餘，仰惟皇上所以飭此，豈徒爲燕遊觀美之設哉？實將上追羲、農、堯、舜以來之墜緒，下紹祖宗列聖憂勤不易之大業，宅此齋居，以爲助成聖學之地。蓋四壁圖繪，並漢文止輦受諫、唐太宗納魏徵十思疏，無非天人至理、經籍要道、治亂興衰所以爲法、所以爲戒之最切者。雖堯舜之競業、湯武之敬躋，不是過也。臣何幸躬逢其盛，謹百拜稽首而獻詩曰：

維皇濬哲，實天生德。神明文武，萬方作則。聖不自聖，尚古期迪。惟日孜孜，盤牖是式。以肆居業，文華即弘。惟兹文華，皇祖所隆。講學齋明，於此昭融。堂寢掖翼，窈窕穹窿。遷坐息遊，有嚴厥宫。皇斯肯搆，先緒擴充。匪觀爲美，思周天功。異偶亟去，聖祀並崇。是究是繹，是法是師。河出之馬，洛見之龜。書文攸祖，德業攸基。三才兩之，洪纖無遺。七聖開承，道統是垂。敬一誠正，舍此焉之？爰圖左右，念兹在兹。恭默凝思，九五端居。歆彼百神，曰觀令儀。

漢文止輦，唐宗十思。由茲克盡，於道奚疑？吁咈儆戒，異世同居。維皇允迪，緝熙無斁。登庸元凱，以求民瘼。休澤浹洽，靡遠弗格。相此德制，世莫與京。三五匪邁，皇迭爲盛。錫覲小臣，稽首惕驚。云胡以報，奕世欽承。綴詞仰贊，敢效頌聲。

五言古詩

雜　詩（五首）

月明何皎皎，皓彩揚空虛。浮雲忌光潔，翳此清漢輝。倏忽閉重陰，雨氣零淒淒。烈士仰天歎，把劍思長揮。

夜光兩明珠，流電看不如。藏之在篋笥，欲寄當遺誰。幽光貫蒼昊，精誠詎可知。美人隔江海，悵望空有思。

荊軻飲燕市，酒酣面微醺。撫劍何激烈，拂衣遠入秦。悲風起易水，哀歌咽行雲。一朝事忽去，所謀惟殺身。千載志堪惜，鄙勇安足論？

昔時嚴君平，與世久相棄。依龜明道德，垂簾講文藝。皤然卧郊野，麟鳳空在世。不有揚[一]子雲，益牧亦終避。

鳳凰翔千仞，覽德下虞廷。志士去江海，歲莫抱幽貞。含機與時晦，水木共孤清。閑觀物理妙，無言托希聲。

【校勘記】

［一］揚，底本作「楊」。

志懷（有引）

甘泉子既去，予又欲與陽明子言别，甘泉寄詩至，遂用韻。

委身屬三益，歲晚哀無成。一朝或分手，使我百憂增。青陽易頹景，春飈忽秋聲。苦念人世短，常如萬里行。不至猶重負，未停若風旌。何時復嘉會，惻惻悲晨星。

有感（有引）

甲子秋，予侍先君於京邸，鄉親有以場屋關節爲計者，因不入試，感而賦此。

富貴自有命，出處豈無時。立身以行道，失身能何施。志士抱貞素，秉心若闉嫯。萬死或可輕，一節終自持。我性本疏拙，滯遁真乃宜。今誰爲此謀，所謀非我知。古有洗耳翁，見此將焉嗤。

贈張太史常甫省覲

傾蓋張太史，論道遂相親。道亦有何言，言微道將湮。孟顏古好學，知言不違仁。周程擥機要，千載重一新。荒蕪又今日，求言總迷真。醉夢錯生死，亂雜聲狺狺。掩耳豈忍聽，聽之不堪顰。予當掛冠去，結茅雲海濱。手握青桑日，坐伺滄溟塵。太史雅地望，況復富青春。暫指親庭去，終還陪紫宸。已識非予比，得此可親身。斡旋覆載中，以使風俗淳。

留別吴廷勉

宦情久已薄，胡爲爾遲遲。因緣道誼故，未忍遽暌離。夫君尚瑶瑜，貞素澹無玼。添我金石交，歲晏能幾時。商風終夜聲，凄凄滿庭枝。旅心耿不寐，歸魂邁晨馳。飄飖共雲翼，去去誰能縻？翻然念之子，清涕漲寒漪。庶幾山遥間，妙善來相滋。

留别梁仲用

魯叟適川梁，一歎千古長。我兹立蒼茫，永懷重感傷。之子人中豪，賦我秋水章。秋水已時至，萬壑俱湯湯。天空白日照，山静浮雲藏。尋源正斯時，耶溪來濫觴。

贈鄭伯興歸鹿門

君將歸鹿門，遠尋千載蹤。千載詎可見，精神猶可從。從之亦胡爲，隱者多深衷。葛公苟不遇，龐叟應爾同。矧彼龍鳳豪，床下如發蒙。此意誰復知，此道今不崇。君子有素志，白日來長風。

病中習辟穀寄陽明甘泉（二首）

伏疴久弗愈，乃試辟穀方。山深易松柏，日採頗不忙。終朝未一粒，三咽充我腸。神爽覺超越，肝肺忽已香。從兹謝葷穢，并遣人間糧。瓊英與玉液，脱屣皆堪嘗。邀我若耶子，招手西雲郎。與鋤三徑草，白日遊玄荒。

遁世亦何有，辟穀諒可常。澹泊本素志，質性有相當。當年赤松子，遺我出世方。緬懷燧人上，煙火多未遑。今胡有玉食，草木猶足將。去去雲磴深，及此春日長。

荷　鋤

荷鋤向山田，群飢嗟莫饍。妻奴向我嗔，我惟莞爾笑。爾飢且各忍，我飢庸自弔。門前春雨深，勿爲鄰農誚。

新開凌霄嶺

沿澗開新嶺，窈窕蹔蒼煙。壑絶不可拔，緣藤復綿綿。荆榛就芟屏，夷塗得盤旋。俯視雷雨下，仰首青穹連。從兹我庵雲，來往得自然。

少谷鄭繼之訪予紫霄因結亭留之

我營東海居，君策南閩杖。南閩幾千里，兹山乃幽壤。壤幽谿壑回，煙風極森爽。猿獮號晝木，狼虎出深莽。荷君慰岑寂，孤懷愛軒朗。作亭縻逸軌，以結平生賞。悠悠千古懷，共入無前往。

與繼之紫霄夜坐

夙志事幽尚，歲晚依山隅。同雲翳叢木，積雪阻脩途。良朋自何來？弔我形影孤。深樹徹永夕，寒氣生茅蘇。哀歌坐待旦，海曙林猿呼。

贈繼之

行路待朝晞，雨雪泥途濘。矯首望風鶴，飄飄遠邏逌。孤鳴入煙霄，遺音墮清聽。執手重踟躕，青陽望還騁。

贈山人

生無諧俗韻，志在山水居。褐衣自何來？語我堪輿樞。微茫切至理，動静見天機。崎嶇歷原巘，窈窕窮迴溪。弗辭登頊苦，發此泉石輝。盧能且懷會，老子將西車。悠悠千古懷，爲卜當何如？

贈周別駕以成（三首）

美人駕雲車，去去欲何之。執手不忍別，惻愴感路岐。肅肅北風厲，悠悠江水瀰。願言折山松，以贈欲奚爲。

貞楊生澗壑，厄閏纏風霜。匠石忽不顧，棄置遭摧戕。慇懃櫟社靈，時復一悲傷。悲傷弗足道，孤根待成章。

古原有華堂，炎夏貯清陰。濟濟冠珮集，開筵振徽音。但傷時節改，霜飈欻相侵。念念淚盈把，安得致重衾。重衾未可致，所抱惟寸心。

玉輝堂

朔風戒冬嚴，朔雪入南紀。溟濛一氣殷，晶瑩二儀姼。銀松掛絕壑，瑶竹披脩址。俯遺下郭塵，望没寒江瀰。邦君生人傑，高情薄雲宇。客乃物外仙，而不嬰垢滓。矧兹僚友賢，玉樹欣有倚。列筵矚虚白，倏爾成具美。遂令東溟陬，兹山極輝煒。招携及山澤，攀躋亦時止。同謳穆穆風，爰襲羲黄理。

別四弟宗慱

嗟我久行役，乃與骨肉疏。存亡積夢恨，愛爾遠驅車。晤言越吴舟，信宿鍾山廬。倏忽不堪別，執手淚踟躕。願言致諸昆，貞忱達庭闈。祥仕非素志，功名豈終居。念惟國恩重，時艱日相驅。未忍即遐棄，少立期斯須。

示兒承文

攬涕與爾別，風塵路岐脩。欲語千萬端，氣結語不休。要領惟立志，捨聖將何求。念之在精一，良知足嘉謀。嗇精固神氣，百德將自遒。莫疑老與釋，此言非繆悠。造化妙一身，毋忽終見酬。

送解冲還鄉

風塵我欲倦，驅馳爾胡爲。相看遂下榻，坐談鄰曲時。桑圃通微術，松林蔭階墀。鷄犬時來往，煙霞静紛披。暇日讀書罷，開樽共嘗之。自分羲農民，終身勿復疑。豈意江海遊，遂成曠蕩思。念之極深慨，先寄歸來辭。煩君爲我歌，幸使山靈知。

送鄭道還鄉

爾本山中人，漫作江海遊。值我秣陵下，相對煙華秋。洪圖欽帝業，往事傷麟丘。雙闕聳仙跡，回江抱神州。追攀岷峨近，曠望恒岱脩。遐武未可羈，高情托綢繆。劇談海上事，藥苗天姥收。如何今不歸，猿鶴朝暮愁。念之極中熱，終宵夢瀛洲。明發揖我去，翩翩浩難留。因歌紫芝曲，長雲白悠悠。

寫松屏贈劉仲賓秋官

昔我居岩畔，群松繞簷阿。映日紛罨畫，横空逓笙歌。林深窅無際，列墉垂薜蘿。往兹欲終世，不計年歲多。何期墮垢坌，回首成蹉跎。因君展素屏，遂寫舊陂陀。興動不可禁，柰此雲山何。飄然拂衣去，坐爛溪上柯。

恭和賜輔臣張少保聖製

聖人出御世，致治先親親。孝禮昭萬方，孚誠格穹宸。玄后感精勤，爰錫元命臣。謨弼豈不諧，嘉運相舒伸。即此唐虞際，道德期同純。小臣本疏劣，願言矢厥身。賡歌答洪載，曠世服斯珍。行思瀝心血，永哺宇内民。

承詔恭和聖製敬一亭詩

石渠湛秋渌，聖訓昭華堂。神功亶無斁，淵慮猶彌詳。永言飭多士，無俾欲利妨。允懷緝熙學，一德交相望。庶復千載後，由今仰前良。矢詩答謨言，之死焉敢忘。

贈李廷公罷官歸

廉吏古所難，今日尤罕見。之子絶苞苴，三年不緇孌。豈意遭罷黜，貧缺歸途膳。予聞重歎嗟，愁深不堪遣。潔清既無勸，濁污將漫衍。願子慎終節，安命守原甸。永矣貽清風，庶弗輕貞狷。

碧溪書屋

江介稀隱跡，西山有精廬。琪花散疏羃，桂樹蔭崇丘（叶）。朝出耕隴上，暮歸讀古書。既賢棲息趣，復嘉肥遯求（叶）。更聞過庭際，蘭玉森階除。由來遺榮願，郁郁貽芳流（叶）。

贈方司教棟

周轍東以蕩，王風久牢落。殷勤鄒魯翁，云云建標的。奈何千載後，人亡遺糟粕。漢儒繆叔孫，宋學雜蘭若。冥茫天地間，此道悲以索。伊誰接遺響，反身期自擴。庶幾澤斯民，親見雍熙樂。世大力復綿，每憶山中郭。因君領文學，去鼓吾邦鐸。悠悠動深思，賦詩向寥廓。

贈周宸分教金谿

觀光入上國，振羽仰雲庭。虎豹關九重，怊悵未可程。緝翼下南紀，擊鐸抱遺經。一命果不苟，經濟此發硎。君子貴闇脩，實積光外熒。崇臺起撮土，涓滴成滄溟。孰謂求無益，前哲多儀刑。

登明遠樓觀校士次楊夢羽韻

古人重經世，所賢惟有德。明明揚側陋，協一建皇極。末世重功利，鄙心生荆棘。所選在浮華，欺僞無由息。因之觀士難，三試多防飭。既防復爲慮，糊名易硃墨。良士豈苟遇，憂心常叒叒。唐虞慎知人，旁求匪聲色。所以吁俞治，元凱皆人特。賢愚皆素定，進退隨通塞。今胡三日間，風簷數晷刻。縱有横海鯤，莫化垂天翼。況復忌諱多，桎梏愁見逼。故有傴僂徒，終身不能直。幸當聖人作，小大思奮職。濟濟入觀光，豈忍效喑默。吾今濫此寄，惟望真才得。暇日共登樓，慷慨期報國。

露觔廟

清晨發邗溝，日夕泛甓社。停橈謁叢祠，吊古咨田舍。澄瀛蕩櫺軒，流猋激枌槚。嗟彼蚋嘬姫，精爽耿荒野。芳馨見玉雪，皎日光雲厦。千秋江漢思，豈假琬琰寫。

别陳顯奇歸仙居

王風久不作，正路日榛蕪。文昌鬱玄緯，斯人眩交衢。曰惟事返身，造端自妻孥。緬思東魯學，真則由中孚。庸言庸行間，何能忽須臾。兢兢履薄冰，允哉君子儒。

卷三

七言古詩

畫山水歌

雲泉樹石性所眷，每對丹青終日玩。是誰幅素向我投，元氣淋漓墨光亂。咫尺江湖萬里開，茅屋蒼林日初旦。耶溪天姥眼前立，竹杖芒鞋暝煙濕。小橋如凳入村遥，練水浮花穿石急。長松偃蹇藤半死，古壁嶄岩蘚痕紫。孤舟遠泛憶吾友，隱約相呼乃非是。

山人歌

山人不出山，白雲共孤卧。起居常晏適，朝朝復暮暮。嗟彼役役爲誰忙，鍾鳴漏盡忘歸路。前者揚揚後者趨，披朱横玉紛新故。忽看載骨向山還，玄鶴爲憤青猿怒。由務何之今耿耿，我日松陰掃山影。捫羅遠訪箕山上，荒塚殘陽蘚花静。

桃源書屋歌

丹丘城府何所有，旦暮山水争縈回。府中公子美年少，萬卷初開思百倍。故寄茅齋入幽僻，雲煙滿户常崔嵬。羲唐不遠洙泗親，陋巷之子堪問津。男兒墮地志千古，眼底籍籍何物真。及時努力莫蹉跎，流光倏忽偏催人。君不見紫霄山人煮石寮，緋霞萬頃蒼山高。忽漫悠悠白髮生，此意欲語心煩勞。

雁蕩篇和許松皋憲副

南條既南轉而東，山水秀異争巃嵸。中有雁蕩最奇絶，蟠數百里皆昭融。山根拔地三千七百丈，穹湖隱漫不識何代曾沉鍾。蒹葭楊柳恐非世間物，但見鴻雁䶮䶮飛來同。我昔經覯猶記憶，軒身直上倒看滄海華夷空。方壺倏閃，萬狀璁瓏。或踞虎豹，或蹲羆熊。中天屹屹銅柱出，揚旗攢戟，抗長雲而上攻。忽漫丹臺掩映掛霞障，珠簾垂地聲淙淙。雄風撼谷，散作霧靄隨蛟龍。真元秘惜三萬載，距那卓錫發其藏兮至今樓閣憑蒼穹。梵宫十八黝復明，六谷譎詭浮煙容。曲池引緑水，錦溪奔黄狨。天橋駕飛絶，寒坑極幽雄。石門中斷湖霧起，下有三井混然神工。方岩遥望群山叢，玉環跨海不可通。南溪仙亭遠相接，括蒼迤邐何當窮。我曾令誇娥，負山半夜聲隆隆。少焉險怪會几席，不用緣藤胼足晏然坐我恬而沖。澡垢入温泉，平生畢深衷。洞前願築一畝宫。雲霞不偶世，簞瓢我將終。矯首山水與之化，不須議擬椎鑿非人功。君不見太質初判水火風，大浸混混崑崙凝。中古水始消，此山巖峣元在風水蕩激中。

筠溪歌爲黄仲實提學賦

先生昔隱海山麓，鋤煙溪上種脩竹。蕭蕭寒緑壓溪湄，溶溶溪影涵茅屋。晴窗隱几散圖帙，丹砂瓊液恣飫腹。先生解識輪扁權，天機自得應無前。手持玉符向東土，群蒙癡醉皆堪憐。君不見東越山人卧紫苔，古心難識世猶猜。相逢歲晚重相惜，此意欲語心徘徊。我歌竹枝與誰聽，芒鞋不遠行還來。

通明洞爲陸伯載進士賦

昆丘山人生來有仙骨，倒騎白鹿直走蓬壺邊。朝飡石梁霞，暮吸龍湫煙。翻身玉笥峰，自得真人玄。凄然兀坐江上削壁之層巔，慨惜元竅秘藏蒼莽成萬年。乃斵雲根，剖破玉埏，龍蛇驚遁神鬼憐。但見青明一隙墮地光綿綿。忽然不知宇宙入手，風雲變化來無前。松竹何掩苒雲嵐，雪浪盪決噓拂相鮮妍。

雙槐歌爲黄才伯父賦

五羊城中雙槐樹，是誰植者星霜遷。根蟠厚壤重泉涸，交柯積蔭回蒼煙。郊原六月暑氣收，茅齋老人相藉幽。息陰時攤種樹書，課孫教子將何求？孫枝磊落蓋世英，老人鶴化逃空明。君不見太原槐樹植三株，後來事業何魁殊。當年豈爲富貴謀，種善如樹日敷腴。老人何處不可詰，樹根有蟻來營室。夢入榮華一覺空，惟有貞心耿難失。

洪水歌

彭城四望失山塢，洪波浩渺氣吞吐。汴泗冥冥不可分，江淮無復尋潟鹵。吴艨楚艦走高陸，蛟鼉結伴居人屋。東啼西號絶向天，忍飢待死誰堪贖。突甑有煙巢木上，禾黍無根惟簸蕩。風吹白楊若蒲葦，快舞天吴悲魍魎。吁嗟此邦人命薄，今春賊去水方落。官吏束手無奈何，抱印走望孤岑托。始信滄桑反掌間，人生有情淚蕭索。舜憂民窮食不咽，安得神禹重疏鑿。神禹不來愁斷腸，臨風悵望雲中鶴。

和浚川九日登觀音岩歌

河汾夫子曠世豪，嘉晨携我遊江皋。江皋傑閣百餘尺，下俯倒海之奔濤。我來時屬秋天清，望窮楚越一雁明。白日初出扶桑曉，千岩萬壑煙霧呈。澄潭潦盡生寒霧，平疇漠漠揺晴樹。脱卻身中紫綺裘，亟换金陵酒千注。醉掃陰崖苔石平，卧聽倒壑松泉鳴。奔濤翻天去不還，名航利舶朝暮行。回首因之憶六朝，興亡歷歷如一朝。亂多治少可奈何，鬼域狗鼠常跳囂。耿耿夫子色相向，欲語不語心怊悵。紅雲萬里動風色，老人舒芒夜相望。我知經綸必有屬，咄哉夫子當自勗。還呼太白待江月，傾情倒意毋局促。眼中天地只如此，英雄千古當何似。孤嶼吹簫夜色長，江風飄露香蘭芷。何時玉燭回春盎，與君共結蓬丘賞。韜光滅跡人不識，笑入深雲吸流沆。

奉壽太淑人八十歌

我家洞黄隩，我母楊川谷。洞黄天台陽，楊川雁蕩麓。兩地相望百餘里，山谷磅礴孕靈淑。挺挺大人貞傑姿，作合當年顯雝肅。生兒豈徒伯仁望，教訓原同鄒孟育。許身稷契非兒愚，生逢堯舜當馳驅。捐軀報主乃兒孝，揚名立身應丈夫。幾回明發不能寐，有懷菽水何由遂。起看飛鴻一搔首，白雲萬里空嗟跂。何日乾坤了濟時，八荒四海成雍熙。歸來躬推白犢車，追趨稚子雲中嬉。願言我母足千齡，庶報罔極心無違。

節婦詞爲周御史母賦

孤鸞伏巢悲且劬，伏巢旬月成鵷雛。雛長羽翮凌天衢，鸞乎忽逝雛應孤。反哺竹實勞哀呼，扣天無門地無途，北風折木原柏枯。

贊治堂歌和王浚川韻與夏桂洲賦

居鄰贊治堂，每頌《成相》篇。經綸咄嗟千古意，風雲際會知由天。君不見唐主英姿人莫仰，乃有遭逢田舍子。吁咈虞廷不憚己，落落寧無貞觀治。又不見漢帝寬宏多大略，子房遠度常丘壑。沉機積慮豈先人，一語回天鎮山嶽。二子高風邁不有，今代何人獨天授。禮樂思濟魚水歡，金玉鏗鳴協元首。匡扶直期同古人，麟閣凌煙擬致身。我歌欲比王褒頌，看同琬琰垂千春。

古石歌

此石乃宋侍郎居安王公所遺，梅岩鍾翁得而寶焉。屬歌以志之。

誰割蓬萊山一股，谽谺時吐煙霞痕。雙溪侍郎好石癖，萬里載之同瑶琨。只今主人無乃是，疏梅古柏移雲根。

雲壑壽歌

沙溪之上和山高，崔嵬直與青霄通。横飛鳥道佛嶺開，下有大壑藏崆峒。溪回壑轉誰結廬，白雲簷下常冥濛。山人披雲日開户，松環竹匝翠陰濃。夫前婦隨耕且吟，偃然如在桃源中。君不見，朝日出，暮歸來，不須飲菊澗，不須登鶴嶺。定應夫婦眉壽同，王母王公共遐永。看取孫曾蘭玉茁，久樂雍熙太平景。

歌辭　樂府

應制恭和聖製大報歌

肇圜丘之五祀兮，復將事于仲冬。惟吾皇之明德兮，昭馨香乎上穹。霽陰雪而朗月兮，易黭發而曦隆。高玄后之卑觀兮，爰默契于淵衷。導丞弼以戒進兮，周皇道之有終。知錫胤以嗣聖兮，永德業之廣崇。

短短床（二章有引）

世有《短短床》之作，謂之樂府。樂府，古詩之流，薦之郊廟燕享。此則一人寫情寄志琴操之屬，故題爲《短短床》云。

短短床，眠未穩。寒蟲鳴秋苑，時節驚已晚。金劍熒熒流夜光，瑶琴欲彈美人遠。

短短床，坐太息。鄰鷄方寂寂，宫壺催漏刻。鬼蜮窺人恣跳梁，長空無星秋夜黑。

採蓮曲（三章）

採蓮復採蓮，皎皎明妝麗秋水。秋水朱顔花映紅，妾心豈比青蓮蕊。

採蓮復採蓮，蓮有花兮根有節。吴姬越女愁不來，下渚風波流素月。

採蓮復採蓮，手中心語鳴鵾弦。可憐紅妝白日晚，花間翠露零江煙。

佛郎機次陽明韻

佛郎機，老臣爲。赤心許國白日照，蜀嶺歸來空骨皮。東越山人舊知己，尺書千里情不遺。巨蟒思吞蹴天紀，黄霾澒洞誰敢披。山人九族奮不顧，赤手杖劍當雲揮。佛郎機，遲爾來，神交不遠應爾爲。

陳母歌（六首有引）

陳母都氏，儀部郎中良謨母也。予讀其誌傳，見節孝義方皆非世所能及，故摭其事而歌之。

蛆可吞，股可刳，但知父母忘我軀。血忱一點天地孤，凍餒不顧世寧無。

夫出賈，姑云逝，慎終伯叔誰當事。我簪我珥即含襚，姑取箕箒哀相誶。

祈代夫，刲我臂，夫命已迄誰能縋。捐身欲從恨無地，南山⿰山敞筍嗟何刺。

石匪堅，漆匪固，亡人不易心難露。蔓草鷄鳴世莫娱，鴻鵠孤飛未不顧。

子能賢，夫不死，式穀劬勞誨爾子。古來賢聖稱蹟祉，孔孟當年惟有恃。

井妨户，樹横門，塞井伐木人共喧。鄰汲鄰陰莫我恩，舉火亡國將奚言。

三五七言次桂洲韻

春湖晴，水禽鳴。扁舟入蒲稗，縹緲白雲生。相期相望空爾思，鴟夷散髮吾將成。

遊女曲次桂洲韻

垂楊岸上控驊騮，芳洲緑水蘭橈遊，相望不親隔波流。隔波流，轉愁心，江海淺，情思深。

五言律詩

與鄭繼之郡齋讌集次顧太守華玉韻（時武宗皇帝尚北狩[一]）

風雪城門躅，翻思已十年。叨陪長康宴，況對子真賢。寒氣侵袍帶，瑶光逼几筵。興餘憂思集，悵望朔方天。

【校勘記】

［一］狩，底本作「符」，據《久庵先生文選》改。

弔章東雁（有引）

向與王、湛二公謀居雁山，用主東雁，蹉跎十年而東雁下世矣。玆過其廬，二公之言猶在壁間。

十年卜居意，三日蕩陰樓。空留考槃賦，不待鹿麋遊。風雨傷吾夢，溪山問某丘。遐心正蕭瑟，況值燕鴻秋。

方思道聞余與鄭繼之結亭紫霄作詩期隱次韻招之（二首）

築居岩上頂，寒碧覆松枝。出入雲常共，行藏世莫知。養丹非有藥，學《易》不因辭。惟愛蓬瀛子，迢迢寄玉芝。

江海清狂客，寄書何所爲。掛冠須有待，出世合先期。越絶煙花際，長安暮靄時。無言各搔首，會面豈應遲。

惠　山

久聞兹地勝，躡屩入煙長。林密禪床古，雲深精舍涼。啜茗評泉味，看碑覓晦光。更疑遺勝跡，雲水鬱蒼蒼。

遊梅花水

省臺齋罷日，深谷得招邀。寒色留梅蕊，春光入柳條。看雲依石沼，斲藥度溪橋。携手何時去，餘生共雪樵。

飛絮和孫評事

韶光容易盡，飛絮亦堪憐。飄蕩悲遊子，冥奔感着鞭。沾酒寧辭醉，沾泥豈解禪。故有風雲客，幽岩思獨牽。

留臺賞牡丹

柏臺春晝永，呼酒醉花王。應笑嫦娥素，寧論飛燕妝。尤物終爲累，神工倏自藏。因思洛陽事，幽感意何長。

再遊梅花水

梅水重尋日，翠微行復深。岩空藏道室，山静絶塵心。榻擁春雲暖，窗開旭日陰。因思向時侶，惆悵不成吟。

觀音閣眺望

飛閣横雲壯，登臨忽自孤。江山萬里在，歲月半生徂。倒壑松浮動，浴波鷗有無。豈堪清賞罷，猶自憶乘桴。

燕子磯送黄誠甫

虚臺來送客，悵望寄遥吟。巴蜀江山遠，乾坤歲月深。颯颯秋風起，冥冥落日沉。誰憐吾道獨，慷慨浴沾襟。

輓高廉憲先生

憶昔爲童子，鄉閭見老成。衣冠存雅望，門第詫光榮。西蜀霜臺冷，南曹貫索清。白頭瞻拜處，拱木暮雲平。

卷四

五言律詩

登焦山

漢士冥棲地，青丘駐海回。水深猶翠霧，岩冷自蒼苔。瘞鶴人何在，聽鷄客又來。登臨當落日，千古一興衰。

新豐阻雪

積雪新豐暮，陰連萬壑微。風林聞虎嘯，凍野見烏飢。冰合舟仍滯，山遥客已稀。南天虚悵望，菽水願猶違。

哭二泉先生[一]

泉齋讀書處，一去即窮年。八座榮何爲，三牲養欲先。經綸遂爾斂，著述總堪看。海内懷耆舊，臨風一泫然。

【校勘記】

［一］《久庵先生文選》題作「哭邵二泉」。

送吴縣丞達之［一］

南國通家舊，天涯送汝時。殷勤百年誼，迢遞七朝思。苑樹雲霞古，庭槐日月遲。豈得忘忠孝，相看匪自私。

【校勘記】

［一］《久庵先生文選》題作「送吴達之至任」，題下「有引」：「達之，歙之莘墟人。曾祖亞卿公寧，與先兵部公同僚。」

輓張宜人

婉娩清門胄，辛勤學士妻。如何歛晨鏡，不復聽朝鷄。櫬逐梁雲暮，魂歸楚月西。那堪雙白髮，垂涕倚門啼。

壽南塘

大有山前郭，南塘好隱淪。雲霞違俗迹，松桂得仙鄰。甑熟青精飯，壺收玉露春。卻看開壽域，生色日方新。

題張子書侍御具慶膺封册

聖朝敷孝治，仁澤正滂流。不有雙親健，那知帝德優。鳳書增閥閲，豸服炫林丘。臣子情何極，乾坤許自酬。

巾峰席上

長夏翠微宴，涼生玉雪亭。俯臨三島小，環矚萬峰青。舞袖凌蒼昊，歌聲落遠汀。不知尊酒盡，林外月華升。

遊寒岩

長憶寒山隱，今朝訪古登。白雲仍抱石，青壁半垂藤。洞闔人何在，天空龍欲騰。即看塵世遠，仿佛我來曾。

遊明岩

重岩擅幽勝，地静白雲長。絶壁遺冠冕，青天下珮璜。石關今始闖，丹壑每相望。不見寒山子，長歌落日蒼。

清風祠

空山貞女廟，天地見孤衷。血化瓊琚在，魂凝冰雪中。誰云增宋節，已自益台風。莫展溪毛意，悲生逝水東。

送甘泉少宰改官北曹

道誼平生意，登庸此日情。明良非偶遇，皋契豈徒生。歲月區中速，乾坤眼界明。臨岐無可語，黽勉奮忠貞。

贈張惕庵都憲

臺省歸元老，江山認白頭。輿夫還荷錫，野服已無儔。桑梓原連署，松筠未輟遊。從教北山賦，無復草堂羞。

次韻邊華泉聽雨（二首）

歲杪餘淫雨，空階徹夜鳴。草堂愁不寐，村舍憶多情。坐覺林霏曉，思看海日清。多少臨關意，驅馳未有程。

墐堂冬塞向，寒雨夜相侵。不寐登樓者，臨風拂劍心。澤鴻哀意遠，簷鐸警愁深。寂寞江城永，凄凄感楚吟。

齋廬有感

肅肅高齋静，明明上帝臨。精禋非故事，敬戒有初心。東殿雲相接，千門漏欲沉。翻思陪從夕，喑黯不成吟。

三友軒

江山摇落後，三卉秀相尋。蔣詡欣開徑，陶潛失苦心。月寒香益遠，霜冷韻方深。吏隱吾兼爾，相看勗斷金。

遊牛頭寺[一]

金陵不盡興，牛首復相尋。細路盤丹壑，孤楹綴碧岑。俯臨江漢小，高憶帝居深。回首風塵外，嗚皋漫一吟。

【校勘記】

[一]《久庵先生文選》題作「遊牛頭寺和王東瀛司寇韻」。

齋居次萬治齋中丞韻

三日清齋寂，時疑棨戟臨。賡詩今慰意，論事昔知心。地苦分曹遠，燈挑永夜沉。無由蔣生願，開徑寄微吟。

和朱蕩南太守見寄韻

雁蕩幽棲者，白雲春興長。萬峰尋逸跡，六谷入仙鄉。接竹能分水，燒田欲下秧。回頭塵土日，愁絶不堪望。

送周玉岩亞卿進表（二首）

南國歡相送，長衢列仗齊。鳳函催拜表，龍節動歌鼙。三祝心先到，千門望欲迷。遥看雙履上，聲共紫雲低。

聖主垂衣日，華封祝願時。萬年隆治化，終古奠華夷。望闕心常近，臨風意獨遲。還誰徹桑土，拜舞獻丹墀。

次韻周貞庵九日登觀音閣

北郭崖陰寺，紫門静不關。閣虚看月易，樹密度雲難。白憶淮壖浸，青知海岸山。何能遂遺世，漸遠舊鵷班。

别壻高洵（有引）

予女妻洵八年而夭，諸孤纍纍，予甚傷之。故呼洵來，爲續金陵蕭氏女，將使撫之。於其去，實有不能爲情者，詩以送之，洵其念哉！

爲續新弦好，偏傷舊愛情。青燈憐故館，黄口念諸甥。誰託長歌慘，還悲醉舞醒。臨岐難送爾，落日大江清。

送司馬太守之懷慶

中州新五馬，南國舊乘驄。慷慨嚴星駕，勞歌念澤鴻。循良追漢史，揖讓起堯風。白首秋江别，悠悠思不窮。

送宋元錫守潞安

秋曹新出牧，潞水乍開疆。清譽房謨重，賢聲卓茂長。黄金懷駿骨，烽堠静牙璋。勞來須吾子，中興翊聖皇。

祈雪得應次蒲汀韻

禱雪星壇暮，同雲起大荒。朦朧藏日御，飄灑亂鴻行。静激空林響，高迷嶺樹蒼。固知豐歲兆，先已慰農望。

贈陳文治東歸

世態今非古，憐君志獨貞。風雲雙短鬢，天地一浮萍。杖策時猶左，登高賦已成。遲回江海上，春日敝裘明。

贈顧新山司徒考績

考績吾方返，看君績最行。尸素慚何補，公勤合有聲。日月光雲宇，夔龍集鳳城。應知賢不隱，四海荷周禎。

贈周貞庵尚書考績

治道占清世，論才得老臣。雍容稱德業，赫奕見精神。凫去秋天遠，旌摇列宿匀。寸心何以贈，翹首仰中宸。

贈何石湖尚書考績

德望三朝重，功名此日新。四方占簡擢，百辟仰恭寅。揮霍看時彦，清貞見古人。莫懷疏老計，應復念生民。

贈萬治齋都憲考績

盛世勞明主，人才卜治平。夔龍看接武，日月仰高明。國論今何是，皇風擬即行。棲遲江海暮，心折共孤征。

送楊宏都督致仕

牢落風塵倦，翻思韋曲深。戰袍從此掛，雲壑獨相尋。日月今應永，松篁不改陰。誰知人世内，别自有仙岑。

送潘石泉少宰考績

考績頻相送，偏憐劍佩明。孤懷誰耿耿，白髮易盈盈。日月中天照，江湖萬古情。帝庭須簡在，應不負蒼生。

次紫岩道院習儀韻

環珮追陪處，玄都記隔年。陛分疑鳳闕，茗飲得山泉。翠竹藏仙塢，祥煙媚遠天。拜趨朝日出，擬祝華封全。

和嚴介溪尚書齋夜（四首）

齋居宵色静，月午漏聲齊。院冷梅香細，風回竹影低。擁衾霜欲下，推户鵲驚棲。翻憶岩扃夜，松陰倚仗藜。

昔侍春郊祀，分壇候具衣。仙飈鳴佩玉，璧月轉牙旂。靈貺瞻神馭，祥光動帝畿。飄飖翠華返，扈從馬如飛。

夢想南郊夜，氤氳靄瑞薰。千門懷袛畏，百辟屏腥葷。侍從憐方朔，風流薄子雲。明朝慶成罷，次第頌明君。

長至將臨日，齋心對夜堂。華篇時引興，銀燭暈生光。樗散妨賢路，駑駘愧驥行。惟應返初服，耕植趂春陽。

次韻介溪東園燈燕

上日秦淮曲，筵開無忌家。方物羅諸品，名燈鬭百花。嘉會嬉春事，流光感歲華。追隨憐舊侶，瀛島路非賒。

五言排律

孟瀆雪夜飲惲功甫憲副宅語舊

海上輟耕客，天涯歲暮時。殷勤酬宿話，邂逅對深卮。雪映江雲黑，燈摇風樹悲。百年雙鬢短，萬里一舟遲。濟世慚無補，吹竽愧莫宜。德難明主報，恩重簡書知。路逈多塵夢，山深足摽枝。鳳鸞非偶出，猿鶴每遐思。華頂堪幽遯，吾將行自遺。

次張濟甫胡汝懋登明遠樓觀校士四十韻

皇曆十四祀，中興道克昌。垂衣每午夜，側席擬升陽。殄行虞驚衆，譸張恐亂常。鑄金先在範，簸粟慎登場。即欲無方立，思惟側陋揚。院開麟鳳網，舍列鷺鴛行。令肅群心静，街空萬炬光。掄才應識俊，選德欲知良。鷹隼羞歸臂，驊騮喜服襄。卿雲曾有色，神劍早舒芒。欲吐傅岩説，焉携李賀囊。濟陰須資楫，儀庭必見凰。羨治期成理，臨淵匪望洋。沿流歸孔孟，擇術鄙荀楊。徂徠元有棟，豫郡豈無樟。登高慨往日，騁望轉冥茫。氣數將何極，人情浩莫量。非無周禮樂，不睹古明堂。獄繁滋鼠雀，德鮮見珪璋。盜賊猶畿甸，愁心徹萬方。田夫傷杼軸，兵力困龍驤。巧言多謟訕，頹俗日荒唐。殘薄原師鞅，淫哇濫及商。欲言惟黯默，仰首歎青蒼。何幸唐虞日，今回仁壽鄉。瑞煙高閣上，麗日古城傍。花萼開池館，農桑達甸疆。食飲伊誰力，歌謠莫我皇。緝熙心未滿，濬哲道方彰。即此垂千載，由之粹百祥。民物惠何足，乾坤樂未央。已看今作古，無復羨垂裳。浩歎猶當宁，長吁恐自荒。痌瘝懷殷監，憂勤賴弼匡。誰先渭叟至，莫學楚人狂。敬慎惟賢士，觀瞻有舊章。寸心知矩度，先哲在羹牆。貞德能身潤，榮華秖外煌。衣冠方遇世，汗簡任流芳。作賦慚吾老，臨風意獨長。

次王侍御登明遠樓二十六韻[一]

春意登樓見，欣逢赤縣中。四郊花氣滿，萬户瑞煙籠。鄠杜晨光麗，昆明晚色空。雲中猶過雁，簷下漸飛蟲。濟濟群英集，彬彬列舍同。精誠期貫日，俠氣欲吞虹。鵁鶄瀛洲畔，甘泉御水東。鳳翔看接謝，龍附起淹馮。飛舄懷承帝，吹竽厭逐童。稽古非追蠡，思明有舜瞳。論道多先哲，匡時必世雄。文光千丈現，淑氣萬方通。鯨鼓神山浪，鵬翻渤澥風。同明資日月，一德贊帡幪。刑辟期時措，平章徹夏戎。此情真懇悃，何事問鴻濛。淚盡長沙傅，神揚商嶺翁。失意人嗤鶡，遭時孰羨龍。共爾歌鳴鹿，伊誰賦遠鴻。夙興常閶闔，夜夢每崆峒。客舍柳條緑，鄉園桃蕊紅。二奇非隱約，萬巘正争嵸。抱病慚通籍，投簪乃素衷。嶺松青萬挺，隴稻熟千稯。豈不尋三島，吾行訪八公。殷勤謝柱史，詩贈意何窮。

【校勘記】

[一]《久庵先生文選》題作「乙未文場次王御史承晦登明遠樓二十六韻」。

卷五

七言律詩

方石先生祖母趙氏旌門用杜韻志喜奉和（二首）

一丘埋玉歲云遥，貞性何之定不消。清比淵珠沉月魄，艱思巢鳥護風條。傳家有鳳光千古，甲第爲龍起四朝。誰道賢豪無世類，洽陽初意注層霄。

孝情直達九重遥，李密衷情孰可消。天道好還今始定，憲章無舊已成條。清風不泯期終古，盛事欣逢是聖朝。更念泉臺多志節，卻憐溝壑遠丹霄。

幽　居

江上樓居春水深，舊梁飛燕忽相尋。乾坤浩蕩凭欄處，歲月遲回看劍心。雨浥石花生壞壁，風飄雲葉散寒林。草深門巷客來少，搔首滄溟一悵吟。

遊香山次陽明韻[一]

帝畿何處散幽情，林谷高深逸興生。不問金閨還有籍，豈圖空界尚論名。臺前春色湖天遠，閣上煙華象緯平。面壁亦能隨處静，花飛松徑不聞聲。

【校勘記】

[一]《久庵先生文選》題作「遊香山寺時僧有問予官者作此答之」。

送裘都事改官南都將以便養

木落霜飛客路寒，江湖舟楫渺翩翩。我緣多病歸方切，子爲雙親去即先。道在不妨形跡異，官同猶愛姓名聯。明年白下逢今夕，莫指天台别有天。

哭方石先生次涯翁韻（二首）

蚤向山中得自依，一朝如梦忽相違。儀刑惟睹方岩在，家法寧非見一歸（宋台人有鹿何者，未老乞歸，賜號見一）。蓬鬢蕭疏愁易改，塵纓牢落孰能揮。北門昨夜殷憂集，箕尾遥瞻倍有輝。

大夢山前步獨遲（先生佳城所在），歸來揮涕了殘書。山林道在吾何慮，湖海年來氣已除。玉陛而今無曳履，山堂有地尚懸車。深秋正切西洲恨，暮雨酸風漫自嘘。

夜登嵩岩覓湛秋江遺跡

捫葛黄昏上翠微，天風松影正交飛。石壇坐處聞秋葉，鳥徑行時見古霏。墮海泥牛今幾歲，埋雲法骨未傳衣。只應岩下同禪虎，客至還來不用揮。

暮　春

聞訊春光幾日歸，芳菲漸覺雨中稀。新鶯翅短依巢立，高柳花殘出院飛。碧草已迷行客徑，白雲長抱釣魚磯。孤愁抱病江村晚，坐對西窗玩落暉。

次韻哭涯翁

千秋勛烈故依依，心跡誰知不是違。末命恩深應獨報，鼎湖龍在尚同歸。潁川出弔非吾辱，漢禍憂深可自揮。他日論公人事定，湘江春草有餘輝。

紫霄述懷

石磴盤空開翠壁，草堂藏樹入丹丘。望迷莽蒼千峰寂，坐聽松風小院幽。豈必青城尋舊隱，即同蔣逕候新秋。溪田雖瘠猶堪種，荷耒携鋤我自休。

北山漫興

清江日抱紫崖長，野色無邊入草堂。瀑影晴分松葉碧，山光静接竹陰涼。獨棲丘壑吾將老，冷笑乾坤物自忙。謾以行藏論魯叟，躬耕亦復有南陽。

北　山[一]

秋風山上昨相尋，山館凄凄竹樹陰。鴻雁聲回江渚晚，梧桐葉落井闌深。倚槐不作王侯夢，抱膝猶爲梁甫吟。細數古來真隱者，原無名姓列朝簪。

【校勘記】

[一]《久庵先生文選》題作「北山秋思」。

和顧華玉遊雲峰

精藍絶頂敞幽扉，我亦曾來借衲衣。山色未應隨客换，雨花猶憶傍人飛。芳樽石上憐春去，皂蓋雲中趂落暉。見説相携多逸興，寒泉枯木共天機。

次華玉九日登巾峰

憶隨輿馬上嶔巇，望極長雲酒一巵。秋盡蓬壺通瑞氣，夜闌織女見機絲。謾憐魏闕雙凫遠，且愛南洲一榻垂。此日山中惟抱病，強吟搔首倍幽思。

秋日與城中諸友飲裘指揮山亭

幽亭正與千峰會，錦席秋開碧宇寒。坐挽白雲江海静，望迷紅日竹梧殘。翛翛露氣悲歌管，黯黯煙光回石欄。我亦山公君識否，呼醪從爾罄交歡。

雁蕩贈鄭繼之應元忠

五年不踏雁山煙，此日登臨飛鳥邊。洞府何年藏石髓，天池一夜長青蓮。誅茅準擬開三徑，拄杖寧須掛百錢。去去未緣山水癖，與君同種紫芝田。

羅太守邀登雲峰

千岩萬壑遠相求，拄杖憑虚興轉幽。日照海門波浪静，風回天柱草花浮。三生解憶山僧話，五馬還陪野客遊。更喜高軒消暇日，杯盤狼籍暮雲秋。

吴山紫陽庵

層城亦自有蓬壺，紫氣東來定有無。山静豈知朝市變，仙成何處髑髏枯。玉扉雲裏通三界，紫閣林間見五湖。花落洞門人不到，天空笙鶴下相呼。

除夜瓜埠舟中

一棹悠悠長傍人，天涯是處足相親。帆檣燈火看回浦，門巷笙歌聽及晨。短鬢豈堪增旅思，緼袍那事與時新。十年舊跡俱休問，明日今皇第二春。

雪後登金山

横江紫黛隱澄漪，正是龍宮雪霽時。虚閣捲雲天上見，孤帆掣海月中遲。坐忘擊磬紆清聽，望入乘槎快遠思。去去風塵消宿業，釣竿暫寄莫相疑。

次韻林見素留别

脱卻朝衣著舊簑，壺公還軫興如何。山前桂影月初散，石上松陰晚更多。出處有情俱國計，息遊無事只天和。雨霖在處人能識，未負逃名老舊窩。

哭朱白浦侍御

淮浦孤舟旅櫬回，豈禁清淚客心灰。生惟濟世今何在，死不忘君正可哀。三徑雲中應有待，六峰湖上可誰來。當年與語無窮事，一度追思心一摧。

雲龍山次韻

楚尾東來黄草岡，風煙終日笑人忙。解騅事去隨流水，掛劍臺遺空夕陽。草木兵前猶慘澹，川原水落正荒涼。雄圖豪思俱何在，低首留侯酹一觴。

留　城

落日留城問故墟，黄蒿碧柳憶封初。忠韓佐漢應餘事，避世匡時兩不居。龍去滄溟風浩渺，鳳摶霄漢影虚徐。赤松山下遨遊處，我欲相尋老荷鋤。

九日宿遷憶諸昆弟

年年對菊山窗下，今日孤舟泗水濆。不見漢城青入眼（漢城乃紫霄别名），可堪淮浦碧連雲。日斜遠市收蒼兔，風冷長天隕白枌。獨折茱萸誰共插，村沽寥落淚繽紛。

夜訪吴維新興善寺不值明日以詩來約次韻答之

憶在東林共月明，特尋幽徑繞山城。松門未掃重來跡，木榻猶懸萬古情。杜老真憐良夜興，德公豈必避人行。歸來轉愛山齋静，坐照疏燈到五更。

得　歸

萬里扁舟抱病歸，海門東望極霏微。鳳城回首違雲樹，霞嶠行將採蕨薇。出處何心聊自適，功名似戲本來非。乾坤歲月今方得，擊壤歌休惜和稀。

應詔恭和聖製敬一亭詩

御水橋邊白玉堂，共瞻琬琰焕綱常。千年禮樂由今定，萬國衣冠自允臧。日月有明應畢照，乾坤誠大欲鋪張。小臣願獻王褒頌，稽首無言感景光。

和張少保敬一亭韻

濬哲昭回雲漢章，即傳精一繼陶唐。特宏麟閣隆斯道，共喜人寰識典常。漢殿不須名太極，洛都應合肇明堂。千秋瀛島奎光爛，濟濟明謨翊聖王。

至日舟經沛中

孤舟至日仍爲客，楚澤風煙感歲華。悵望九霄憐往日，卧聽雙櫓憶還家。塵沙未惜霜毛短，梅柳誰吹玉笛斜。徒有芳尊難獨醉，漢臺遥對一長嗟。

次紫岩太宰送令弟舜弼考績

江上相逢始隔年，又看奏績去朝天。即應作賦承明殿，還識儲材閬苑仙。海内詩名非讓島，龍門史學最稱遷。送君轉切憂時念，悵望雲鴻幾廢眠。

和陳魯南得報轉官山東大參

紫泥昨日下天門，應喜元龍再荷恩。萬里秋陰開日月，百年蓬迹半乾坤。許身稷契憐初志，搔首風雲憶駿奔。海内瘡痍齊魯甚，知君此意更何言。

齋居次劉紫岩太宰韻

春城宫柳未成絲，簇杖南郊引駕時。虎豹不驚開九域，龍蛇旋擾列方旗。已聞祈雪精誠格，未信占年赤子飢。欲識太平今有象，憂勤宵旰足先知。

次周貞庵萬治齋齋居韻

明禋有事非今夕，敬戒遥瞻肅兩都。前席幾時誠可格，鈞天或入夢寧無。朝盤有肉思分朔，夜炬留光憶照蘇。明日柴燔歸享醴，九衢瑞色遍桃符。

次林小泉司馬齋居感舊韻

憶在賢關識面年，青春聽詠《鹿鳴》篇。今看齒髮堪成慨，回首星霜若共憐。南國清齋丹極遠，北亭舊事紫雲邊。終宵不寐傳佳句，儀省戎曹幸自連。

金陵觀漲有感

坐看鳳城霖雨過，憶回江麓晚風涼。横塘放鴨逢新水，野渡歸牛帶夕陽。蹤跡百年蓬鬢改，乾坤萬里白雲長。扁舟眼底堪乘興，何日投簪與世忘。

觀漲和王浚川尚書韻

海上雲升水氣濃，行空雨色過晴峰。冥冥碧漲疑潛蜃，颯颯剛風欲起龍。山遠謾憐歸未得，瀰盈故喜客稀逢。悠悠白髮新生遍，憂潦如何亦老農。

哭鹿門鄭廷尉

頻年揮涕不關秋，零落那堪每舊遊。是處風煙悲往事，眼中勛業幾荒丘。只圖遠謫今還會，不謂重逢遽爾休。天意冥茫竟何在，白頭凄斷楚江樓。

虚明館中秋雅集

小亭初搆值中秋，空翠蕭蕭夜景幽。松下月明清賞洽，水邊涼入洞簫愁。倚欄正見銀河轉，倒浸還憐玉宇浮。俯仰乾坤幾今夕，當年勝事已悠悠。

和紫岩太宰東麓閣韻

秋老遥空木葉飛，望窮山閣雁猶稀。六朝形勝惟雲樹，千古江山幾釣磯。吹斷玉簫塵夢醒，搔餘白髮宦情微。相携應惜流光晚，落日深尊未擬歸。

九日觀音閣用喬白岩韻

江水東流煙霧深，江干飛閣直千尋。登高共有凌雲思，哀郢那爲繞澤吟。但愛良辰成勝會，不妨塵世少知音。江天月色秋宵好，還擬重陪謝客臨。

燕子磯次紫岩韻

孤嶼遊觀幾度來，清秋此日又登臺。蕭蕭落木驚行旅，湛湛寒江對舉杯。黄鶴勝懷崔顥句，甘泉賦憶子雲才。莫憐白雁霜前遠，卻愛孤雲日暮開。

次韻周貞庵九日登觀音閣

秋深風日喜新晴，回首高天歲欲成。水夜魚龍潛壑静，霜清雁鶩切雲行。同來弔古憑山阁，還擬登高望五城。飲罷江干不歸去，暮雲搔首慨平生。

卷六

七言律詩

至日齋罷有感（二首）

至日南曹齋罷時，翠華天上憶歸遲。萬方拜表稱周禮，一代弘文識漢儀。誠格天人元聖敬，數陳祝史豈臣私。詞臣自有河東賦，芹曝何緣獻玉墀。

至日年年稱履慶，今年至日散齋同。聖朝祀典看三定，鈞樂雲門想六終。大地新陽隨斾轉，泰壇精意與天通。欲知霄旰儀刑處，只在高皇陟降中。

賀魏國太夫人壽

五陵朝日玳筵明，金母青鸞兩玉笙。莫羨夷門多貴客，亦知蓬苑即高甍。紫莖正挹金芝秀，名酒初分瑶水清。幾曲遊仙歌未足，瑞雪堂上繞飛觥。

次韻蒲汀少宰至日郊齋（二首）

歲晏南郊柴望期，齋廬寂寞一陽時。清朝祀典非綿蕞，太古儀章慨伯夷。晝省風煙惟素食，衰年勛業有霜髭。回頭石室雲山遠，坐憶流霞泠沁脾。

高齋坐見日初長，翠竹蒼松又夕陽。沖默可誰瞻上帝，蹉跎何以答明皇。亦知煉石能扶極，豈謂繅絲莫補裳。獨仰青霄星斗際，紅光一縷現嘉祥。

寄題舅氏梅坡新居

卜築新開千樹林，梅花坡上稱幽吟。千峰羅列茅堂静，二水縈回竹徑深。谷暖呼兒耕隴上，地偏有客訪山陰。回頭卻憶圍爐日，炙雉傾盃夜雪沉[一]。

【校勘記】

[一]《久庵先生文選》此句下有注：「山徑弋獸，偶得一雉，當爐炙之」。

和周貞庵尚書七十歲朝自壽

白髮乾坤誰獨老，清朝宿德眼中稀。亦知廊廟當求舊，謾向江湖念拂衣。歲月人間雖已換，風雲天上未應非。壯圖回首蒼生在，共矚弧光耿曙輝。

金臺鄭莊與王定齋魏師説諸友雅集

今夕何夕薰風起，驅馬遠尋韋曲深。正喜盍簪來海内，即看傾蓋動雲林。清溪碧石斜陽外，幽閣疏簾高柳陰。已見斯文今日盛，舞雩歸詠有餘音。

送林方齋司成改北雍

長安憶昔歡傾蓋，南國於今感並遊。講幄舊資明主聖，師模誰向古人求。燕山去汝仍丹闕，江水慚予漸白頭。霄漢分飛各努力，丈夫名實繫千秋。

登東麓閣

乘興登臨東麓閣，雲山鳳闕欲冬深。啼鳥落葉寒輝見，翠嶺朱樓曙霧沉。四美喜兼尊俎具，五漿猶共羽衣尋。百年勝會知難數，醉倚松陰爛謾吟。

次浚川飲東麓閣韻

冶城東面草堂開，金屋蒼崖次第回。月檻星橋驚乍見，霓旌鳳吹恍猶來。東溟忽憶求仙棹，高閣誰疑接露臺。可是千秋猶感慨，江湖地遠醉霞杯。

次紫岩東麓亭韻

朱樓紫閣對嵯峨，閬苑仙城勝事多。霞氣每從瀛島至，泉聲應向日邊過。故宮花草將誰賞，百丈丹崖尚未磨。幸逐高軒恣遊衍，醉來堪慨亦堪歌。

次紫岩齋居韻

上苑緋桃欲破唇，南宮齋館已知春。輝輝竹日常含霧，莽莽庭莎謾疊茵。抱病乾坤憂思集，棲遲江海鬢毛新。中宵夢入丹丘遠，搔首風雲擬乞身。

輓秦思魯

有才無命堪悲爾，白首而翁更自哀。汗血青雲俱是夢，綵衣白下豈重來。猶聞謝砌蘭芽茁，謾惜邢生玉樹摧。脩短古今誰復定，彭殤齊物莫輕猜。

紫岩邀泛舟城西次介谿韻

千門萬户舊神州，碧水清山此蕩舟。宿雨初晴江樹曉，輕陰忽散嶺煙收。吹簫正憶緱山侶，採蕨翻思委羽丘。不有高情金馬客，相携那得罄清遊。

東麓亭次筠溪韻

作客江東歲復陽，登臺風物豈凄涼。陰崖叢竹捎煙碧，旭日平林帶霧黄。桂闕仰瞻浮靄杳，蓬瀛還挹翠濤長。哀遲未惜流光暮，楚澤悲吟對羽觴。

送秦鳳山司徒北上

司空簡命今尤重，昨見丹書下九天。率土正思弘濟業，中朝方仰老成賢。乾坤倏忽回青駕，江海孤愁已白顛。心送天涯惟一寸，五雲鳳闕看周旋。

送萬治齋謫官[一]

去國孤臣一棹遲，君門萬里繫遐思。欲言豈盡經綸事，感激難忘天地私。歸路春山應自好，尊前白髮未須悲。行看詔返長沙傅，霖雨鹽梅定有時。

【校勘記】

［一］謫官，《久庵先生文選》作「歸田」。

次介谿歲暮書事

白門歲盡卜嘉平，簫鼓沿門報臘聲。宦海風光憐素髮，野人情事憶春耕。凄涼客舍元依柳，寥落瓜田或傍城。回首青山更何事，預期春日浣塵纓。

次介谿除夕

旅舘張燈對石城，十年南北客神京。可憐衰鬢時能改，誰惜平生百未成。瞻闕每懷鷄欲唱，書雲應候日方明。凄然坐覺椒盤冷，海上庭闈更繫情。

次介谿元日留飲韻

南國趨蹌拂曙寒，仙曹燕集近雲端。觴傳柏酒比鄰洽，拜引春風禮數寬。階下雪消芳可擷，門前水漲緑初看。平生感極難忘處，竊禄依依未掛冠。

次紫岩元宵謁功臣廟韻

昭代每論勛業盛，雲龍際會有諸賢。謀謨萬古皇圖壯，關輔千秋地軸堅。座擁雲山來勝概，廟開江漢静風煙。壯懷尚覺英標在，獨瀉椒漿酹遠天。

次紫岩登真武廟韻

中天翠巘到非遲，落日雲梯步欲危。萬井煙花春澹蕩，九衢燈火夜參差。臨風豈少登高賦，覽勝猶吟弔古詩。況值良宵是佳節，更誰携酒未歸時。

次紫岩東園燈燕韻

江柳東風歲色新，名園簫鼓集佳辰。映階殘雪猶含凍，擁樹浮煙已自春。漢祀遺風今尚在，夷門勝事跡非塵。醉歸燈火交衢亂，車馬仍聞喧市人。

送胡九峰太常考績

白下重來復共君，山堂水閣幾斜曛。低徊簪紱心常遠，慷慨乾坤意獨勤。清白人誇楊伯起，風流誰薄鮑參軍。行看奏績雙鳧去，霞珮飄飄動五雲。

贈秦懋南守吉安

五年南國周旋日，千里名邦出守辰。銅虎符隨春氣至，金章光映翠袍新。要知禮讓斯民本，須念茅茨是日貧。不朽勛名今發軔，乾坤膏澤此通津。

賀王浚川考績

自公分陝渡江年，載路風謡白下傳。憂國平生思捧日，策勛準擬上凌煙。河山不假金湯固，中外無虞保障全。吉甫萬邦真作憲，中興何啻美周宣。

送黄筠溪北上

海上相逢今幾歲，秣陵邂逅復三年。瞻塗已覺紅雲近，瑞世争看彩鳳先。此日朝廷須直道，古來宗社永仁賢。更知國計能斟酌，猶望乾坤一斡旋。

和紫岩太宰自壽韻

瀛洲仙客逢初度，鈴閣梅花獻早春。喜共東風開玉醴，常依北斗企清塵。江南豈是真閒地，海内同看入秉鈞。況復太平今有象，萬年勛業頌吾人。

壽顧東田七十

淮海維揚扣隱淪，白雲溪上有垂綸。清風天地從高蹈，此日江湖憶古人。燒藥爐分丹竈火，遊仙歌永石堂春。林深時枉司徒駕，共摘瓊花薦壽樽。

壽易和齋七十

塵寰誰復慕商顔，江郭幽居對遠山。萬里乾坤雙鬢短，百年湖海一身閒。庭蘭砌玉看争長，石桂岩松得自攀。悵望數峰雲霧裏，放歌時聽采芝還。

送王浚川都憲

共喜朝廷特用賢，狂歌起舞醉花前。不辭江海霜毛改，已覺乾坤氣化旋。霖雨自随龍奮躍，簫韶争睹鳳蹁躚。從今天下應無事，萬里層霄白日懸。

奉命往金山公幹次林小泉司空韻

渺渺平湖入遠林，雲堂風閣不知深。圍爐方愜平生話，闔户尤便避世心。雨灑青崖朝復急，煙籠寒樹日猶沉。詩成吟詠時相慰，千古真同一曠襟。

次桂洲少保代祀先農韻

青郊藹藹入遥林，燈火熒煌夜向陰。共戴春星嚴祀事，喜沾時雨愜農心。占雲史識豐年兆，奏樂神歆拊石音。明日皇情知悦豫，定應四海足甘霖。

和王浚川司馬贈使雲中韻（有引）

嘉靖甲午八月，歸自雲中，入居庸關，詩寄浚川。蒙復書，附以贈詩，曰：「承佳作教及，雄壯激發，卓有入塞之風。比來得見大疏，知禽獲累次逆卒，使朝廷紀綱不至闇蝕矣，但不知尚有一二大者，當何以處之？此猶朝野之所望者也。何如何如！啓行時，曾有一作奉送，漫附上：『定亂天書下赤墀，使君風節古人誰。式昭九伐裴丞相，不易三公柳士師。河外胡奴避烽火，雲中父老望旌旗。籌邊報國君能事，早建英謨與世知。』」遂用韻以酬之。

奉命雲中自玉墀，此身不有死生誰。虎賁豈假三千士，雲鳥深嗟百萬師。野曠陰風號怨鬼，天高白日閃歸旗。憐君贈我西征曲，敢説勛名世共知。

贈方西樵閣老致仕次霍渭涯少宰韻

天台憶昔並樵雲，邂跡長安秋共分。笑我邊庭尚馳險，羨公黄閣又離群。極知憂樂皆天意，豈玩行藏與世奔。當宁正煩明主念，還留尺陛對爐薰。

校士登明遠樓

文院門深春晝永，群英試罷一登樓。七陵佳氣窗中見，九甸風光眼界收。鸛鶴聲高天宇迥，雲龍影挾日華流。欲知濟世須人傑，惟恐劉蕡策未投。

和桂洲入閣見寄詩次費鍾石韻

忽聞天上登明宰，遥見祥光燭上台。可是乾坤當泰運，故應人世有真才。金甌覆卜名誰並，玉劄傳宣日幾回。世道唐虞今復盛，即看麟鳳爲公來。

弔符邵陽墓次葉敬之韻

江上新墳宿草青，拜遲斜日帶春星。極憐君去無知己，詎意兒賢又執經。振鐸十年淹楚水，蓋棺旬月在門庭。山陽笛淚吾先隕，況讀平生有道銘。

贈王仲肅鄭邦瑞歸越（有引）

陽明、甘泉二先生曩在京國，期予同隱天台。予得告先歸，結亭紫霄遲之，已而竟不果來。予復出歷官且二紀，兹以憂歸釋吉。而仲肅偕邦瑞來，顧因追陽明先生同遊西山，借宿僧房，月樹映室，終宵不寐，如昨日事。而先生下世又十年矣，惟手書詩軸尚懸在壁。俛仰今昔，爲之慨然，遂賦此以贈二子歸云。

京國昔同懷玉室，故園今夜草堂開。黄花白髮悲相對，令子深尊喜共陪。亭冷紫霄人不到，詩留金薤夢還來。因之重憶當時事，月樹雲房正可哀。

七言排律

和華泉尚書郊齋韻

九重恭默卜朝元，柴望蕭脂總未燔。禴祖孟春非後事，敬天獻歲乃先源。樂沿不謂三皇盛，禮定何憂聖主煩。晨駕雍容春色滿，夜齋森寂瑞光翻。祥蓂定見生堯砌，白雉無勞至遠番。誠格天人元自感，祀周海嶽不聞喧。歡傳正憶同夷夏，拜舞遥瞻列鳳鴛。恩賚敢忘陪殿食，鞠躬曾記執神旛。司儀豈必殊南國，修敬應知合禮園。齋罷虚堂仍肅肅，白頭無語仰星垣。

五言絶句

見方石先生

平生慕遠遊，夜夢周八極。靈氛穆無言，惟問謝安石。

盤　嶺[一]

盤嶺秋煙外，亂峰霄漢間。遥知湖水曲，留我釣魚船。

【校勘記】

［一］《久庵先生文選》題作「望雁山」。

委羽贈少谷（二首）

方掃青山石，已蹈殘陽影。悠悠良夜心，寒月薄西嶺。

我愛山水居，君尋山水來。相對欲無言，洞口流光頹。

壽岩夜坐

燈殘岩下影，孤夢不成眠。颯颯霜風起，猿啼萬壑煙。

水晶庵壁間見先君舊題

孤兒悲素髮，江壁看題詩。天地增深恨，江流轉舊思。

題便面

幽林抱流水，茅屋帶煙蘿。問爾山中事，年來種杏多。

有　感（三首）

美人雲錦服，燦爛動光華。遊子天涯遠，頽齡只自嗟。
城頭朝日朗，烏尾孰雌雄。感慨乾坤内，棲遲得自容。
楚客忠云過，千秋事可哀。抱孤同醉旅，履虎暮山來。

次王浚川詠單飛鶴韻

萬里天池遠，孤飛憶共征。豈無鵰鶚侶，千載覓衷情。

江南曲次桂洲韻（二首）

郎住大江畔，妾住古井頭。江波日夜逝，井泉終不流。
遊女蕩輕舟，朱顔照緑水。朱顔雖可見，誰知妾心裏。

春江行次桂洲韻

春江日已暮，忽忽聞漁歌。舟行不可挽，怊悵意如何。

登樓曲次桂洲韻

高樓獨縱目，萬里達神舟。慷慨平生意，煙霞空舊丘。

種花南宮（二首）

春融土初破，種花不種棘。種棘鈎人衣，種花清人目。

莫種艷陽花，且種秋風菊。艷陽花易衰，秋菊晚芳馥。

槐　石

石倚槐根古，槐垂石上陰。可誰消俗慮，於此共閒心。

卷七

七言絶句

香山夜坐

故山風物舊關情，異境登臨感慨生。萬竹暝煙如夢裏，千岩月色共松聲。

望湖亭

誰於絶壁綴孤亭，曲蹬深林入窅冥。漠漠湖田春滿眼，水雲飛上葛衣青。

次韻送方吏部叔賢養病歸南海（四首）

石門松路白雲依，遥隔煙雲入望微。我有丹丘風露冷，輸君不及早秋歸。

馬蹄日日逐塵浮，誰識尋山爲道謀。屈指海南方吏部，天台能共葺茅不？

乾坤秋意正惺惺，誰復人聞最有情。解記北園新月夜，三人來共草堂靈（叔賢常携酒邀陽明於此同坐）。

西樵曾亦住何人，此去山猿詫好鄰。莫道入雲真太古，雲中路在亦通津。

讀方石先生書有感（二首有引）

己巳冬，綰以書達先生告別。先生復書云：「夫事君匡時莫大於學真儒，雖千言萬語，不過如此而已。然忠孝廉節亦皆其中事，舍此無餘事矣。惟神明扶佑以見於行，則天下之福也。」夜分書到，燒燈起床讀之，恨不能面語，夢寐中頗有説話，今忘之矣。留待他時，得見與否，尚能盡之。不料踰年之夏，於京邸聞先生訃。今先生墓木拱矣，綰亦抱病山居，偶檢故篋，得見此紙，爲之泫然。

數字真堪見赤心，幽明莫語只悲吟。還思先帝蒲輪日，但恨浮雲咫尺陰。

憶昔魚緘捧誦時，此心應有鬼神知。於今抱病空山暮，愁對寒雲血淚滋。

宿靈鷲院

披雲來酌峰頭院，因借禪堂一榻眠。窗静時時山雨過，擁衾不寐聽松泉。

紫霄懷陽明甘泉（二首）

我庵新構紫霄間，萬壑松煙翠自環。卻憶曾盟騎鶴侶，兩京寥落幾時還。

草庵初與兩亭完，二妙高名落此山。怪我蒲團終日望，天涯人遠掩松關。

吾廬

寒山過雨青猶潤，野樹經霜葉已疏。日暮誰歌紫芝曲，台雲深處是吾廬。

雨宿半壑庵（三首）

飛雨連朝不出山，寒泉松下夜潺湲。可誰携酒尋幽伴，正是山人盡日閒。
千岩煙霧迷松檜，盡日風泉繞竹房。頌罷《南華》無一事，豈知身世即羲皇。
終宵雨打白扉響，曉起千山萬壑流。記得去年二月晦，夜燒生葉卧峰頭。

靈岩石室宋杜丞相範曾此讀書

天開石室如虛閣，丞相曾聞此下幃。歲久煙霞迷薜荔，寒江一道送斜暉。

過林典卿山居（二首）

林蹊幽處客來初，細草青泥步欲扶。誰啓雲庵饒我睡，一窗風雨落花疏。
嶺樹重重浮翠靄，清溪一道湛雲光。道人擊磬無機事，欲省當年事已忘。

陪顧華玉遊巾峰（二首）

江上兩峰凝爽氣，雲岑四面照開尊。文章太守初臨日，山客追陪杖履昏。
峰頭古閣迥還幽，峰下澄江静不流。欲覔竹房看月露，水風浪浪葛衣秋。

寄鄭繼之

客去西湖幾日還，林哀壑思慘生顔。嘗期埋骨要離並，豈謂耕樵不共山。

夜坐贈王南渠給事（二首）

門前日色落古柏，燈火夜堂杯酒頻。莫問諫書前日事，已驚華髪兩州新。
天上歸來白馬郎，紫芝高唱冠山陽。未愁短髪浮雲遠，梅樹松枝思不荒。

靈峰洞

異境喜隨秋氣入，叢巒斜帶夕陽明。客來不識劉郎洞，遥聽雲間玉佩聲。

靈　岩

天柱峰前鳴雨過，朝來秋色不勝涼。顛崖轉訝霞裾動，飛瀑徐看珠箔長。

龍湫

宕頂秋深雁不來，白龍時下古潭哀。仙人戲弄風雷手，吹動乾坤幾劫灰。

石門道中答繼之蘋花之作

逶迤澗道白蘋生，樹影山光秋欲晴。猶惜相尋湖海意，兩鷗相對碧苔明。

和應南洲雁蕩出山見贈韻（二首）

青城鶴嶺是吾山，天柱靈湫豈世間。欲與諸君御風去，無煩採藥制頹顔。
落日青山動客心，秋光無賴一長吟。豈緣宋玉偏蕭瑟，零露驚風滿上林。

登華頂

昔年曾讀中峰語，今日來尋華頂行。俯視雲煙空界裏，丹霞映壑日冥冥。

觀石梁

天台四萬八千丈，足躡飛霞五百年。秋日天風散冥靄，銀河照眼石橋懸。

天台山贈應鄭二子

二子生平湖海客，風雲歲晚共徘徊。紫閣丹臺正待爾，樵歌莫作劍歌哀。

同守中世瑞元忠繼之乘月泛鏡湖憶陽明（二首）

三日秦望宿雨霽，百里鏡湖秋月明。此夜蕩舟同四子，江山重見古人情。

雲山不改當年見，風月偏牽別恨長。更爾懷人不能寐，虔南應入夢翺翔。

天台道中誦少谷懶椿詩因憶之

蒼松秋雨去年路，一樹懶椿相對青。忽漫詩成回首處，閩山萬疊海冥冥。

永康方岩

山中不見金光草，岩下來聽彩鳳鳴。一抹斜陽煙靄亂，何人得了世間情。

方岩對老僧

我緣未了頭方白，爾亦何緣白盡頭。長笑孤岑最高處，紫雲何地更油油。

題永康程氏池亭

曾憑絶壑俯幽亭，落日煙花一鏡明。坐共小窗梨葉晚，高雲涼雨不勝情。

謁杜清獻公墓（有引）

公墓在邑西黄杜嶺之麓，居民鄭氏發之。弘治間，邑尹黄君印謁選京師，夜夢貂冠朱袍，拜之，自云宋丞相，具道發墓事。既黄來涖敝邑，舟抵江口，復夢如前。及入覲，文肅謝公與先君議興文獻書院，屬黄舉奏，詔於墓傍立祠，春秋享祀。噫，亦異哉！公墓在祠東數十步，前有小金峰爲案。成化丙戌，張木庵至其地，曾見翁仲石虎，今爲墾田者覆没，田屬洪福寺，獨墓下有祭田九畝，洪武圖籍猶屬之公云。

荒丘異代猶成夢，英魄千秋尚未沉。斜日空山遲我拜，寂寥天地一悲吟。

謁車玉峰墓（有引）

墓在柔極嶺南，西百餘步曰儒地，小山之麓。

南渡儒流幾布袍，先生心跡最稱高。苞連宇宙辭何費，諄複昭文意獨勞。

謁黄壽雲墓（有引）

墓在柔川之何畧，鄰墓一區乃西橋趙氏二世祖通判。

曾從易義求心事，此日青丘拜已遲。回首名門誰復在，春山喬木再陰時。

坐悔石（有引）

唐司馬承禎應聘出山，愬此而悔，遂得名。

千古清風白雲子，出山知悔亦依違。我來倚仗寒煙暮，翠壑丹厓幾涕揮。

東關驛

長空落日娥江静，雲碧山青古驛幽。何事風塵行旅倦，虚窗蕉葉不勝秋。

曹娥廟

孝女祠前雙檜古，霜風欲下莫天空。白華正寫哀歌罷，不盡寒江百感中。

渡錢塘

雪浪銀山一葉舟，碧雲丹樹晚悠悠。西湖勝事秋風外，武穆逋仙各有丘。

勝果中峰晚色

江上霞光紅未了，沙頭煙樹緑相摇。乾坤此意誰能會，付與山門鎮寂寥。

勝果登方思道山亭

簫鼓長歌碧樹秋，佳人何處雲悠悠。一亭謾鎖煙霞住，斜日寒江興未休。

馮　園（有引）

馮園亦西湖佳致，綰爲童子侍先君來遊，留連竟日，今三十年矣。再過蕭然，感慨無已。

歲晚來尋舊酒壚，殘雲落葉渺平湖。飄零花徑傷心事，淚滿西風白髮孤。

岳武穆王墓

黯黯湖光映兩螭，英魂何處獨差池。我來再拜湖邊土，搔首煙雲有所思。

黄皁閣

川回虚閣墮天風，環珮翛翛日影中。可是金庭隔秋水，蒹葭楊柳渺重重。

次南洲韻贈惲功甫（二首）

江月照耀山雪奇，夜半對之傾一巵。忽憶東山老人在，白頭戴笠獨吟詩。
獨立江干望遠山，蓬萊突兀海漫漫。周郎孟德今何在，醉盡腰錢散曉寒。

寫松自詠

老髯是我岩中侶，何事天涯逐夢來。起挽雲袍無覓處，手摸蒼影照金醅。

賓　山

半世論交遍天下，回頭惟見碧山賢。是誰索我賓山句，秋日無言一惘然。

題畫鵲贈天輪僧

秋日欲出庭樹明，秋風初起靈鵲鳴。道人獨坐心無事，常見常聞若有情。

題畫贈虞惟明進士（二首）

長安秋日曉風柔，觀畫吟詩只浪遊。記得山前觀稼罷，白頭飛上碧蘿幽。
寒山雨過春日西，碧苕吐花煙欲迷。依棲翡翠疏林静，正是道人方渡溪。

九日憶亡弟宗哲

憶爾平生同白璧，誰堪中路忽摧淪。昨宵夢勸茱萸酒，細雨孤燈恐不真。

登燕子磯風雨宿西清道院（二首）

燕子磯頭柳色新，出城騎馬逐芳晨。英雄無盡乾坤老，目斷長江一悵神。
江上花枝春滿園，登臨吟笑欲黄昏。空堂兀坐疏燈静，風雨凄凄暗遠村。

訪碧峰和尚

道人誤落紅塵網，故訪高僧了宿緣。十里青山秋雨後，一溪流水暮雲天。

遲山爲刑部邵照磨賦

南峰松桂北峰雲，幾度湖船對夕曛。此日秋風秣陵道，相逢又是我遲君。

寫松贈仲思舜侍御

仙人昔上太清家，曾棄蒼松在水涯。歲久茯苓精氣結，時看丹嶠起青霞。

寫春草贈胡秀夫秋官

野老籬邊春草碧，鈎鐮終日倚闌干。王孫舞榭今何在，雨暗平蕪忍更看。

題净慈丈室壁（有引）

壁間見故友鄭少谷、孫太白詩，追惟宿約，不覺泣下。太白嘗書「竹林精舍」之句寄予，故曰「竹林」。

竹林不見三秦客，湖上空吟少谷詩。日落煙雲獨揮涕，此心猿鶴故應知。

和張少保郊宫謝恩韻（二首）

四命恩深弘化日，股肱斯稱德非孤。於今省識明良事，仰首丹宸欲忘吾。

南郊拜謝開新典，玉陛何如漢將壇。三接日中從此始，君交臣際古今難。

和浚川瑞蓮紀勝（二首）

芳塘蓮老葉還稀，並蒂花開静晚暉。應是鴛鴦魂夢化，凌波曝日舞紅衣。（右並蒂二花）

司馬池中碧玉蓮，開花兆瑞自今傳。莫云靚麗矜三粲，天上台精託水仙。（右並蒂三花）

送趙兵備赴遼陽

萬里遼陽塞草黄，星文曉夜帶玄霜。堯天已見風塵静，桑土憐君意獨長。

題黄筠溪太常竹石圖

我家石林叢竹深，洞門隔日晝陰陰。忽見琅玕開尺素，翛然如在碧雲岑。

贈星士（二首）

洛下少年驚落落，屠龍不試欲何如。攬衣覓遍長安市，微雨初晴季主居。

亦知擁篲當年貴，抱璞誰憐萬古情。白髮金魚驚滿眼，殷勤猶自問君平。

和嚴介谿尚書齋居紀贈（二首）

憶昔經幃染御薰，重來南國訂斯文。歲寒心事幽齋共，直以千秋奉聖君。

宦跡未須悲泛梗，詩人那自賦陵苕。真憐惠我如金玉，衰拙空慚負聖朝。

和紫岩留春（五首）

上苑花飛欲盡時，看花遮莫負花期。獨憐一樹長衢畔，細蕊含香尚數枝。

攜酒看花隨所之，花飛無賴酒盈卮。謾誇醉面花争好，卻訝頭顱易似絲。
出郭傷春未擬回，孰知春去又春來。歲寒獨有岡頭柏，寂寞無花可自開。
春風堪感亦堪憐，可那韶華易變遷。蝶舞蜂狂俱作夢，鈎簾山閣任流年。
雨暗風飛春去時，殘紅枝上亦相辭。湘纍故有傷時感，楊子何緣更泣岐。

題晏太監行邊圖（四首有引）

晏公宏嘗鎮三邊，巡行見風土之惡、耕汲之苦，爲之矜惻，爲四圖，請詩。

歷歷青山落日低，耕夫應共戰魂悲。未憂寒早收難料，惟恐徵求急莫支。（右范家灣）
荷鋤日日瞻烽火，耕饁相依暫自娱。襁子豈辭勞困劇，胡兒輕狡恐相驅。（右翟家鋪）
窑居山上臨砂漠，百里黄河負水還。誰唱凉州海西曲，黄雲白草共愁顔。（右湛家鋪）
旱暵經年塞草稀，今年殘夏雪花飛。枯荄焦礫方知潤，舉室犁鋤出未歸。（右會寧縣）

題金相士卷

經濟乾坤事若何，風塵牢落鬢毛皤。誰能獨識山林骨，掻首滄溟一浩歌。

和夏桂洲少保九日來玉亭韻（三首）

畫省華筵九日開，無花何以對芳罍。非關老圃秋容晚，留待金盤玉露來。

此日重陽菊未開，天漿空憶滿金罍。要知素節凌霜在，紫蕾香蕤次第來。
宗伯新堂此日開，秋光澄澈映尊罍。漫憐節蕊遲遲放，蚤覺香風仙仗來。

次韻謝桂洲惠菊

憶昨園亭啓竹扉，芳情晚色静依依。今朝盆菊勞相贈，坐對真成錦障圍。

南宮早起步積葉有感（二首）[一]

道人本帶山林骨，珪組爲囚苦未還。忽忽西風驚客思，終宵空谷夢柴關。
省院人稀積葉深，晴霞歷歷映高林。徘徊真與閑情得，恍惚仍居海上岑。

【校勘記】

[一] 二首，底本無，據前後文補。

和桂洲韻送丁舉人夔

東湖上列玉芙蓉，靈氣遥分五老峰。莫慨徐蘇蹤跡遠，鳳岡今亦有人龍。

再遊西湖感舊（三首）

村前紅葉晚無數，山下北風冬已嚴。往事舊僧俱不見，茶煙一縷起岩檐。

青龍橋邊華嚴寺，丹霞白石洞門陰。記得捫蘿曾信宿，春湖月出夜沉沉。
西湖山下雲堂静，憶昔携朋坐夜深。三十年間事如夢，終宵寒雨響空林。

功德寺（二首[一]並序）

昔予嘗同陽明及鄭伯興、梁仲用、徐曰仁、王純甫、顧惟賢、王舜卿諸君來遊，今忽二十餘年，而入鬼録者已過半矣。朴庵僧亦舊人也，故及之。

九十慈親垂鶴髮，逃虚兒子念應歸。也知佛性猶人性，密語空時豈易非。
沙邊緑樹半凋殘，湖上惟存舊石壇。回首昔遊今幾在，山僧問詢淚汍瀾。

【校勘記】

［一］二首，底本無，據前後文補。

哭張中梁司空（二首）

淮壖春日陪公乘，長路秋風共客舟。心事平生誰可語，山陽訃至淚滂流。
平生素德敝裘在，身後清風故篋知。誰謂汗青無故實，臨風三慟寄哀詞。

哭張思立（有引）

張經衛思立與予姻婭，聞訃，追念疇昔，爲之泫然，詩以哭之，實吾情也。

記得相逢澤水濱，笑談杯酒各青春。於今白髮京塵裏，苦對孤兒憶旅魂。

歸度居庸關（二首有引[一]）

入關以二詩寄桂洲，謂「二詩悲壯有古調」，乃和之，曰：「班超老入玉門關，旌節秋同雁影還。要識肝腸傾白日，未應邊徼損紅顏。」「四月圍城壯士悲，雲中羽檄夜交飛。廟謨賴有黃公略，合向燕山重勒碑。」

紫厓蒼壑壯天關，笑拂風塵塞上還。悵望五雲金闕近，心先葵藿向龍顏。

塞外秋生牧馬悲，遥空漠漠雁南飛。征人搔首霜毛短，慢謂燕然有勒碑。

【校勘記】

［一］有引，底本無，據前後文補。

夜雪與姪承芳及王宗範圍爐

長安風雪客來稀，燈冷紅爐與爾圍。興味今宵須記取，他年留話到山扉。

過妙應真人館觀梅次桂洲致齋韻（二首）

憶昔天台歲暮歸，梅花夾路雪初飛。今於京國看梅蕊，喜樆雲房一解衣。

故園此日正梅花，臨水當軒賸足誇。豈意玄都猶見爾，恍看蜂蝶繞江涯。

題青牛圖

丹丘琪樹隱雲關，長憶天台窅靄間。忽見青牛圖畫裏，恍然身在萬重山。

哭鮑太學

匣内龍泉猶未試，槐陰春夢忽成空。壯懷應作遼陽鶴，來語庭前雙碧桐。

簾山與劉泰之賦

千尋飛瀑懸孤壑，下有幽人結翠樓。借問樓中緣底事，看山面瀑度春秋。

天台紫陽庵（二首有引）

紫陽庵，追宋仙人張平叔昇化於此爲之也。始創於台守淮陽馬公伯瞻，幾五十年而圮。道人章伯清募貲興復，鋤崖平土，結樓築室，環牆開徑，視舊有增，遂使守者有棲、行者有居，皆道人力也。予行役東歸，入訪仙人，欲招一語不可得，乃坐啜茶，口詠二詩以記之。

拂盡黄塵度嶺還，萬峰回合碧溪灣。天風吹起雙鳴鶴，道是仙人拔步關。

我自玉門關外還，松鳴日落大溪灣。坐憶仙人紫金訣，笑開千仞白雲關。

賚功詩二首贈李恭川憲長

萑苻澤中賊哨聚，大梁道上金鼓鳴。縛取渠魁獻天子，行人多説李西平。
捲甲歸來論上功，藏金稱錫建章宫。回頭忽憶雲中事，萬死鴻毛敢謂同。

贈范致齋詩（二首有序）[一]

致齋范驥，予少日同窗友也，顧今老矣，猶淹學舍。致齋博記善飲，又善與人交，予甚惜之，爲賦二詩。

書館髫年燈火同，而今雙鬢各成翁。笑予已歷風塵倦，慚爾雲霄路未通。
腹内五車今有幾，床頭百甕筭應多。蹉跎歲月誰憐汝，發藻停杯意若何。

【校勘記】

[一] 二首有序，底本無，據目録補。

次韻詠鏡川詩

靈峰洞口秋氣澄，昔曾照膽冷於冰。因君乞我鏡川句，憶泛寒溪泝武陵。

葉敬之談梅岩隱居之勝詠詩索和

廿年不到小梅山，聽詠新詩意自閑。忽憶當時情話處，澤川鶯囀白雲間。

贈相地南昌姜居簡

埋玉青山覺未安，最憐策杖遠相看。殷勤三歲情無限，寫贈新詩鼻欲酸。

輓族祖孔美秀才（二首）

江上草堂春閉户，若携緗檢乞哀詞。含悽重憶吾宗秀，可奈蹄鵑花落時。

桂宫不見騎蟾子，蘭砌深悲萎玉芽。誰向泉山磨片石，爲鐫姓字一興嗟。

江雲閣次葉敬之韻

閣前江水浸晴峰，峰畔飛雲忽雨容。野老鈎簾面江坐，瀟瀟終日静魚龍。

許太恭人壽歌

赤霞城上綺筵開，萬壑雲煙對舉杯。此地相傳舊仙窟，排空定有玉簫來。

與四弟空明山人題畫（九首）

歲寒松竹相依翠，更接疏梅絢日紅。可是幽齋新雪後，淡煙寒月憶山中。（右《松竹梅》）

習家池中新水生，襄陽城外春日晴。坐看浴鵝歸去晚，緑楊陰轉蓼花汀。（右《鵝》）

塞上霜寒月在天，鄰鷄初唱促程先。今於山館聽鷄唱，坐引秋光翠竹邊。（右《鷄》）

江上西風萬卉空，水邊煙際有芙蓉。坐凭草閣林間暮，歲晚相看幽意同。（右《芙蓉》）

溪上人家低粉牆，緑蕉丹蕊静相將。憶我當年京國返，虚窗陰合正秋涼。（右《芭蕉》）

昔年欲勒燕然石，跨馬天山未擬還。今日菊畦思自藝，披圖忽爾見南山。

少日長安白雁來，金風摧賣菊花開。蕭騷白髮山城夜，坐嗅寒香獨舉杯。（右《菊》）

最愛吾家遺世者，鶴船長傍水雲吟。憐予苦被簪纓縛，每負春江翠柳陰。

魏野山中同鶴舞，不知山下翠華過。君今引鶴沙邊立，悵望蒼茫意若何。（右《鶴洲圖》）

題符國信三友圖

雪灑霜嚴北風急，松蒼竹翠梅萼紅。借取青山白雲色，照予衰鬢亦堪同。

病起觀梅（二首）

壠上梅花開欲遍，困眠旬月不曾知。朝來曳杖林間立，香雪風回滿面吹。

昔在京華憶梅蕊，寒香飛入夢魂清。今凭山閣開東牖，旭日冰花一樹明。

新詞

元夕燈讌（二首）

華堂燈火張元夕，少日相看今白頭。莫訝星橋在天上，即觀火樹駕山樓。

堂上花燈争彩勝，門前蘿月逐香車。深杯老愛親朋共，簫鼓誰悲春興餘。

滿庭芳（春思）

麥秀高原，花開近圃，初長天氣晴明。幽庭曲徑，還見亂蕪生。旅客天涯何事，凴闌處，惆悵關情。亂紅吹，緑煙藹藹，芳樹有啼鶯。　春深門巷静，看楊花，如雪飛，舞盈盈。謾無言，搔首暗憶平生，不覺頭顱半白。風塵跡，牢落難凴。念神仙，英雄回首，此事竟何成。

浣溪沙

楊柳門前春日斜，園中桃李正開花，無端風雨過天涯。　竹塢雲歸横夕照，蓮池月出亂鳴蛙。閑庭無事岸烏紗。

卷八

論 雜文

審治論一

治天下者，不可不審其時之緩急與其政之寬猛，得則治，不則亂。夫舉天下之事存乎人，成天下之治本乎幾，及其極也，亦有非人所能爲者。周公，聖人也，非不知衰微削弱之爲患也，然治魯親親而尊尊，可謂善矣； 太公乃意其後必至寖微，及其後果有如太公言者。太公比於周公者也，亦非不知争亂弑奪之爲禍也，然治齊舉賢而尚功，可謂至矣； 周公乃意其後必至篡弑，及其後果有如周公言者。夫齊、魯一國，治以聖人，其敝如此。使有天下治之不得其人，其敝又當何如？ 雖然，久而後敝，亦理然也。若夏之忠、商之質、周之文，厥初攸尚，固欲傳之子孫，守之久遠而不變。及其後，商視之不能皆忠矣，故尚質； 周視之不能皆質矣，故尚文； 周之後，視者又不能以皆文。此三代所爲異制，忠、質、文所以必變，無相襲也。使聖人而不知，欲乖其不當變，守其所當變，將亂是興，曷治之足言，何也？

天下之時有緩急，聖人之治有寬猛，審其緩急，酌其寬猛，應惟其宜。寬不至於縱，猛不至於殘，則政得其中，而治之所以無失也。若不知先審其時之緩急與其政之寬猛，則刑賞不得其中，欲以治之，豈不難哉！昔鄭子産爲政，其將卒也，謂子太叔曰：「我死，子必爲政，當以猛。」太叔不能用其言，卒以致盜。夫如是，則政果可獨寬乎？唐太宗初治，將欲嚴其威令，魏徵諫以不可，封德彝遂譏「徵書生，不識時務」。太宗卒用徵言，不數年，海内乂安，四夷賓服。夫如是，則政果可獨猛乎？噫！是何異也？舜紹堯而治也，堯之民宜無不仁者，舜之治宜以寬也，然而必流共工、放驩兜、竄三苗、殛鯀，而後天下咸服。武王承紂而王也，紂之民宜多不仁也，武王之治宜以猛也，然而必出炮烙之罪人、散鹿臺之財、發鉅橋之粟，大賚于四海，而後萬姓悦服。噫！是又何異也？

蓋爲治譬之爲醫，醫之治病必先審其人之虚實與其症之寒熱，然後投之以藥，病則易愈。若虚實、寒熱之不審，而以虚攻虚、以實攻實、以寒濟寒、以熱濟熱，此死者所以交首於世也。藥不能濟病，人之責者，固不責乎藥矣。使治天下而不審其緩急、寬猛以至於亂，則天下之民之責之者，又豈止一醫之責而已哉！吾故曰：治天下者，不可不審其時與其政也。

審治論二

夫人才以太平而出，亦以太平而不幸。故國家本以太平爲可喜，而亦以太平爲可畏。夫太平之時，朝廷有用賢之美，深山窮海之人皆懷願用之心。願用之心勝，則流而不止，故夤緣僥倖之路作。有夤緣僥倖之路，則所用或非其才，而小人進矣。小人進，則君子無路而入矣。夫國有君子，猶耳目之司其身也。人無耳目，則有聲不聞、有色不見。不聞不見，可謂之人乎？小人非不足爲人君之耳目也，蓋以彼易我耳！我之所進者公忠，彼之所易者私邪。公忠多難親，私邪多易悦。悦則聽之專而任之篤，聽之專、任之篤，而朝廷之蟊賊生。朝廷而有蟊賊，天下皆蟊賊矣。天下皆蟊賊，天命於斯去矣，敗亡之禍，其能已乎！

古之聖人知治亂之本繫乎人才，故周爲育才之具，精爲擇才之方。必由鄉舉里選以覈其實，必自比閭族黨以勵其成。無他岐以定其志，不二道以一其德。使人皆才矣，然後舉而用之，則有才不廢，非才不冒，所以久安長治而亂無所自生矣。故曰：天下不以太平爲可喜而以太平爲可畏，有天下者可不知審乎！

審治論三

治天下者，不可以無法令；天下[二]之成治，則非法令所能致也。聖人知此，常爲疏遠不急之法以示之，故民畏之如雷霆，遠之如湯火，使之日改月化，若常有臨而提撕之者，豈專恃乎法令哉？夫法令之於民，巧者可舞之，奸者可欺之，可舞、可欺而壞之不難矣。以易壞之法待無窮之情，猶云「足禁之」，吾未之見也。夫吾以赤子之道待之，彼亦以赤子待其身；吾以蟲虺之道視之，彼亦以蟲虺視其身。一爲赤子，將以笞罵爲大辱，則笞罵爲足耻而畏避矣；一爲蟲虺，將以殺戮爲輕刑，則殺戮爲無畏而數犯矣。得其説者，笞罵可重於殺戮；不得其説者，殺戮反輕於笞罵。

是故聖人修仁義、察人倫，使之以有則；又爲置井田、制邑居，使之以有養；又爲立黨正、設族師，使之以有攝；又爲修六禮、明七教，使之以有道。蓋皆因其天性之自然者以爲之制，故民無智愚、賢不肖，皆歡欣鼓舞，樂趨而不倦。一或有戾，皆知慚愧悔恨，思以遷善，視桎梏、受斧鉞，無以過也。此所謂不刑之刑甚於刑，不怒之威甚於怒，固何在於法令哉！夫如是而又有不悛者，則爲自棄之民矣，然後置諸法令，則法令重而民不敢犯也，故治天下者不在法令而在得其要也。昔趙鞅鑄刑鼎，孔子聞之，曰：「民在鼎矣，何以尊貴？何以爲國？晉國其亡乎！」鄭人鑄刑書，叔向詒書子産，曰：「先王議事以制，不爲刑辟。今吾子制參辟、鑄刑書，將以靖民，不亦難乎？」噫，甚矣！法令之不足爲治也久矣，然世專恃之，何哉？

【校勘記】

［一］天下，底本作「法令」，據上下文改。

商鞅論

商鞅相孝公，挾威令，制國人，霸諸侯，是時秦國以強，諸侯莫敢西向視者，皆鞅力也。及孝公薨，商鞅死，始皇立，呂不韋、趙高、李斯用，二世而失。起於陳勝、吴廣二匹夫，而卒滅于劉、項之手，其故何哉？蓋商鞅者，徒知其術之可以強秦，而不知其術之能敗秦也。行徙木之小信，假威令以劫人，故人不得不從也。然其併心趋利，峻刻深殘，皆足以腐民之心髓，其敗秦也必矣。

何強秦之有，但禍偶未發耳！故一旦孝公死，秦人車裂鞅以殉，然秦不與之俱亡者，倖也。

吾曰：强秦者非鞅也，孝公也，蓋孝公能用鞅爾。敗秦者非章、斯、高也，乃鞅也。何也？夫三子固能敗秦，殊不知三子之殘賊者，鞅實先之，微鞅則秦不强，而三子亦不得肆矣。嗚呼！及其後也，敗秦之鞅未死而强秦之鞅已死，故吾不痛鞅之死而哀秦之亡。鞅其死耶？鞅其未死耶？

春秋論

《春秋》何書也？天子書也。何爲而作也？爲小人也，爲君子而不知義也。苟時皆君子而知義焉，雖有賞罰，將執何人而加之？將指何人而斷其是非？必有小人而後有是非，有是非而後有賞罰。周室凌夷，王法不行，綱紀廢壞，雖有桓、文，皆自爲以濟其私，豈爲天下也哉！是故《春秋》非無事而修，必不得已而後作。

然所以作《春秋》者，皆天子之權也。以天子之權假之於我夫子，何責人之僭而自僭也？然其所賞罰者，因魯史也；魯史者，空言也。以空言而托天子之權者，道在我也；道在我而權不在我，雖有賞罰，以道不以權，庸爲僭乎？

或曰：因魯史以寓賞罰，則以其權與魯矣，魯可受乎？魯而可受，齊、晉何不預也？子曰：「夏禮，吾能言之，杞不足徵也。殷禮，吾能言之，宋不足徵也。文獻不足故也，足則吾能徵之矣。」魯，周公之國也，周公以聖人之德任輔相之職，制禮作樂，正名定分，成一代之典，爲百王之法，則魯之文獻足徵矣。故以與魯無疑也，亦以見周公之道傳於夫子而夫子受之也。夫子必曰：周公，我師也，我以師之道而行我之志於天下，天下之人必不曰我僭天子之權也。必曰：我行周公之道也。使周公而存，見諸侯之強盛、倫理之不明，必請征伐而討之，而《春秋》之賞罰者亦無事於措矣。嗚呼，所謂《春秋》者，抑豈夫子之好爲哉？無君子故也，無周公故也。故夫子曰：「知我者其惟《春秋》乎！罪我者其惟《春秋》乎！」後之讀《春秋》者，知也？罪也？

秦漢得失論

秦自繆、孝以來，因河山之險，據上遊之勝，以霸術爲強，兼併爲事，所用者智術，所尚者首功。垂至始皇，遂吞二周，滅六國，有天下。其本固淺矣，猶謂功高五帝、業過三王，不悟其非，欲爲子孫萬世之有，易諸侯爲郡縣，戮豪俊以絶争，南開百粤，北築長城，嚴法峻禁，固防密慮，坑儒燔書以愚黔首，銷鋒鑄鐻以弱其民，以爲子孫萬世安枕爲帝王矣。然一旦身死，閭左之徒，鉏耰梃呼，群雄蜂起，天下瓦解，竟以其所深欲者爲速亡之媒。

漢高祖懲其弊，入關約法三章，弛除苛刻，退待諸侯，以之寬秦民也，非略地争天下也。然屢辱強羽而不挫，卒屈衆策舉宇内，一奮輒興，遂成帝業。竟以其所無意者爲結人心、得天下之資。噫，天道可以私心測哉？天下可以私力有哉？民心可以私智服哉？惟不可私也，此漢之所以得而秦之所以失也。

夫禹、湯、文、武，行純王者也，溥其澤於天下，非利天下貽其子孫也。然生而其身安榮，殁而其名不朽，國祚悠長，子孫不失，又豈思慮智謀嘗及是乎！道合乎天，德覆乎民，故人不忍去，天不能違之，豈區區可同論哉！惜乎，漢高不深求其道，充入關之心，此漢之所以卒爲漢也已矣。

利害論

天下有大利有大害，皆自己出，人常不知。仁者己之利，而人苦不知用；私者己之害，而人苦不知去。用仁所以利天下而亦所以利己也，用私所以害天下而亦所以害己也。

智伯攻趙，引水灌晉陽城，方自快其用之神，曰：「吾乃今知水可以亡人國也。」殊不知俄頃襄子使人殺守堤之吏，決水潰其軍，首爲飲器，國爲丘墟，竟其水之自爲也。衛鞅相秦，作慘刻之法以毒其民，暴其公族，自謂可以顯身福其子孫也。殊不知一日孝公薨，秦人起而誅之，走及關，以其法不得出，秦人追殺之，車裂以殉，滅其族無噍類，亦竟其法之自爲也。嗚呼，以之害人而卒害己，以之利己而卒不利世，復有如智伯之水、衛鞅之法者乎！

入治朝德日進論

人貴自立，又貴遇其時也。自立固難，獲時之遇尤難，故曰朝廷有教化則士人有廉耻，士人有廉耻則天下有風俗。

治朝之世，君子率德，百僚師師，道德敷政，仁義成俗，林野之民皆具賢人之才，江汝之女尚有君子之行。況縉紳在朝，善類相觀，猶蓬處麻，猶金在範，同聲非均而均於景行，同氣非齊而齊於蓄德，與之俱化，不知其化，所以人樂盛世，願趨有道之日也。

亂朝之世，上不率怠，淫刻頗邪之政宣，桀鄙狙詐之風流。求之以不經，歸之以流蕩；使之以不誠，應之以不肖。苟非豪傑獨立不懼，樹之風聲，雖天資近道，鮮不委奪隳敗於波頹風靡之際也，況其下乎？雖然，貞女不以患難易節，良農弗以旱潦輟耕，君子惟求自立，一息尚存，此志不容少懈，豈以其時有作輟哉！

釋問

或問曰：「子何得罪於五品大夫而致怒乎？」曰：邑穀不登，連茲三歲，餐草啖木，不能自活，道殣相望，子不見乎？恃力持鐵，奮攘橫野，子不聞乎？邑長安食，不爲之念，日取其良，籤指榜臀，裂膚流血，窮搜其膏，以事逢迎，子不知乎？予不忍竊歎於室，意五品大夫爲民官也，故言其情，欲其拯而活之，不料大夫舊於邑長，今行而逢，將同其利，以予言爲非，故怒之。

或曰：「聖有謨訓，思不出位。子在蓬蒿之下，不揣在我，妄言民事，以招大夫之怒，宜也。傳曰『一出言不敢忘父母』，大夫言將子陷，是貽其憂，一舉兩失，何以爲智？」予曰：古之作法教於今者，非孔孟耶！孔子不忍見天下之民不被堯舜之澤，故驅馳齊魯，奔走宋衛，絶糧於陳，畏懼於匡，幾死于桓魋。孟子猶此心也，故經營齊梁，艱關燕滕，疑於時人，毀於臧倉，輕於淳于髡，其道雖是，其身能免乎？況居父母之邦，可避以默乎？然鄉鄰閉户，同室被髮，予何出位之有哉？且揚美於親，保己之身，孰非予事？但顧理無以取之者，亦將奈何？予則求之。以爲當默也，則予言爲非；以爲不當默也，則予言爲是。予何是非哉！但恨未能爲孔孟者也，作《釋問》。

夢漁説

三衢徐可大方舉進士，館於予，以志江湖而頻夢之，遂自號曰「夢漁子」，請予著其説，予竊疑之。既而受官南科給事中，將舟而行，又請之，予又疑之。夢漁子喟然曰：「吾所謂者，豈心明不可、強言以僞而冒之者耶？豈徒愛其名、矯智以非情而盜之者耶？蓋吾之性固疾也，吾向見夫蒹葦之濆，煙水之區，張輕罾，下聯筒，緑簑黄帽，長歌欸乃，吾至喜也。吾自謂雖有王侯，吾勿易之。今吾既夢之，吾行之兆乎？子行且索吾爲蘆中丈人矣。」

予遂不得辭，乃問之曰：「子之所言，子果夢之乎？今之富貴者，其亦夢乎？夢則其誠乎？子誠則予何疑焉？抑予聞古之仕者必有所不爲而後可有爲，今子之官則諫官也，諫官之務在今爲至急，子果夢漁者，則子之去就可輕矣；去就輕，則子之諫可行矣；行諫之道而後去，則子其真夢漁者乎？」

贈林以吉侍御

人心猶鏡乎？垢翳之則失其明，明不現則昧於照，照之不精，明未足也，則務盡去其垢。《六經》、濂洛之言，其去垢之朽楮歟！今將之以去垢而反以爲障，可乎？莆田林以吉志將求聖人之學，來吾徒而取友。惜吾晚學，得之尚淺，無可爲益。告之以此，庶以吉之自得，終有以益我哉！

贈汪景顏

景顏學於陽明先生，三月而去爲大名令。同遊之士數人，爲醴酒而告之曰：育下事上之宜若是哉，軌物析爭之宜若是哉，備災捍患之宜若是哉，云云未已。石龍子起而謂之曰：「子學於先生何耶？先生教子何耶？古者君子學道，即心無不通。且鷦鷯善巢，蜾蠃善房，人使之歟？抑生之然歟？子自謂二蟲孰賢？子但盡子之心，堅子之志，則先生之道在子矣。予何言！予何言！」

留別三友

石龍子將歸天台，舜卿、仲用、惟賢二三子握其手，曰：「子去，我若何？」石龍子曰：「陽明先生在矣，子日親之，其終染乎？」曰：「先生志去，又將奈何？」曰：「離合，迹也。在離合矣而不爲離合者，神也。二三子其爲迹乎？其爲神乎？爲其迹，愛而得之，一臂掉而失之，其能忍不悲乎？爲其神，六合之内以及六合之外，千古之上與千古之下，何往而非神哉！夫神，心之所存，理之發也。心存則神存，神存故動而天，隨天則一而無不同，無不同故彼此齊而離合亡矣。其不同者，雕劇卓鷙，人各其私，如面不一，或勢或利，或名或技，拘而從之。方其從也，聯席而寢，並匏而飲，口面與與，腹臟騑騑，轉項背而秦越分矣，矧去萬里而猶望有同哉？今二三子惟求之于心，切而弗懈，誠之以天，弗妄以人，則二三子與我與先生皆將神契矣。神契則常而不變，二三子將何所不師先生而友予哉！況先生尚留數月，二三子勉以親之，毋徒戚戚。」

留别汪汝成

予與汝成約歸東海，汝成未遂，而予將去之。汝成曰：「子行我滯，將奈何？子有以遺我乎？」時汝成之稚子病，汝成與其妻抱之有憂色，予指而問之曰：「子甚愛之乎？」汝成曰：「然。」予曰：「子能愛子之心如此稚子乎？」汝成曰：「何哉？」曰：「天與人以心，豈直一稚子之可愛而已。毫髮失養則死矣，心死而身可冀乎？子自謂稚子孰重？」汝成曰：「噫，我知之矣！」予曰：「子知愛其心如稚子，則子可爲聖人矣。」汝成遜曰：「我惡及此？」予曰：「吾久已見之子淵而確其進者也，乃今而往，又可量乎？」於是汝成揖而受之。

贈石門子

石門子棄其官而歸，訪南洲子於西阜之山而問政，南洲子與之論學期月，偕來訪石龍子於紫霄之上，石龍子亦與之論學，又期月而後返。或信焉，或疑焉。既逾年，復來，與石龍子曰：「吾於二子之言莫逆矣，反而内觀我之心，然猶有未安者，何也？」石龍子蹷然起曰：「是幾矣，子知擇志者乎？夫人之心有所之，則必有所倚，有所倚則必有所喪。之於富貴則於富貴喪之矣，之於功名則於功名喪之矣，之於風操則於風操喪之矣，之於狗馬鞠博繢寳則爲狗馬鞠博繢寳喪之矣，之於聲色貨術辭伎智力則爲聲色貨術辭伎智力喪之矣。喪而不返，是爲天戮。無之則一純，一純則神凝而静，静而明，益明則益静，是爲至德。至德毗天，是爲聖人。然擇之要在乎慎初，初爲萌始，萌必有根，根拔萌滅，是爲太虚。太虚同同，是爲至德之府，其府淵淵，萬美粹焉。古之君子所以過人者，蓋精諸此而已矣。故曰：『先立乎其大者，而小者不能奪也。』吾子盍反擇之？且吾子之志亦有歧乎？歧則不一，不一則多，多則蓬蓬，吾子之心能自安乎？請自今安之，則吾子之道進矣。」石門子唯唯而笑，遂縛兩屨而去。

志説

士非明志不可以自立，非定志不可以致遠。志者，心之趨也。趨之不明則昧而昏，明之不定則惑而餒。既明而定，必如水之赴海，千回萬折，不海不已也；必如獸之走壙，飢渴踣僨，不壙不息也，故謂之有志。志之存，不以廟朝廷陛而尊，不以繩樞甕牖而損，不以斧鑕鼎鑊而泯，不以夷狄患難而摧。舉一世非之而不沮，舉一世譽之而不勸。蓋身得顯晦，此心不可以顯晦；名得榮辱，此志不可以榮辱也。是故君子之學，溥而不窮，健而不惓，戒懼於不睹不聞，致謹於視聽言動，與生俱生，與死俱死，貫金石不渝，通天地不窒，志明而定也，此君子之道所以貴也。

不然，毫髮之差，名雖是而實亡矣，器雖存而用非矣，謂之君子之道，不亦遠乎！此世之士每懷蓋代，自負天下之望，或變磷於得喪，或潰倒於利害，壟斷發塚，用之不足以尊主，行之不足以庇民，淪綱斁法，播惡於衆，以爲斯道之賊，豈非此志之不明不定也！所以講道者易，任道者難；求道者衆，得道者鮮矣。道之不明，世以貿貿，生民而久不蒙至治之澤也。

南岡子有志聖人之學，友予京師，别十餘載，會於留都，既而予抱病歸卧於東海之濱也。南岡子行部過其廬，與之語更僕，惕然不舍，遂命書諸箧，作《志説》以諗之。

贈王生敦夫歸山中

敦夫下第業於南雍，將歸造予，求學問之實。予曰：「其慎獨乎！」曰：「慎獨其足乎？」予曰：「『上帝降衷於人，皆有恒性，性之清静而至真者曰情。斯情也，即惻隱、羞惡、辭讓、是非之心，爲仁、義、禮、智之實，乃堯舜與愚夫愚婦之所同。亘天地，歷萬變而不可磨滅者，惟此而已。故命之曰良知。方其知也，他人所不知，惟己所獨知。古之君子凡有言也，凡有行也，必於此而致思，故見於彝倫日用，一惟天則之依，弗使毫髮私意之間，故曰『惟精惟一』，實萬世聖學之源。」

敦夫有志於學，持此歸山中，反之於心，質諸聖經，必有以見夫後世傳注之失而得之我矣。又出其餘以語吾子弟及吾鄉人，予實望之，敦夫其勗哉！

旌勸説

古之言治者以知人爲要務，知其賢而旌之陟之，知其不肖而謫之黜之，二者至公而無私，而天下勸矣。所謂公無私者，人惟其賢、惟其不肖，不以一己喜怒好惡行於其間。苟賢矣，雖讎不蔽也，雖疏必舉也。苟爲不肖，雖親故必棄也，雖所好不阿也。苟或賢矣而有未備，不以才朽棄合抱，不以舊過廢新功，賞罰既形，好惡克彰，此之謂「法天之道」。譬如震雷出地，潛伏皆奮，枹鼓在前，三軍踴躍，由是百寮靖共，海隅自獻，而唐虞三代之治可幾也。

吾郡太守晉安許公，體高俗之材，懷廊廟之具，厥始治台，人猶未知其惠也。粵既三載，蠹剔蠹弊，刮磨垢污，民莫施暴，吏無容奸，閭井富實，而公猶攻苦食淡，益勵清操，耇老髦童咸愛朝夕，願緩須臾，以觀德化之成、皇澤之流也。

於是，部使來者若汝陽張君、江陵李君、建康金君，或舉旌異，或行褒獎。台之士庶皆忻忻然爲世道喜，曰是非阿私，是非溢美，庶幾古人知人之明、賞罰之公而天道福善禍淫之義昭矣。夫明則賞罰之人勸，公則天下之人罔不勸，其於致治也，若使崇伯子疏九河、后稷播五種也，不猶視諸吾之掌乎！予於是竊動心焉，故著《旌勸説》以貽之。

贈周潤夫

應城周潤夫侍父宦台，台士皆與之遊，每稱潤夫之賢於予。予卧山中，不獲時見潤夫，而潤夫常若有意於予者。既而潤夫將歸應城，請所爲學者爲贈。

予曰：「今日之學莫先於立志，志莫先於學聖人。學專則不雜，不雜則一而有要。古之所以大過人者，其志專也，故曰：『用志不分，乃凝於神。』孔子曰『吾十有五而志於學』，以志壯老而日化。顔子之學孔子也，則曰『不遷怒，不貳過』，以至卓爾而幾化。孔顔之所以大過人者皆繇此而進也。孔子又曰：『朝聞道，夕死可矣。』孔子，大聖人也，所猶未聞而汲汲足當一死者，又何道哉？潤夫歸試思之，有得尚蕲再來見而極論也。」

予因潤夫之賢，書以及之，幸潤夫之不我迂也！

家誡

人家以道德爲本而不在勢利。父子至性在道德，夫婦至恩在道德，兄弟至親在道德，長幼至愛在道德，婢僕至恭在道德，親友至情在道德，以至讀書爲仕只在道德而不在富貴。故可仕、可止、可久、可速，各隨其宜，庶幾不爲市井庸俗之鄙夫！思於此立志，是爲正本，其本既正，萬事無失，方能興育才賢，保家永世。所謂道者，順其當然之理；所謂德者，得其忠恕之德。故書此以告一家，咸當深省。

卷九

雜文

治河理漕雜議

予嘗陳理漕治河之策，聖明已俞而行之。既而二三公各以意見求勝，當事者觀勢爲趨向，遂止不行。至今五六年間，漕河日塞，黄河益患。夫漕河之塞已甚，但黄河源流盛大，一時不見淤塞之跡，人皆玩之以爲無事。殊不知彭城皆山，吕梁三洪實皆山峽，形勢易阻，兼之黄河多泥，爲塞尤易，日塞日高，一旦黄河不流，則漕河自清河口至濟寧幾千餘里皆爲平陸。當此之時，將爲開濬，則爲費無紀，民力實有不堪，將欲坐視？國賦命脉繫於漕舟，一歲不至，京師告急，爲今計之，將何卒善？

夫物必有本，害必有端，今但知黄河爲患而不知其所以患，漕河爲利而不知其所以利，雖有神禹，亦無如之何。且黄河爲患，不甚於三代之前而甚于秦漢之後，何哉？蓋三代行井田之制，井田之間必有溝洫，溝洫之水必引源泉以足之，故涇、渭、涑、沮、伊、洛、瀍、澗、衡、漳、恒、衛、澧、汭、滎、桓、汾、潘，皆分於雍、豫、梁、冀平野溝洫之間，則水之入河者少，水小則河勢自弱，故黄河衝決之患不在三代之前。自商鞅開阡陌，李悝盡地力，井田既廢則溝洫俱廢，故涇、渭、伊、洛諸水皆歸於河，水之入河者衆，水衆則河勢自盛，故黄河衝決之患特甚于秦漢之後。況自秦漢已來，通渠開漕皆在河南高原之上，以致黄河不復由河間地中之故道，遂失禹跡潤下之性。猶以盤盂盛水置諸几案，几案略摇則水溢，堂陛乃其所也。然又不求其故，惟築堤防以捍之，是故堤防稍決，則瞬息之頃，數千里之内，室廬漂蕩，黔黎皆爲魚鱉，且堤防之費歲無休息，生靈墊溺，百年凡幾，自秦漢迄今，爲害可勝言哉！

今欲息數千年之巨患，以成當今之急務，則莫若師溝洫之意，求分水之端於雍、豫、梁、冀之間，因地勢高下之可見、溝渠陂沼舊跡之或存，即其源泉略加疏引堤防之工，使之各歸其處，則黄河之勢自弱，然後導之北流，復禹舊跡，使行地中，以順其性，則衝決之患自銷，生民之害可除。且今天下之土，北方肥厚實過江南，惟水失瀦蓄、土皆枯燥，故生植稀疏，反有不及。昔唐虞三代之時，江南諸路皆未入版圖，軍國常賦之需、稻粱重穋之産，皆北方自足。若使水利復興則生植必多，財賦之充又奚假于江南哉！且今北方盜賊縱横，亦由無水之故，使溝洫足以限隔，則驅逐必難。一舉而數利並興，亦何憚而不爲也？人皆未之思耳！

今日漕河源出山東，山東之水已足漕用，但失瀦蓄之方，故潦則漂蕩以傷農，旱則枯涸以病漕，何哉？蓋鉅野爲東國之浸，乃沇濟鍾聚之區，亦山東諸泉瀦蓄之所。今之漕河，因元之舊，置諸濟寧高原之上，南北分下，常如高屋建瓴，只賴諸閘節縮，僅足浮舟。設或一旦少有風塵，諸閘不守，則漕河已絶，爲慮可勝言哉！

今欲爲國家經久無窮之計，及舒目前漕河淤塞之急，惟有蓄水一策，庶幾爲力易成，緩急足濟！且南旺、昭陽、安山諸湖，皆居漕河之上，舊稱水櫃。今隄防俱廢，或開濬非宜，反爲黄河所塞，積水甚少。寧陽爲諸泉出没之所，實漕河之源，今不爲之陂障瀦蓄，但以其流導歸一溝，至於分水，入於漕河，南北奔流，日夕不息，故溝水僅見一綫，陂障常憂枯竭。失今不圖，一日漕河盡塞，雖加畚鍤億萬、金粟山委，將何措手而可以飛舟京師？莫若及今預將南旺、昭陽、安山諸湖隄防脩築完固，及擇寧陽至漕河之間可爲陂障之所，高爲隄防，使山東諸泉之水盡歸於湖，乃於湖隄築閘，泄其餘水入於分水溝中，俾入漕河，則陂障常溢而漕河不憂其竭矣。又求鉅野舊跡，究其當時積水之故，必有隄防之所，因其舊跡，爲之疏築，遷其居民，使居原野之上，則鉅野可復。或又憂其不足，則西南諸泉亦可導入，因其涵浸之盛，分流南北。測其地形高下，略爲閘座，爲之節縮，以爲漕河經久之計。此實國家萬年之福，不但足救淤塞而已，又可以省每歲閘座、隄防、夫役之費，則諸州民力之舒亦有不可勝言者矣。

贈邵文化

聖人之道自孟子殁而失傳幾二千載，至宋程伯子始啓其端，迨我陽明先生乃闡良知之旨。學者方如醉夢得醒，而昧者猶以爲疑。予昔受教，更歷歲月，既竭駑鈍，方知先生之云「致良知」者即孟子所謂「擴充四端」、孔子所謂「克己復禮」，其實皆慎獨也。故曾子傳《大學》，子思作《中庸》，皆以慎獨爲要。惟從事於慎獨，則良知明而至誠立，不待外求，而經世之道、位育之功在此矣。昔云漢儒不識誠，非其不識，惟不由慎獨致工，則誠無所在，此其所以不識也。由此觀之，慎獨之學不明於世久矣。囂囂而不已者，豈無故哉！

吴興邵文化雖未嘗受業陽明之門，而能深爲陽明之學，見予論慎獨之要，即欣然有契，乃謂予曰：「自吾子之説昌，陽明之學當益明矣。」所謂陽明之學者，豈獨陽明已哉！堯舜已來固如此也。於其歸，予知真儒之道有在，乃爲交警而别。曰：「予雖不類，敢不懋勉，求不負子之望！子之明粹，可不深造以求其必成哉？」

贈朱氏二生

永豐朱氏二生曰效才、曰效忠，學於善山何子。自江右而之浙，自浙而至金陵，因善山見予，問所卒業。予曰：「二生亦見夫金乎？取於岩穴、淘於砂礫、淬以清水、煆以烈火，盡其鑛而後精金萃焉。精金在此，或爲樽罍，或爲符璽、或爲簪鈿，或爲錢子母，無所不可。今夫良知在人，弊於氣習，亦何異此？故聖人爲教，必使人於獨知之際，因其本心之明，察其私欲之萌，既切復磋，既琢復磨，惟日孜孜以極精一之工，則私欲浄盡，天理純完，所以立天下之大本而經綸天下之大經，豈有他哉！」二生行矣，予感其勤，故書以貽之。二生勉乎哉！

良知説

葉敬之與予論學，曰：「陽明先生之所謂良知者，但可以語生知而不可以語困知。」予曰：夫良知云者，人人自足，聖愚皆同。但氣習之來有淺深，故學問之工有難易，故有安、有利、有勉之或異，而良知則無不同也。學者苟能專心篤志，察之於隱微獨知之中，以循天然自有之則，是是非非，毫髮不欺，則私意一無所容而天理純矣。

曰：「若然，則學、問、思、辯之工將安措乎？」予曰：良知固無不知。然蔽於氣習，故知善而不能存，知惡而不能去。博學者學此也，審問者問此也，慎思者思此也，明辯者辯此也，篤行者行此也，無時而非存善、無時而非去惡，皆所以慎獨而致吾之良知也，非於致知之外而又有所謂學、問、思、辨也。今有人焉，舍其良知，徒事聞見以爲知，故謂之支離而非學；亦有知求良知，溺志忘情，任其私意以爲知，故謂之虛妄而非學。此聖人之道所以不明不行也。

敬之天資英茂，博聞洽辯，皆有以過人者。聞予言，以爲然。曰：「陽明先生之學，其果聖學之的歟！」乃次第其説以貽之。

勸子姪爲學文

聖學之在天地，猶粟菽之濟飢、布帛之禦寒。飢寒逼人，無粟菽、布帛則死，然猶可旦夕而無，聖學則不可旦夕而廢。吾家賴祖先積德，數百年至于今有此子孫，皆耳目聰明，四體充具，惟知富貴聲利是尚而不知所以爲學，吾則慨之、傷之而深憂之，甚於飢寒以逼之也。

夫所謂學者無他，致吾良知、慎其獨而已。苟知於此而篤志焉，則凡氣習沉痼之私皆可決去，毫髮無以自容。天地間只有此學、此理、此道而已。明此則爲明善，至此則爲至善。

今諸子姪同此良知而不知以爲學，虛度光陰，將同草木，遂成腐落，猶弗自覺，何也？使學之，則勞己之力，費己之財，父母惡之，先祖恫之，鄉人賤之，如此而不學可也；今不勞己之力，不費己之財，父母欲之，先祖歆之，鄉人榮之，又將天下萬世榮之，何苦而不學？吾實不知其謂矣。況富貴有命、得失有數，今欲強其命之所不與、攘其數之所不有，不有人過，必有天刑，亦可懼哉！諸子姪其戒之勉之！

戒子姪求田宅文

田以給耕取足衣食，宅以棲止取足庇身，過此有求，是皆貪得無厭、懷居侈大之情，君子必所不取。吾家賴祖先積德、母氏勤儉，有此居室，有此恒産，貽我兄弟及爾子姪。又各思增置，吾竊憂之。夫田園廣則恐其荒蕪，此《甫田》詩人之所以戒也；土木勝則懼不安人，此晉士茁之所以諫也。況多財損智，爲富不仁，子孫不肖，家之敗亡皆由於此。今欲廣田宅以大其欲，則必知非自脩保家之本。

昔吾五世祖統五府君、高祖松塢府君，皆積貲可豐，然求田取其給耕而止，作室取其足庇而止。於時鄉俗方以豪奢争尚，甽畝每連阡陌，堂宇皆極雕峻，澹然無所歆艷，惟懼多營田宅以累其德、以貽禍子孫。吾祖文毅公平生居官清慎盡忠，家務略不經心，子孫田廬存否、官爵有無，皆無所計。至今觀之，其彼此優劣何如？得失何如？其爲效驗，亦可知矣。惟願爾曹回思先德，居法子荆，業止葺舊，不復思爲華堂、求爲廣土，以奪其志，以喪其德，則吾家福澤將無窮矣。故書以爲戒。

贈莫惟誠

安吉莫惟誠受經於練塘陳子，學成屢試於有司不利；乃應貢，又試於京闈不利。今年秋，當大比，惟誠來就試南畿。練塘爲考官，衆輒擬惟誠之必第，或爲練塘謀者，勸之回避以免嫌。練塘曰：「人惟至公，亦何嫌之可避？苟不至公，每事避嫌，可乎？」既而惟誠試，復不利。衆咸擬惟誠之必怨，惟誠曰：「得失有命，我之不第固命也，何怨之有？」

予聞而喜曰：「即二子之事，可以觀道矣。夫世皆以功利爲心、得失爲念，得失之念既橫於中，事理之安乃忘於慮。雖臨君父分義、民物冤辜，惟以遠嫌自全，邈然而弗思，稍有簞豆之喪、睚眦之遭，則怨尤充腹，雖至親而不免。今二子内盡於己，外順於道，幽可質於鬼神，明可徵於庶民，上可以事君親，下可以撫赤子，非賢者而能之乎？」予故識之，二子其益勉哉！

二齋銘（并引）

東嘉朱某分教錫山，爲二齋，一曰易簡，一曰知耻。與予言曰：「世道之喪，由教不明，教之未明，其端有因，故揭二語將求於身，以爲教本，不知何如？」乃爲銘曰：

吁嗟夫人！行彼周道，周道匪棘，于行無斁，終焉適國。維人有心，萬善自足。不作好惡，以順天則。由仁義行，卓彼聖德。曰維易簡，萬世之式。古人啓機，著之《大易》。孰云克踐，不在今日？（右易簡齋銘）

吁嗟夫人！蒙被文繡，塗之坌垢，孰不思慍，矧在吾身！玉潔素純，有瑕匪潔，有污匪純。憤悱靡寧，乃吾至誠。吾云不知，豈近人情！由茲黽勉，胡德不明？作聖在爾，日鑒茲銘。（右知耻齋銘）

訒庵蔡翁像贊

世風日下，巧僞紛紜。猗與先生，猶存古心。抱經莫售，絳帳終身。彼淺視者，孰識畸人？我茲悼俗，作贊斯文。敬弔先生，庶復淳真。

天台古行王翁像贊

瘦骨霜毛，儼然蓬島之儓。布策垂簾，或似成都之翁。昔也緼袍破帽，遇我長安風雪之中。先人宦邸，我尚童蒙。語我羲皇太古之説，期我出塵蓋代之雄。我今老矣，思之不見。庶睹斯容，以挹長風。

慨庵符翁像贊

貌焉猗古，惟心則似。彼何人斯，乃鄉良士。德豈無徵，視其孫子。

顧司訓畫像贊

魁梧者視乎其容，廓達者知乎其衷。挾藝抱經，中歲始逢。逢而弗究，人何以觀其庸？著之贊詞，爰識斯翁。

南城童悦畫像贊

踐名者何？濡毫好歌。或斲桐棺，以殮殍夫。人不我與，無或沖沖。將必與之，是曰南城之童。

卷十

雜文

讀《易》（九首）

《易》者，天地之道、聖人之心法也，其用至廣，無所不該，故聖人用之以卜筮，非顓爲卜筮設也。世儒以卜筮目之，何小《易》之甚也！欲學以盡聖人之道，舍《易》則無造矣。

《易》有聖人之道四，此聖人揭《易》之要，以示學者，使知用力。夫《易》道雖廣，然用之不出四者：「以言者尚其辭」，凡《易》之言，無有不時，即所謂「時然後言」者也，尚其辭則語默之道盡矣。「以動者尚其變」，凡《易》之動，無不循理，尚其變則動罔不時矣。「以制器者尚其象」，凡《易》之象，皆自然呈見，聖人處物用器，皆因自然爲制，尚其象則虚器奇巧無所事矣。「以卜筮者尚其占」，凡《易》之占，皆至誠先知，尚其占則知行法俟命必由至誠，吉凶禍福皆人事，可先見矣。

《易》者，陰陽而已。窮天地之物，陰陽盡之矣。故古之聖人，仰觀象於天，俯觀法於地，旁觀鳥獸之文與地之宜，近取諸身，遠取諸物，蓋無往而非陰陽也。陰陽本一氣，一氣往來而二氣分，交錯凝合而萬物生，萬物變化而民用興，故曰：「《易》有太極，是生兩儀，兩儀生四象，四象生八卦，八卦定吉凶，吉凶生大業。」是故以之通神明之德、类萬物之情，故曰：「一陰一陽之謂道，繼之者善也，成之者性也。仁者見之謂之仁，知者見之謂之知，百姓日用而不知。」以此求《易》則《易》無遺蘊，然畫卦作《易》之始，亦徵諸此矣。故稽之《河圖》《洛書》，無往不合，故曰《易》以道陰陽，豈不信哉！

陽明云：「《易》之辭是『初九潛龍勿用』六字，《易》之變是值其畫，《易》之像是初畫，《易》之占是用其辭。」古未有如此看者，可爲讀《易》之例。

《易》是聖人合天人之道以教人，徒謂之天道則違人事，徒謂之人道則失天則。要之，天人同體，道無二致。人事之至乃爲天道之盡，必皆有自然之則，不假毫髮人力安排。人但爲習染私意所汩，故失其則而鮮由之。苟能精思以得其本，實踐以盡其道，則天人合一，《易》道在我，四聖之精蘊可見矣。

黃楚望論明《易》以明象爲先，此意最是。其言曰：「一卦有一卦之象，一爻有一爻之象，或近取諸身，或遠取諸物，或以六爻相推，或以陰陽消長。」蓋象非别自一物，即理之形見而可象者，故謂之也。

夫子《彖傳》發名卦之義，《象傳》發用卦之義。名卦則主於取象，其義皆由於尚象；用卦則主於性情，其義皆由於性情。辟之一人，必先識其面目而後可指其姓名，必先知其人而後可求其性情，會形象、性情而一之，以議其用，而後《易》之理具。是故《彖》《象》之辭雖不同，其實《彖》《象》之義無二致。以此上探，伏羲、文王、周公之爲《易》，其義皆同，其道無二。斯亦學《易》之當知也。

《同人》取六二、九五得中相應之義，爲同人之至，故曰：「同人于野，亨，利涉大川，利君子貞。」至六二爻辭，則曰：「同人于宗，吝。」九五爻辭，則曰：「同人先號咷而後笑，大師克相遇。」以一卦之辭而先後忽異，何也？蓋全卦之體無私心而理自同者，故爲天下之至同。二爻之同有私心而欲同者，豈能合理？故遂不得與天下大同之義。聖人作《易》教人之意於此切矣，所謂毫釐之差，千里之謬。是故隱微之中、幽獨之際，學《易》者可不畏哉！

君子之學莫先於言行。《易》曰：「修辭立其誠。」修其内以達於外，則所以進德修業也。修其外以亡其内，則所謂巧言令色、鮮矣[二]仁也。上《繫》終於「默而成之」，所以養其誠也，下《繫》終於「六辭」，所以驗其誠不誠也，故曰：「庸德之行，庸言之謹，有餘不敢盡，有所不足，不敢不勉。言顧行，行顧言。」此學《易》之要也。

【校勘記】

［一］矣，底本作「以」，據《論語·學而》改。

讀《詩》（十九首）

《詩》本人情，關政事。夫人情繫所感，政事有降替，故有治世、亂世、亡國、欲治之不同。治世之政明，其人樂，其情和，其詩之音敬以清。亂世其政乖，其人困，其情憤，其詩之音悲以激。亡國之世，其政弛，其人蕩，其情淫，其詩之音近以肆。欲治之世，或亂而思，或政未備，其人惕，其情遠，其詩之音勤以深。敬以清，《關雎》《文王》《清廟》之音也。悲以激，《北門》《黍離》《正月》《雨無正》之音也。近以肆，《静女》《桑中》《還》《盧》之音也。勤以深，《七月》《定中》《鴻雁》之音也。故學《詩》，可以興，可以觀，可以群，可以怨，又可以事君父，可以達政事，可以專對、使四方也。

《大序》曰：「詩者，志之所之也。在心爲志，發言爲詩。」故謂詩以道性情，皆道其志也。今之爲詩者，專事模擬其言而不求其志，其何以爲詩哉！

李仲蒙曰：「敘物以言情，謂之賦情物盡也。索物以託情，謂之比情附物也。觸物以起情，謂之興物動情也。」其果得詩人之情乎？今學詩而不求其情，所謂雖多亦奚以爲？

南容三復《白圭》，最是古人學《詩》之法。夫《詩》之爲教，要在優遊諷詠以得之。

朱子云：「《詩》須并協韻讀之，便見得他語自齊整。」此説極好。

孟子曰：「王者之迹熄而《詩》亡，《詩》亡然後《春秋》作。」文中子謂：「《詩》者，人之情性，人之情性不應亡。」胡文定則謂：「自《黍離》降於《國風》而《雅》亡。」予曰：「王迹既熄，則風俗益下，人情日蕩，好惡日偏。《詩》雖有作，無復感發而懲創矣。謂之《詩》亡，豈不可乎？孟子之言必有據。不必謂《雅》亡。」

《詩大序》或云孔子作，或云子夏作，此皆不知《詩》之言也。若使知《詩》，則洙泗之旨自可識矣。今讀之，只是漢人文字。朱子據《漢書·儒林傳》爲「衛宏所作」，恐亦是矣。《小序》亦不知作於何人，或云「衛宏增潤，毛公分置諸《詩》之首，朱子去之」，最爲有見。

《頌》乃宗廟樂歌、美盛德之形容，以其成功告於神明，皆王者事也。魯而有《頌》，其爲僭王，明矣。況所頌始於僖公，則知非周典之舊，尤明矣。概列於商、周二《頌》間，以爲孔子删定之舊，可乎？意或《魯風》而爲漢儒增入，後世不考，遂列爲三《頌》，豈不誤哉！或又謂季札觀樂於周，時無《魯風》，蓋魯自成王賜周公重祭以來，其宗廟樂歌皆《頌》也，因仍後世，皆稱爲《頌》。夫子，魯之臣子，不欲顯正其失，姑仍其舊，豈删脩之義哉！

古人書傳意有難言，輒引《詩》以明之，可見《詩》之爲教，言典辭達，意永而味深也。

荀子曰：「善爲《詩》者不説。」董子曰：「《詩》無達詁。」孟子曰：「不以文害辭，不以辭害志。」由此觀之，則知程伯子之「優遊玩味、吟哦上下」，真得讀《詩》之要矣。

象山曰：「《大雅》多是言道，《小雅》多是言事。《大雅》雖言小事，亦主於道。《小雅》雖言大道，亦主於事。」以此爲大、小《雅》之别，其義頗明。

或曰《風》終於周公，《雅》終於召旻，以爲孔子删定之微意，謂世道之變，必有周、召之臣可以復正。今考《豳風·七月》八章，言后稷、公劉風化之由，或爲公劉時詩，周公使瞽矇陳之以諷成王。然《籥》章有「豳雅」「豳頌」之稱，則此詩宜附《雅》《頌》《大田》《良耜》之間。或者非孔子删定之舊，只《鴟鴞》以下六篇乃周公時詩，爲孔子删定之意。夫治必有本，周、召雖賢，若無文、武之君則有成、康之主，故變卒以正。苟無成、康，雖有周、召，又將何施？此後世有君無臣、有臣無君，世道所以日變日下而卒不可正者也。

《七月》之詩，乃周家所以得民興王之本，即《大學》所謂「小人樂其樂、利其利，没世民之不能忘也。」故孟子論王政，以農桑字畜爲先，每告於齊、梁之君。蓋亦周公之意歟！

或曰《大雅》之變作於大臣，召穆公、衛武公之流；《小雅》之變作於群臣，家父、孟子之流。《風》之變則風刺皆在於閭巷匹夫匹婦矣。《春秋》之義，世道之責必自貴者始。夫上日失道，則朝廷無公議，清議之存日在下矣。

《行露》，舊説南國化文王、召伯之教，革商淫俗，女子能以禮自守，不爲強暴所汚，自述己志，作詩以絶其人。今詳詩意，當爲變《風》之始，非《召南》之詩。蓋文王、召伯之化行，當自在位始。必在位者是非不辯，聽訟不明，故強暴敢誣貞女，致其自執如此，決知非文王、召伯化行之日矣。古今治否，只繫賞罰明暗。雖文王、召伯治本躬行，惡得無賞罰哉！若使賞罰已明，強暴焉敢訟之？貞女能自守者，先王之澤未泯也。強暴敢訟者，賞罰之暗、風俗之變也。

《野有死麕》，蓋淫亂之詩，猶存浮薄之口，爲齊、魯、韓、毛所録，誤入《召南》中，實非孔子删定之詩。舊説貞女自守，不爲強暴所汚，詩人美之，穿鑿甚矣。只觀詩詞，可見既美貞女自守，又何以強暴爲吉士，則非好善惡惡之情明矣。若以吉士爲當求者，豈應用「誘」？又以後二章觀之，情尤可見。

《何彼穠矣》，蓋春秋時詩，當在《王風》之次。按，《春秋》莊公十一年冬書「王姬歸于齊」，左氏以爲共姬，即襄公夫人，故曰「平王之孫，齊侯之子」。舊説以平王爲武王，非矣。然以天子之女下嫁諸侯而能肅雝以敬者，先王之教猶未泯也。

《騶虞》，南國諸侯仁民之恩足以及物，以致草木禽獸繁盛如此。故詩人美之，歸功於騶虞。《射義》曰：「天子以騶虞爲節。……騶虞者，樂官備也。」騶，掌廄之官；虞，掌山澤之官。二官能盡其職，故百物繁育，以爲王道之成，作樂及此，故云「樂官備也」。舊説以騶虞爲仁獸，以比諸侯之仁而附《麟趾》之義，則爲牽合矣。

當時列國見於《春秋》者一百七十有餘，其詩列於樂官者，《邶》《鄘》以下，僅十三國而已。豈諸國皆無詩而獨此數國有詩哉！論周制，詩侯采詩，貢於天子，列於樂官，考其俗尚，究其政治，以行黜陟，則諸國不應無一詩之存。況邶、鄘已亡而猶繫其名，豈諸國尚存而盡删之也？在《春秋》則示以褒貶，而於《詩》則無一篇足爲懲勸者哉？由此觀之，則孔子删定三百篇者，既經秦禁之後，十亡七八。今所謂三百者乃漢儒捜緝之遺，決非孔子删定之舊。然讀《詩》者，猶爲聖人删定，不敢損易，往往强爲牽合，曲爲遷就，遂使《詩》之爲教，善不足以感發，惡不足以懲創，將誰咎哉？

讀《春秋》（二首）

孔子作《春秋》，所以正君臣、父子之大倫也。其托始於隱公元年者，所以著周室之大變以討平王宜臼之罪也。何哉？宜臼弑其父幽王以自立。按史，幽王寵褒姒，廢申后，逐太子宜臼。宜臼奔申，幽王求之於申將殺之，申侯弗與。王伐申，申侯怒，召繒及西戎、犬戎，追殺幽王驪山下。夫宜臼，申甥也，初居於申，幽王求之，宜臼度其可見則往見之，否則變名易服，逃匿山澤，泯絶其迹，庶不重君父之過，可也。及申將用兵，宜臼在申，不可謂弗知也。知則當諫止之，不止則當以大義死之。及申事已成，則當以大義正之，豈可受申侯之迎，踐其位如固有？略無君父之念而反有戍申之兵，則申侯弑逆之事謂非其謀，可乎？在當時，遂無一人以爲非者，直至四十九年而終。故孔子作《春秋》而必托始於此，而又不明書其事者，蓋聖人至忠至愛之心也。孔子生於東周，乃平王臣子，爲尊者諱，何忍輒書？但其在位日久，昏亂失道，既不能改過以自新，又不能自强以立政，文、武之業於此掃地矣。故托始於其末年，存其義而不論，以使讀《春秋》者觀於趙盾、許世子止之例以自得之。此實孔子不忍之至心，所以爲聖人之制作而非游、夏之所能贊。後之讀《春秋》者，於此不明，此《春秋》之旨所以晦也。

元年者，隱公即位之始年也。春者，四時之始時也。王正月者，周王一歲之始月也。古者諸侯，雖各有國史以記時政，而皆奉天子正朔以紀年。諸侯薨，既殯，嗣子使人稟命天子，天子命之，乃於柩前定位。踰年正月朔日，先謁祖廟，以明繼祖。還，就阼階之位，見百官以正君臣之禮。至終喪，朝於天子，申其受命，大司馬治之，國史遂書曰：「元年春，王正月，公即位。」今但書「元年春，王正月」而不書「公即位」者，是孔子削之，爲天下萬世法也。或者乃謂因其攝位，將讓桓，欲成其志，故不書「即位」。若果有此，則史臣策書所能書者，又烏在爲孔子筆削之旨哉！何者？隱公之立，内無受父傳國之命，外無使請朝王之禮，與篡而得國者何異？故孔子削其「即位」以正王法也。其云「春，王正月」者，則策書舊文也。胡氏乃謂以夏時冠月、周正紀事爲孔子特筆，此甚不然。蓋四時始春終冬，所以成歲。夫三代建朔雖不同，然正月必爲歲首，歲首必爲孟春，其序可見也。今若曰「周月」，則《春秋》所書「正月」爲建子之月矣。謂建子之月爲春，何夏時之有？若又以孔子荅顔淵爲邦之問以爲作《春秋》之證，則益謬矣。爲邦爲後王立法，故舉四代禮樂而酌其中。《春秋》即當代之書，以治當代之人，豈有孔子可私易之以惑當時視聽哉！孔子嘗曰：「吾説夏禮，杞不足徵也。吾學殷禮，有宋存焉。吾學周禮，今用之，吾從周。」既曰「從周」，則三代所欲損益者未嘗自易，明矣。若又以「春，王正月」爲孔子特筆，則周當素不頒朔，策書所載皆無時月可也。然魯自文公始不視朔，有司猶供告朔之羊，故子貢欲去之，孔子以爲不可。隱公四世至文公，文公始不視朔，則隱公猶視朔矣。加「王」於「正」，不其時乎？何以爲孔子特筆也哉！

裘汝中贈言

裘汝中將之春試，過予，請所贈言。予曰，汝中篤志時敏，賢於人也多矣。予何以贈之？雖然，斯道之傳本無難明，世溺見聞不復能反，予姑摭其尤惑者以贈汝中，且以告夫同志云。

或曰：「良知之知不足以知道，良知之良不足以盡道，必益聞見而後盡也。」予曰：昔者告子見孟子道性善而疑之，以爲性無善無不善。孟子乃指人心之至善、堯舜途人之皆同者喻之，曰：「乃若其情，則可以爲善，乃所謂善也。若夫爲不善，非才之罪也。」故告子之說破而斯道之傳賴以明也。其所謂情者，即惻隱、羞惡、辭讓、是非之四端，就其本心言之，則曰仁、義、禮、智；就其知覺言之，則曰良知。今反謂非人之固有而必欲外鑠哉！夫欲以外鑠爲者，蓋由後世以來，人以功利爲習，不務天理之純，以要本心之安，惟欲博求聞見之似以遂其速化之私，習之既久，不復能反，雖有明知，亦爲所迷，故有此說。夫豈聖學之源如是哉？

或曰：「知行惡可以合一？苟不先知，行將何措？」予曰：知固先矣，人未之思耳！夫曰良知則無不知，知而不行乃爲衆人，知而能行斯爲聖人。凡知之必欲行之，則知始於此而行亦始此，故曰：「知至至之，知終終之。」昔者傅説歷陳其説於高宗，至於末篇曰：「知之非艱，行之惟艱。王忱不艱，允合乎先王成德。」蓋謂良知，人之固有，所陳之理，人孰不知？但私意間之，則行之惟艱。苟不爲私意所間，即所知而行之，則皆合乎先王成德。此乃知行合一之要旨，作聖之真訣也。後世昧之而不明者，蓋亦由功利之習勝，聞見之説昌也。

贈四子別

田子中、蕭時化、方居道、周本洪將歸，問所以卒業。

予曰：堯授舜曰「惟精惟一」，此萬古聖學之源也。孔子曰「學而不思則罔，思而不學則殆」，此後聖用功之要也。孟子深體認之，見其心之惻隱者而命之曰仁，羞惡者而命之曰義，辭讓者而命之曰禮，是非者而命之曰智。惻隱也、羞惡也、辭讓也、是非也，是之謂情。情非外鑠，人自弗思，故指其用工之要曰「弗思」耳！斯情也，乃人心之獨知、萬善之所由、至誠之所根，故爲天下之至。一非思則不精，非精則不一，不一則紛紛而思，要皆意、必、固、我之私而不足以立天下之大本，故曰「學而不思則罔，思而不學則殆」，此明「精一」真旨，不可毫髮差爽。故習亡悟空謂之老釋，持案冥心謂之下禪，憧憧不息謂之功利。後世聖學不明，人每不知下手之端，是以經綸無緒，王伯老釋雜用而不知，此生民所以日困而久不蒙至治之澤也。

二三子苟有志于此，唯日孜孜而不息，斯道其在二三子矣！

紀言贈浚川子

浚川子將入總北臺，過某而問曰：「子之相知於我，日月其幾易矣。今我之行，子亦有以贈我乎？」某則稱所以佐天下、濟斯世者贈之。浚川子則矢而謂之曰：「苟盡子之言，予若有怠，子將聲其罪而罰之。」某亦矢而謂之曰：「苟竭子之道而有不濟，某亦自此遁矣。」遂紀其言以遺之。

今日中興之難甚於開國，自古豪傑皆不容易。蓋開國君臣，草莽際會，必先同心，然後與之勠力，故苦樂憂患無所不共，是以言聽計從，惟志所適，其功易成也。蓋中興之時，必承積衰之後，風俗成於見聞，人情安於所習，君臣勢分不能皆如草莽，苦樂優患必無當時之情，況爭榮競寵，貢諛投間，百陪曩昔，言聽計從，實有未易，此中興所以難也。

前日朝廷之上、諸公之間，雖立中興之名，實未嘗知求中興之實，以定中興規模。所以上下皆無定志，以致彼此參商，卒爲小人間隙之地，黨同伐異，紛紛至今而未已也。爲今之計，須定中興規模，先有以堅其志，然後其事可爲也。

《易》云「納約自牖」，「遇主於巷」。此實古人深知君臣勢分之遠、人情趨向之殊，然爲大臣而欲盡格心匡輔之道，必有甚難而不易致力者，故指牖巷之理以示之。謂人心必有所明，人情必有所至，苟能察識，如見其牖則必納約，如見其巷則必遇主，不獨君臣，朋友之間亦有然者。

度當共濟之人，必先盡至誠相愛之心，此所謂先施之道，使信在言前，然後忠告協恭之道皆得盡矣。今日經國、知人、濟變之道，只在於至誠。至誠之本只在獨知之地，獨知之理是謂良知，是所謂萬物皆備於我。於此慎察而精思之，不使一毫習染之私得間之，則爲精一之傳、致知之學。於此才有一毫倚泊於外，便非盡心知性知天之道，便不可以立天下大本、經綸天下大經、知天地化育，故曰至誠之道「夫焉有所倚」。不倚一字，實千古聖賢傳心之要，慎不可忽！故子思於不倚之下方曰「肫肫其仁，淵淵其淵，浩浩其天」，言必如此，然後能盡至誠之道，故贊歎之無已也。其下文曰「苟不固聰明聖知，達天德者，其孰能知之」，固者，堅固之義，此一字亦不可忽。蓋聰明聖知，皆人所有，但爲習染私意所蔽，則眩惑而不固，所以不能盡至誠之道。

致曲之誠，至於形著而明，則彼此親疏皆無疑而共信之，信之則必感動變化，此乃至誠極功。故云「道並行而不相背，萬物並育而不相害。」又云「過此以往，未之或知」，則知至誠妙用、綏動翕合，而非常情可測。

今日治亂安危，只在君子小人進退消長之間；其成否轉移之機，只在聖明一心而已。皇天悔禍，亦只在此。既知其要，則協恭同寅、委曲盡道，皆在此矣。果天欲用君子而平治天下，小人雖極援結機械之巧，亦將自敗而日遠矣。果天不欲用君子而平治天下，雖極委屈盡道，亦無如之何！但君子求道則當必盡，弗使他日有遺慮也。

志專患得失而事援結者，此小人也。小人之欲，只在富貴權勢，不可與共天下之治。其情必嫉君子，惟欲引其黨類，故論人圖治皆不可謀而當知所慎。但皆承君寵而在寅僚則甚難處，於此必欲與之同，則是「同人于宗」而非「同人于野」，則將有失身之咎。必欲不與之同，則將早見嫉而速見排矣。此須精思。所以處則必有道，惟願無忽。

韓魏公云「若知其爲小人，則當淺與之交」，此言有味。今小人猶未大肆其惡、盡逐君子而空者，只緣兩兩相持，有所未敢。近占數事，其意可知。若不有此，君子無遺類矣。

知人之要，只觀其志。如志專富貴，但能謀身謀家而在於得失，雖有事功風節、忠厚委曲及標致文藝之美，只是小人之流、有爲之爲，惡可望共經綸之業？如志專道義，但以爲君、爲民、爲天下而不在於富貴得失，而有事功風節、忠厚委曲及標致文藝之美，則皆君子之道，可共經綸之業矣。故曰：「視其所以，觀其所由，察其所安，人焉廋哉！人焉廋〔二〕哉！」此千古知人之要也。

好名之士，其情頗多，不可一律。然要其極，皆從古人糟粕與時好之間致力。然亦有虛實之辯，爲利不爲利之分，其是非賢否，最難定擬。或有鄉原，居似忠信，行似廉潔，非無可非，刺無可刺，可謂賢矣。然原其志，只欲一鄉之人皆稱爲原人，故同乎污世，合乎流俗，不可入堯舜之道。非有道眼君子，不能識也。要之，俱不察天理人情之安而無益於人、國家，於此不察，若欲須之以圖大業，必敗事矣。且斯人之流於君子、小人，必有所不辯，其爲害可勝言哉！

文藝之美者最能動人，其患得患失之徒，或能美其文藝，固不可信；然有好名之輩，或輕得失而美其文藝，其志皆不在天下國家，皆難共事。

科道之選實國家治亂、君子小人消長、生民休戚所關，不可不慎。祖宗舊制，載諸憲綱，不用新進初仕，則知今日選用皆失祖宗之意。且近朝以來，況有賄賂私結而選者，其或不然，亦欲多植私門桃李，所以用之益雜而壞之益甚也。此意須朝廷先知，然後求其變通之方，慎擇而慎選之，則必得其人。譬之珍寶異物，世皆爲無，苟有勢力篤好之人，則不覺其充盈矣。

生民休戚，風俗推移，只繫於守令之盡心不盡心。守令趨向，只繫於巡按之抑揚舉錯，故知巡按之擇尤當慎也。先朝巡按欲考官員賢否，皆有次第。管轄之道，必先因正官求其僚屬，如在布政司則求之布政，按察司則求之廉使，各道則求之分巡、分守，各府則求之知府，各縣則求之知縣，故體統易明，職守易責。其有不當，則因得劾其人，孰敢不公，孰不勸懲？今則不然，必於所私厚知縣、推官而私問之，或遇浮薄無忌之徒，毁譽必至於失真，況又以私心好惡行其間，其猶足勸懲者寡矣。

今日科道與巡按彈論官員，每不求其職守，而別有所謂毁譽者，故職守日廢，賢否益不可辯，人亦難於自立矣。若使舉刺差繆，都臺不以稽察，吏部不以紀録，有所黜陟，亦何顧忌而不以喜怒行其間也？祖宗時，糾察封駁之司皆以律令爲準、文卷爲據，指陳必有實跡、年月。或有謬妄不實，憲綱法律皆有明條，而並無風聞之説。又有講讀律令，在内從都察院，在外從按察司，則上下皆有可憑，而人皆得措手足。其據文卷即今刷卷之意，但當初隨時送刷，舉之有本，行之有要，而非今日毛舉細事以應故事。

年來朝廷命令，不惟有司視之甚輕，而朝廷亦不自惜。此必有故，非止一端，實不可不講，實不可不慎也。於此苟得其要，則中興之機思過半矣。

民間詞訟必使自下而上，其載之法律、教民榜、諸司職掌問刑條例者，皆有深意存乎其間。且教民榜開載州縣詞訟，除姦盜詐僞外，其餘皆於親管里老處具告，不許先於州縣。蓋以里老與民親近，得委曲勸喻，使之和息。里老如有不能，州縣則督其後，使無容奸。此意深得《大易》「釋訟安民」之旨。聖祖立法可謂仁矣，今有爲州縣者專批詞訟於里老，則失之遠矣。

舊例，民間奏訟必由府縣問結，曾經撫按覆勘，不明方許陳奏。今每有素不經由府縣問結及無撫按勘斷而徑赴京陳奏，皆與准行。且當時因誣奏、誣告之風大行，生民不安，故《問刑條例》有「誣奏誣告十人已上，問發充軍爲民」。今皆不見舉行，此所以誣奏誣告之風又復盛矣。

古之君子於世也必盡其心，可仕則仕，可止則止，可久則久，可速則速，而未嘗有必也。今之君子則反是，其曰「務勢力者則必於仕、必於久」，此患得患失之風所以日盛而莫止也。其曰「薄勢利者則必於不仕、必於不久」，此尊主庇民之道所以日希曠而無聞也。唯吾子勢利素薄必仕必久之心，固知其無必不久、必不仕之意，唯恐其或有，故敢申以古道，惟願以古道終之，則彼我之情、天下后世皆無憾矣。

【校勘記】

〔一〕 庾，底本作「瘦」，據《論語·爲政》改。

贈周仲玉守巨津

周君仲玉爲天台令三年，陞巨津守。

或曰：「仲玉之爲天台也，廉以律己，簡以濟事，愛以惠民，可謂能其官矣。能其官則應躋近地、陟華階，今巨津爲滇南僻壤，滇南爲中州遠地，豈所以處仲玉哉？處非其地，是謂無勸，仲玉其無慍乎？仲玉其可行乎？」

予曰：論則公矣，非所以知仲玉也。夫仲玉之所學者，盡乎己而已，盡乎己則無與於人，亦無與於天。蓋賞罰而予奪之者，人也；得喪而窮通之者，天也。己盡則賞之不足爲榮，罰之不足爲辱，得之不足爲得，喪之不足爲喪，人孰得而予奪之？天孰得而窮通之哉？故曰：君子窮居不損，大行不加，不以富貴而淫，不以夷狄而變，不以患難而改，所謂無入而不自得者也。仲玉之志在此矣，則巨津何以謂僻？滇南何以謂遠？或者之言果知仲玉哉？雖然，君子行藏視乎時，審己去就視乎力。苟時可行，吾何爲而不行？苟力可任，吾何爲而不任？仲玉之出處在此矣。或者之言果知仲玉哉？予書以贈之，仲玉其慎之！

卷十一

序

送方石先生應召序

今天子欲致唐虞之治，臣工詣闕言理，謂得人爲制治之本，國學爲育才之地，其責莫先於祭酒。於是輔臣内議，群臣廷議，咸以方石先生爲宜。蓋先生嘗以南雍祭酒謝歸十載，今進少宗伯主北雍事。天子實致尊賢之誠，詔使數至，先生數辭，皆不允。先生遂幡然將赴闕。

或謂：「先生養志泉石，絶念富貴，今日之出，無乃撓素心乎？」縉曰：不然。君子寓世，蓄機韜光，孰不欲澤被天下？惟患時之不偶，不自媒求讐以枉其道。今當側席求賢之日，責任既重，禮意既周，己無自媒，時無枘鑿，有何不可？尚爲逡巡之計，以失天下之望，而孤天子之心哉？且古之君子如伊尹、太公、公孫龍、百奚、孔明之流，雖王霸之術不同，未有不待求而往，亦未有求而不往者。今先生之行，真能以道自任，惟義是歸，將不以此爲先生足，又進之以宰天下，内贊以致化外，施以成治，使奸讒欺儉不得而肆，賢達中正具在布列；遐夷荒服不得而擾，災淫水旱無自而妖。所謂禮、義、廉、耻以興而四維卒固，爲國家立不朽之規模，開萬世之太平，又孰非先生之素心而云有撓哉！若夫圭爵牙纛之爲榮，固不足爲先生之有無，亦非所以論先生也。

燕市悲歌序

《燕市悲歌》者，都人送東雁先生詩也。云「悲」者，抒其懷而致其感也。先生少任俠，慕荆卿、班超之爲人，欲立地作奇男子。走場屋不利。歲貢禮部，入廷試第一，應授教職，先生曰：「我豈能爲是官耶！」乃藝辟雍以俟，既二雍各論，方居之。先生南人，當入南雍，又曰：「我豈不可在輦轂下也！」遂不去，竟用是困。群公貴人皆知其名，但無肯援之者，先生亦無憾之。

東山劉公以黨錮爲逆瑾所逐，衆愕，莫敢近。先生爲經紀歸裝，送之數程。及逮繫入獄，往來獄中，伺其食卧。至戊西夏，欲與俱去，念親老而止。又欲持刃於隘，俟瑾殺之。凡在都下落落七年，斂死者與危難無依而急之者不知其幾，辭受之際，雖親一毛不妄。嗚呼，若先生者可謂倜儻丈夫、崛強塵埃者矣！是故《悲歌》之所作歟！

雖然，物各有用，鼎不以支車，柱不以摘齒，豈終無用哉！若先生，於時終不遇者，則皆天也。天有不遇，聖賢亦何能哉！自今已往，天者、時者，予亦知之。蓋將與一二同志裂冠斷帶，望雁山而托跡，先生其爲我驅虎豹、置樵爨哉！

送葉一之序

盜起四方，蜀先最甚，州邑之能完好猶足理者無幾。凡仕皆不願趨，以爲大戚。吾鄉葉君一之舉進士，選重慶推官。重慶，蜀郡也，當水陸之衝，尤人所不願。一之受之慨然，衆皆羡其難，鄉人仕於朝者乃徵予言壯其行。

予曰：君子之仕，將行其志也。趨而就之，詎有所擇？舍而去之，詎有所避？雖之窮荒絶島，蛇虺爲鄰，亦將以行吾志也，況重慶在輻員之内乎！夫民之情，好生而惡死，樂安而懼危，天下古今同也。惟上之人能有以生之安之，則民孰不樂其生、求其安而忍爲盜哉！況盜即民也。苟謂之爲赤子，將何盜之不爲民也？苟謂之爲豺狼，將何民之不爲盜也？今爲民上者，挾欺詐以乖民之信，騁嚴酷以撓民之良，使之皆囂然喪其樂生求安之心，是皆驅之以爲盜。及盜之興也，則爲之悉營伍、修弓矢、利戈戟，竭府庫之有，啗之使戰，窮其力而盜日轉熾，然猶不之思也。爲之怯者曰：「盜皆豺虎，吾何力之能爲？」爲之悍者曰：「盜皆狗鼠，吾袪之易耳！」嗚呼，盜果不可息哉！曠日以歲，有識憂之於心，在位未萌於慮。予故言之爲一之贈，又以告夫司民寄者，庶幾重慶之有瘳，以蘄天下之皆瘳乎！

交遊贈言序

施聘之出一卷視石龍子，皆與遊吴人詩，請予序。石龍子受而弗謝，客在坐者啞然笑曰：「子忘其戒耶，猶爲多言之好乎？吾爲子弗暇矣。」

石龍子曰：「君子之言，各致其情耳！苟非其情，雖王公弗能強。豈不见夫嬰兒者乎？失其母，見婦人者輒啼而就之。麋鹿牢於圈檻，望莽蒼爲之跳躍。抑予豈有嬰兒、麋鹿之情而未遂乎！予嘗往來吳中，見湖山清越，蕭爽夷曠，思借餘皇尋甫里舊跡，招志和季鷹之鬼起之千載，相與謳吟於雲嵐煙水間，以與世不相識。顧縛一官，凡情俗態，如蒙溷垢而未去。翻思吳遊之樂，如層霄碧落之不可至，奈何予言之靳哉！」

施君謂：「然也，請書以期。」

別甘泉子序

予欲學以全夫性之道，知寡聞不足與乎大明。欲其友三年而不得，求其師六年而不遇，自謂終焉棄德者矣。反而視之，其身常如槁，其意常若失，得一官若負穢。

或有告之曰：「越有陽明子來矣，子何不知親耶？」乃亟趨其館而見之，陽明子坐與我語。歸而猶夢之，恍若陽明子臨之，而不敢萌一毛於私，於是乃源源而見之，遂不知有我之百骸九竅矣。陽明子曰：「有南海甘泉子者在，予友也，子豈欲見之乎？」翼日，偶於陽明子之館見之，其容簡，其心一，其示我之言蓄而盡。入其館，遂拜之。於是二子之庭，日必有予跡矣。陽明子曰：「吾將與二三子啓雪竇、帚西湖以居諸。」甘泉子曰：「吾其拂衡嶽、拓西雲，行與我三人遊之。」又相謂予曰：「子其揭天台、掀雁蕩以候夫我二人者。」予曰：「我知終身從二子遊，二子有欲，我何弗勤，且我結兩草亭，各標其號以爲二子有焉，何如？」無幾，甘泉子將帝之命，欲之於安南之國。予則憂之，曰：「聚散其自此乎？子其舍我矣？」或問曰：「何憂也？子過矣。天地之道，理以同聚，物以異散，今子三人理則同矣，物則類矣，浮遊之間，何往而不與聚，而子猶疑其散耶？」曰：「吾欲之甚而易之惑也。夫自世喪道，世之君子，白玉於外而中碈也，其不可與道也久矣。而吾忽得二子者，不啻景星快見而鳳凰樂睹之，今離索於此，此吾之所以爲憂也，是何過哉？」

子行矣，遂書其言，投諸其笥，以蘄子之不我違也。

送王純甫序

王純甫將之應天教，過石龍子，言曰：「向吾與子友，朝夕相觀以心，雖不言可也；今吾將別去，子亦俟時而遁，宜有以贈我哉！」石龍子諾而問曰：「今有人外刻行，工辭博記，志專爲聖人，務先知誦古言，求探幽賾，不逃隻字，自謂已造乎事理之至而足乎性命之真，考其居則笥焉而弗化。其弊也支離，而身不與者衆矣，可以謂之善學乎？」曰：「不可。」曰：「惡可哉？」曰：「敬斯可矣。」曰：「今有人知敬爲要而守惟玄靈之府，持之不暴，悔之不遺，藏能反其本矣，求其至則涼乎弗類，其弊也禪，而內外兩離矣，可以謂之善學乎？」曰：「不可。」曰：「又惡可哉？」純甫曰：「子奚謂可？」曰：「察斯可矣。」純甫曰：「然吾嘗聞諸陽明先生矣。」石龍子曰：「雖然，子亦聞內外之辯乎！以瓦摳者巧，以鉤摳者憚，以黃金摳者惛。爲其重內而輕外也，而巧生焉；爲其重外而輕內也，而憚與惛生焉，夫技一也。余之所大懼也，而願與子察之，察之以不倦，其庶幾乎！今純甫篤志聖賢，舍榮盛而就寂寞，而余猶以此進之，何居？」

送王崇賢序

王崇賢復爲霍山令，過余而論政，余曰：「其學乎？」遂論學。余曰：「其政乎？」崇賢曰：「政既謂之學，學又謂之政，吾何居哉？」余曰：「學亦道也，政亦道也，求諸道而已矣。道者，天地之所自道也。斯道也，魚得之而泳於淵，鳥得之而飛於天，日月得之而後明，江河得之而後流，堯舜得之以治其天下，文、孔得之以教於世，顏淵得之而不違若愚，宜僚得之而弄丸，彭祖得之而壽，釋得之而釋，老得之而老，楊、墨得之而楊、墨，以及師曠之音，輪扁之斲輪，庖丁之解牛，何入而不得之哉！得之有偏全，用之有大小，故曰道有不同。君子知其不同而不強其同，但求以自得而已。」

崇賢曰：「噫，吾乃今知所以治邑矣！子又有說乎？」余曰：「向子舉進士，吾不爲之賀而爲之弔。及子爲新淦黜，於時吾則不爲之弔而爲之賀。今子獲公論，復其業，吾則爲之弔賀之間，子知之乎？子知之，吾請與子論道矣。夫道非茫茫，求之則得，是故得道者無所不可，況一邑哉！吾子其勉之！」

送吴禹城序

或有問於石龍子曰：「今之從政者何如？」石龍子曰：「民輸溝壑，桀滑是滋，吾不知其爲政也。」曰：「若是，其可悲乎？」遂問曰：「疲民何以拯之？」曰：「實有志者能拯之。」曰：「奚居其實？」曰：「心在於兹而不自知其在者能實之，子不見夫慈母之於子乎？心誠愛之，無所不至，而常不自知其爲愛。今有愛民之心如慈母，而民猶不得乳哺呴濡以生者，吾未之見也。」

又問曰：「奸民何以治之？」曰：「無心善惡者能治之。」曰：「無心者何以治之？」曰：「民之善惡誠僞溷，頃刻耳目而可盡之乎？惟誠心於愛民者，斯無心於善惡，而民之善惡不能隱。子不見夫樹者乎？樹者但欲其樹之成，日望其榮茂，恐恐然懼剪伐以傷之，然後見蠹理者而去之，則去者無不當而存者無不遂矣。」

又有問曰：「吴昧齋守昭爲禹城令，何如？」曰：「莫宜焉。」曰：「何以言之？」「吾與昧齋居鄉，見昧齋登科二十餘載，鄉之少長無賢不肖皆曰昧齋老成人，無異語，老成人多真心惻怛，吾是以知之。」昧齋行，過余言别，遂書以進之。

送族弟叔開序

予舊族之子叔開將歸莆陽黄巷，其兄庫部主事伯固請予言以壯之行。予久不欲多言，謝之。伯固曰：「子不知吾弟耶？前年初就室於楚，念吾母及吾於兹，道棘不得來，輒悲戚不已。今始遂。其來月餘，適獲先君贈敕，欣欲捧歸告於墓靈。吾弟，孝友人也。子不知耶？且子吾宗輩，世數雖遠而骨脉聯焉，吾是以屬之，子惡辭？」

予素重伯固，遂不得辭，乃爲言曰：「叔開，信孝友矣，然欲知大孝友之道乎？粤吾黄自唐忠義公以懋昭德，樹家於涵江，八世及我祖都監公，分澤於台，幹聳條縱，偉懿踵踵，兩地相望，未替於今。噫，豈偶然哉！陶土斲木，尚有自者，苟不有作，權輿孰從？叔開能知所自作者乎？思所自作而不事外求，舉吾同祖之人而勸之，俾各得吾祖之心以演吾黄無涯之慶，則叔開孝友之行，豈直今而已哉！予雖不肖，尚願與叔開相力勉之！」

遂書以畀叔開，又因以告吾宗人云。

送施生存宜序

聖賢之心，因言始見。六經、四子者，言也。求心必自知言始，知言必自爲己入。故昔儒皆以身求遺經而得之。今天下庠序孰不曰有六經、四子之學？要其歸，能得其皮膚者寡矣。蓋徒能誦其言而不知求其心，或能求其心而不知求諸己，此聖賢六經四子之道所以不喪於秦人坑烈之慘而喪於今日也。故今日之士敝於己而不知，役於物而不悟，世道以之漸降，生民以之日困，不亦深可悲乎！

予嘗有志求之，累歲而竟無得。邇者受官都下，始會陽明、甘泉二子者，一語而合，遂成深契，日相親炙，或庶幾焉！然猶爲他事所間，一出一入，無以致其專深静一之功，故欲決去山澤、求畢此生而未能也。

施生存宜偶聞予語，輒棄所習，欲從予遊，予慚而謝之弗可。夫存宜樸茂近裏，不淫流俗，有見如此，雖天下豪傑猶喜之于于、語之云云，告之以善，況同鄉親厚如予哉！

予聞聖學以敬爲要。敬者，天命之所流行也，一息不敬則天命於此間矣，間則不久，不久則之不息，斃而後已。其必有得乎？存宜勉之！不熟，不熟則不得爲聖賢。故欲學爲聖賢者，必居敬以涵其心，即心以究其理，循理以盡其性，勉

林和靖詩集序

余嘗讀西湖處士林逋詩曰：「山木未深猿鳥少，此生猶擬别移居。直過天竺溪流上，獨樹爲橋小結廬。」曰：「志肥幽遁，以孤山爲不足隱乎？」及讀史，曰：「逋詞澄浹峭特，既就稿，輒棄之。」或謂當録示後世，曰：「吾方晦躅，且不欲以此名一時，況後世哉！」以今所傳，乃好事竊記者，曰：「是真埋光鏟采者之爲，深矣乎！」他書又曰：「逋隱西湖，朝命守臣王濟體訪，逋聞投啓，贄其文以自炫。濟短之，止以文學薦，詔賜帛而已。」嗚呼，是胡言行之殊，致逋將不得爲同文、仲先之儔歟！

夫自淳古既邁，聖道日漓，人懷勝私以詭賢，竊聲以相嚇，故一知所好而競心生焉。知尚道德則競在於道德，知尚風節則競在於風節，知尚功名富貴則競在於功名富貴，以至行義、經術、詞章、技能之所在，概莫不然。夫競則妬嫉至，妬嫉不已而毁言興，是以世士美懿鮮或弗虧，雖聖人不免，獨逋也哉！且逋嘗不禮許洞，洞作譏訕，至今浮薄之口猶誦之，何傷也？君子惟求自立而已，不求自立而欲求人之無毁，難矣！雖然，繇逋之跡以考逋之心，蓋逋亦違世不恭之流歟！

鄰老林君好尚甚雅，輯其詩，將以鋟梓，且自謂其支裔云。

實翁先生壽序

友人駕部員外郎徐君曰仁馳价以書來，曰：「外舅吏部尚書致仕實翁王公今年壽七十，九月晦日生辰也，將與子弟賦行葦、歌菉竹、獻卮酒。吾子爲通家，何以相我一言乎？」乃拜而言曰：公蚤以文章第狀元，出入青闈，爲講官，位卿長，獲天子眷寵，爲士雅望，此固可爲公榮，未足爲公之至也。公門牆清夷，子孫羅立，閭里嘻呴，賓祭以無乏，此固可爲公樂，未足爲公之至也。公歷事三朝，卒以明哲自全，優遊壠畝，放浪湖山，以與煙霞、麋鹿樂其餘，此固可爲公賀，未足爲公之至也。抑公行年古稀，而上有太母九十六年，耳聰目明，筋力如少壯，慈閒正則，得以盡公孝養之心；而下有令子得聖人之學於無傳，方將龍蛇其身，求天地之化、鬼神之妙以爲道，以待百世有徵；曰仁則公之壻，亦以其學爲時偉人：以此爲公之至，古今可多有乎？譬諸熊蹯與鮮炙共食，食者美之，每慮不可兼，或有得者未足以爲難。然膾龍胹鳳靈糈爲飯，飲以甘露，則有非人所可得者，可不爲難哉！故曰：莫之爲而爲者，天也；莫之致而致者，命也。矧公遭危疑、處權奸，懷之以恩而弗居，撼之以威而不動，人或忌而毀之，在朝則引身以求退，在野則忘之而無辯。巍然高山，淵然鉅浸，曠然絶谷，品彙萬有，靡不自兹出，非公其誰歟！噫，天實篤之，故公優德而完福也，宜哉！

綰先選部，公同年而好。公子守仁，綰則從而賴其成，即所謂得聖人之學者。於是以爲公壽。

心賀序

柯丈尹陽江，封太傅張世傑墓於赤坎，祠而考之。白沙先生與其徒爲賡歌，命曰《心賀》。曰「此風何可長，此恨何由申」，其傷夷狄之變乎？又曰「臨事誠已疏，哀歌竟云云」，惜其時尚可爲乎？

宋亡，其臣文信國、陸丞相與太傅呼創殘，掬輜遺，觸險巇，播長濤，當蛟虎之吻，載踣載奮，厪社稷之難，其爲忠也至矣！然尊孺子奉婦人制命，奸臣自搤其吭，掣忠良之肘，不正名揭義，求宗英深圖遠舉，坐失事機，其爲智也何如！自伯顔入國，郡路奔降，無一策以收之，童子知其不兢，潛棲如靡緡，如嬰臼可也，慮不出此，卒沉溟澥，悲哉！矧元既得志，胡官吏師暴其民，顛倒先王之禮物，驕淫不戒，兵疲海上，令毁冠裳，闔户悲號，非其時也。遲之元主既薨，伯顔已死，匹夫假趙孤嘗響應，況天下信之！如三君子扶帝胄，伸大義以出也。雖然，決肝膽，竭貞臣之節，其心落落，要與秋霜烈日争輝潔；掀宇宙，泣鬼神，以視虜庭北面，誰可少哉！此所以深慨於昔者而重賀之於今也。

柯丈，名昌，字廷言。

秋泉生詩卷敘

秋泉生畫山水寫真，少谷鄭子見而愛之，贈以詩。秋泉生篋不示人，必俟知少谷者，使歌而和之。卷成，請余敘。

憶余嘗與少谷衝雪登紫霄，步危岑，提壺嘯歌；望滄溟，傲睨天地，不知有人世。又憶嘗與南洲應子同少谷坐雁山，觀瀑布，霏微下浥，鬚髮皆濕，時聞雷霆於絶壁澄潭間。且少谷又嘗與孫大初乘月汎洞庭，浩歌漁父，若神仙中人。秋泉生皆能畫之否耶？秋泉生笑而不對。余乃爲之敘。

西坡翁輓詩序

輓詩之作非古乎？死生一往來也，往來一晝夜也。晝夜之變，寒暑於之推移，古今於之代謝。蓋即其變者而觀之，乃有不變者在；即其不變者而觀之，乃無時而不變，則天地猶一人，古今亦一日，長於萬古不知所以長，短於旦夕不知所以短，庸知生爲可樂、死爲可哀耶！古之聖人有見於此，以達幽明之故，故通晝夜而知所以樂天知命，安土敦仁，獨立與天地參也。況爲歌詩出，非其情無益損而爲之悲戚哉！夫然，則知三良之哀、田横之弔皆非至歟！

今西坡翁生能葆真，殁能有傳，雖無赫奕驚世，惡知噏欻之間不有靈明獨照、往來而不息者哉？亦何事怛化以爲之累？吾是知輓詩之作非古，今累牘於西坡翁也何有？

送林典卿序

林典卿將之解守，吾黨之仕於朝者送之國門，作而言曰：典卿少爲舉子，已表表出色，赫然馳聲，既與二弟聯登鄉科，人益榮之。典卿不自足，親師友、將尚跻于古人，今不獲一第，以有茲命，其亦有所孤負耶！其將必有所施耶！夫丈夫一命而至大夫，受地幾千里，可謂榮且有其時矣。況解，中原沃壤，表裏河山，風氣所萃，稼藝茂碩，畜牧蕃滋，工賈流通，可以豐阜。其人敦質堅毅，易與爲善。

典卿素藴，每意天下事若無足爲者，茲行因其俗，樹其政教，其不有以自見乎！雖然，昔庖丁一刃，十九年解數千牛，其鋒如新發硎，蓋得之於術者，進之於道矣。其言曰：「彼節者有間而刀刃無厚，以無厚入有間，恢恢乎其於遊刃有餘地矣。」典卿有志於學，砥礪歲久，亦嘗有得於道矣乎！得於道，則於治解亦恢恢乎有餘力矣！以之自見也，何有？

典卿既行，余遂録其言以爲贈，請必進於道而已夫。

東岡詩集序

詩關人品，察其志之所安以求其性情，人莫能遁之矣。故曰：「誦其詩，讀其書，不知其人可乎？」余嘗讀《衡門》而知隱居者之無求也，讀《伐檀》而知有志者之不苟食也，讀《七月》而知有位者之盡其職也，讀《陟岵》而知孝子之思也，讀《黍離》而知忠臣之情也，讀《伐木》而知朋友之篤也，讀《抑戒》而知君子之進德也。即此以求後世之詩，然後優劣可辯也。

東岡公以長厚之德、博達之思，出而爲詩，簡質精婉有餘韻，豈蘭苕翡翠、嘲風弄月之可同論哉！公平生自得甚多，此特云其詩耳！某人欲刻於武林，故贅此以俟讀公詩者謂何如。

卷十二

序

王恭人壽序

歲六月晦日，王母太恭人丁氏壽七十，肇生之辰也。其子尚賓丞坊率諸兄弟子孫服其服，酌酒於卮，崇胾於豆，跪堂下拜以爲壽。其壻邑諸生紒等亦各執觴，賦《樛木》，進而次之。於是族人姻賓皆來，頎頎而登，遂載《螽斯》，樂然有相。有前而言曰：「恭人今日之福盛矣，其恭人之德有以致之歟！恭人之德乃不妬忌，有以蓄之耶！」或問曰：「不妬忌，足乎？」曰：「不妬忌，惡可易有？古則有之，固以惠天下、澤萬世而未艾也，今則未見也。此人才之所以日衰[一]而世道之所以益下也。蓋夫衽席之上、閨門之内，一念之良，氣感聲應，化於精神，淪於骨髓，而萃於子孫，爲仁、爲公、爲恕、爲貞直、爲忠孝、爲至德，因緣衍曼，其爲利也何如？衽席之上、閨門之内，一念之乖，氣感聲應，化於精神，淪於骨髓，而萃於子孫，爲戾、爲逆、爲獪、爲娼嫉、爲貪黷，因緣衍曼，其爲害也何如？不妬忌，顧弗足稱耶？恭人德性天成，柔温閒則，不事芬華，得古淑姬之體。既相太守公爲時良吏，及於子孫而又享於其身，皆已彰彰大者，其他固弗暇論矣。」

紒，余弟也，以余嘗與姻賓之列，請余著其説以爲世勸云。

【校勘記】

［一］衰，底本作「襄」，據浙江圖書館藏《石龍集》鈔本王舟瑶案語改。

送呂太守序

國家設官，縣有令，郡有守，等而上之，然後有藩臬，有部使，内有天官冢宰，酌而告之天子，而黜陟行焉。是故自内而外，天官爲重，藩臬爲輕；自上而殺，藩臬爲重，守令爲輕。然而天子得與民相親，以行其教化而治其争訟，課其農桑而出其租賦，非守令莫賴。故治得其人則一境之民安，不得其人則一境之民病，故守令者天下之本也。漢宣帝拜刺史，必親問以考其名實；唐玄宗親選諸司長官十一人爲刺史，命宰相百官餞於洛濱，又自爲詩以贈之。其所以重之如此其至也。

國家承平百餘年，守令非不擇其人、非不嚴其黜陟，然而奸宄充斥，民日無聊，四土之政或弛而鮮舉，何也？則部使不以民隱爲急，朝廷不以民風爲課，乃以迎合巧飾爲賢、苛刻矯訐爲能，上下胥習抑揚以戾其實，予奪而爽於公，守令之職猶克舉乎？民毒此久矣，天下何自治哉！

今年夏六月，以南京刑部郎中呂君調陽爲南安守，識者咸爲國家賀。謂君廓慎敏決，文足潤之，將蕲歲月，斯民必獲父母，南安之治必可觀也。君行，顧吾臺而别，臺諸君俾書以貽之，且以卜司牧之楷範焉。

送僉事鄭君序

今上四年夏六月，以南京大理寺副鄭君文川爲四川僉事，告行於吾臺。

或曰：「天下之治在郡縣，郡縣總於藩而監於廉訪，僉事則參廉訪而分監，官雖下廉訪而權則過之。郡縣不獲其政，民所仰愬在於分監；分監又失其理，民無所賴矣。然四川自古巨壤，道衍而人衆，山谷幽深，民苟失所，雖郡縣之近猶不能愬，而尚可愬之分監哉？此分監四川之難爲也。」

或曰：「今爲政者不知清静緊要之足久施，皆好權而喜奪。凡爲分監，必奪郡縣之權，分監所以日勞而無功，郡縣所以日冗而廢弛。苟有君子，必知當務莫先繩糾郡縣之長吏，次於其僚屬，郡縣得其人，則分監之職無不舉矣；分監舉其職，天下尚有事哉？」

或曰：「君廉簡嚴正，練達既久，必能端執憲本，公其好惡，不拘拘於條法期會之末、矯責於人，將見俗可自變，民可自安，固有行之於不令之先者矣。」衆皆曰：「然。」

又以君尊府憲副公與先君同年，有世講之誼，故俾書以贈其行。

送黄誠甫序

士有曠千古以爲志、超一世以自立者，其自視常歉然未足。才效一官不以自負，行比一國不以自多，德合一君不以自榮，道徹當世不以自高，惟日求其志，必要其成。不以王公將相而加，不以蓬蒿陋巷而損，不以刀鋸鼎鑊而泯，不以患難毁辱而摧，舉世非之而不沮，舉世譽之而不勸，蓋身可顯晦而此心不可以顯晦，名可榮辱而此道不可以榮辱也。

黄君誠甫與予勵志以期自立者，非一日矣。歲癸未之冬，予復同官金陵，方晨夕聚首，以講聖賢之學。乃今年夏六月，天子命守吉安，士夫皆爲國家賀，得其人也。予謂吉安大郡，民人文物之盛足展布有爲，以君之才之學，行其所志，誠不以顯晦榮辱累其心，則所以治於一方者可以措之天下，施於一世者可以垂之百世，亦何但獲二千石之良而已哉？若夫操無定立之志，而欲應非常之用，求易盈不足恃之實，以徼阿比不虞之名，雖小試有所不堪，何足論於古？又何足以爲國家賀哉？

君行，吾臺皆素重君，以予辱與之友，故俾書以贈之，且朂其志焉。

送祝太守序

嘉靖四年某月，以南京工部郎中祝君爲思南守，吾浙之士咸往賀之。

或以思南爲西南遠地，多居深山瀕溪谷，夷獠雜處，或部以酋長，土風所習，人情殊絶，不可責之華法久矣。爲之守者，若非賄交，則諸酋不親，既涉私濫，則終無可治，不治廢職，黜罰隨之。故人皆以遠爲憚，吏部亦以遠爲輕。惟其輕之而人益憚，爲其憚之而人益怠。怠而不治，此華夷之所以未一，聲教之所以不廣，四方之所以多憂，邊陲之所以未寧也。今欲治之，非得其人不能；欲得其人，非重其地不可。

夫邊郡在古及國初未嘗爲輕，而輕之乃近日習俗之弊，非制度之正。昔文翁治蜀而蜀化，衛颯守桂陽而桂陽變，韓愈謫潮州而潮遂右文，李廣、馮唐皆治邊郡而虜人不敢侵犯，豈非政由人立、地因人重哉！但在司國計者權其輕重何如耳！

今以君守思南，其亦知所重乎！君往而用其忠信長厚之心，行廉慎貞恪之道，不以人之中外異其施、地之遠近易其守，將見思南之治獨甲上郡，邊徼之習於此變矣，君之功名亦於此不可涯矣，尚何以遠爲憚哉！衆皆酌君而别，予遂書爲贈。

褚母壽序

中都鄉進士褚光楚祖母李年八十有六歲，九月朔生辰也。光楚屬友人荆山楊子、乘韋吴子請予言爲壽。

予聞：壽者，德之徵，而德與壽符者皆天所屆，非人所能爲，方其屆之，必有所事。在國，則有元老舊臣，存其典刑以楨醜庶，而四方用寧；在家，則有巨翁淑媪，繫其流風以象孫曾，而才德攸出。然國者家之聚，家者國之分，常相爲用，屆於家者未必非屆於國也。矧淮甸實我聖祖龍興之始地，氣運流行，於斯爲盛！褚母將無得而鍾之乎！鍾於其身，黄髮兒齒，久鑄懿慈，爲薰爲染，爰裕後昆，有如光楚者方出未艾，所以考其流風、稽其典刑，以爲國家無窮之祉者，顧不有待乎？褚母於是爲可壽矣！請書以待之。

贈陸原静序

夫世所謂豪傑之士者，道淑於真見，行高於獨成。其於人也，可以從、可以無從，從之爲苟同；可以違、可以無違，違之爲立異。蓋所歸者道焉耳，夫奚求其他？此君子所以見道而成行也。陸君原静其庶幾乎！

陽明先生如景星鳳皇，夫人能知之也，乃爲當路所忌，言官承風旨，交論其江西[一]軍功爲冒，又以其學術爲僞，異説喧騰，人莫敢論。君獨抗章上言，自引爲門人而弗辭。人或尤之，曰：「吾求天下之理安而已，毁譽得喪，吾安能知？」

至吾皇上典禮之説，如日月行天，夫人能知之也。而當路力主異議，欲考孝宗，人争附之，雖平素號爲君子，皆歉然風靡，道路以目，莫之敢異。君乃本公羊氏説上言，欲考武宗，既而悔曰：「吾過矣，吾過矣！」欲請改之，尋以艱去。迄釋服來京，適修《明倫大典》書成，君耻其言揚[二]於册而弗韙也，乃上章自訟。人或尤之，曰：「吾求天下之理安而已，毁譽得喪，吾安能知？」若君者，真可謂違衆獨立，有過能改，歸於道而不流於俗，非豪傑之士能與此乎！

夫自世教弗明，人以誦説爲學，而弗知因心推孝、即性求理，狃世儒之蔽陋，失變通之時宜，迷繆乎心，非一日矣。且人之秉彝，極天罔墜，悔悟之機，自君啓之，天下之失其性者，孰不戚戚然而曰「吾過矣，吾過矣」。於乎！童而習焉，長而信之，非信之罪也。習也，始而非，今而覺，覺而悔，悔而改，盛德也。此君子所以見道爲有功矣。

歲六月，吏部以君補南刑曹副郎。將行，過予言别，書以贈之，且將白君義於人人云。

【校勘記】

［一］江西，底本作「西江」。

［二］揚，底本作「楊」，徑改。

贈俞錦衣序

錦衣指揮俞君文靖將總居庸都督，桂公請言爲贈。

余聞守邊之道有經緯、有奇正、有權衡，蓋墩堡城關爲經，探候衝掩爲緯；足食練兵爲正，致精發鋭爲奇；信賞必罰爲衡，明賞明罰爲權。知此道者，則經緯相生、奇正變化、權衡相倚，如山嶽、如雷霆、如淵泉、如飄風、如日月、如甘雨、如神怪、如符契，人固莫測其端，我則坦坦施施，乃常情常理，人皆易見而易能者也。今之守邊者異乎爾，廢墩堡而事城關，失探候而思衝掩，耗食僨兵以冀精鋭，失權衡以稱賞罰，此所以邊鄙日促、邊事日隳，苟且支持，惟賴國家威福以僥倖其安耳！夫墩堡者，乃城關之藩籬、耕牧之巢穴；探候者，乃墩堡之耳目、衝掩之機牙，兵食由此而生，精鋭由此而出，賞罰權衡所以濟此而有成者也。況居庸逼近畿輔，爲東三邊内轄，内之則易忽，近之則易危，豈不爲邊鎮之至重哉？

文靖行矣，予不他及，特以邊備爲言，蓋舉重以相告也。

贈韓庶子謫官序

士必有超世之志，而後可以立乎世；無超世之志，則將汩没於污俗之中，而無以自拔於勢利之表。雖堯言舜趍以終日，周冠孔裳以終身，適以滋色莊而長欺僞，貌君子而行盜跖，身廟堂而心市井，其何以異於世之衆人而可立乎世哉！是故君子必貴乎有志，而尤貴於自立也。若夫操無定立之志以冀阿比之譽，持不足恃之實以矯不虞之名，可以爲自立乎哉？

予求友四方，恨不見其人也久矣。邇者聖明更化，考舊章首以翰林爲意，命慎擇庶官，欲更置其人以備公輔。其時與選者僅十人，而苑洛韓君汝哲以提學副使入爲右春坊右庶子兼翰林院修撰。予雖不類，亦獲厠名其間，與君出入班行，同遊館閣，同侍講筵，日與論議，知君真乃其人也。方慰得其友，思將定終身之交，凡數閲月，君典試順天，同事有趨當路者，與君不合，摘其程文，指有譏切，且當路素憚君忠直，又欲别有所搆，因搜序文小疵，陰用傷擠，遂黜君爲南京太僕丞。君行，人無不爲國惜之，而恨讒人之罔極也，君若不爲意者。初君爲吏部員外郎，嘗以耿介自持，被讒謫官。久之起爲浙江僉事，又以貞諒守職被讒免爲民。今者又以讒謫，則三黜矣。昔者柳下惠爲士師嘗三黜，人謂其可去，曰：「直道而事人，焉往而不三黜？」略無芥蔕，所守益確。

由此觀之，信乎爲士者不可以不自立也。夫人不自立，則一黜已不可堪，而況三黜乎？三黜而世不能浼者，由其自立之真也；欲以自立，非有超世之志則亦世之人而已矣。夫爲世之人而溷以世俗之毁譽，其不緇垢而磨磷者鮮矣。此所以士貴乎自立而尤貴乎有志也。韓君可謂真有志之士也乎！同選諸君咸賦詩以道其行，予故序其端云。

送張太守治台序

歲己丑，台乏守，廷議以司徒留部郎嶺南張侯往。台人仕留都者走餞之，乃即而言曰：浙東居天地之隅，重江隔之，故論四方之俗則以浙東爲勝；台居浙東之隅，重山環之，故論浙東之俗則又以台爲勝。故台士之稱節義、台民之爲淳樸，其來尚矣。然邇亦有鮮耻嚚猾之疑，何歟？蓋繇爲政之失，非台人罪也。夫政本於上，上好誠，民莫不用誠；上好愛，民莫不用愛；上好廉，民莫不用廉；上好讓，民莫不用讓。今皆好詐，民何以不詐？今皆好虐，民何以不虐？今皆好貪，民何以不貪？今皆好争，民何以不争？故知鮮耻嚚猾之不免也。

我國家張守置令，本以親民，即《周官》之意也。故守令之職莫先民養，莫急民教。不得已而有訟，又爲之立經法。凡非姦盜詐僞人命，皆屬里老，使從宜以决之，或周喻以息之。又不得已而後守令聽之，又不得已而後藩府聽之，又不得已而後外臺理之，又不得已而後監司察之，又不得已聞於朝，亦反諸有司以詳其虚實，有不循序，必重罪而弗聽，其意無非欲安民而使之生且樂也。

或有言治者曰：必用《周官》而不知何古何今，其爲安民一也，反是而多事之求則又伯者之下矣。今之爲守令、爲藩府、爲監司者，亦皆知此道乎？由此言之，則所謂台人罪者，又豈台人而已哉！

張侯昔爲上高令，今爲司徒郎，皆以仁恕著稱。今兹往也，豈非台俗之當還、台民之當福乎？衆皆舉手爲賀，故書以贈之。

送黄寅卿歸羅浮序

南京户部主事羅浮黄君寅卿上疏乞老，朝廷嘉其恬退，進户部外員郎，遂其請。凡知君者皆惜之，以爲不當去。君乃喟然曰：「世之謂仕者，我知之矣，勢利爲志，得失爲患，觀望軒輊謂之能，依違兩可謂之賢，違心拂性而不顧，撓官害政而不慮，群趨鬨集以相譽，朋附比周以交援，我實病之而不能，此我之當去也。」

或曰：「君素貧，其禄尚薄，且無爲橐，何以去爲？」君又喟然曰：「世之謂富者，我亦知之矣。奉身豈能逾分？裕後故知有命，金帛盈庭將以厚禍，田連阡陌徒以貽累，高棟飛甍特快目前，粉白黛緑乃自速亡，我實覺之而非願，此我之當去也。羅浮之陰有先人之廬，可以棲止，薄田躬耕，足以給食，子孫讀書，樂將卒歲，我何求哉！」

予聞而賢之，乃爲《羅山之歌》以貽之，歌曰：

羅山高兮色蒼蒼，羅山幽兮雲茫茫。山人出兮久荒涼，山人歸兮鶴飛翔。陂可田兮溪可梁，樵足炊兮採足嘗。山中之樂兮樂未央，去何拘兮來何妨？回視朝市兮塵彷徨，美夫人兮在羲黄。

贈應仁卿序

南刑曹主事應仁卿考滿將行，過予請所爲益。

予曰：「子之明睿過人，書史滿腹，廉以律身，敏以治獄，已足自立，又何益乎？」曰：「否。古無自足者，仁如周公，聖如孔子，未嘗自足，足則驕吝從生，美不足觀，矧在吾人而可足哉？」予曰：「子果不足，則學乎！」曰：「何如爲學？」予曰：「人之生也，惟性爲貴。性無不善，故知無不良，不以堯舜而增，不以衆人而損，化於俗而後私意汩之。私意之在今日，雖賢智不免，愼獨所以辯私克己，乃以作聖。愼之於獨知之中，克之於方萌之际，夙興夜寐，念兹在兹，造次顛沛，無時而離，由仁義行，良知不息，此謂格至之工、天德之學所以拔乎流俗而異於伯術、鄉原者也。」曰：「情欲意念亦可爲良知乎？」予曰：「非也。夫所謂良知者，乃天命本然之良心，四端固有之至善，不涉私邪，不墮意見，循之則聖，悖之則狂。若以任情自恣之心揣量模擬之，似皆曰良知，是又與於不仁之甚者也。子嘗學於石門子，石門子者，予友也，請以是質之。」

符節婦九十壽序

秋官主事葉敬之與予言曰：「符節婦王氏者，良佩之外皇母，年二十九而寡，冰蘗勵志，婦道母儀，咸無缺失，今年壽九十，三月乙未爲始生之辰。某考績將行，欲迂道奉母氏歸，進一觴。子於皇母，世聯姻好，願丐一言爲壽。」

予曰：「家之興，必有黄髮台背，昭其懿德，永式嗣胤。矧閫内爲德之基，不有其人，何以成之？故禮重内則，女先四行，曹大家謂貞静守節、擇辭後言、績饋專潔、盥身不垢，是謂四行。予聞節婦少而守義，至老弗渝，是其諒也；奉姑循禮，曲致其養，是其孝也；教子義方，卒抵成立，是其慈也；克家有道，晚益饒裕，是其勤也。諒、孝、慈、勤，四行粹也。福履壽考，所自致也。歷年永久，以淑孫子，符氏其興乎！」

敬之將上其事於有司，以勵世風，故作《符節婦壽序》。

賀葉太安人受封序

人子之於親，孰不欲養極其奉，榮極其降，然有命焉而不可以必得，故孝子必飭躬修行以崇其德，而萬鍾九鼎不與也，令聞廣譽以揚其名，而桓圭衮冕不與也。

南京刑部主事葉敬之以郊祀覃恩獲封其母符氏爲太安人，同鄉仕而在者皆往賀之。敬之曰：「吾母中歲而寡，吾與二弟一妹皆幼，煢煢孤苦，他日事皆未見，豈意閲二十七載母尚康強，而吾獲從縉紳後以有今日，實吾至願而幸得也，敢不承賀？雖然，古惟孝子能事親，仁人能顯親，吾猶譾劣，敢以此爲足乎？」予曰：「子方親賢友仁，遜志敏學，雖大著厥德，溥之天下，垂之萬世，以尊親於無窮，亦孰禦之？又何古人不可及也？」

僉以爲然，請書以爲賀。

贈鄒謙之序

俗成則不可變，勢成則不可止。與俗同流、與勢俱往、終身而不覺者，衆人也。閔其俗、回其勢、卓然而有立者，豪傑之士也。學術之弊，自鄒魯輟響，至周程張陸諸子而明。厥後學者非無其人，或取之而外，或語之而雜，或高遠而虚，或卑近而陋，合圭撮而違尋丈，至于今駸駸乎功利之習熾矣！功利既熾，則人心日陷，蔑倫恣私，傷善敗類，滔滔皆是，遂使斯世之民溺於污濁、墮於塗炭而卒莫之救。雖我聖明憂勤，欲明是道，奈何積習既久，一旦竟未之回。

惟陽明先生奮然而起，乃究洙泗言仁之教、鄒孟性善之説，以闡良知之旨，謂致知爲誠意之本，格物爲致知之實，知乃良知，即吾獨知之知，物非外物，即吾性分之物，愼於獨知、盡於物則，則爲物格知至而意誠。著知行不可以兩離，明體用而當歸于一源，以曉學者，將佐聖明以有爲。於是流俗之迷、方往之勢乃如醉夢忽醒、狂瀾乍回。不幸先生道未大行，中路而殂，故昧者反以爲怪，囂囂而未已。

東郭鄒君少以高科爲侍從，被謫州佐，稍遷郎署。其於榮枯得失，一毫不芥於心，惟以斯學不明、斯道無傳爲深懼，俛焉惟日孳孳，若將斃焉而已，謂非豪傑之士能乎？君滿考將行，諸友請言爲贈。予雖不類，忝昔共學，今幸有寮寀之雅，故書此以見斯道之傳有自也。

賀畦樂翁受封序

畦樂翁者，江右泰和人也，慷慨介潔，耻隨俗作業，慕蘇雲卿、安南公之爲人。有園數畦，翁率婦子，手自鋤植，歲時釀酒，酒熟摘蔬，招田翁野叟共之，因以「畦樂」自號。

其子食禄有官，將迎養。翁曰：「古人任壯逸老，吾垂老，安能受食槽櫪間也？」某遂無以強之。今年，某以考績獲封翁夫婦如其官，某喜，請予文爲賀。有客在坐，啞然笑曰：「子不見夫烏鳶乎？得腐肉以爲珍，食之於原上，見鳳鳥凌雲漢而過，恐其下攫，則呀口張翼，睨若拒之，殊不知鳳鳥漠然而弗知也。夫千金卿相，世固以爲重；圭璋組綬，人固以爲華，然在至人畸士視之，則不啻飄塵土苴之無有。今某既將以其羈絡加翁之身，而子又欲以烏鳶之語浼之，吾恐翁將破青天、絶煙霧而不顧也。」予無以辭，乃綴其語以俟翁之發笑云。

壽東洲何翁八十序

古云仁者必壽，仁者必有後。夫仁，人心也。心得其理，則氣和而凝，凝則貞固而悠久，故壽於其身而昌於其後，宜也。今觀雩都之東洲翁，豈不信哉！

翁少習子史，好樹藝治生，不求仕進，賦性簡儉，食粗糲，衣緼袍，略不爲意。躬修孝弟，伯父母無嗣，事之如事父母，終其世不異爨。父母病歿，醫藥哀毁，曲盡其誠。且襟宇夷曠，人可親狎，故在宗族鄉黨，雖暴慢異情亦皆心醉而誠服之。往者天下多事，嘗論大計數端，作書欲獻於朝，度不可言而焚之。晚歲無事，與鄉之耆老六七人結鄉社，行社約法，以訓鄉人子弟。暇則鑿池養魚，種竹交陰，日夕芒鞋竹杖，行釣吟弈其間。今年壽八十，康強猶少壯，孰謂仁而不得其壽乎？且諸子諸孫，英偉輩出，曰某、曰某、曰某，並舉鄉薦。某爲某縣知縣，而某與秦嘗師陽明先生，得聖門精一之傳，勛名事業尚未可涯，孰謂仁而不昌厥後乎？

仲冬十有二日，翁生辰也，秦友某人、某人等請予文爲壽，予久與秦遊，知翁爲詳，故書其履祉之概以爲壽。

送張僉事之廣西序

國家初制，因郡縣以置諸藩，因諸藩而置外臺，諸藩以統郡縣，外臺以察庶官。制雖仍於後世，意實師於前古，可謂簡而有條、詳而不煩者矣。其後又有巡按、巡撫之設，則外臺非監司矣。既而撫按收有司之權，則撫按非監司矣。既而清戎榷監及諸有事者亦收撫按之權，則監司反多於有司，而有司之職日廢矣。識治者每思有以易之而不能，故常冀藩臺之得人，庶知所自理，幸獲救於什一也。

廣西乃古桂林象郡，以地則遠在南鄙，以人則夷夏雜居，視諸藩爲有間，故仕者每以爲難，而人亦以之爲陋，遂弛其心而不理。其爲貪墨者，既狃於包苴而不盡其心；其爲廉潔者，亦惟遠嫌自全而不欲盡其心：此所以遠藩日多事而視諸藩爲尤甚也。張君沖霄以進士爲南兵部武庫主事，予時獲署部篆，見其簡静詳慎則已目之。未幾，爲職方郎中，舉事咸有緒。今復進爲廣西僉事，其爲外臺得人，可知矣，故詳國家之制，又及時弊之當知者爲告。君行，其必得所以盡心，將挽其什一，以爲天下望焉。

卷十三

序

近言序

意以命言，言以達意。意者，本也；言者，支也。夫曰文乃言、意之紀也，故意真而言則，言則而文明，故文乃道之載也。君子以通天地、修人紀、協鬼神，文可易爲哉！古之人非有意於文，意至而文成，如陰陽之必化，如日月之必明，如雨露之必滋，有不知其然而然者，此六經、四子所謂文也。下此，雖閭巷婦女、田野鄙夫之言，亦可誦而感，可傳而法，其意真也。

今日爲文，皆以模擬爲工，或曰先秦，或曰六朝，惟欲形似，不求本真。譬之劇戲，飾冠帶，幻男女，易老幼，奸醜邪正，悲歡萬變，皆非己有，而真意益荒。由文以究其心，由心以徵其事，所以叛道、害政、禍天下有不可勝言者矣。

東橋顧公悼兹有作，爲《近言》十三篇，要皆寫其胸臆之真，就其所至而發。蓋積意以宣言，體物以達政，其乃取法於經、馳騁於史，庶幾不叛乎道！昔唐之文承八代之衰，得韓退之而變之，其文遂昌。宋之文因五季之弊，得歐陽永叔而返之，其文繇興。今世以文校士，爲害既極於此，得公之言爲軌範，則公乃今之韓、歐，非耶？予故著之以俟知言者之取也。

送梅友王洪實序

世道寖弊，人才日衰，何哉？由夫師道之廢故也。夫師之爲道，非徒辯析文藝、稽訂句讀之謂，由其躬行心德，以身先人，如盂之於水、模之於器，方圓精粗，惟其所成，綏之必應，帥之必從，然後有賴焉。

今自國學至於庠序，及於里社，凡任師道之責者，能幾人哉！蓋國學庠序之無人，乃由里社之無師，則知里社雖小，實天下學校之本也。故曰「蒙以養正，聖功也」。又曰「蒙養弗端」「世乏良材」，里社其可易哉！

梅友王君洪實幼失怙恃，廢棄於學。予幾弱冠，粗知聖道之趨，君即慨然許從予遊，予即致之館穀，寢處同之。若是數載，遂有省，乃捐一切勢利之習，爲里社師，實得蒙養之方。去年訪予金陵，司空石湖何公、奉常九峰胡公見而重之，乃延家塾，使訓諸子，皆有成效。今年其子典登鄉薦，將上春官，君乃告歸，予與司空諸公皆不忍別，乃爲圖作詩以贈之。故予爲道師道之興廢以弁其端云。

姜一愚八十壽序

世称五福，則必以壽爲先，然得之有時、有地、有人焉。夫生太古，遇三皇，沐淳風，被熙景，愁苦不入，壽獲千齡，豈非時乎！夫産窮山，處遠澤，飲苓泉，啜杞澗，逍遥閒曠，壽獲百年，豈非地乎！又若塞上之翁、帶索之叟，忘物我，齊得喪，恬和無欲，樂其天真，亦壽百年，豈非人乎！

或曰：「其然乎？昔者齊王獵於社山，父老十三人相與勞王，王賜之不租。閭丘先生不謝，曰『願得壽、得富、得貴』。王訝之。曰：『選良吏、平法度，則臣得壽矣；振之以時，則臣得富矣；令少敬長，則臣得貴矣。』」「吾邑人一愚姜翁，讀書修潔，蚤膺家難，遨遊白下，開塾授徒，卒定居室，植産治生，足以自奉，鞠子育孫，皆克孝敬，行年八十。雖不獲迨上古，居山澤，躡塞上，追帶索，葆真養和，偶期羨于浮雲之外，然幸生盛世、遇聖明，獲仁政之壽，遂耕鑿之富，享孝敬之貴，則翁亦世之福民矣。」

今臘月丙午，值翁生辰，吾鄉人之在白下者，相與觴酒豆肉稱壽，請予言先之。予幸翁生得其時也，乃爲道其平生，爲之壽。

祈雪集序

天人之道，常相流通；鬼神之情，豈終茫昧！後世拘儒曲士，不通道要，懈於自修，乃謂天人相遠，鬼神可欺，殊不知一氣之運，無往不周，一念之誠，有感必應，蒼蒼之高乃吾四體之充，冥冥之靈即吾方寸之精。是故大人存誠，不愧屋漏；天地合德，鬼神爲徒，豈其妄哉！

歲維辛卯，南畿之境，自秋徂冬，驕陽不伏，雨雪愆期，宿麥告枯，來稼可虞，下民惶惶。在位群公咸憂，各致虔忱，於臘月二日祈諸神祠。是日迄宵，晴光朗然，五鼓將作，玄雲忽興，將曉而雨，雨止而霰。質明再祈，拜謁未畢，大雪紛集，漫空灑迴，千里一色，瀌瀌奕奕，萬壑同瑶，竟日浹旬，遂成三白，於是陽癉宣疏，螟螣滅没。既而雲散平原，晴光澈宇，土脉流脂，緑滋盎發。始信天人之道有如桴鼓，鬼神之理如揭日月。輿情大慰，益知群公積誠行己之有素也，不然，何以能爾？乃相與賦詩，詠厥嘉瑞，庚載盈帙。以綰嘗與執事，命綴其末，故述天人往來、鬼神感應之機以終之。

賀戴封君夫婦朋壽敘

古鄞封君戴先生壽八十有一，配杜氏壽八十。今年八月三日封君生辰，十一月七日杜氏生辰。仲子鯨適以南京刑部郎中擢江西僉事，將歸，持觴酒以獻，請予言爲壽。

予聞三五流精，人物受生，乖和參錯，每不克齊，或壽跖而夭顔，或貴桓而賤冉，或富惡來而賤伯夷，或胤張湯而絶鄧攸。譬猶山林之殖草木、川澤之毓禽蟲，蕃滋零落，惟氣所遭，而莫知其致。雖然，此皆未定者爾。若夫栽者必培，傾者必覆，天地若操其機，鬼神默要其契，福履常綏於有德，壽考不降於淫人。譬猶黄流玉瓚之相求，薰蕕冰炭之不入，抑皆適然之數乎！

封君之先本吾邑南塘，南塘乃詩禮舊族，淵源之來深矣。封君早以瑰才琦行困於場屋，晚以歲貢歷仕學諭，膺受褒錫。其嗣五人訓以義方，四以科第躋膴仕，一以韋布淑其身。而杜氏又以真德懿範爲之相，以故耄耋齊齡，蘭玉並茁，會五福而攸同，駢百禄而未艾。夫豈偶得而倖至哉！

或曰是足徵茫昧而定天道矣！故書以爲壽。

贈三子序

予台人也，台士之從予於金陵者五人焉，曰李汝玉、曰馮子通、曰錢介夫、曰李源甫、曰林治徵。凡數月，五子以春試入京。踰歲，予亦以瓜期抵京，而五子方下第，給檄將之南雍，聞至，俱來予館。不旬日而汝玉病，偕子通而先歸，惟介夫、源甫、治徵依依若不忍舍。適予有北曹之推，三子遂執檄告改北雍。既予不果留，三子又告而之南雍，追隨燕冀，間關齊魯，歷汶濟，泛江淮，復金陵，幾一載，而三子畢事南雍，欲歸，請有以卒業。予則悵然無以爲辭，乃告之曰：

三子之從予以求仁也，求仁莫先於立志。今三子之往返二雍，追隨燕冀，間關齊魯，歷汶濟、泛江淮而不懈者，即三子之志歟？即其志以究其事，求仁之方有異於此乎？得其方而不息，則仁在三子矣。故曰「仁者先難而後獲」，又曰「我欲仁，斯仁至矣」。夫世之學仁者每厭卑近而務高遠，忽庸言庸行而求光華之顯赫，所以仁日遠而道日晦也。三子既知篤志而不忽卑近，則三子之道將日新矣。夫台以風節著稱天下久矣，而斯道之來或憂其寡傳。今得三子而進之，又以告夫汝玉、子通及凡有志而共勉之，則他日天下之求道者，焉知不自台而權輿乎？

壽丘母序

嘉靖十一年十二月二十六日，崇安丘母黄年七十，其子太學生乾元謁予，請爲壽。

或曰：「夫人之壽有以天者，有以人者。完、厚、和、久，獲之天矣；静、惠、慈、順，獲之人矣。今丘母其天也？其人也？」丘生曰：「先君屏山，爲人性剛負氣，居家嚴厲，母潛慧温恭，寡笑與言，敬事如賓。及殁，嚴飭門内，衣簪弗華，動止無容，非其静乎？宗族貧乏，竭所有以周之；鄉閭劄瘥，爲藥餌以濟之；貧而死者，爲棺衾以斂之；行人渴暑，爲茗漿以啜之，非其惠乎？訓子嚴敬，雖小過必誡；迨下寬恕，雖大咎不呵；長女早寡，二孤幼弱，爲之撫育，使抵成立，爲之室家；某兄弟教育既長，遣入鄉校，一毫家事弗使經心，非其慈乎？治家儉約，視義爲用，先君家賴以裕，以至賓祭巨細百需内外，無一不經區畫，咸得其宜，俾無怨歎，非其順乎？」

或曰：「若然，則丘母之壽蓋獲諸人矣，何哉？静則神凝，惠則人附，慈則恩篤，順則德萃。夫德成於己，天應於人，是故神凝則完，人附則厚，恩篤則和，德萃則久，然則獲於人者豈非所以獲於天乎？將由古稀而耄耋，由耄耋而期頤，膺爾五福，以荷百禄，享於無疆，其未艾乎！」

丘生拜手而作，曰：「此乾元之願也，尚惟誦之，歸爲母壽。」

贈石廉伯守高州序

嘉靖壬辰冬，以南京吏部文選郎中石君廉伯爲高州守。或曰：「高爲南海瘴鄉，乃唐宋遷人所居，非所以處君。」咸謂必有讒嫉於當路，爲之慼慼。君則欣然若弗芥意，衆乃惑。

予曰：「豈不見古之君子，立德有常基，建功無二道，所以無入不自得而大過人也乎！何則？君子之道仁而已，是故依仁則道盡，修道則德懋，所以君子之道參伍造物，覆冒群生，先民利用，變通不窮，而非九流百家所能同也。君子知仁爲己任，專心致志，惟仁是存；恭慎履道，惟仁是由；撙節無悶，惟仁是憑；以故優遊逸豫，非仁不守；貧賤憂慼，非仁不安；廟朝堂陛，非仁不立；窮荒夷裔，非仁不行。故曰：『君子無終食之間違仁，造次必於是，顛沛必於是。』」

或曰：「若然。石君其仁乎？」予曰：「石君心地昭曠，才識果敏，固將履仁而遠到，且嘗爲餘干令，食禄餘三載，其貧猶布衣。既而居郎署數載，其貧猶夫爲縣，日惟孳孳，惟仁是求，謂之非仁，可乎？然今高州之行，又焉知非天所以成之，將欲熟其仁而樹之於不朽也？」衆皆躍然，乃請書以爲贈。

贈符生國信序

符國信歸山中，問予聖學之要。

予曰：聖人之道，以仁爲至，學以知仁爲要。仁，人心也，三才之道備矣。然有學焉，何也？蓋人之生必有耳、目、口、鼻、四肢之性，亦必有惻隱、羞惡、辭讓、是非之情，此聖愚之所同，所謂「性相近」也。主聲色臭味、安逸而習之，則人之性流矣。主惻隱、羞惡、辭讓、是非而習之，則天命之性存矣，此聖愚之所分，所謂「習相遠」也。於此用力而不敢忽，所謂「慎獨」、所謂「致知」、所謂「求仁」者也。堯舜之傳曰「人心惟危，道心惟微，惟精惟一，允執厥中」，其斯之謂乎？孔子曰「學而不思則罔，思而不學則殆」，此精一之學也。曾子曰「戰戰兢兢，如臨深淵，如履薄冰」，此精一之傳也。人心不昧，其幾本明，但習染易迷，流俗易溺，迷溺爲蔽，則呈見之幾斯間，所以有安仁利仁之辯、誠明明誠之別。因定其等，有生知安行、學知利行、困知勉行之分。原其知則無二，行其知則有三者之殊。故人而不學則必困，困知懲創則必學，學知歆慕是爲利仁，利仁不息是爲安仁，安仁而不厭不倦是爲聖人，故曰及其成功一也。斯爲聖學之要乎？

予少有志，蹉跎迨今，猶未聞道，惟日孳孳，斃而后已，予之事也。國信，吾鄉之傑，果有志乎？尚期共勉，以卒斯世。

贈羅質夫憲副序

憲副半窗羅君，金陵人也。曩爲中書舍人，乞改南京大理評事以便養，亟行，及門不二日而送父終。既累今官，念母高年不可迎養，又乞歸，侍不數月而送母終。君子謂君爲孝子矣。昨者釋服，謁選銓曹，初授四川，再改山東，君子謂君必行其志矣，何哉？

古者求忠臣於孝子之門，故事親孝而忠可移於君，居家理而治可移於官。今君心懷罔極，睠言《蓼莪》，感負米之無及，思三公之莫換，前後陳乞，皆適其時，以遂其願，謂非誠孝能乎？夫孝乃百行之先、惇德之本，移忠於君，移治於官，實非外鑠。循性篤情，各適所安，反本務道，殊途一致。爲事有源，爲施有序，是所謂「親親而仁民，仁民而愛物」者也。矧君以宏博通敏之才濟以其誠，歷試諸難，皆有成績，今日之用，其志有不行哉？且今海内日趨凋弊，在在不免，而在山東爲尤甚，雖賴聖明大孝敷治，至仁求理，宵旰憂勤，以圖中興，猶不能無當宁之歎。蓋國家承豐豫之餘，循積衰之漸，學術不明，上習頽靡，功利之私淪入骨髓，得失之患迷漫見聞，君親之念特依彷之似，生民之慮皆假借之名，害政蠹紀，同波滔滔而卒莫底極。君乃以誠孝之心行誠仁之道，茲行也，豈但山東之民得所賴乎！將見由藩臬而臺省，佐我聖明以成無疆之休，豈但今日已哉！惟君其慎諸。

贈王浚川入總北臺序

嘉靖癸巳夏四月，以南京參贊機務、兵部尚書浚川王公改都察院左都御史，以總大憲。薦紳之士及與武弁之夫咸舉手相賀，曰：「國家太平之慶、萬年之休，其自此乎！」或曰：「何以知之？」薦紳曰：「吾嘗見之矣。公自給舍以至今官，或由降謫而陟擢，或由陟擢而降謫，或既降謫而復陟擢，其間顯晦險夷，什百不同。然其心之所存，則必爲國，則必爲民，必扶善類，必無患得，必無患失，不爲比黨，不藉援結，不事憸佞，不爲疑屈，是則公是，非則公非：此皆吾人之所目擊也。」

武弁曰：「吾亦見之矣。自公之爲參贊，恭儉恪惠，時無能偶。戎伍之弊莫甚於權門私役，公則革之而操演始均；軍甲之困莫甚於領船，公則損益得宜而皆獲安堵；倉廩之食莫多於軍餘，公則節其差而儲積已充；船甲之苦莫甚於内臣需索，公則禁緝有方而上下肅然；馬船每苦於繁差，公則定其次數而豪勢不得以濫用駕船水夫；舊擇丁民每苦於抑勒，公則聽從其願、給以工食而軍民皆便：此皆吾人之所親被也。」

或曰：「其然乎允哉！其在是矣。」

予曰：「夫大臣者，國之柱石，民之司命，治亂興衰之所由，君子小人進退之所繫。況總憲職專紀綱，尤爲至重，故曰大臣法則小臣廉，百官承式，萬民軌物；朝廷有道，天下和平。矧今聖明在上，勵精圖治，寤寐英賢之日久矣，而公以宿學元德涵濡於時亦久矣。行同二三元老，盡協恭之宜，極同人之道，察納約之牖，審遇主之巷，贊我聖明，定中興之志，建不拔之規，以成不世大業。太平之慶、萬年之休，顧不在兹乎！」

濟川衛指揮劉遠等感激公德，以某辱公知己，故請書以爲贈。

鈐山堂集序

某從大宗伯介谿嚴公燕暇，出示《鈐山堂集》，稍讀一過，曰：盛哉，公之文也，庶幾時弊不入歟！

蓋古之爲文者，其大先於言行之實，其次則在事物之情。方其時，制度定，禮義則，聲教明，風俗同而道德一，故其文精實簡確、惇厚含蓄、平易明白，使千載之下讀之猶足興起，雖至閭巷婦女、田野鄙夫，出言成章，亦非後世學士大夫之能及，其存於載籍詩書間者，皆可見也。或有聱牙佶屈，如「三盤十誥」者，乃當時榜示，因其方言，使之易曉。其後史官節略有若此者，豈爲文之體固如是也！

蓋今之爲文者，不本言行之實，求事物之情，功利是謀，得失是計。尚模擬者，其辭誕；騁私意者，其辭昧；徇俗好者，其辭亂；務奇怪者，其辭艱；崇組繪者，其辭靡。惟誕故虚泛而無實，惟昧故是非失其真，惟亂故流蕩而莫歸，惟艱故蹇塞而無用，惟靡故淫侈而寡要。所以叛道失經，誣世病國，爲生民害而莫之已也。

公以清明俊朗之才，加以研精韞櫝之深，故其文之峻潔簡練、豐腴委曲，則嘗師法韓、歐；故其詩之沖淡沉婉、清新雋永，則嘗出入盛唐諸家。力去近習，成一家言，君子固稱之，某亦何云？且公宿負廟堂重望，遭逢聖明，以文敷治，行當入贊皇猷，陶鎔天下之士而滌濯之，其爲斯文之慶何如！某劣，不足知公，幸嘗辱教，故書綴集末以俟。

陽明先生存稿序

古人之文，實理而已。理散兩間，韞諸人心，無跡可見，必俟言行而彰。言行，人之樞機，君子慎之而實理形焉。古者左史記言，右史記事，此其載籍之初、文之權輿乎！故文之爲用，以之撰天地而天地爲昭，以之體萬物而萬物爲備，以之明人紀而人紀爲明，以之闡鬼神而鬼神爲顯，以之理庶民而庶民爲從，以之考三王而三王爲歸，以之俟後聖而後聖爲存，所以經緯天地、肇率人紀、綱維萬物、探索陰陽、統貫古今、變通幽明而不可廢者也。

陽明先生夙負豪傑之資，始隨世俗學文，出入世儒老釋之間；中更竄謫流離之變，乃篤志爲學；久之，深有省於《孟子》「良知」之説、《大學》「親民」之旨，反身而求於道，充乎其自得也。故其發於言行也，日見其宏廓深潛，中和信直，無少偏戾。故其見於文也，亦日見其浩博淵邃，清明精切，皆足以達其志而無遺。或告之君父，或質之朋友，或迪之門生，或施之政事，或試之軍旅，以至登臨之地、燕處之時，雖一謦一欬之微，亦無往而非實理之形。由此不息，造其精以極於誠，是故其用之也，天地可以經緯，人紀可以肇率，萬物可以綱維，陰陽可以探索，古今可以統貫，幽明可以變通。

惜乎天不憖遺，不獲盡見行事大被斯世，其僅存者唯《文録》《傳習録》《居夷集》而已，其餘或散亡及傳寫訛錯。撫卷泫然，豈勝斯文之慨！及與歐陽崇一、錢洪甫、黄正之率一二子侄，檢粹而編訂之，曰《陽明先生存稿》。洪甫携之吴中，與黄勉之重爲釐類，曰《文録》、曰《别録》，刻梓以行，庶傳之四方，垂之來世，使有志之士知所用心，則先生之學之道爲不亡矣。

送孫一鶴兵備敘瀘序

嘉靖甲午孟春，以吾祠部員外郎孫君一鶴爲四川僉事、兵備敘瀘。將行，闔寮諸君以余有一日之雅，請所爲贈。

余曰：「守道不如守官」，古之遺言也。柳子厚以爲非聖人之言，其然乎？蓋世不明道，道不易明，乃曰「不如守官」，以官猶可指而力也。官與道有二哉？夫天下之治在乎官，官盡其心則天下治矣。夫所謂盡其心者，豈求於人情之外哉！今士習日頽，人懷利，其身圖，苟刻躐名以爲賢，苞苴自便以爲得，滔滔皆是，而猶可望其盡心哉？敘瀘，蜀之南鄙，山谷叢深，在彼爲遠，雜以蠻部，界於諸番，其間雖山水襟帶，而民俗猶夷，自昔致治以爲難。故今於郡縣、衛所之上，復思統率，此兵備之所由設也。雖然，忠信之孚，蠻貊足行，天吏之誠，隨地有宜，官以行道，道以備官，盡道所以盡官，守官所以守道，是故時雖有古今而人情無古今之異，地雖有夷夏而人情無夷夏之殊。我以夷狄處之，彼亦以夷狄自處；我以赤子視之，彼亦以赤子自視。苟得其情，則夷狄皆可爲編氓，況在編氓有不化而善良者乎？苟失其情，則編氓皆將爲夷狄，況在夷狄猶可望其循服者乎？夫得其情者，非啖之以膏肉、錫之以爵服；失其情者，非置之於鼎鑊、加之以斧鑕。繆其生聚之願，乖其好惡之理，則人情爲不服，況凌暴峻削尤甚於斧鑕鼎鑊者哉！此所以致治不易、官爲難盡而道爲難明。故曰「守官不如守道」，所以深懲其弊也。

君本東魯舊族，高祖恕嘗爲祠部郎中，伯祖洪亦以祠部郎中累陟中丞，並著芳譽於當時。君承家學，尤爲閎雅，而加之以敦慎。兹行也，必能深求其弊，盡心斯民，實體斯道而無愧於其官矣，予於是不能不深望焉。諸君皆以爲然，乃書以贈。

山西按事奏議序

少保宗伯桂洲夏公昔爲兵科給事中，上疏論鄴潞平賊功罪及處置之宜，上深然之，即命公往按其事。縮時領南禮曹，携家瀕行，慮涉凍河，不遑周詢，後有所聞，皆原同異之言，卒莫定其是非。迄今七載，獲公寮末，談議之餘，偶出《山西按事奏議》，讀之，然後知公用意之到、任事之勤，陟降原巘而得川谷之宜，相度深阻而明險易之實，矜測不辜而無非道之于，安定反側而成汔可之德，改牧張官而悉弘遠之規，設邏爲關而盡意外之備，授里分田而衆遂安堵之願，哀煢憫凶而人獲涸轍之救。以視世之左道僨事、誣上失物，不可一日語矣。則又知公今日遭遇之隆、受知之深，皆由於此，豈偶然哉！

綰每讀前史，深慨功業建立之難，必君臣同德，交孚如魚水，庶幾足論。不然，或有願治之君而無敷治之臣，或有弘濟之臣而無可爲之君，或私心期比，遇不以道，上下乖暌，功業不稱，而卒遺千古之憾，此所以爲難也。雖然，此皆天也，豈人力之能齊哉！

夫治亂相尋而不可易者，運也；窮通感召而有時者，命也。依道周旋，以聽運命而行藏者，君子也；舍道趨利，不顧運命而苟合者，小人也。是故君子涉世，雖貴於遇主，而每慎於交際，必如伊、傅一德相孚、和羹相濟而後可。不然，則如孔孟歷聘列國，厄窮遯世，寧終身而不遇。苟不顧此，則如蘇、張揣摩行説，妾婦竊寵，竟以禍世，流毒無窮而爲世罪人，何足算哉！

蓋公以宏才巨識，籌畫國經，嘉謨屢中，顯比明主，以有今日，誠曠世之僅見也。由此奮庸而熙帝載，將來功業，其可量乎？綰始惑同異，未獲真知，今幸讀公全疏，有窺顛末，寧弗喜談樂道，爲之序哉！

贈王汝中序

王汝中選南京職方主事，將行，同志之士請予贈言。予來汝中而謂之曰：子學於吾陽明先生有年矣，聞先生之言亦熟矣，亦聞西方之學有顯宗者乎？即其宗而顯之斯無弊，吾學豈西方比哉！跡有可比者，不得不爲吾子言之。夫良知者，固吾先生之教也，然亦知獨知即良知，亦吾先生之教乎？昔者，堯之授舜，初無別語，但曰「允執厥中」而已；舜之授禹，則加數語，曰「人心惟危，道心惟微，惟精惟一，允執厥中」，中即道也，道何在哉？在人獨知，一念幾希，故曰「道心惟微」。道而用之則有過、有不及，此惡之所由生也，故指其用力之方，曰「惟精惟一」。精者思也，一者道也，思得其道則無過、無不及矣，故曰「人心惟危」，所以戒而謹之。夫道心、人心一也，以一心而精之、一之，此萬古道統之真傳也。孔門「致知格物」之訓、「克己復禮」之教，曾子、子思「慎獨」之旨，孟子「乃若其情」之説，皆本諸此。

至于宋儒學之始皆假禪爲入門，高者由其上乘，下者由其下乘。夫禪乃出世寂滅之事，視吾聖人經世之道，不啻天淵之懸絶。蓋聖人之道，皆準天地之生生自然不爽者爲之建立，故其言本體也，則曰「《易》有太極」「皇建其有極」「天生烝民，有物有則」；其言用功也，則曰「必有事焉」「學有緝熙」「人必有不爲而後可以有爲」。然禪皆以空爲本，故其言本體也，則曰「四大非有」「五蘊俱空」；其言用功也，則曰「應無所住而生其心」「無無所無」「無無亦無」。其分二乘，但有自然、勉然之不同。其自然者，知其空而空之；其勉然者，必持公案而後使空之。故由二乘而來者，豈能頓然舍空無哉？所謂「語焉不精，擇焉不詳」者也。故其論「戒慎不睹，恐懼不聞」也，則曰「心體之虛，原無朕兆，雖在諸己，亦有不得而睹、不得而聞者，是爲無極、太極之妙」，此學問之所由繆也。殊不知君子之所不可及者，其唯人之所不見，人所不見乃己所獨見，獨見之中有天則焉，由之而行，所謂「闇然而日彰」者是也，反之所謂「的然而日亡」者是也。又其論「無聲無臭」也，則曰「心若起意則爲有聲有臭，心不起意則爲無聲無臭，則爲無思無爲無意無必無固無我」，殊不知聲臭即云聲色，皆指其外者而言；意必固我，皆指其邪者而言。「心之官則思，思則得之，不思不得。」得者，得其中、得其道而已。既得其中、得其道，即已「止於至善」。過此，又何思、何爲、何意、何必、何固、何我哉？於此而復有思有爲，則皆外而邪矣，所謂「差之毫厘，繆以千里」，不可以不辯者也。

夫獨知之有知覺，乃爲良知；知之而思，乃爲聖功之本，此乃聖學宗旨之至要，在今日之當速顯者。於此不顯，則學非其學，卒皆無成，駸駸乎入於邪罔，蕩不可救，其爲弊可勝言哉！汝中苟於此不爽，則吾人之學真足以傳天下百世，以俟聖人而不惑。其於先生之道，豈不有光哉！

予於是以贈之。

贈雷必進序

雷必進舉進士，有知其賢者，薦入翰林，及留京選，皆不果。既而授興化推官，同志之士咸惜之。必進弗以爲意，乃過予言曰：「崇卑内外，皆可置之，但得先生一言，爲終身之規，足矣。」予曰：仕止無二理，人己同一道。窮之所養乃達之所施，成己之仁即成物之智，故君子篤志惟求諸己，窮通貴賤無入於懷，成敗利鈍無牽於慮。遇不爲泰，萬鍾九鼎無所加；退不爲屈，簞食瓢飲無所損。身雖有時而可困，道則無時而可貶；位雖有時而可奪，道則無時而可辱。是以積實於中，物無不動，存誠既久，人將自格，變化推移，惟我作程，風靡草偃，由我作則。用之則爲雲爲霖，溥萬方，潤焦枯而不自以爲德；不用則爲嶽爲淵，斂神功、屯膏澤而不自以爲塞。所以君子勉篤其志、求盡其道，而不以窮通貴賤有間也。夫窮通，命也；貴賤，時也；成敗利鈍，運也。雖使聖人處之，亦何能強命與時以矯易其成敗利鈍哉！兹道也，予與必進講之素矣。興化，爲閩文邦，昔多君子。必進往矣，必當有遇，必將心識誠乎以成其治，則必進之志於此行矣。同志皆躍然，曰：「誠哉，斯道之不可忽，崇卑内外之不足論也！」且予始祖莆人，宗族尚多在莆，莆爲興化屬邑，故予於必進之行，又不能以無情，不但斯道爲望而已也！

女孝經序

《女孝經》作於唐婦人鄭氏，卷首表曰：「妾姪女蒙恩册爲永王妃，少長閨闈，不閑詩禮，觸事面牆，故借曹大家爲主，作此以戒爲婦之道。」其文擬《孝經》，多述經史，詳鄭氏姪女爲永王妃，知其爲唐，第不知爲誰女、誰妻也。

外祖潁州太守鮑公家多藏古書，先太淑人少日，與《小學》《孝經》同受之潁州公，暮年猶能成誦。藏之衣篋甚謹，每舉以訓子孫媳婦輩，曰：「吾自讀此書，心常惕然，無一日一時敢忽，今雖老矣，自考平生無一言一行愧負，以相爾父、爾翁，承開爾家，爾輩可不知之？於此思致力以爲修身正家之本乎？」縉記斯言，忽又老矣。昨丁太淑人憂家居，追思儀刑，不可復作，檢遺篋，見此書猶存，乃抱而泣曰：「吾母平生精神心法不亡者，庶其在此！可使泯而不傳哉？」故録此書，刻之家塾，示我子孫，俾永爲家寶，且以著閨門之式焉。

邑侯康君旌勸序

新安康君治吾邑二載，巡按御史白下金君知其賢，檄所司旌勸。邑之人咸相謂曰：「御史於是乎知人矣，賞罰其昭乎！」曰：「何爲然哉？」曰：「賞罰者，勵世磨鈍之器也，上自唐虞三代、下至漢唐英辟，罔不以此爲先務，故能成至治、有天下，豈倖致哉！故古之施賞罰者必稱天以命之，謂之天者，至公無私，如水之付器，隨形而充；如日之普明，因物爲光。朝廷以肅，百官以正，勸斯勸，懲斯懲，各相黽勉，孰[一]敢怠荒？是故民樂生業，物阜平成，王澤流而大化洽矣。譬之谷聚淵盈而氣無不播，日轉星輪而物無不化，故曰：『體天之道，豈不休哉！』今邑侯康君，豈弟宅心，公勤揆政，凡厥攸行，皆足安民而致治。於是御史廉得其實，聿行旌勸，咸曰『至公無私，爲知人之明，賞罰之昭也』。」

邑人請書，予故識之，爲旌勸序。

【校勘記】

［一］孰，底本作「熟」，徑改。

史孺人王氏八十壽序

嘉靖癸巳冬仲，進士溧陽史恭甫奉詔南邁，拜予，言曰：「明年祖母太孺人王壽八十，際竣事過家，將稱觴爲壽，敢丐一言。」予曰：「壽由乎天，匪德弗畀，太孺人脩而獲此，何哉？」恭甫曰：「太孺人爲先大父贈給事中慎齋府君繼室，時先伯父及先君皆幼，太孺人撫育，不啻己出。不數歲，先大父棄世，鄉族無良，欺孤弱寡，太孺人外禦強侮，内訓蒙稚，靡不盡。未幾，先君獲登科第，官給事中，推封爲太孺人。不肖孤，生孩八月，先母王孺人棄世，賴太孺人鞠育，克保厥生。未幾，先君憤誣謝世，家門多故，鄉族之無良尤甚曩昔。復賴太孺人挺身雀角，析理訟庭，卒獲安堵。不肖孤又獲登科第，皆太孺人之惠，則吾祖母之所以稱於德、獲乎天者，無不至矣。」予曰：「有是哉！婦人之性，一室彼我，而太孺人子非己出，愛同己育，及於厥孫，爲恩尤篤，卒至成立，並迄顯榮，所謂『以德獲天』者，非耶？矧遭家門多故，排難解紛，『習坎，心亨』，不由實德，何以能然？皇天無私，視德加培，今茲眉壽萬福，夫豈偶致？若然，則恭甫之請予之爲文，皆所以爲世教也，又豈史氏一家之爲慶哉！」

爰書以爲序。

長湖章氏家譜序

家之有譜，猶國之有史、郡邑之有志也。史以記政令、著人材，志以道民風、本土俗，譜以詳統系、別親疏，其歸在於昭其得失賢否，用存勸懲、寓鑑戒而已。譜法原於王者之賜姓，已復因姓以爲氏，是故封爲諸侯則有姓，列爲世大夫則有氏，此古先之遺典也。

嗣是則有宗法，蓋起於成周之世。今以其法考之，有百世不遷之宗，有五世則遷之宗。百世不遷謂之大宗，自别姓之祖以至於百世之遠，雖族屬有分散遷徙，必皆宗而祀之，不敢易也。五世則遷謂之小宗，自高祖至於玄孫，服盡則遷者也，其法以族得民，列於鄉閭，比黨而聯屬，達於天下。

迨夫宗法廢而譜牒興矣，在漢則有官譜，南北朝有氏族，至唐柳玭、顔環，宋歐、蘇氏始具譜法家規，則猶宗法之遺意也。月吉，宗老屬族人於大宗之祠，以讀法申教誡，書其得失賢否，用存勸懲、寓鑑戒，其爲功與國史、郡邑之志等，是故君子之於譜牒恒盡心焉。

吾郡别駕朱君，本姓章氏，予覩其家譜，讀徐豐城、吴康齋及君所自著諸序，而得其爲譜之法。遡長湖由於上村，而序系詳矣；别南樓之冒方岳洲，而宗支明矣；詳其喪祭冠婚歲會之禮，以及其先德銘表記序諸文，而得失賢否昭矣，勸懲鑑戒寓矣。予故曰：「家之有譜，猶國之有史、郡邑之有志也。」其爲教均其爲法，蓋得氏族宗法之遺制，予於是得君治家之政矣。君兹方以教家之法施之吾郡，則政平俗美可幾也。繼始自今，凡爲章氏之後人者，能由予之説以求君立譜之意，隨其出處語默，皆足以爲教，是亦君陳之所爲政矣。《易》曰「同人先號咷而後笑」，此之謂也。

書以序章氏之譜而歸之。

卷十四上

記

少谷亭記

石龍子結茅紫霄之明年，少谷子自閩來訪，相與論聖人之學，以及天地萬物之奥極於無窮。少谷子俯而津津，仰而喟曰：「吾逐跡泉石之奇，寓情風塵之表，以求吾志，吾已謂吾至矣。今繹子之言，吾腸胃得無穢乎？膏肓得無病乎？吾其滌臟洗髓以與子遊，子能爲我居乎？」於是芝谷主人者躍然起曰：「吾事也。」即日伐石搆亭於叢薈峆岈之間，以居之。

亭成，少谷子登而坐，援琴而歌，歌曰：「山之阻兮石嶙嶙，山之幽兮澗沄沄，携手於行兮搴蘿蓀，永言無竞兮共夫君。」石龍子憮然曰：「自吾抱兹志於此，求共業於天下，惟王、湛二子，豈意乃今復有少谷子乎！」少谷子猶繫四方之役，杖策欲行，曰：「余友有江浪山人者，語之必來，其揭斯亭以候之。子尚邀二三子，余漉精苓通，旦暮且至，期與吾子老焉。」遂勒兹言於石。

回風亭記

太守建康公治台之暇，作亭於後山之麓，杵垣鋤圃，種樹蒔竹，適燕閒也。時維歲徂，晉安鄭繼之、仙居應元忠及余來謁，登之而飲酒半，有觴而起曰：「壯哉，亭乎！玄陰既極，其將回景風之和乎！」

於是各執觶而言曰：「沍而和者，公之惠也；公之惠者，公之德也，請名之曰『回風』。夫曰『回』者，以言前此未始回，而回之自公始也。台之爲州也，居山海之隩，自三國以前，陸無隧，川無梁，草木茂密，虺蜮禽獸居之，是爲太僕。寖及宋元，名節風興，蔚然爲冠裳禮樂之墟，無若有倡之者。方今文化大被，而囂浮刻核、蟲毒孤譎之民反爾者，夫豈山川之故、斯民之辜哉！厥有由矣。自公之來也，燔之、剔之、長之、蓄之，而後頹弊之風將復返而淳焉，善人舒舒，憸夫惴惴，曰：『吾恐民也，吾隱憂民也，何幸乃有今哉！吾僇民也，吾墮民也，吾芒芒民也，何幸乃有今哉！』」

公退然遽曰：「豈遂至此哉！願因吾子之言黽黽矣。」遂命鐫諸石，以事之終焉。

茶瓜小會記

越隱君子肖齋朱公以杜少陵詩句扁其延賓之所，曰「茶瓜小會」。傾圮已久。其孫御史守中作屋於居第之左，復取爲榜，屬余記之。

余因考求，知公學古好修，與群從兄弟同産，人勸析之，輒泣不忍，至不得已而析，田宅美者皆讓從兄，自取其荒陋者。鄉人化之，至今俗尚淳素，在在聚爨，而朱氏行義尤篤焉。夫茶瓜菲物，公以其誠，故一時名流皆與之遊，竟賴成德，其得有如此者，矧守中負豪傑之資，究心聖學，虛己精志，以來天下百世之士，共明斯道，其爲得又當何如耶？

是歲仲秋，余與仙居應元忠、晉安鄭繼之、會稽董文玉訪守中及蔡希顏於白浦之上，止宿於此，盤旋晨夕，則登龜、塗二山，臨錢塘，瞰濱海，近而梅市、歌橋、秦望、禹穴，遠而天目、天台、富春、吴松、太湖與海上諸山，翠岑霞巘，高蹤遠影，指顧可有。倦則歸卧，夜聽巨濤，如崩山壞壑，響在枕畔。

遊永康山水記

從剡入永康，與石門子遊壽岩。行見五峰相亞，意即壽岩。石門子曰：「否。此俗呼爲翁婁岩者，請爲易之。其嶄然而出者曰天柱，其覆而左者曰石鍾，其踞而右者曰維摩臺，又左曰石甑，又右曰蟾蜍。」行度一舍，沿溪折入，見大石插空，嵬屼不可仰視，群木森茂，雜然其間。又行，從木杪見樓閣在石壁中，梯石而升，弛檐[一]而休。倚檻，見東南一峰突起，曰鷄鳴。少進，一峰竦出而俯，曰覆釜。覆釜之西，一峰尤傑，曰桃花。北一峰稍低，水時時下滴，曰瀑布。瀑布左連大石壁，下梯石望之，高濶數百丈，若晴霞爛然，曰固厚。壁下上皆洞，其一即所居樓閣，謂之壽岩。時日欲晡，谷中有雲氣籠木，蓊然蒼碧，日穿木葉，入照洞中，光景甚佳。西上塗堊僅存煙痕荏苒，皆宋元人書遊觀詩及歲月姓名。「陳龍川、朱晦翁、吕子約嘗同遊」，乃龍川親書。其上又有「兜率臺」三字，亦云晦翁親書。石門子設酒茗閣上，飯罷西行。又一洞，中置觀音像，旁設大士像十八，洞口有四楹，楹間有粉壁，屢經塗治，新故數層，見題詩畫竹，皆剥落不全，惟胡彦恭詩及鐵木普化耳「會兵識」字無恙。洞廣而邃，可居。又西有石峽，飛泉直下，上有龍穴，祈禱輒應。同遊林典卿、周鳳鳴、應抑之、周德純羅坐其中，周晉明、周仲器後至，遂與論學，皆歡然有省。石門子欲即此建麗澤祠。日落，歸僧廬宿焉。

明日去方岩，出山口，見一峰昂首北立，曰天馬。下有村塢，石穴中有居民，垣竹茨牖，儼若太古。踰澗南行，谿石窈窕，上有一屏，名青玉。循青玉右行，至一岡坐，望方岩如方城。向夕餘霞隱映，路從削壁升石階八九轉，未至。見崖端中開一門，既登，如行雉堞樓櫓間，忽而青山蜿蜒，中藏寺宇如平野，不知爲方岩絶頂。世傳有胡侍郎則嘗讀書其中，殁遂爲神。宋徽宗時，睦賊方臘寇永康，鄉民皆避於此。賊顧絶澗大藤，緣將至，赤蛇嚙藤，中斷，賊皆墮死。澗兩石並起百餘丈，中僅一綫，名千人坑。賊乃緣澗道登據，夜夢神人騎白馬飲泉，明日泉涸，賊懼遂降。皆謂胡公靈異，其民至今崇信。寺後有石洞可坐。又陰崖巔絶有小石洞，爲胡公讀書堂。日已暮，乃下，復至壽岩，留連不去，擁蒲燃燈又十餘宿。霜風益急，木葉盡赤，諸友漸去，應天監、趙孟立、徐子實相繼復來，論各有得。山中小生程梓、周玲、孫桐皆奮然有志。

他日去石鼓寮，程舜夫載酒於路，邀坐其叔父池亭。天欲暮，促行四五里至山口，風雨至，崖松黝黑，白煙横飛，窅然不知所入，遂過靈岩。洞在山上，南北通明，可容千餘人。由洞後石嶺登入，黄葉蕭蕭，客皆凄然倦，即洞中草鋪，燒地爐環坐，夜久乃卧。明日天晴，出洞南，仰視洞上，蒼峰矗立，崖端柏枯死，小樹綴石若藤蔓下垂，掩映屋瓦，丹碧可愛。稍西一門，下出崖半，棧石爲道，曰飛橋。下望陂田，自成村落。東行有井，深可百丈，僧云「昔有龍飛去」。復由後嶺下，沿溪望北山，崖石數處，松林鬱鬱，皆可遊，不暇顧。

再至石鼓寮，翠壁參差，入谷中小洞邃寂，即晦翁欲屋吕東萊讀書處也。西南見瀑布下注，其下有潭，泓深澄黛，斑魚數尾，遊揚自得，聞人聲即逝。石門、舜夫、鳳鳴列坐石上，皆喜，呼童攜酒共酌，久之不忍去。又云東萊嘗買田四十畝，今屬方岩寺，故籍猶存可考。

既出，僉謂當紀，以俟來者。

【校勘記】

［一］ 檐，當作「擔」。

書園記

書園，潁川王侯先公自老遺侯藏修處也。其地夷曠無山溪，繚垣以爲谷，築堤以爲麓，鑿溝以爲溪，引水而瀦，小者爲池，大者爲陂，分土畫壤以爲丘畦，循垣種柳以爲林樾，横木作橋，插竹成蹊，以限方隅，通來往。於是畜魚於池，植蓮於陂，蒔蔬於畦，藝菊於徑，而桃杏李棗柏竹之屬，凡可資盤飧供賓友適遊燕者，無所不備。乃結屋於中，置几案，列圖書、蒲團、木榻以收其有。暇則開門徙倚，北瞻燕恒，西望衡霍，東眺蓬瀛，南俯江淮，不出衽席，皆與冥會其間。古今之興衰、聖賢豪傑之代謝以及逍遥遼邈之情，四時朝暮，煙雲物態，悲歡感慨，無不繫之。

既而侯學成而仕，一再轉而倅吾郡，沉毅老成，爲上下所重。余又嘗讀其先公遺誡，則知兹園之助於人也豈少哉！侯欲記以示其子孫，余則記，俾履兹園者常知所有事也。

遊石佛記

石佛在雁蕩之陰，路從南閣入，行至溪口，見大石累累，高度百餘尺，横亘溪上，若無路以入。天雨雪，同行皆有倦色，余獨興未已，猶毾道邊石上，遥望大石下洞中白水流出，遂起揭跣，沿流步入。視洞中崆峒深寂，斗折蛇行，其中若楹、若防、若牐、若堰、若門、若坻，水分流其間，間滙爲潭，泓凝澄碧，或溢而流，或高而墮，或曲而奔，潒然悠然，窈然不知其去。行且半里，復見天宇，兩山夾澗水中流，山上怪石，聳出雲表，不暇覽計。又行四五里，仰視巨石兩兩，高數百丈，上覆復合，中空一綫僅尺許。入可數百步，如丹闕開闔於層霄縹緲間，曰顯聖門。瀑水自門内絶壁高澗瀉下，平布門下流去。門右西上有洞，深濶數十丈，捫崖而登，石髓下滴，凝爲三像，是石佛之所繇名也。由此左折，上見石碣，宋永嘉令葛逢與僧某人同遊所記。於此縛松梯，牽挽可上。北望石峽澗水所從出，峽中稍進，可至常雲，俗呼爲百嶂尖。有石浴桶、天橋、飛湫之奇，出則有湖。南版藏之勝，皆在數里之間，不可殫也。

遊散水岩記

人皆知龍湫之勝，而不知有散水岩。遊散水岩，自蕩陰章氏之居行二十里餘，崖谷壁立，拔地數千尺。懸瀑自崖端垂下，直擣澄潭，若白虹横空、匹練孤懸，照耀於丹屏、翠壑、喬松、古柏間，觀者莫不心駭神眩。余從瀑下援葛上崖半，坐洞穴中視瀑水，如明珠纈箔當户，窺見旭日曈曨，祥煙繚繞，妙不可言。又從崖半行，過东南隅，有石天窗，儼似樓閣欄檻，上有梁石，横若楣宇，憑檻而眺，奇嵐疊障，皆可攬有。故記以補雁山之遺。

道姑庵記

嘗聞南溪道姑庵之勝而未始遊。一日，山人章氏過余，偶坐語及。輟餔，隱几聽之，终日翛然，若可飛步而至，遂將终身。

曰：其地四崖陡立，高數百丈，庵在大石洞中。洞適當谷之窮，峆岈幽邃，玲瓏寥廓，可坐千餘人。東西各有石廊數千餘步屬于洞，若廨宇欄楹。夾廊巨木萬餘挺，森茂蓊密，蒼然黝碧，黄熊、紫猿與猩猩之屬，白日跳梁，啼嘯于交柯積蔭間，見人視不去。左右水聲瀌瀌，自懸崖墮澗中，至者皆慘慄股戰不敢入，必多人榜戟，然後從廊下樹陰行。

道姑不知何許人，嘗於此修煉，仙成而去，遺跡尚存，姑記以俟他日遊焉。

耕樂記

鄉人某以「耕樂」爲號，求爲之記。

曰：「耕之爲業，早作而晏息，夜思而晝勤。濡足塗體，蒸背洽汗，雨暘不憚，寒暑莫避。虞其蟲螟，憂其亢潦，如閔嬰兒，常恐其疾。視他爲庸，猶有暇逸。一歲四時，三時不輟。其爲勞也至矣，何以樂哉？」曰：「人之憂樂以心，夫内苟可樂，雖囚羑里而演《易》，厄陳蔡而弦歌，困陋巷而不憂。不然，登眺新亭而動山河之慨，嗅花山陰而增時事之感，宴會滕王而來興盡之悲，況耕也哉！夫物無小大美惡，皆可樂也。心無所奪，故自知其可樂也；心有所分，故不知其樂也。志於耕而樂於耕，豈不可哉！」

予不能詰，乃識之。

竹山記

尚書刑部郎胡君秀夫一日過予，語曰：「湯溪，山邑也。吾居又湯溪之僻也，環吾居皆山也，而竹山最高，爲衆山之尊。吾廬適與之對，旦暮啓户，若揖讓焉。吾翁因之以自號，子固知吾翁者，盍記之？」

予聞竹以比節者也，山以居仁者也，翁皆欲有之乎？翁少而奮勵，克艱世故，不誘於利，不汩於俗，卓然自立，以視於竹，不有可乎？翁終歲愛默，静含天倪，益全厥德，頽乎委順，以視於山，不有可乎？《傳》曰「如竹箭之有筠，貫四時不改柯葉」，《語》曰「仁者樂山」，又曰「仁者静」，君子之道固與之俱化矣，則夫自一家以至於一鄉，敬翁之德、仰翁之行，視之若模範，憑之若蓍龜，豈不猶望蒼翠於雲表、對巑岏於長空乎！由是觀之，則翁之爲竹山，竹山之爲翁，皆不得而知也。乃爲之歌曰：山之岑兮竹幽幽，山之間兮雲悠悠，嗟山之人兮復何求？乃載歌曰：山之阻兮雲遥遥，懷古人兮徒煩勞，美夫人兮心忉忉。

秀夫曰：「吾翁志也。」遂書以記之。

鍾氏合宗祠堂記

合宗祠堂者，太平石庫鍾氏之創置也。鍾氏世居海上玉環之島，宋末有諱松者始遷於此。傳世蕃衍，阜貲豐膴，克濟詩禮，爲鄉巨室，立祠堂於居側。歲久而圮，尊祖無所，宗散莫紀，軏物隳壞，宗人咸懼，將圖興造。十世孫耀乃割前陳橋右私地與故兄綬之廬，率以先事。又率少長，各視其力，鳩金裒材，相作協舉，遂成翬宇，約榢稱宜，更名曰「合宗祠堂」。夫古者天子建國以爲藩屏，諸侯建宗以維人心，故宗法始於大夫。有百世不遷之宗，以統群族，故曰大宗。有五世則遷之宗，以别親親，故曰小宗。今曰「合宗」，則兼大小而有也。

祠堂凡若干楹，中祠始祖，所以樹大宗也，旁列諸宗近祖，所以分小宗也，次以無後之親，所以盡收族也，各自爲櫝，若異室也。祭以冬至、孟春，蓋祀始祖、先祖之道也；他時各以其親遷於其寢，蓋盡親親之常也。匪疏以遠，毋慢以瀆，可謂酌古得其中矣。於是申訓飭、别嫌疑、明長少、習威儀，將無不在，而尊祖重宗之道於斯至矣。

噫！世衰俗漓，室家具薄父母、燧火新遠兄弟，滔滔皆然。以視鍾氏合宗之舉，固不難哉！雖然，人情之常，敬暫易著，禮久則衰，豈不有崇私廢公、就惰因陋以敗初心者乎！萬或有此，必知祖考弗眷，天道不宥，誠可畏哉！可不爲鍾氏子孫戒哉！

所謂宗人，曰蕃、曰軏、曰璉、曰寬、曰洪、曰砥、曰世符、曰世邦、曰世考是也。曰緩，即綰外舅，傳子世則，無嗣；曰耀，創祠克孝，亦無嗣，豈天道之未定歟！又率田二十畝供祭。物備修葺，詳載於後[一]。

【校勘記】

[一] 後，底本作「后」，徑改。

巢雲記

謝貢資善醫，自號曰巢雲，請予記之。

予見巢者，飛鳥搆木以棲，常在深林樹杪之間；雲者，觸石以生，膚寸而起，飄飄宇宙，往來無心，托此者皆高世閒遠之人。貢資業醫，方狎物以施濟，以此自號，何哉？

或曰：豈不見古有學射於空石者乎，謀國於曠野者乎？蓋心之神識，必虛而後明，必靜而後精。欲其虛静，非勵志高遠不能。夫藉空石曠野以虛静者，猶能射無遺巧，謀無逸策，矧真能勵志高遠者哉！夫醫寄生死，以之利人，亦可利己。稍存利己，私意棼然，心欲虚静，得乎？心不虚静，欲神識精明，得乎？不精不明，將用以殺人，何利人之有？

貢資於醫，不藉利己，故自號巢雲，托志以進其術耳！此貢資所以精於醫也。雖然，貢資不以今日所至者爲足，又欲由此而深造之，則巢雲之義蓋不可少矣。故記之。

學易軒記

予官南臺，卜居龍廣山之麓，結廬以玩《易》，乃名爲「學易」。予弱冠讀《易》，求通辭義，探賾雖深，精藴未得，每切高堅莫及之歎。既而漸更世故，三十而後仕，仕三載而隱，隱十餘載而復仕。今年未五十，衰病日侵，自計平生多歷困蹇，備嘗險阻，於《易》之道，或潛思於横逆，或研志於悔吝，或精誠於飢寒，或窮慮於疾疢，懲忿窒欲，動心忍性，無所不至，乃今始知古人作《易》之志。故曰：「《易》之興也，其於中古乎！」「作《易》者，其有憂患乎！」

「《履》以和行，《謙》以制禮，《復》以自知，《恒》以一德，《損》以遠害，《益》以興利，《困》以寡怨，《井》以辯義，《巽》以行權」，何莫而非處憂患之道乎？非實踐不足以明行，故取諸《履》；非謙不足以察禮，故取諸《謙》；非知微不足以進善，故取諸《復》；非常久不足以一德，故取諸《恒》；非損己不足以去害，故取諸《損》；非益善不足以盛德，故取諸《益》；非安困不足以達道，故取諸《困》；非凝定不足以辯義，故取諸《井》；非巽順不足以適權，故取諸《巽》：蓋時之所遭與事之所遇不同，故有九者之名。其爲懲忿窒欲、動心忍性，則一而已。故文王小心翼翼，望道未見；

周公夜以繼日，坐以待旦；孔子發憤忘食，樂以忘憂，不知老之將至，豈非學《易》之要乎！故曰：「君子於此洗心，退藏于密」，「齋戒以神明其德也。」欲學《易》者，舍此何以哉！故識之，蕲畢吾生，朝或有聞，夕死何憾焉！

南臺經歷司壁記

國初置御史臺，設御史大夫、中丞及經歷、諸御史等官，以持風紀，以定邦是。又五改爲今都察院，改大夫、中丞爲都御史，改經歷、諸御史爲屬。都御史掌院，則總治其綱；諸御史列道，則分治其職。其爲風紀之重也，人皆知之。然而典司章奏、承綜上下四方内外事及凡差委刑獄之繫於院中者，所以酌量當否、籌運機宜，則皆經歷之責，人猶未知其重也。若經歷得人，則一院之事治；不得其人，則一院之事廢而不治。是則經歷之官雖卑，繫於風紀之重而關於國體生民之休戚者實不少矣。故憲綱所載，其選用之格同於御史，須用公明廉重、老成練達之人，不許以新進初仕及雜行充用。凡有不公不法及曠職廢事、貪淫暴横者，許與堂上官御史互相糾劾，其不輕而重也昭然矣。夫何法久而弛，官久而曠，又或用非其人，不思責任之重，依違窳怠，漫不可否。猾胥賤隸，得倚爲奸；舞文弄法，靡所不至；積穢藏蠹，難以枚舉。都御史體當尊重而數遷，體尊則不下親，遷數則不暇問，於是踣弊不振有如此者，非一日矣，殊非風紀所宜。

予不才，病廢山谷，繆爲當道論薦，來補兹司。睹兹廢墜，夙夜兢兢，懼弗克舉，爰考職業之概，書之於壁，以俟後之觀者庶幾有感，補予不逮，以不負朝廷建官之意，則予之責可逭矣。

善養軒記

金華胡君秀夫爲刑部郎，寓居覆舟山之左，奉其父竹山翁、母王氏於養。予獲遊君父子間，辱知最深。一日，坐於燕寢，君請名之，予爲名曰「善養」。君遽遜曰：「謂之禄養猶不敢當，以『善』名之，吾何居哉？」予曰：「否。夫所謂善養者，非以萬鍾爲豐，非以金紫爲榮，非以珍奇爲奉，非以趨諾爲敬，惟立乎大者，德成於身，道淑於世，俾爲父母者見而有之，又足以自樂，夫是之謂善養。君何弗可哉？雖然，凡爲父母者，孰不欲其子賢而尊榮之也？爲子者，孰不欲其身賢而尊榮其父母也？然而有能有不能，有得有不得，唐堯、周文豈不能肖其子，而丹朱、管、蔡亦不得肖歟！虞舜、夏禹豈不能令其父，而瞽、鯀、象母亦得令歟！有命焉，君子不謂之命也。今君篤志務學，以求遠到，固未易量，且翁與夫人慈則可範，進德成道，又有賴矣。既有於前，善有其本，復勤於後，善斯用懋，謂之善養，顧不可乎？」於是記，爲君勗之。

復廣福觀記

廣福觀者，宋丞相忠定史公祠堂在焉。公初爲餘姚尉，邑人德之，爲立生祠，此觀之萌也，基僅三畝。公殁，公孫轉運使賓之增葺棟宇，遂成琳宫，乃置守觀之産以屆羽士。賓之子永嘉令渠卿又益之，子孫歲時瞻拜不失。至我朝正統，田始奪於富人，其孫通訟而復之。迄成化，觀又毁於回禄，久而後葺，宇制失舊，乃棲公神主雜諸星官，故人得睥睨，觀遂已廢，其孫某又訟而復之。

其孫給事中立模慮其久而又廢也，請予記之。

諺云：「王公盡棟，朝不卜暮；匹士寒爐，易世永存。」然視五侯第宅、金谷臺榭，世皆不見。睢陽雙廟、昌平遺祠，至今興思，豈不信哉！按，史公嘗薦江浙士十五人，如陸九淵、楊簡、葉適、袁燮諸人皆爲時選，而九淵則爲學宗。視其所舉，其人可知矣。且又嘗白趙鼎之無罪、明岳飛之久冤，及辯陸慶童之戮，尤爲鑿鑿，故史稱其「宅心平恕」，非實録歟！但惜不能相君恢復，以此少之。今公祠尚存，子孫猶昌，果其德之食報乎？其亦别有道乎？未遑他求，只以公家論之，尤可驗矣。世云史八行者，皆謂公祖貧無置錐，葬於館人。然原史氏之盛，謂皆其積德，民到於今稱之。至如衛王魯國，當時貴勢熏炙天地，顧今何在哉！蓋公所以能昌其後，獨久其祠，固有在此而不在彼者也。由此觀之，則世之欲富貴而輕失其本心，於此可監矣。故書爲《復廣福觀記》。

忠誠堂記

臣治禮官私署，方作退思之堂，而朋黨之議興，將有去志。上不旋踵而悟，疏再上，上若曰：「縉素秉忠誠，其安心於位。」命下，而堂亦適成，故以「忠誠」揭之。蓋將彰聖德於無窮、垂訓飭於不朽，非徒欲自勵已也。

夫忠者，人心之盡；誠者，人道之至。盡忠則無私，盡誠則無僞，人臣之道，其有遺乎？顧臣即無愧於此乎？今之爲臣者，非不知勗此之爲貴也，但勢利之溺深，學術之迷久，高者志功名，卑者務利禄。功名之不已，故希譽色莊之日隆；利禄之不已，故苞苴私營之日盛。二者不已，故愛君憂國之意荒，不知愛君憂國而爲臣，必知夙夜無寅恭之思，在公多瘝曠之職，私意横流，天理滅矣，所謂忠與誠者何有乎？國亦何賴而高爵厚禄之也？今也有人心乎君，心乎國？然而處積衰之極，當中興之艱，其將若何而卒善乎？惟誓死以甘心，歷萬變而不回，其庶乎忠誠之無媿，而仰答德意之萬一。敬書諸石，以俟來者共焉。嘉靖己丑臘月朔日，臣綰稽首頓首謹記。

修南京禮曹私署記

藝祖開基金陵，既設百官公署於都城，又置九卿私署於諸署之側，名曰品官様房，獨禮曹不存。柳樹灣故有官宇，歲久而圮，惟門基可認，意即禮曹私署，不可知也。工曹嘗即其地置二署，餘皆淪於民居。邇歲禮曹始貨二署西北閒地，將復之，猶以棟宇未備、莽鹵湫隘，不堪止息，每假人居室。予承乏禮侍，適缺尚書，久視部篆，乃以堂皁之積幾三百金貿地貨材，爲尚書私署。又以其餘合俸入共一百七十金，於其地增葺以爲侍郎私署，共三十楹。其後之堂曰「忠誠」，取詔語以表之。其前之堂曰「寅清」，取《書》語以著之，所以照上德、勗臣職也。其居之軒曰「三友」，有松、有竹、有梅，欲與之勵歲寒也。竹間之亭曰「洗俗」，居之塵慮可祛也。三友之北有軒曰「春意」，桃杏環植也。「忠誠」之北，其堂曰「拱北」，宫闕陵寢在望也。凡在繚垣，皆植松竹或他卉，蓋使居者兼吏隱，弗忘山林，庶幾進退之道不昧云。

重修南京禮部記

南京禮部歲久，署宇大小傾圮，時節秩禮之行、職官政令之施，皆若弗稱。予視而恐，乃經營修葺，移檄工曹，度材鳩工，分屬治之。工告訖，稽于舊，天順戊寅，樂清章公綸爲本部右侍郎，嘗事修葺，有碑略記其事。蓋公初爲禮部郎中，於景皇帝朝諫易儲，被杖幾死，久繫獄中；英廟末，論公忠鯁，始超爲本部右侍郎，未幾，改公吏部；成化庚寅，復陞本部左侍郎，而爲玆記。閱今六十餘載，歲適庚寅，又事修葺，若有數焉。

顧薄劣生鄰公桑梓，生平仰公孤忠盛節，願爲執鞭而不可得。乃今繼公官，此修葺之年偶符作記之歲，不能不爲之興感。夫士之遇世，富貴一時，名德千載，後之視今，亦猶今之視昔，況斯人聲跡所在，焉知他日不曰某嘗仕此、某嘗爲此？或興師資，或存鑒戒，豈不重有感於玆乎！噫，可懼哉！因識自警，並識董役名職，以俟將來考之。

南京禮曹尚書私署記

凡以官居稱者，類在都會闤闠中，欲爲高明遊息之所，雖臺榭欄砌極人力之巧，必無山林岑寂之真。禮部舊無尚書私署，適缺尚書，予獲視篆，迺以餘皂四十六金買柳樹灣龍窩故地。越明年，積其盈得二百餘金，度材鳩工，盈縮其宜，而治棟宇共五十餘楹，閱數月而成。其堂曰「秩禮」，其居曰「凝和」，其軒曰「停雲」，又別爲堂曰「龍窩書院」。前後各爲園，前曰「日涉」，後曰「佳山」。園中之亭曰「見古」，池曰「濯纓」，池上之館曰「虚明」。然而翬宇垂阿，常接交柯之蔭，月檻風櫺，或臨泓澄之浸，鳴鳥吟蟲，朝暮入耳，山光野色，四時在目。蓋地本鍾阜之麓，居城東南之隅，澗壑縈回，林樹參差，窈窕幽深，繁華聲利之跡於此而遠外之。青龍諸山，蜿蜒峙列，咸若獻技爭能於兹，怳若在藂山大澤，而不知爲都會闤闠之間。且去公署爲近，出可免驅馳塵市之勞，入可得澄神滌慮之適，視諸曹私署爲勝，故記以俟居者。

其亭云「見古」，以其瞰於古檜、古池、古黄楊間也。

詹氏大宗祠堂記

玉山詹村者，詹氏世居之，歷宋迄今，生齒日繁，至莫能紀，或將視爲路人。十七世孫憲副瀚視之而懼，於嘉靖丁亥冬勸率族人裒資貿地，於其村之大園創爲大宗祠。堂中祀始祖承事公，配以二世祖殊，及祔其世孫之爲先祖者。又於左右别爲小宗祠堂四，以祀諸宗近祖。請予記之。

或云其僭，又云非禮。予曰：「噫！萬物本於天，人本於祖。先王觀渙之時則享帝立廟以收天下之心，大夫士庶則祀其祖以收族人之心。且成周以九兩之法繫邦國之民，『五曰宗，以族得民』，故知立宗者乃大夫士庶之事，而非天子諸侯之所有。夫有宗則必有祖，故祀始祖所以合宗，宗法之行實由於此，故曰别子爲祖，繼别爲宗。古行封建，故以諸侯之别子爲祖；後世封建不行，則以遷地爲祖。今詹氏之祀承事以遷居玉山，祀殊以定居詹村，祀先祖以今諸詹之由昌。有事始祖、先祖則配以諸宗近祖，有事諸宗近祖則各遷其寢，蓋亦人情之不容已、天理之不可泯者也。由情以達于義，由義以行其道，固所爲禮，夫何僭乎？」憲副喜曰：「吾之舉也，既得禮矣，蓋將修明宗法以惇族人，庶幾寡過，遠於刑辟！俾皆爲聖世良民，實吾願也。」予曰：「噫！君子之道本諸身，修身所以教人，成己者所以成物。今君遜志時敏以求其道，則所以爲教以明宗法者至矣。予亦何云？」故書以爲記。

空明小隱記

空明小隱者，余弟宗博藏脩之所也。吾邑北山有洞曰「小有空明洞天」，在紫霄之下、杜村之上，石壁拔地數千餘尺，洞在壁間，磴道而入，飛跨木杪，僅如一綫。鳴瀑懸其左，澄潭映其下。近視則靈、岩兩山拱列如門牆，杜村平疇鋪展如庭院；遠視則吾邑諸山翠巒丹巘，與海上之晴嵐雪浪常若揖讓而環顧者；其中則澄江九曲，皛渺如練，洄沿旋折，猶蘭亭曲水，可坐玩而流暢也。宗博結屋洞上絶壑，時往來洞中，若可忘世而超然也。且宗博善書，能爲歌詩。余故友鄭繼之過而止宿，題曰「空明小隱」。宗博遂以「空明」自號，爲卷付其子承道持至京師，請余記之。

余别故山久矣，念行道無期，放懷遠去，展卷思山中風景，如在目前，但恨未能插翼而飛。宗博當灑掃蒼蘚，拂拭煙霞，以俟余歸而共老焉。乃爲記。

天真書院田記[一]

書院之興，始必由人，仕或於斯，遊或於斯，生或於斯，或功德被於斯，必其人表表有足重者，思之不見，而後立書院以祀之。樹之風聲，聚四方有志以講其道、崇其化。

浙江之上、龍山之麓，有曰天真書院者，立祀陽明先生者也。蓋先生嘗遊於斯，既没，故於斯創書院以講先生之學，夫人皆知之，奚俟予言？先是正德己卯，寧濠之變，起事江右，將窺神器，四方岌岌，日危於死。浙爲江右下游，通衢八道，財賦稱甲。濠意欲先得之，故陰置内使腹心畢真鎮浙，計爲之應。因先生據其上游，奮身獨當之，濠既速敗，浙賴以寧，卒免鋒刃荼毒之苦，皆先生之功。則今日書院之創，非徒講學，又以明先生之功也。

書院始於先生門人行人薛侃、進士錢德洪、王畿，合同志之資爲之。繼而門人僉事王臣、主事薛僑，有事於浙，又增治之，始買田七十畝，欲備蒸嘗葺理，既而諸生廩餼不給。會監察御史張子按浙，暇日躋書院而歎曰：「先生之功，存於社稷，人固知之；先生之功，覆于兹土，人猶未盡知之，惡可忽哉！」乃屬提學僉事徐子，命紹興推官陳讓以會稽廢寺田八十五畝爲莊，屬之書院。張子謂不足，乃出法臺贖金三百兩，屬杭州推官羅某及錢塘知縣王釴，買宋人所謂龜疇籍田七十畝以益之，於是需足人聚、風聲益樹而道化行矣。宋因書院而爲學校，今於學校之外復多書院，蓋怠常勵新之意歟！

予嘗登兹，坐幽岩，步危磴，俯江流之洄折，引滄渤之冥濛，北攬西湖，南望禹穴，雲樹蒼茫，晴嵐窅靄，於是愴然而悲、悄然而感，恍見先生之如在而不能忘也。乃知學校之設既遠，遠則常，常則玩，玩則怠，怠則學之道其廢乎！書院之作既近，近則新，新則惕，惕則勵，勵則學之道其脩乎！

張子茲舉也，爲益於浙多矣。且張子按浙，清揚濁激，善勸惡懲，允得其體。徐子督學，正己率物，先本後末，亦允其體。矧茲又立政立教之先務者哉！張子名景，河南汝寧人。徐子名階，直隸上海人。主書院舉人劉侯請記之，乃爲記。

【校勘記】

［一］田記，《王陽明年譜・附録一》節文稱「碑記」，見吴光、錢明等編校：《王陽明全集》（新編本），浙江古籍出版社二〇一一年版，第一三四五頁。

卷十四下

記

先五世祖統五府君碑陰記

綰先世多淳德美行，迨我統五府君而德益洪、行益顯，其焯焯大者，先文毅公嘗撰述爲墓表矣。綰復訪輯遺漏皆可爲子孫法者，記諸碑陰。

府君，綰之五世祖。其曰晉一府君諱煜者，又府君之高祖也。宋末倭寇起海上，弟燃戰敗自殺，鄉族悉遭殘害，吾黄氏惟存晉一府君一人。晉一生啓一府君諱軻，建讀書堂，葉水心先生題詩，刻石尚存。啓一生富二府君諱文質，富二生衍三府君諱德深，兩世皆兄弟同居不分。衍三府君，父也。歷數世咸積陰德。

府君生而仁厚平恕。一日行道傍，拾得遺襆，中藏白金數十兩。府君驗視之，曰：「是必有不得已之故。」乃堅坐伺之，無何見一婦人號哭而來。府君詰之，婦人曰：「吾夫與子以逋租久，禁於獄，兹易産得白金若干兩，欲以償官，在道誤聞吾夫已斃，遂倉皇失去。今夫與子既不得金，死矣，妾亦當投水先死耳。」府君再三詢問，良是，遂悉還之。

府君次子禮孚嘗贅小閭薛氏女，其女素驕悍，以反目呼集其父若兄，箠擊其夫，幾死。夫不勝憤，自經死。女父兄懼甚，謀買舟竄入海島。府君聞訃，亟至尸所，臨慟已，乃杖其尸而詈曰：「吾望汝無極，今乃以夫妻之憤而傷其生，是不孝也。」令薄具棺衾，火化之以釋訟。或曰：「不太薄乎？」府君曰：「我非不知骨肉之愛，不爾，則無以安其家與比閭之人。」平生厚德，類此甚多。嘗挈杖出，道上人有呼府君之名而罵者，府君若罔聞知。讀書不事華藻，約之躬作。詩多不留稿，獨傳其《竹杖詩》，有曰：「風雲有路行不得，憑渠伴送歸黄泥。」亦渢渢可誦。

綰每聞族長老談府君詈尸事，曰：「府君常言『寧人負我，毋我負人』。此真府君實行。」還金事，綰得之村社師應韞，蓋傳諸其故祖番易先生云。府君它細行尚多可書，兹不具述。凡吾黄氏子孫，其率視乃祖之德，無間出與處，咸求無愧於爾先；又誦之以告鄉人可語者，此綰記諸碑陰意也，亦吾文毅公表墓意也。嗚呼，念之哉！

高祖松塢府君碑陰記

綰童時讀先文毅公彙撰《祖德録》，置書歎曰：「懿哉，吾高祖松塢府君之德！雖在布衣而名聞朝野，雖生今世而無愧古人，吾何脩而可以無忝之哉！」矧其《録》若傳、若墓表、若哀輓諸文詞，皆出一時名卿如商文毅、李文正、謝文肅鉅手數公，以及王舍人允達、楊主政君謙，咸爾雅可觀。復仰而歎曰：「微吾府君，固無以致斯文若是盛也！」於是斐然有製作之志。顧自始讀至於今兹，倏將四紀，晨夕自勵，靡斯須敢寧。幸遭遇聖天子，列官侍從，亦且謬有所述以薦道諸先進功德，而於吾府君猶有遺行未盡表，非綰夙昔歎慕之志也。

綰故曾叔祖延平先生嘗謂綰曰：「松塢府君縱盜事有三：《録》所載發囷卻避者，是在村莊時事。其二，在家卧至夜分，有鄰人穴壁盜貨，府君覺，啓户窺見之，鄰人挾貨走，疑府君識其面，翌日來以微言餂府君，府君第應曰不知。後鄰人盜他家，發覺逮繫獄，始自言其事。其三，隨奚童行山徑，見族屬盜山木，戒奚童慎勿言。」延平之言若此。有聾耳三太公者，云亦同。

又，故黄經歷孟曰：「吾昔爲隘顽所吏，見戍卒云，爾族世家洞黄，四山皆黄業，我戍擅登山樵採，取道踐禾田，族人咸憤恨來告府君。『薪樵，人之所急爾，安得禁？彼因往來無路，故踐我禾田。』乃於禾田中開一路以畀之。後幾百年，戍卒益恣肆爲患，竟致訟理，禁毋樵採云。」或有問於綰者曰：「府君平生讀《通鑑》，見奸臣賊子，輒駡不絶口，其嫉惡可謂嚴矣。盜與奸同類，而乃屢縱之不問，是何好惡不相倫耶？」綰應曰：「王舍人論之悉矣。蓋奸邪者害天下，惡之大；而發囷取貨，不過窮吾一己之私，過之可容者也。」府君之嚴於嫉惡而恕以容過，殆如此。既以答問者，因表其事，記諸碑陰，以告吾黄氏之子孫焉。

曾祖職方府君碑陰記

先君子嘗語綰曰：「吾祖職方公之不大用，命也夫！先松塢府君精於言命，蓋預知矣。」時綰記憶於心，亦不知其言之悲也。迨今考按家乘及參諸故老傳聞，益知職方公履歷之詳，然後知先君子言之可悲，而劉孝標辨命之論不爲虚作矣。

職方公生而體貌豐偉，志氣英邁，從鄉先進讀書爲文，遂絶等夷。正統初登進士，尋奉使廣西，郤其餞遺，名聞於朝。未幾，拜職方主事，剖理繁劇，綽有餘裕，士望大歸之。睿皇帝征麓川，特簡公往西蜀選兵，敕任隆重，又召至廷，面諭以行。已而所選兵皆驍勇整肅，迄竣事無一人敢譁者。於是君相益器之，以爲天下有大事，公可屬。每廷論有所選舉，輒及公。時公官職方踰八年矣，舊例京官滿九載始得推恩封父母，公因固謝，弗欲遷，至虚郎中位以待公。居無何而公疾作，且愈，值友人徐給事簡死，公爲治斂，穢氣衝口中，遂復得疾與徐同，竟卒。公卒距滿期未盡八月，竟不得推封以榮其親，嗚呼，豈非命哉！昔管輅年四十八爲少府丞以死，梁武帝歎其有奇才而位不達，此《辨命論》之所由作也。以公揆之，其不及輅又遠矣。

公才高而復優於德，其爲職方時，閲戎籍，哀人之無辜而除其名户者甚衆。鄉人以事至京者，即貧窶賙其貨財，隆冬或與之衣，盛夏必留過伏暑遣之歸。他如聞旅哭救鄞匠窮途之厄，務周旋始終。如此類不可枚舉。及屬纊之日，囊篋蕭然，至無以爲殮，賴寮友賻贈以送死。故臨終顧諸孤而言曰：「吾平生居官，無長物遺汝，但留筆底方便，或可與汝輩作受用耳！」

嗚呼！公厚積未食其報，而年僅四十有二，時論方歸，而官止六品，此其可悼，謂寧如輅而已哉！然公雖不自食其報而昌我後人，乃大發於文毅公，亦竞貤恩先世以終公志矣。綰於此又足以見天道之可徵，而《辨命》未必爲確論也。故備述其顛末，記諸碑陰，且以爲知命之左驗云。

先祖文毅公碑陰記

嗚呼，士君子用舍顯晦，惟視其時而已！故自疇咨風微，蔽賢咎興。在漢、唐、宋，若董仲舒、蕭望之、陸贄、韓愈、范希文諸賢咸不得大用，或用之而不究，皆時也。

綰先祖文毅公年未成童，父母繼亡於京，弟妹俱稚，抱骸携弱，萬里歸喪，視禮盡情，忍飢任勞，屹如成人，於時鄉族多奇之。弱冠讀書，精詣卓絶輩流，與謝文肅公共几硯，毅然以古人爲志，公輔自期，黌序多奇之。及登進士，益勵厥志。官屯田主事，以正矯枉，顧爲同官所搆，堅白不入磷緇，聲譽益起，僚友多奇之。用是擢爲文選員外郎、郎中，孜孜以進賢退不肖爲己任，或賢不果進，不肖不果退，必愀然爲己憂。詳慎精密，不市私恩，不賣直名，凝然端重，有如山嶽。自太宰以下，咸倚爲重。凡有私請，亦以公爲辭。如是者蓋十有五年不少變。天下陰受其利，不可勝計。滿考需次，久之欲倖進者忌，無奈何乃嗾内臣司邏伺者摘拾公過數四，無一可指，反嘖嘖稱賢郎中，由是獲陞右通政，專理武職録黄，無所自見。

又五年，陞南京工部右侍郎。視其篆，釐革宿弊，稽大江上下諸州縣蘆洲及新漲洲被豪勢侵匿者，奏歸工部。又請屬官一人，專督其事，永着爲令。自此，工部内外無窮工作之需，咸於此焉取給。又節浮費以償貧商之負，於是上江二縣疇昔借累逋逃之商皆復其業。其他建白甚多，凡蠹政害民事，一切禁革。天下縉紳無賢愚皆知公才德不器，小大咸宜，要皆以宰輔望公矣。

且公天性内剛外和，無矯言飾行，意度坦易，器識宏深，不以人之逆己而怒、逢己而喜。平生所爲，誠無有不可對人言者。甘嗜儉素，不喜華靡，位至三品，居處服食如寒士，終身不屑以生事自累，田宅有無，粟帛多寡，一無所問。凡可以益國利民，則不避險難，不畏權勢，見之必爲，爲之必盡其心。昔三原王公恕爲冢宰，用天下公議，振拔幽隱，各稱其職，乃以公爲首選，每冀以自代，嘗兩以吏部侍郎薦，不果用。蓋自成化以來，政歸内閣，與司禮監交互用事，百僚奔趨其門，視其好惡，以爲賢否，故當其時之稱、才德真足爲大臣輔相而無愧者，往往不獲大用；縱用之，亦不獲究。如三原之終於見排，公之卒不獲用，尤爲天下所惜。向所謂蔽賢之咎，奚翅公孫弘、張禹、裴延齡、李逢吉、夏竦數人當之而已。以今視昔，抑又甚矣。世道可慨，此其大者，故特表而出之，記諸碑陰，以俟柄用人材者得焉。嗚呼，豈徒爲公一人已哉！

東洋新路記

黄岩縣南官路，自店頭鋪至柏嵒，十里而近。始由東北行，沿河迤邐抵清心堂渡橋，復沿河西岸過陳家埭抵院橋。然沿河地勢下，諸水所鍾；行至陳家埭百户池，地益下，水益鍾。路夾河池之間，春夏水漲，路常在水中，行人稍不謹，溺而死者十常四五。官長猝至，則操舟以濟之。

嘉靖丙申，巡按御史汝陽張君景行部過而問焉，知縣新安康君載以書白於巡按。檄守巡藩湖周君易、固始李君磐及台守晉安許君繼，屬推官崑山楊君偉與康君相度新路地宜。路盡院橋，由之入柏嵒鋪，或欲移橋直接東洋。予過見聚語，乃呼謂之曰：「橋横大溪，昔造甚固。今欲移之，且溪流湍急，能保其終固乎？」於是移别橋於横溪上，折行接院橋。乃歲十二月，康君與湯丞竇、李史銓躬率夫里，令在官之老鮑章等度分其地，計以尋丈，橛木爲準，俾各畚土移石，不旬月而東洋新路成。

明年春，淫雨連月，行者暮夜謳歌，猶白晝履高原也。邑諸生張池、王照乃致康君意，請爲記。或曰：「斯足記乎？」予曰：「斯有國之大政，康君其知職矣。」昔周卿士單子聘于楚，假道於陳，火朝覿而道茀不可行，歸而告周王曰：「陳必有大咎。」由此言之，斯舉也謂非康君之善職、一邑之大政，可乎？夫古今天下不患不治，惟患無其人，或不盡其心耳！苟得其人、盡其心，譬之五行錯履而天道以周、四時不違而歲工以成，其於致治也何有？是役也，巡按命之於先，司府督責之於中，而康君成之於後，靡不盡其心焉，皆可紀也，乃書之爲記。

先祖考妣遷墓記

先尚書祖考文毅公卒於弘治辛亥六月，歲十二月，先父宮詹府君擇葬於委羽山來鶴亭下。祖妣夫人蔡氏卒於弘治己未正月，歲十二月，府君奉以合葬。所葬地有水，不吉。綰常往來，不安於懷，欲改遷吉地，未果。

迨嘉靖乙未，綰丁先妣太淑人鮑氏憂歸，登山營度二三處，皆未愜意。至丁酉正月，始獲卜於兹山之北。乃協堪輿家所謂靈龜引子取肩上穴，穿穴深數尺則見土色外苞丹赭，中韞雌黄，玉堅脂瑩，嵌藏石卵百餘枚。又協所謂離龍帶坤倒盡離氣，借丙向壬之法，若有神相爲默授者。二月二十有一日，綰與弟約，奉柩安厝，時淫雨浹旬，封築略不謹，流澌滲入，又若有靈牖之使覺而速脩之。於乎，豈偶然哉！此實先祖平生盛德豐功之所致，皆我後人所不可不知也。故識之爲《遷墓記》。

先考妣遷墓記

嗚呼，此吾先考宫詹府君遷葬之墓。府君姓黄氏，諱俌，以文選郎中致仕。卒於正德丙寅三月十五日，是歲十二月，葬於委羽山本源庵故址先祖文毅公墓下，因水漬玄堂，改葬於山之東石笋嶴裏。嘉靖戊子歲，以綰官加贈詹事府詹事云。後七年乙未三月十七日，先妣太淑人鮑氏卒於家，綰以憂歸。於十二月□日，與弟約啓封合葬，見石槨仍漬水，又去墓東百步擇地起墳，因先考柩濕不忍葬。乃葬先妣，虚其左以俟。至冬啓封且窆，見墓中氣寒且靸沓，視柩漆玄緑之色，若葬數十年者。張紫薇所謂「蝕尸地」非耶？綰、約哀痛，罔知所措，忽於稍東南屏下得一地，亥龍壬穴丙向，即謝師鈐記所謂「燕巢」者是也。開穴，五土四備，間以雜采，鮮明細潤，若粉，若肪，若赤玉、白拊、雌黄，若碝石、碔砆，視諸堪輿家所説皆合。

嗚呼！吾先府君位不滿德，時論惜之；太淑人内行貞惠，作則閨門，凡皆足以昌裕我後人。是故造物者秘兹善地，留以妥安遺靈，是豈偶然之故哉！故備書之，使知福地之不可以強求，要歸諸德善耳矣！

重修黄岩縣利涉橋記

黄岩爲縣，背負大江而當甌越明括四通之衢，舊嘗置渡舟以濟往來，谿卒迫程，賈旅競日，民以爲病。宋嘉定間知縣楊圭始易渡爲浮梁，曰「利涉橋」。材良而工密，貫舸承梁，絙以鐵索，旁列欄楯，爲制甚周，行者便之，又置田一千一百餘畝以待葺修，水心葉先生記之備矣。

粤歲滋久，漸失其舊，田又分屬其半於新邑太平，及縣官歲徵，多爲吏胥工匠所侵漁，於是材日劣而工日窳，風潮激蕩，乘脆履朽，遂至顛墜漂溺者，往往有焉。予居瀕江，則見行或立瞪，坐或恚嗟，驚耳駭目，莫有能念而復之者。今新安康君載來知縣事，予偶語及之，君惻然曰：「斯吾職也，吾忍坐視之哉？」乃稽往籍、謀善制，僦工集材，修築兩堤，鍛蝕易敝，不數月而新橋告成，牢壯周緻，行者無虞，人咸悦而嘉之，縣諸生范驥等請予記厥成績。

予謂：「古之爲政者，凡以俾民樂其生也，故爲田里俾之耕耨樹畜，爲宫室俾之蔽蓋居處，爲溝洫渠井俾之灌漑汲飲，爲城郭俾之藩衛，爲廛市俾之貿遷，又爲舟車、橋梁、道路俾之濟險阻以致遠，然後爲禮樂政刑以維持防範之，蓋靡所不用其至而治化成。康君之爲縣也，邇正遠邪，澆良有辨，積歲巨盗、公私交相盤結而不可致詰者，君悉捕而除之。其黨有氣力者雖撼之，不少顧，則君之爲治也可謂得其理矣，矧兹橋之修尤惠民之急務！」予故書以爲記，使來者之有考也。

少白堂記

少白堂者，吾弟空明山人所營隱居之堂也。山人素居在邑，今營隱居在三童嶴。三童者，晉任旭開書堂於山中，見三童子日來受書去，踵至三峰而滅跡，以爲三仙，嶴繇以名也。四面峰巒秀矗，若王公擁蓋、大士持寶旛、列騎從御龍象旁趨而環顧之者。二溪回合，中夾一山，盤礴正踞，曰「黄家嶴」，俗訛曰「江家嶴」，非也。山人作堂，拓基掘地，得井埋石曰「黄家井」。山人亦黄姓，若預有以待者，亦異哉！三童之山在邑之西，山人之堂適嶴之中，西方之山金屬，故少谷鄭子爲名其堂曰「少白」，取「讓太白」之義也。

堂成於嘉靖丁酉之歲。新秋既霽，予與旗峰葉子來遊，山人款之於堂，遍之亭館，宿之樓上，信信不去。竹陰松下，溪湄石畔，或坐或卧，或語或歌，無不恬然而適、悠然而得，與奇勝以相忘也。予忽憶昔年初冬薄暮，偶至一山，山僧開堂，松竹掩苒而蕭疏，排簷拂檻，寒風颼颸，落葉墮石上作金鐵聲，燒地爐擁坐，佛燈明滅，心地湛然，至今念之愈切愈不記，竟不知爲何地何山，恍然以爲夢中。往來數歲，猶不明爲真夢而真見也。今得山人之居而見之，庶幾其非夢歟！遂書爲《少白堂記》。

卷十五

書

謝陳御史招應舉書

綰無似，不敢妄有所干，執事不知其不可，欲等諸豪傑之流，壯其志以引其歸，將與之應舉以進之，此固君子大公之所用心，綰何幸有此遇哉！綰聞，士不可以苟遇，亦不可以徒遇。既有知之之明，必有應之之實。心有所懷，敢不爲知己者一言之？

綰田野鄙人，幸蒙朝廷以先祖有旦夕之勞，蔭爲國子生，以世其禄。自受恩以來，恒惴惴焉，惟恐負盛世之德，以隕前人之光。顧其力有不足者，潛深伏隩，行且念遠去，以求不相聞於人。偶及相知勸勉，因復就舉有司，競於蒙昧，雖再失，不知其辱。一日讀家書，得横渠張子曰：「世禄之榮，王者所以録有功、尊有德，愛之厚之，示恩遇之不窮。爲人後者，所宜樂職勸功，服勤任事，長廉遠利，似[二]述世風。近代公卿子孫，方且下比布衣，工聲病，鬻有司，不知求仕非義，反羞順理爲無能；不知蔭襲爲榮，反以虚名爲善繼。誠何心哉？」王荆公曰：「凡士未官事科舉者，爲貧也；有官復事科舉，僥倖利達，學者不由。昔周元公以蔭補官，不失爲亞聖；張敬夫、吕原明亦以蔭補，不失爲大賢。抑何屑屑於此哉？」縮嘗反覆思之，芒背駭愕，以見聞之晚而嘗辛勤爲舉業爲悔。今者既知，何可耻其過而作非、捨其同而求異？九品之官易得，一畝之宫可懷，果於此焉無似，雖貴極卿相，富之萬金，誠亦無重乎人而亦非身之榮。故今爲縮也，量力而任之，度才而處之，宜行則行，宜止則止，其所不能與非其分，不爲也。蓋有命焉，而縮之不與於科舉也，誠命矣。

縮聞有貴賤之分，有聖賢之義。分之所在，雖聖賢不敢違；義之所在，雖天子不得沮。所以古之君子不應諸侯之求而從胥吏之呼，虞人不以旌招爲榮而甘心於喪元，蓋分與義使然也。非苟爲異於人，正以擇其是非之明，合乎大中至正之道也。人不此之思，反汲汲皇皇於非分之求，得則喜無以勝，不得則戚戚不能存旦夕，是皆中無所主，不深於斯道者也。

是故君子脩道進德，行當極其大、念其重，苟非其時，窮且老而死無悔焉。顧某何如人，亦得以此爲言者？惟執事愛才樂善，惓惓爲世道計，將導之大且重者，不但以一第爲寵而已也，故敢肆其説如此。伏惟矜其愚，遂其志，則所以進之者大矣。豈勝恐冒。不宣。

【校勘記】

［一］似，《張載集》（中華書局《理學叢書》本）作「嗣」。

寄方石先生書

久違函丈，無所依歸，兼以弱質雜於末俗頽風，常以不能樹立爲憂。夫「各言爾志」，固聖人之訓也。綰幼負不羈之氣，中屹昌大之志，自習句讀，凡於書册所載忠臣烈士殺身赴義之偉，未嘗不神超骨聳，感激思奮，雖風沙萬里，剖心斬首，寧不悔也。既更歲月，稍識道理之方，輒以聖賢爲必可學而至。乃於所坐置一木牌，書曰：「窮師孔孟，達法伊周。」其背又書曰：「勤敏自強，研精抑氣。」朝夕觀警。至今學不加進，行不加檢，求之愈深，愈知其不易。且鄙拙之性不能諧俗以求歡悦，時或憂思太過，形焦神悴，輒成一疾，只得就閒習静以理血氣。人事每多疏忽，故言出謗歸，名至毁隨。夫豈衆人之過，亦皆愚陋所必致也！

夫君子小人異趣。小人所尚者利，小則蠅蚋奔趨，得殘腥腐瀝於盤盂間，以自甘飽；大則金多爵顯，騁其私智以爲功名，歌童舞女以恣佚欲。君子則高顧遐視，曠絶千古，得其志，行其道，雖貴之千乘，富之萬金，不足爲榮；不得其志，不行其道，雖簞瓢屢空，桑衣覆肘，猶自怡懌，此豈衆人之能測哉！夫有夜光之珠，非隋侯不能收之；有荆山之璞，非卞氏不能别之。是以君子不求多譽，而惟知己之難遇也。

綰幸受知先生非一日矣，别逾兩載，不獲承教，私心憂懼，不能自安，故敢以書爲請。惟望痛斯世之寂寥，閔斯人之難遇，不以天之厚我者终我而已，俯賜一言，引闒茸於塵埃之中，使上有以繼絶學，下有以開來世。報德有日，斯文幸甚。

與王東瀛論禮經書

不敏之資，索居一隅，既無師友漸染磨礪之益，又無古人運甓嘗膽之勤，每以荒落自懼，誤蒙獎借，悚息不知爲報。竊念高誼不可虚辱，敢以一事請確。

當今經書雖云粗具，而《禮經》特爲缺訛，何則？周衰，諸侯放恣，而禮最爲所惡，故未經秦火而《禮》已亡其七八。今之謂《儀禮》《周禮》及《大小戴記》者，實皆漢儒掇拾傅會，以爲干時進取之資，然多糜文失義，其非周公、孔子制作、删定之遺經可知矣。宋紫陽朱子爲《儀禮經傳》，欲成一家之典，然不過據陳言於尺素，因訛謬以踵襲，及其門人黄勉齋傳之吾鄉戴大監，至于吴草廬爲《三禮考注》等書，亦不過因朱子之舊而略爲區别，豈足以盡制作、删定之意！故敢忘其僭陋，欲精求二聖經世作述之意，存其同以去其異，别爲《禮經》一書，實不敢便謂真足以窺閫奥，但思古人《伐檀》之志，冀以歲月，尚或俟聖人之復生也。

答王東瀛論學書

綰繆辱教奬，感激之餘，有不容已於言者，敢舉質疑。

夫學有人己之分，以爲君子小人之别。其謂爲己，自動静語默以至取舍去就，自執册操觚以至莅官臨民，皆求不失吾性以立吾誠而已。使有毫髮爲人，即非君子之學，不可入堯舜之道矣。今士子類竊聖言以利其身圖，漓天下之風俗，壞天下之人心，莫此爲甚，不必深責異端，即此乃門牆，夷狄可以謂學也。昔者儒先所以竭其平生以自學，懇懇以爲教者，惟懼人欲易深，天理難明，卒爲小人之歸也。綰之所以惕然朝夕而深憂者，亦惟此而已。

蒙喻「一貫」之説，實聖門要領，敢謂不然？但今去聖人日遠，學弊道喪已久，所賴人心之靈，未盡磨滅。古人之學，僅存方策，苟非先知所學爲何事，深潛篤實以辯其志，徒事誦習，驟欲語以「一貫」，幾何不爲按圖索駿、刻舟求劍，茫然無所歸宿也？鄙見如斯，不識高明爲何如？

贄西涯先生書

綰聞天於斯人不苟生，故人不可以虛生。艸木禽獸之生，亦人之生也；人得賤之者，艸木禽獸弗靈，而人之靈能主之也。人而弗靈，則亦草木禽獸耳！故其靈者，天所厚也；天所以厚之者，固將有以責之也。古之君子誠知其責之重皆在於我，是以畢其力之所能爲與其心之所能盡者，求塞夫天之所以厚我之意，以不負天之所以責我也。然天之所以責之者，豈徒以其位哉？

孔子之生，必責之以作《六經》、明斯道，孔子亦以作《六經》、明斯道爲己任。孟子之生，必責之以正人心、息邪説，孟子亦以正人心、息邪説爲己任。今也但觀其責任之所在，則知夫天之所以生之意矣。竊怪夫世之人之不思也，未嘗以此求之，而曰此必天之所自設也，非我之所能也；未嘗以此學之，而曰此必聖賢之所爲也，非我之所當也；未嘗以此行之，而曰此必古之所有也，非今日之所宜也。嗚呼，信斯言也，世道之衰，人才之弱，從可知矣！

綰不肖，不足以語此，但平生立志，不屑卑小，惟思聖人之道，載之方策，存之吾心，譬如源泉行地、鑿井而有可求之理。將以此求之，亦不知天之所以生之任之爲何如。生不生，天也；任不任，人也。我但盡我所能而已，彼我又何暇論哉？夫百煉之剛，水可斷蛟龍，陸可剸犀革。匣之不用，非我之罪，惟其所未至與所未爲者，則固不敢以自諉也。

伏惟明公執事行全而才備，德盛而文博，幸霑其餘，足以遂人之願，故綰敢以此有望焉。昔者孔子之道大，其群弟子之遊其門者，初未嘗擇其人品之高下學焉，皆能以成其性之近，故子貢謂：「事仲尼，如飲江海，滿腹而去，又安知江海之深？」綰竊仰觀明公執事，今日之所謂「江海」也，綰屢欲一霑餘潤，猶恨未得群飲之路。兹敢以舊所爲文一卷奉贄，文雖甚下，或者可爲測蠡之一助。惟明公執事矜而教之，干冒崇嚴，不勝恐罪之至。

謝東白先生書

昔朱子嘗歎斯道之孤，以今視昔，則又孤之甚矣。幸者天啓先生遠承宗旨，尤以誘引後進爲心，雖駑末如綰且收之門下，懇懇教以斯道，俾得窺堂序之宏、道路之坦，不敢自立常人之後。此心何心？伊尹所謂「予將以斯道覺斯民」，孔子所謂「誨人不倦」，孟子所謂「樂得英才教育之」者，皆此心也。綰何幸身獲遭遇之哉！但當黽勉竭力，斃而後已，以圖無負可也。雖然，子夏，孔門高弟，猶出見紛華盛麗而悦，入聞夫子之道而樂，二者交戰於心，未能自決，況不肖如綰哉！綰即買舟東歸，雖欲親炙無由，迷途茫茫，良心幾何？其不爲紛華盛麗所悦者，又幾何也？以此憂懼，至於涕洟，故不得不復有所請。

綰聞之：鑿枘之伎至麄，輪扁乃有不傳之妙；掇蜩之術至秒，傴僂乃有入神之巧。烏有《六經》、四子之大道，以大賢君子身心體驗之艱難，可無獨得之妙與其巧哉？夫巧與妙者，固不可以語人，亦非不可以語人，但不遇其人而不語耳！苟遇其人，因其可語而語之，心領神會之際，必有投幾觸類之靈躍然動於其中。人既受之，我實授之，斯道之傳，斯民之幸也，我何吝哉！若因其久之不傳，遂以斯世爲無人，則斯道絶望，豈不重可痛哉！誠以道之不傳，由於經之不明。今之人不可謂不學經也，究其所以，不過割裂文義，俳優其語言，以爲場屋謀身之資，甚者假以爲濟惡文身之具，反俾《六經》、四子之道晦而不顯，則《六經》、四子之道不亡於秦火而亡於今日矣。何則？昔人謂京房溺於名數，以爲世豈復有《易》？孔、鄭專於訓詁，以爲世豈復有《詩》《書》？董仲舒流於災異，以爲世豈復有《春秋》？大、小戴氏之雜取泛記，以爲世豈復有全《禮》？夫經之無，非真無經也。以其説之之偏，學之之繆，是以云爾，又豈有昏塞不救之甚如今日者哉！

　　綰小子，不度其力，妄意有所望者，蓋以《六經》、四子之道爲吾心舊物，舊物失而必求，此人之情也。今夫執萑挈瓶往丐水火於人，而人不之吝者，非其人之性好於施，以其有餘故也。伏惟先生念其有餘，憐其舊物，指以「當究」「當窮」之義，可灼然爲終身用力之地者，俾書諸紳。

　　綰歸山中，溪谷深静，有屋可蔽風雨，飢寒困厄量不足累其志，他無所營爲，正可杜門兀坐以思先生之言，日肆其力，庶幾濯去舊習，以來新見，大爲修己經世之資。綰之幸何如！先生之爲賜又何如哉！

謝林南川書

　　綰久聞執事得白沙之傳，自髫齔已知趨向，蹤跡東西，無由瞻晤，每懷缺然。去年視家尊來京師，知執事猶在大學博士之列，竊喜數年相聞不得相見，相望不得相即者，今必獲所願矣。豈意未完之軀易爲疾病，纏綿舍館，至昨方能出拜門下。辱不以不肖爲不足與，又許之以有志，教之以聖賢所當務。如此高誼，皆今世所未聞，在古或有之者也，綰何幸獲遇之哉！出而思之，數日慼然，愈不自安。蓋執事所以待綰者非常人，而綰實以常人自處；執事所以望綰者千百，而綰實無一二焉。

昔夫子，聖人也，尚以「德之不修，學之不講，聞義不能徙，不善不能改」爲己憂。今綰視聖人，不啻下之萬萬，而又不憂其所可憂，反自怠自逸如此，不惟有負於知愛，而亦深有負於所生。況光陰迅速，將漸老而無成，可不懼哉！雖然，今欲學者，亦非有甚高難行之事，亦惟求盡其性分之良，以明聖人之道於千載之下，使之沛然復行於當時云耳！

綰有志，未度其力，惟執事不以其狂妄爲嫌，有以與之。詩曰：「翩彼飛鴞，集于泮林，食我桑椹，懷我好音。」飛鴞尚然，況於人哉！苟得集執事之泮林，食執事之桑黮，必當懷執事以好音矣。

寄林南川書

别忽一載，音耗不聞，如坐井中。鄉邦朋遊，號爲有志，不過講習舉業，將鉤聲名、媒利禄而已。回視身心，不知爲何物，於是使人益念斯世之孤，益痛斯道之絶，欲就其人而問之，不可得也。昔者陳默堂貽書羅豫章曰：「聖道甚微，能於後生中得一個半個可與聞於此，庶幾傳者愈廣，吾道不孤。」豫章着意詢訪，得李延平以授之，而後斯道大明。綰雖不肖，不自量力，竊嘗有志於斯道，但不知執事所以得於白沙者何如？倘不吝教，斯道之幸，當何如也！

寄吴行齋書

甘丞去，附問達否，久不承動定，心切懸念。家居極欲勉進，苦乏朋友講習，悵然内顧，此心日覺茅塞，甚爲可懼。讀《孟子》至「志士不忘在溝壑，勇士不忘喪其元」，此心惕然，但見一切毁譽得喪，不啻飄風過耳。向會鵝湖，云執事《春秋》曾有注解，但恨向者不克請教。夫《春秋》載聖人經世心法，於此有得，則聖人之學過半矣。執事究心於此，必有以灼見聖心而無疑者。惟望不惜示及，豈勝幸甚！

寄儲柴墟先生書（三首）

綰無似，謬辱奬借，以鄉先哲方正學爲擬，夫正學文章大節，炳炳天地，雖當代偉人猶不敢望後塵，況不肖哉！綰實深懼，思有以塞之，詎料奉先君歸，無幾遂爾見背，憂痛傷心，久失報謝。春間，劉大尹還任，蒙惠弔奠，感激不知所云。綰竊惟先君之友，海内雖多，然求終始如執事，能幾人哉？向者先君居銓司，每公退，輒述執事言，以不肖兄弟爲先君慰，先君亦自謂可望。今不肖兄弟蹉跎如昨，而先君不及見其成否，痛恨當何如也？切惟先君平生心跡惟執事所知，不以利禄嬰情亦惟執事所信，豈料求歸未得，適遭小人非罔之污，爲讎忌所詘，雖先君貞白之志無累於至公，而讐忌之語亦不能無疑於恒情，尚賴大人豪傑肝膽相照，不以此致曖昧其間。但先君官小事微，不能赫奕動人。自列史官，暴白不朽，綰所以深恨而尤懼也。切念古之君子能顯揚其親於無窮，雖賴仁人爲之發潛闡隱，亦由其修身履道，自立於光明正大之域，足以先之。惟執事究昔日之愛其父子者，矜而恤之，以厲其成。固先君之幸，亦不肖之幸也！

近閲邸報，恭惟進位中丞，雖未足即盡大用，以爲君子道長之賀，然大用階梯、拔茅連茹之兆，自此占矣。夫位日益進則天下之責日益深，責日益深則所以自盡而副其望者日益難。以難副之望，居難濟之時，雖以聖人處之，亦未見其有餘，何則？君心之非未易格也，小人之私比未易去也，天下之事，如毛如蝟，未易舉也。倀然獨立，將何可爲？雖然，以衆人居之，亦何難之有？但在執事，自有不得苟同於人，與之浮沉者，故以爲難也。今欲爲社稷長慮却顧實未易，以一二計，莫若於無事之時，廣求天下之才。如宋陳古靈之用意，收其名，定其價，薦之於朝，布滿庶位，以待有用之日，使朝廷享薦賢之用，天下獲薦賢之福，則執事所以塞天下之望，孰有大此者？綰嘗讀古靈薦剡，其薦三十三人，當熙寧、元豐間，大儒大臣半在其中。品第措置，雖微不同，要可謂知人也矣。綰每爲斂衽敬歎。今綰方卑賤，實知不當以此爲言，但漆室杞人之憂，自不能已於懷，敢僭及之，惟執事亮之。蒙欲綰近作觀者，哀苦中久疏筆硯，偶有《寄西涯先生書》，敢録請教，不吝批示尤愛。

向奉書，惟恐狂妄獲罪，今反與其説合於前賢，何幸如此！夫求才固在於誠好，然亦當知其區别，不然則將以野鳥爲鳳凰、燕石爲白玉矣。古有所謂常士，有所謂國士，有所謂天下士，有所謂不世出士，概謂之士，則高明將日遠而葛葺將日進矣。夫鉤螾爲餌所以釣鱦鮒，而非所以釣吞舟之魚；巨犗爲餌所以釣如山之鰲，而非所以釣鰌鱔。今或有國士矣，有天下士矣，有不世出士矣，則將何以來之，又將何以用之？不然，此世之豪傑所以恒不遇，而天下恒不獲其人也。辱教蔡公介夫、王君伯安當親炙者，綰久聞其人，及今益慕，俟釋服後，即當裹糧摳衣以趨之矣。謹復。

答問土中銅器書

承示銅器，蓋近古器也。其製前有頭頸昂而婉，後有尾，腹旁有流，下有三足，頗象漢時鐎斗。鐎斗有數種，皆尊貴家私燕所用，以待斟酌。此器形似鳧鳥，知爲酒器。蓋漢有鳧罇、鳧壺，此鳧鐎斗也。鳧罇、鳧壺不列於宗廟犧尊之間，而特用於燕飲。以酒能亂性敗度，猶水入之必溺，狎之必濡，鳧能不爲水所濡溺，以方人閑於禮則不爲酒所淫蕩，因以寓戒。古人制器尚象，必有深意，非若後世偶爾爲之。若别用之器又何取於鳧？今出土中，果爲漢物，質當翠色，瑩潔如玉，不是，則非漢物，然亦不下數百年矣。謹復。

寄潘南屏書

在京蒙借觀中秘書，感謝曷忘？綰歸，不幸先君見背。痛毒之餘，學問益荒。寒鄉舊雖濫名文獻，今士習日弊，争事功利，千百中有能一二矜飾虛談，已爲至高，其他業不過舉子，亦自爲抱負非常，可誰語哉？

昔孟子論尚友，謂：「友一鄉之士爲不足，至于一國、至于天下，猶爲不足，必尚友古人而後已。」蓋孟子之時，墨翟兼愛，楊朱爲我，蘇秦、張儀之縱横，又有告子、許行、白圭、子莫之徒，各爲異説，以亂生人，故孟子論尚友如此，豈無謂哉？

綰不敢自方古人，然視友道之衰有如今日，能無感乎？聞執事嘗講於白沙之門，化於寡妻，能知科舉爲外物，非深有得者，能如爾乎？故敢以此問於左右，惟執事察而進之。

寄陳石峰先生書

綰罹酷罰，忍不即死，辱賻奉告几筵，益增哀感。比審有揭陽之行，初聞不勝憂駭，徐思乃知君子之常，本無足憂。惟先生見道分明，擇義不惑，既有以致之，則必有以安之，豈復爲之動心哉？雖然，使言聽計從，消患於未形，世陰受其賜而不知爲誰之功，此又古人所賢、今日所以爲慨也。先生其如命何？憂苦中百凡不多及，惟亮察，幸甚。

寄劉檢討瑞書

綰質弱，不知爲學。幼失小學之本，長迷大學之方。年十六，始知爲舉業，又三年，乃厭其卑。近求古人文字讀之，見其思致深遠，議論開闔可喜，意若有得，因取片紙書之，略能成篇，遂有文字之志。及向拜謁，止於文字而已，道則概乎未有聞也。不知其非，每肆支離之談，甚可笑也。至今始悟於道，若窺毫髮，但以涵養未深、本心未明，求其不惑於是非、不摇於喜怒、不襲於智巧、不牽於外誘，難矣。惟思有道，就而正之，倘執事矜而教之，斯道幸甚。

卷十六

書

上西涯先生論時務書

綰聞士有爲知己死者，夫苟可以死也，其未至於死者敢不盡其心以爲報乎？公固以天下士待綰矣，綰可不以天下士爲公報哉？今公之事有大於天下者乎，大於天下而不盡其心，奚所盡其心也？曩者先帝棄天下，公與二三大臣皆受託孤之命，翼今上嗣登大寶，遠近聞者莫不舉手相賀，謂有老成忠壯如公者爲國股肱，必能推素所蓄積，引君當道，蚤更新化，以慰天下。人神胥望，山川改容以俟者，幾兩載於兹。今乃宜聞不聞，人將疑其失望，且云：「朝廷上下有不同量。」諸公皆去，公獨欲去未可而在。始則甚惑，惟懼公一日亦去，則國無人。既而思之，知公前日之志在於終濟天下，不有其名者也；群公之志在於速靖一時，急就其名者也。蓋公能用其愚，群公不能用其愚；公能用其忠，群公不能用其忠。此群公所以一奮而輒去，公所以從容而有待者在此矣。古之大臣固不以吾君爲不能而必去，亦不以吾道爲必行而必留。一日業乎其官，則一日立乎其位，仕止久速，各隨其時，故身無牽制而心常奮然以有爲，否則山林丘壑，何往而不適哉！

居今之世，志之非難，行之惟難。綰常念當今之故，參已然之跡，中夜以思，矍然而起，爲之痛哭流涕者幾，誠恐太平無事之兆端不如此。不知公爲善後之術，將何道以先之？綰聞唐虞之際亦多事矣，惟其君臣能知制亂之道，通其變於未窮，卒底至治。《易》曰：「窮則變，變則通，通則久。」不爾，則如晉之張華，專恃維持，謹守故常，延以歲月，天下大亂，身卒不免，爲可哀也。惟公明審二者而早圖之。今千瘡百孔，苴漏補弊，要非一端所能盡，綰則敢摭其要者言之。

其一曰：古之大臣知治亂之機在於一人，一人之機本諸一心，故必先勉其君以爲學。夫學所以去人欲、全天理。不學則人欲之萌如奔流，誰得制之？此桀[二]、紂、胡亥、楊廣之徒終蹈滅亡而不悟者也。今上厥初嗣服，小人得以他技易其聰明、他道啓其非心，豈非不學故也！不先慮此，徒以危言激之，遂欲於君側取十數奸寵而殺之，爲計不已疏乎？自昔君子欲去君側小人、反爲天下之禍者何限？今欲少遏其横，尚不可得，況得殺乎？孔子曰：「君子信而後諫，不信爲謗己。」群公不此之思，何其昧耶？爲今之計，只宜於群小方萌之初，但知邪正之辨而不立邪正之名，率諸元老往召其儔，諭以先帝之意，曰若皆先帝所選養、青宫之素倖，不患富貴之不極，惟患有富貴而不能保。今上春秋方富，行義未彰，大臣未和，百官未輯，四夷未撫，庶民未孚，得則治，不則亂，特毫髮耳！先帝臨崩，目不能瞑，惓惓惟二三老臣是託，若豈不聞乎！今水旱頻仍，災變屢出，民窮財竭，怨咨載路，盜賊方熾，邊報復急，若常密邇，何不一言於上以有盈成之業，而若亦得以保其富貴，顧猶蒙蔽之乎？萬一事機有失，雖欲一飯苟活不可得，況富貴乎？如此詞懇義正，雖未能改其惡，亦可小沮其心而無他。於是專勸主上以講學，擇經德明備之士，朝夕啓沃，弗使間斷，則天理可明、人欲可消。彼輩雖奸，將無隙之可投。君德既正，然後圖而去之未晚也。且周之成王乃中才之主，幼而踐祚，太公爲太師，召公爲太保，周公爲太傅，及左右近暱咸選正人，開其聰明，養其德性，所以卒致成周之治，豈偶然哉！

其二曰：自古帝王皆先脩其内政而後及於外政。夫閨門無法，王化無本，天下何恃而治？周道之盛，今古罕比，然必《關雎》《麟趾》之化行，而後《江漢》《汝濆》之俗變，周公六典所以致成周之盛者，乃以宮正、宮伯至閽寺、嬪御皆屬天官冢宰，其旨微矣。及其衰也，皆由於閨門。《詩》曰：「赫赫宗周，褒姒滅之。」此不脩文王之道而廢周公之法故也。今天子新立，中宮初册，奈何以五六刑餘外持人主之命，内挾母后之權，威懾中外，勢傾上下，一時皆爲蒙蔽，不敢指摘其奸？是以宮庭雖無醜議，家法必致難守，安得不爲慮哉！自今脩之，猶未爲晚。舉祖宗之舊章，求前代之覆轍，或論於經筵勸講之際，或奏於皇后、皇太后之前，庶交相警戒，早爲持守。失此不救，人主之血氣寖盛，情欲之愛日益深，聲色之悦日益盛。内庭近而易親，恩常掩於義；外庭遠而易疏，義不能勝乎恩。比其已極，雖百伊、周，不可救矣。

其三曰：椒房之戚實關衽席之恩，此人情之易厚。苟非明哲之君、至德之后，孰不有所私？金帛之賜，足極其富；爵命之加，足極其貴；富貴之極而不驕者鮮矣。況常人之心知求而不知足，知貪而不知止，如漢之吕、王，晉之楊、賈，唐之武、楊，擅權專政，致危神器，覆宗赤族，皆其驗也。故古者帝王婚媾不以微賤上匹至尊，必擇先德之舊，家法有承，賴其陰佑，以培基本，綿無疆之統。今之外戚，貴極人臣，富可敵國，貪猶無厭，有識爲之寒心。近雖稍收歛，然無藉之徒尚盈門下，抑之則怨，縱之則無所不爲，且多知禁密之情。國家無事則已，苟有毫髮，其常懷怏怏之心，將一日萌動，挾其膏粱愚闇之人，肆爲非禮，深可慮也。反覆其故，始之不由德族，繼之寵遇太隆，以至此耳！邇聞今上擇配攬户之家，何不以此爲監耶？未幾，果聞造屋，聞置莊，每用幾千萬銀，例照皇親，略無撙節，爵命之加，無異前事，而前日之貪横將必不遠，與之同矣。此皆祖宗已來外戚所未有者。今事已遂，將何咎哉！漢竇氏初寵於文帝，周勃、灌嬰請置師傅教之，由是長君、少君終身退讓，保其富貴。王氏之盛，梅福亦嘗與成帝言之，成帝不用，卒致篡竊。今之外戚既無先德之可承，又無家法之可守，惟當早選師傅以教之，或别置尊官於宗人府，兼攝外戚，别其賢否，論其爵賞，察其奸凶，制之以法，使無所縱。不惟外戚之家可保富貴，而母后之德亦於此有助矣。

其四曰：古設閹宦，專便閫内役使，他無所爲。刑餘之輩，必鮮忠良，小用猶爲不可，況可以攬天下之權哉？漢宣帝以霍光專政爲戒，故輕宰相之權，而恭、顯遂得肆志，至于元帝而天下蕩然。蓋權在宰相，雖專恣，猶得斥其非而去之；在閹宦，蟠據在中，人莫之測，或傳内降，或托御筆，諫官不敢執，九卿不敢問，而令甲之行常爲所播弄。夫前日閹宦皆祖宗舊人，縱有所爲，猶知祖宗法度。自今已後，前日者皆老死，晚進少年皆代之，彼實不知祖宗法度，但知威福在己，悍然横行，無復如何，此尤可憂也。貞觀之制，内侍不立三品，只供内庭掃除，不任以事。本朝太監不過五品，亦不許任事，視貞觀最爲良法。奈何至今玉帶蟒衣，儼若侯王，天下操柄，盡歸掌握。今欲正之，固難一朝而變，議者謂莫若章奏之進，所奏之司以封目先投内閣，内閣計所奏請，至尊於退朝後，親御便殿，更番上直侍列計處。若遇安危所繫，刑賞黜陟之大，雖内閣亦不得專，必召進九卿科道，集議可否，務合天下之公。衆論既翕，然後決自上裁行之。唐太宗每與大臣議事，必令諫官、憲臣、史官預聞之，有不當，諫官得諍之，憲臣得彈之，史官得書之。有勸宋仁宗事當從中出者，仁宗謂曰：「事正不欲中出，付之公議，使宰相行之，有過失，臺諫得言，改之易耳！」人主尚爾，況閹宦乎？

其五曰：朝廷之有言官，猶人之有耳目。必耳司聽、目司視而人之用完，人無視聽則不得謂之人矣。朝廷而無耳目，可謂之朝廷乎？晉侯問於叔向：「國家之患，孰爲大？」對曰：「大臣持禄而不極諫，小臣畏罪而不敢言，下情不能上通，此患之大者也。」故明主知此，必虚己以納其言，優容以作其氣，罷黜以激其不諫，重賞以旌其能言。言有不合，縱加薄責，旋即超陞，猶慮其不言。未聞轉喉觸諱，動即禍隨，内外遮邏，骨鯁一空，朝野相視，咋舌噤口，不敢論天下之事，豈有指鹿爲馬之心將復萌乎！夫言官所繫，不止通否塞，亦將以折奸人之萌，救内重之弊。若反爲奸人所折，内重之勢自此固矣。楊瑒曰：「糾彈之司若遭恐脅，御史臺可廢也。」抑不見盜將有意主人之家物，必先毒其吠犬，吠犬既死，不爲之防，盜必大至，故主人方一吠犬之死，即爲意外之憂，急求數吠犬以繼之，使盜知主人已覺而不來，此良策也。今之所憂，有異此乎？況言路風采消委已甚，苟非豪傑，焉能有振？當擇素通古今、貫達義理、忘身徇國、不顧己私者，使居其職，專責以言，養其鋒鋭，猶可及也。若或不然，徒以備位，欲正君而不知正君之術，欲彈劾而不知彈劾之方，欲議禮制而不知典章之源，欲論機務而不知成敗之幾，其好名喜誇者或激剥以成禍患，其巽慄不振者惟循默以待陞遷，或伺死虎以擊之，或窺腐鼠以攫之，甚或排正人以報私怨，或引非類以布私恩，夫豈不爲奸人之資、重爲天下患哉？夫言不言不足論，惟言無不濟天下，斯爲難也。

其六曰：祖宗立法皆試之於民，雖有缺遺，天下久已安之，且四方異土，風俗殊尚，故治各有宜。若強其所不宜使同異之，斯亂之兆也。近者，有司每以意見逞能，非由講習思慮之精，妄將舊制彼此移易，日變月改，徒見耳目之紛更而不知何者爲適從，以致奸民因之而愈謬，奸吏乘之以爲虐。《春秋》書魯作丘甲，用田賦，重其更端之始爲民患也。此乃往事，猶未爲甚。今宦豎竊權於内，必將施暴於外，流毒初出，如川方興，不至引用非人、大爲紛更，不足以行其志。若不申明舊典，定爲中制，責成有司謹守固持以遏其機，紛紛變亂，爲生人之害，其有窮乎？自昔敗亡，鮮不由子孫變其祖宗之制。唐玄宗無太宗之哲而不守貞觀之舊，卒致天寶之亂；宋神宗無太祖之明而輕變開寶之章，終兆南渡之禍。夫創業之君所與共事之臣皆身歷艱難，慮患之深，立法之密，有非後世所及。後世雖有才智，終不若其更涉之多。天下至大，庶事至夥，苟非歷試其艱、深明其故，誰得輕變之哉？是故不知立法之意，未有不亂法者也；知立法之意，至不得已而後變之，斯爲善守法矣。

其七曰：君之爲君者，以有民也。得其民，得天下矣；失其民，失天下矣。民未有失，天命未改，雖有智者不能謀之、勇者不能奪之。若使飢寒切民之身，仰不足以事其父母，俯不足以畜其妻子，則人心離散，非君有矣。民既不爲君有，君何藉以有邦哉？西漢傾危之勢不絶如綫，光武乃以一旅中興，蓋人未厭文、景之德，王莽不得以革天下之心，邦本固也。東漢之衰，雖有先主、孔明之賢，猛將如雲，謀臣如雨，卒之不能復有漢鼎，蓋人厭桓、靈之德，曹操、孫權又得以革天下之心，是邦本不固矣。《周禮·大司徒》：「以保息六養萬民，曰慈幼，曰養老，曰賑窮，曰恤貧，曰寬疾，曰安富。」所以致其蕃息，結其歡心，淪入骨髓，故民常戴其君，君常得以有其民也。今海内旱潦常半，官疲於徵斂，民困於追求，鬻妻賣子，流散四出，雖有年穀之登，常不免飢寒之苦，賦役日急一日，前日之所謂富民今已退爲窮民，前日之所謂窮民今已委於溝壑，廟堂不知省，守令不知恤，皆謂祖宗積累之深有足恃者，漫不爲慮。馬周曰：「當脩之於可脩之時，不可悔之於既失之後。」真至論也。

其八曰：義者，天理之公；利者，人欲之私。王者，所以建立邦本、垂裕無窮者，義也；伯者，所以陷溺人心、貽毒後世者，利也。推其至中國之所以異於夷狄，人類所以别於禽獸，皆由此也。若徇人欲而忘天理，則孟子所謂「不奪不厭」，雖有天下，其能一朝居乎？蓋自孟子以往，真儒間出，義利之説漸晦於世。雖有老師宿儒，尚或以義爲利，以利爲義，所以傳之於人、謀之天下國家，皆不免功利之末，流之於今，遂無可辯。以壟斷罔利、盜名欺世爲能事，以刻核攻訐、浚髓剥膚爲有才，以奔趨進取爲當然，以學古求道爲迂誕，持論以矯激兩可爲能言，臨事以逐謬詭免爲得策，隱忍苟容則爲有德，締交阿黨則爲善宦，榮華莫大於戀禄，羞辱莫先於去位，賄賂公行於上下，浮薄尤工於學校，爭訟大半於齊民。有司不省治本，特以簿書錢穀爲大務；胥吏罔知國法，特以漁獵尅剥爲生理。交徵於利，相習成風，人心穢濁，恬不知怪，何以異於秦、隋、五季之亂也？失今不救，求利之害，其有窮乎？惟在上者身先仁義以絶求利之心，公行賞罰以正趨利之俗，使天下曉然皆知，明揚寵拔必徇公守義之士，放逐廢棄必謀身務利之徒，如立表示人，人知定向，交脩於仁義之中，以振拔乎功利之外，則風俗丕變而治效可求矣。

其九曰：天下之所賴以存者綱紀，綱紀之大有三：明用舍、公賞罰、敦倫理。持此三者，斷而行之，所以齊人道、調萬化者也。今賢者未必用，用者未必賢；暴官污吏未必去，清德懿行未必彰。賞之不足以爲勸，罰之不足以爲懲。人之犯法，視爲泛常，慢不之畏，傚傚成風，愈罰愈犯，以至父子相賊則懷忿而讐怨，婦姑不悦則反脣而相譏，諸父昆弟告訐肆行，男女内外黷亂無紀。夫常制於妻，妻或殺其夫。小兒嬉戲，罵其父母。都下之人，時常醉酒，詬及乘輿。强者欺弱，富者凌貧，剛拏力攫，恣所能爲。官長視小民如猛獸，常懷抑伏；小民視官長如寇仇，每含憤怨。此皆危邦之陋。綱紀之失，莫甚於此。竊惟朝廷天下之首，綱紀所自出，若提其首，下無不從，所謂賞不必徧及於人而人自勸，罰不必徧加於人而人自懲。夫賞常行於君子而罰必及於小人，此朝廷綱紀所以立也；賞常行於小人而罰或及於君子，此朝廷綱紀所以廢也。齊桓公始用管仲，九合諸侯，一匡天下；管仲死，信豎刁、易牙，遂至身死而不救。唐玄宗初任姚崇、宋璟，以致太平；末相李林甫而海内大亂。則知君子、小人之用否，所以關繫於綱紀者何如哉！

其十曰：國家太平既久，民生不經塗炭憂愁之苦，心思淫逸，勞之則怨，擾之則驚。幸者國家無事，無以啓其非心。若使一旦少有驚變，勤之以饋餉，加之以飢饉，睊睊狼顧，偃蹇驕怒，各將逞其孽芽。或有一二奸雄伺候其側，假托名義，指朝廷之過失，執生靈之詞説，攘臂呼號，鼓舞而起；當此之時，我之將帥不足以應之，武備不足以制之，亦聽其自爲而已。近者國門之外，盜賊時時竊發，聚衆刼掠，白日殺人，有司皆以小事不聞，略不加意，及其猖獗之甚，偶得剿獲，又以爲功，盡行陞賞。甲子之旱，僅兩直隸、浙江、山東數處，飢殍盈道，流民充斥，焚室廬，殺妻子，群相搶掠，嘵嘵怨呼，有司往來旁觀，莫可誰何。尚賴天祚國家，二麥成熟，即時安集，不至大患。又有海寇漳州人者，不知姓名，駕大船數十艘，聚黨幾萬人，僭擬旗號，出没温州、福建沿海境上，招誘奸民，不時刼掠。前年於温州，殺金鄉衛指揮一人、軍士數百人；又前年殺黄華廵檢司廵檢一人、弓兵數十人。有司皆以遠方小事，匿而不聞，習以爲常，既不及時剿捕，又不加意防禦，其勢駸駸，豈終爲海寇者乎！又近日蘇州民施天常寇虐爲非，蟠據崇明海上，亦因有司姑息玩愒所致。今雖偶爾捕獲，然四海之廣，踵之豈無其人！元末敝邑方國珍與蔡亂頭以王伏之讐，逼逐入海，爲亂之初，亦甚細微，遂不可制，終爲張士誠、陳友諒之階，豈非遠方哉！凡事未有不起於細微而生於所忽，星火不滅，終必燎原；蟻孔不塞，久且潰堤。《易》曰：「臣弒其君，子弒其父，非一朝一夕之故，其所由來者漸矣。」《大畜》之六四曰：「童牛之梏，元吉。」《姤》之初六曰：「繫于金柅，貞吉。有攸往，見[二]凶。羸豕孚蹢躅。」皆言絶惡者當防之於幾微也。羸豕之孚誠在於蹢躅，又言止惡者不可徒以一時偃伏而忽之。況今國家未能無故，誠恐勝、廣、巢、角之徒或萌於草澤，而鉏耰棘梃之類或起而應之，可不慮哉！

其十一曰：群公卿者皆前朝所任之舊臣，長養成就於數十年者也，不惟中國以之爲表瞻，外夷亦以之爲觀望。猶山林之有虎豹，樵採爲之不入；江河之有蛟龍，舟楫爲之恐懼。如汲黯寢淮南之謀，干木息諸侯之兵；遼人懼司馬之復相，金人問龜山之安在。則知不出樽俎而折衝於千里之外者，豈必在於荷戈持戟之列哉？故曰：「正人在朝，群邪所忌；謀臣不用，敵國之福。」今以奸臣之言，一旦驅逐殆盡，誠駭視聽，不能不長奸雄之志以起外夷窺覬之心。其所關繫，豈不大哉？古者卿大夫既老，月朔猶朝於君所，與聞政事；天子有事，持珍味問於其家，其重之如此。雖國家無事，尚不當輕去以起衆疑，況今內本空虛、外變將搖，此正任用老成之際，不宜輕棄，況其中又有才德爲天下望乎！惟能委曲調和於內，求其爲衆望所歸者復之可也。

其十二曰：有文事者必有武備，此聖人安不忘危之意也。國家以威武立國，置衛所錯於郡邑，以待不虞，可謂有其備矣。奈何休息既久，上下苟安，軍律不明，武備廢弛，韜鈐不識而謂之將，戈盾不分而謂之軍。其襲職替官，雖有比試考校之法，但不過臨時僱倩以應故事。大者以養勛階，小者以守禄位，優遊飽食，勇無足用，謀無足取。其平居無事，驕心惰氣，凝滿眉目，使一旦有急，雖人與千金，亦莫效用，如此養兵何益？西北防胡，最爲要害，其兵常戰，特爲精強，非他處之比。近年以來，各差內臣鎮守，使都御史、總兵皆處其下，反爲所制，動輒拘忌。其怙勢作威，規利自肥，多帶私人，散處各邊，或打攬糧草，或結放私債，糧不足則虛串以入納，草不敷則分束以備數，債不完則扣糧以自償。軍能克捷，賞歸其家；營田肥沃，借爲私莊；軍丁力壯，擇以耕田；老弱創殘，留之守營。小大倣傚，百蠹紛然，諸邊幾於不守。然夙沙衛以辱齊師，魚朝恩以陷唐兵，豈盡如此！故連年邊報失利。先帝在日，雖切留意，終無以袪病根。在京諸營者，天子自衛之兵，所以防肘腋、制外兵者也，尤當精練以待徵調。今亦以內臣提督，號令不一，將無專心，教演不精，兵無素習，甚者罷癃殘疾半於其間，無所揀擇。又以河南、山東、兩直隸軍赴京班上操，半年一换，新者未去，舊者已回，參錯道路，因而爲非，未見演習，益困兵力，況非盛時故事！宜悉罷之，選集精壯，或別置輔鎮以備輦轂之虞。夫兵者，非衆多之爲強，惟能擇良將、校變通、明賞罰、蓄勇鋭之爲強。昔齊威王烹阿、封即墨，遂起兵擊趙、魏、衛，三國兵盡走，齊國人人震懼，以致安強，賞罰明也。方今文恬武嬉之餘，正將惰卒驕之日，雖曰治兵不專於嚴，然烏可使其褻而不振？故申嚴紀律，亦變通之所宜。先者穰苴斬莊賈，三軍股慄，然後少施以恩，病者爲之求行爭奮。孔明必殉馬謖，爲法不可廢。李光弼以嚴代郭汾陽，人謂之得體。孰謂姑息？養兵如今日，猶可望其効用於危急哉！竊謂鎮守、提督之類不去，則帥權輕。帥權既輕，雖有良將，不能成功名，況授非其人，何以措手足而脩武備哉！惟熟籌之於廟堂，求得人而任之，寬猛惟其所施，庶幾可也！

其十三曰：保社稷、安天下莫先於人才。人才之生，錯而難見，故宜廣取而不可限求。今用人雖有數路，惟進士則大用之，否則雖有豪傑亦無以自見。夫所以大用者，正以其才其德，豈徒以其能舉子之文哉！今日舉業所選之士，果皆足以當他日非常之用否也？士必素養，而後可以當大事。古之豪傑能立非常之功名者，皆其胸中先有一定之規模，然後仕而行之。如韓信一見漢高祖，即爲畫取天下之策如指掌，及爲大將，出百戰，滅項羽，無一不酬其言。范文正公爲秀才時即以天下爲己任，無一事不理會於心，至上執政一書，終身功業，其本末皆不出此，其所以精於心者，豈一日哉！今用人惟重於進士，使天下之士方當少壯，精力有餘，正可以講求脩己治人之道，惟知進士之業爲當務，乃一切從事於浮詞淺説之間，疲神竭慮，勞勞卒歲，惟患其業之不專、不足應主司之求。及其用之，且限於簿書期會，行之不勝其掣肘，然又束以資格、考語之法。夫資格限年躡級，考語萬人同律，持銓衡者憑此以騐賢否、論黜陟，雖有美才特志，困不自見，故士皆卑卑小節，怠而不脩，至令議者乃有我朝人才獨不及前代之歎，豈真有不及哉？取用之法使然也。苟能撤偏重之弊，去資格之拘，慎藻鑑之明，行不次之擢，使士之出者皆得以行其志，天下之大，豈無非常之才足爲邦家之用，而猶曰有不及哉？夫出類拔萃而能包括一世之用者，代不過數人，豈如群才之可多得！周止亂臣十人，唐虞之際尚止數人，故孔子嘗並歎以爲盛。今以海内之廣，廣詢博訪，但能得一二人，養之寬閒之地，作其精華果鋭之氣，則他日非常之用，自足應之不窮矣。

其十四曰：世道之衰由於學術之壞，學術之壞由於選舉之非法。當今進士選於舉人，舉人選於學校，學校選於民間俊秀，讀之以六經、《語》《孟》之書，明之以濂洛關閩之説，試之以經義論策之文，固非前代墨義、詩賦之比，宜其得人之盛，遠超漢、唐、宋而過之，詎謂人物之下、器識之卑，反不能及，何哉？今徒取剽掠浮詞之末而失其涵濡體驗之本，不知聖人所以爲經者，以心傳心，將以明天理、辨義利於分毫而已。今之學者專爲求利禄、取富貴之捷徑，偶或一得，不啻筌蹄之已忘。雖其不忘，亦鏤冰刻脂之攻、俳優齷齪之語，名爲正理，其實視墨義、詩賦，反不及之遠矣。昔朱子嘗歎當時科舉文字之弊，今日之弊有甚於朱子所歎者，其憂又何如也？今天下之人但知其爲利而不知其爲害。夫楊朱學爲義而偏於爲我，墨翟學爲仁而流於兼愛，原其設心，豈遂至此！孟子嘗推其禍爲「無父無君」以闢之，差之毫釐，謬以千里，矧以聖經爲學，假之媒利，名似實非，昏蠱眩惑，皆爲患得患失之鄙夫，其弊可勝言哉！三代之法，自鄉黨達於王朝，其所以居而教之無異道，取而官之無異路，故士各得以德行道義自奮，平居惟憂德業之不脩，而不憂官爵之不至，此得人之所以盛也。兩漢以來，雖不能及，乃有賢良孝廉之選，故董仲舒、轅〔三〕固之徒由此以進。及至隋唐，始專以文辭取士，不復有尚德之舉。宋沿唐制，其盛時猶兼采時望而去取之。其後糊名之禁行，科舉之法益壞，傳習至今，士皆不必論其實行，進退之際，惟取決於三日之虛文。雖行檢若狗彘，屠沽、販賣，皆不必擇，以至誣經詭聖，能希主司之意，莫不中選；遵理道拙華藻者，莫不屏棄。以一日之長，得登一第，清官顯爵，擅之終身，無不如意。乃使習對偶爲童子，皆斐然有卿相之想而不知慚。噫，使古之聖賢如孔子、孟子、顔子者，生於今日，其所自負如何？亦肯與今日之士同其用心，相逐得失於此哉？雖然，勢極而反，亦理當然，使後代之論者謂選舉之法始壞於某代某人、卒復於某代某人，顧不盛歟！若欲選舉得人，莫先於正人心；欲正人心，莫先於明學術。必使一時學者皆遵小學、大學之方，以求聖賢之道，實有得於心，方令爲舉業，許以應試。取之之法，或如周之鄉舉里選，或如漢之特舉實行，或如宋之兼采時望。然後試以經義論策，不必如今之對偶虛文。命題必明白正大，不困以所難，務擇其真切者爲上格。中不必多，亦不必限以名數，庶幾所學皆實學、所得皆真才，不至如今日人才相去之獨遠也。

綰生長東南，幼而讀書，有志天下之務，念父、祖世受國恩，尤欲以身爲報，乃蒙先朝曾收育於仕進之列。但以學之未成，屏伏閒曠，朝夕自治，以俟其充，不敢即叨升斗之禄。目今天下之勢，跡雖未形，機則已露。辟之人身，外貌雖壯，衣冠雖好，五臟受傷，四肢百骸無有不病。以此憂念至深，夙夜食息，不敢或忘。故敢吐其一得之愚，以獻自頂至踵之思。但知欲忠於國、願報於公，不復有所避諱，亦不敢冀其言之皆是。在昔伊尹、周公攝位行政，人心貼然，流言相扇，雷風感變，此何道以致之？是其胸中至誠，所存者有以貫徹天人之際，豈區區智術所能然？視戰國縱横諸人，其才知非不美，其謀策非不優，特所發非本心，詭僞遷就，求合人主一時之私，以遂其欲，終必至於滅六國、亂天下，此不誠然也。惟公推二公之心，積至誠之道，持守之堅，不以利害死生而得間。上有以格天心，中有以感君心，下有以孚民心，一轉移間，使天下爲康、爲寧、爲福、爲壽，不使世有遺策、人有遺用，遺後世之憾，皆公平生所學所志竭節盡忠，報君愛國，不可後者。惟望不以草野慮廣爲倨侮，芻蕘放論爲難聽，曲加優容，不録其狂妄之罪，擇其是者而納之。是則先帝顧命之重幸甚，宗社神靈倚賴之深幸甚，天下蒼生仰望之切幸甚！

【校勘記】

〔一〕 桀，底本作「傑」，徑改。

〔二〕 見字，底本脱，據《周易》補。

〔三〕 轅，底本誤作「袁」，徑改。

再上西涯先生書

綰嘗讀公文章，知公乃今之歐陽子也。歐陽子之門有曾氏、蘇氏，皆能明歐陽子之道。謂今之昌黎子，至今人皆信之無疑。今綰辱公門下，猶不敢以此稱天下者，夫豈不能，正不欲以曾、蘇自足，況公負天下之重，有不專於文章而止者，可徒以文章稱之哉！故敢以今日事關安危爲一書，獻於左右。雖不如曾、蘇稱道歐陽子者，然所以圖報不朽，欲爲公慮完其身名者，實不敢謂後於曾、蘇之用心也。

公果不以疎遠視之，不惟救時弊於目前，故將興王道於將來。但緩急先後，持之當循其序，行之當知其要。《易·蠱》之九二曰：「幹母之蠱，不可貞。」説者謂母爲婦人，非剛明之資，當以柔巽輔導，從容將順，使之身正事治。若伸己剛陽，邃然矯拂，則傷恩反大，安能有所入哉！比剛陽之臣事少主、處疑國，道當如此也。夫推大車者非一臂之力，支大厦者非一木之能，況濟天下可以一人爲哉！周公之輔成王，一飯三吐哺，一沐三握髮，以急求天下之賢，惟恐不至，褒其輔理，以致成王於有過之地。諸葛孔明之相後主，必引一時名流以集衆思廣忠益，雖闇弱如後主，終孔明之世而無敗。此古之大臣所以能盡其心，不負付託者也。公苟先其急者，則耳目所不聞，思慮所不及，皆將駢入[一]交至於公矣。奈何施設之不附，天下之猶難理哉！苟竭其心而不得，則江南山水之間皆公所以保全名節者也。天下後世，又何尤焉？公亦何施而不可哉！干冒崇嚴，罪宜擯斥，不如是則無以明願報之心，致愛國之誠，惟公矜其愚而亮之，幸甚。

【校勘記】

[一] 入，《久庵先生文選》作「集」。

卷十七

書

上王太守救荒書

此方之民，百年太平之民也，今恐不得終爲太平之民，固有望於明公。蓋明公，此民之父母；此民，明公之赤子也。明公下車之初，嘗言其志，民莫不信而仰之。不料乃有今日旱暵相仍，蟲螟延接，川源焦竭，菜穀枯殘，墟市薄煙火之色，門巷稀舂磨之聲。人意皇皇，不知所爲，招徒嘯黨，糾結稔奸。寡集則借食，多集則搶奪；晝則稱飢，夜則行劫；旗號流民，摇惑人心。其設意無狀甚矣。居民不能自安，終夜叫呼。若遇月明與在城郭，猶或庶幾；一至村落陰黑之夜，殆不可聞。目下尚然，更至窮冬開歲常歉之月，又將奈何？況今官帑已空，民貲告盡，上無所取，下無所出，飢迫之形日急，稍有桀黠如呂師囊、方國珍者，乘時倡亂，特易易耳！夫亂豈有根？小跛扈而不謹，則大陸梁乃階梯也。然或倉猝之際，下邑空曠，所倚控轄，在於府城。府城焚蕩至此，明公目已睹之。嘗見鳥巢於林，其林將伐，鳥必飛鳴回翔如欲救者；獸藏於藪，其藪將芟，獸必彷徨返顧如欲争者：爲其遊食止宿之所也。況人之爲靈，不止於鳥獸，於父兄、鄉黨之所有如是者，其爲情宜何如？此綰前日所以不容自默，輒告明公。驟聞其言，孰不謂書生不知務，造此怪誕？明公獨不然，休廓宏遠，專真懇實，不恃己之聰明，惟人言是聽，且動心改色，即問計將安出。綰方感激，敢不決其肝心爲明公獻之？

夫事不患無計，患不知要與勢耳！何者？己之誠心與時難易是也。苟無誠心，雖有良法美政、高才敏識，皆不足濟。聖賢功業每患不能，以無聖賢誠心也。明公既有是心，天必佑之，利鈍成敗固不足計，死生禍福亦可以輕。爲之在我者當如是，更何爲疑？夫時之難易由人之欲不欲，苟能審之，使其必欲，可不遺力而翕然矣。今人各自危憂無以守，則保甲諸法固易行也。欲行保甲，在即其居聚，使之爲保，保内令各推其可爲保長者一人，可爲保正者一人，可爲保幹者一人。又推其次幾人爲甲長，甲長一人每率十人，籍於官以總其數。每保之中，又月各爲籍一本，刊格眼，官用印鉗，予保長掌之，使記其人作業出入。有不帥者，聽舉至官，輕重治罪。有犯及至他方犯者，保長不記於籍，知而不舉送者，罪其保甲。其素爲影跡之徒，亦書其名於官，寬其治，附之保内，使探消息，奸可不禁而息。如此，若無以濟其飢則勢亦终散。

《易》曰：「何以聚人？曰財。」財者，即日用飲食之需也。今欲爲濟飢而官無所有，欲爲勸借而富民皆貧，何如於保内使各計虚實，如某人家丁口若干，糧食若干，足够幾月日；某人生理足給；某人無可以給。擇保内之屋可爲公共者，借爲義倉。量其貧富借出銀，富者多不過一兩，貧者小不過五分，一保約可六七百人，約銀可一二百兩。如有不足，官須措置與之，俾籍於官以俟稽考。又給批文，俾自擇行義，領略糴穀以爲倉實。如遲，請先發預備倉餘穀，量分各倉爲倡，使保長、保正主之。其猶足自食者未給，其絶食者人日與粥二飡。十日甲長具其數於保長，開倉一給。人各有食可守，安心無他，以待麥秋稔歲之來。歲稔於種田之家，每畝取穀五升或一斗還倉，然後官與保長均計諸倉之入，以償所借之銀。其全食於倉者戒不取償，富而知義者勸不取償，得留其半，造屋一座，永爲義倉，而行朱子社倉法，然無甚費。富者得獲安枕，貧者得免流離。且富者常設酒食集衆爲守，又憂不能而費已不貲；貧者雖有此，亦度不足以活一家之命。如此喻之，爲勢甚便，必不難成。

然後一甲之内，又各選其勇健者，教之武藝，使爲蔽捍。然此之兵，各知愛其家室，護其鄉里，使守必堅，使戰必勇，其視所謂機兵虚應故事，萬豈當百哉！其有稍識古今，料量成敗，壯健猛勇，皆世遺才，收之保甲。或有不測，亦可以消其勢而易制之。

《周禮・荒政》曰「除盜賊」，則盜賊固不可以不加意，欲禁盜賊，非嚴刑不能。傳曰「刑以防其奸」，又曰：「禮樂刑政，其極一也。」則刑之功亦大矣。然飢荒之後，人心易喪，奸盜必多。古有取死囚於獄，沉之於水，紿爲奸民以懼之者。況真爲盜獲之於官者哉！夫盜獲於官，不能置之必死，獲者畏讐，盜益以肆。即此機微，固長奸致亂之根底也。

《春秋・襄公二十四年》書：「大飢。」説者曰：「是年秋有陰沴而冬大飢。」蓋振業之者有不備，故書以爲戒。矧此兩年蟲旱之餘，民已至此之極，寂然不聞其備，良可歎也。然今四路告飢，則不止於一處矣；事事可憂，則不止於一端矣，可自安哉？昔者方臘爲亂，滕子勤欲爲台州防禦，人皆以台去睦遠不必慮。子勤曰：「寧使有備而不至，不可無備使至。」乃明言也。伏惟明公念初志之所在，哀斯民之煢極，早賜採納，俾此方之民終爲太平之民，固此邦之幸，乃明公不朽之功也！臨紙屏營，惟冀爲斯民照察。不具。

答邵思抑書

近承手翰，足見進學之工。僕屢致問左右，俱不卜沈浮。書中微旨，似於吾人有不察者，且吾人學問惟求自得以成其身，故曰：「誠者自成也，而道自道也。」實無門户可立，名聲可炫，功能可矜。與朱陸之同異有如俗學者也，苟求之能成吾身而有益於得，雖百家衆説皆可取也，況朱陸哉！苟求之不能變吾氣質而無益於得，雖聖言不敢輕信，況其他哉！故曰：君子之道本諸身，徵諸庶民，考諸三王而不謬，建諸天地而不悖，質諸鬼神而無疑，百世以俟聖人而不惑。吾何求哉？求得於此而已矣。若朱有益於此則求之於朱，陸有益於此則求之於陸，何彼我之間、朱陸之得親疏哉！且僕於朱書曾極力探討，幾已十年，雖隻字之微，必咀嚼數四，至今批抹之本、編纂之册皆可驗也。

請兄於陸書姑讀之，久看所得，比之於朱何如？又比之濂溪、明道何如？則可知矣。世皆以陸學專尊德性而不及道問學，故疑之曰禪。凡其有言，概置之不考；有誦其言者，輒命之曰禪，不復與論。是以德性爲外物，聖學有二道哉？殊不知象山每以善之未明、知之未至爲心疢，何不道問學之有？又其言曰：「束書不觀，遊談無根。」何不教人讀書也？但其所明、所知與所讀有異於人者，學者類未之思耳！僕於武林一會吾兄，即知吾兄心懷條暢，識見高明，甚不易得。區區畏愛不淺，故敢肆言至此。然門户之分，斷非僕所敢望於吾兄。

又聞魏君子才學行絶出，僕極傾仰，但與陽明時有門户之馳，淺陋念此，不堪憂悵，惟恨無由一訊其故。然求吾道於此時，真所謂不絶如綫。海内有志如吾徒，能有幾人？只此幾人而又分裂如此，不肯合并切磋、深求至當，往往自高自止，轉相譏刺如世俗，斯道一脉，豈不自吾徒壞也？陽明素知其心如白日，決無此事。魏君雖未接，嘗得之李遜庵，及見其數書，虚己平恕，可知亦必無此。竊意爲其徒者，各持勝心，或私有所懷，巧添密剿，推附開合。如昔朱陸門人以自快一時，却不知此道塞天地、亘古今，無物不該、無人不同，可獨爲陽明、子才之私，象山、考亭之有也？吾兄明燭幾微，身居其間，何不據理一言，以使共學，吾兄之賢何如也！惟冀始終教誨，敢不誠心領益。不既。

復李遜庵書

邂逅京旅，獲聞高論，至今不忘。邇聞擢憲敝省，喜慰無量。數年之間，法立仁流，誰不瞻仰？益知君子之學有本而師友之來深矣。昨蒙惓惓，豈勝感激！但綰方在告，公居當路，非趨見之時，故敢以書求益。久不回示，豈以綰不肖不足領也？抑有難言而置之度外也？

近者京師朋友書來，頗論學術同異，乃以王伯安、魏子才爲是非，是伯安者則以子才爲謬，是子才者則以伯安爲非。若是異物，不可以同。子才，舊於公處見其數書，其人可知。伯安，綰不敢阿所好，其學雖云高明而實篤實，每以去心疚、變氣質爲本，精密不雜，殊非世俗謗議所言者，但未有所試而人或未信。向者公嘗語綰曰：「凡遇事，須將己身放開一邊，則當灑然自得其理。」綰每誦以爲數字符。及讀《易・艮卦》，云：「艮其背，不獲其身。行其庭，不見其人。」然後知公言之有自，實與伯安之旨無二。子才素講於公，學問根本宜無不同，蓋皆朋友用功未力，好起争端，添駕爲疑，以致有此，誠可慨也。

昔者二程之學似不同於濂溪，伊川之言若有異於明道，邵、張之緒若不同於二程，但其大本之同，相觀相長，卒以同歸而皆不失爲善學。他如司馬、吕、文、韓、富諸公，雖功名道德各有其志，然皆爲深交篤契，爲國家共濟，豈如今日動輒分離也！至於晦翁、象山始有異辯，然亦未嘗不相爲重。至晦翁門人專事簡册，舍己逐物，以争門户，流傳至今，盡經纂輯爲舉業之資，遂滿天下三尺童子皆能誦習，騰諸頰舌。或及德性，即目爲禪，乃以德性爲外物、聖學爲粗迹，道之晦蝕，一至此矣，殊不知古人所謂問學者，學此而已。學不由德性，其爲何學？

賢如子才，豈宜有此！綰知必不然矣。況爲學此時，不啻曉天微星，併力共圖，猶患寥落磨泯，頽而不振，況志之未篤、工之未力，各相排擯，銷沮阻喪，實乃自壞，此事關繫非細，區區朱陸之辯，姑置之可也。朱果有益於此則求之於朱，陸果有益於此則求之於陸，要皆自成其身而已。辱深愛，敢併及此。倘得一言子才，只以天地爲度，各通其志，各盡其力，斯道之幸何如！

復王純甫書（二首）

僕卧病山中，與世隔越，忽邵思抑寄到兄手書，有「各尊所聞、各行所知」，不知何以有此，即欲脩書請問，度或無益，姑止未敢。昨再得書，知不終棄，喜慰何如！且令僕言以盡同異，尤知與善盛心。夫聖人事業，廣博極乎天地。其道雖大，其本只在一心。蓋一心之眇，君臨百骸，道德仁義由此而備，禮樂刑政由此而出，《六經》四子由此而作。累於私則蔽而昏，反其本則明而通。蔽而昏則無所不害，明而通故無所不用。用之則三極之道立，害之則三極之道廢。今欲學聖人，惟求之吾心而已。不知反之於心，求其累與害者去之，徒以博物洽聞爲有事，旁尋遠覓爲會通，是乃逐物而滋蔽也。故古聖傳授皆以克己去私爲至要，私去則心無所蔽，其體清明，而天下之本立矣。故曰「皇建其有極也」，非若釋老專事生死、不恤其他。昔者朱、陸二先生皆欲明此者也，但所造各有淺深、偏純之異，不可皆爲已至，不思補救其弊以求自成自得之妙，從事紙墨，爲按圖索駿之誤，卒墮俗學之歸，以貽輪扁之笑。昨兄書云講於子才，參之《論語集註》，無有不合。僕不敢易，但謂兄更能以我觀書，深求至當，以爲先賢忠臣，豈不尤妙！僕嘗曰：「苟求之能變吾氣質而有益於得，雖百家衆説皆可取也；苟求之不能變吾氣質而無益於得，雖聖言不敢輕信。若朱有益於此則求之於朱，陸有益於此則求之於陸。何彼我之間、朱陸之得親疏哉！」今若不求其至，不究其是，妄立門户以爲異，自矜功能以誇耀，各相離合以爲黨，聖人之學決不如此，吾人又可以此謂之學哉！僕雖至愚，戒之久矣。卓越如兄，肯爲此哉！僕亦何疑，承念敢云，惟兄其諒之，幸甚！

向日一箋，未蒙回示，深用企仰。吾兄嘗稱魏子才者，雖未識其人，向已聞其略矣。知子才愛玩《易傳》。僕於《易》亦嘗用心，但求下手之實，苟非心地精一則不能立天下之大本，本既不立，則將何變易、隨時以從道哉？且《易》爲潔凈精微之教，舍此不求，不知所謂潔凈者何所，而所謂精微者何有？況體用一源、顯微無間，未有體不立而用獨行、顯微而二致者。陽明向與吾輩所講，先此用力而已，自謂元無不同。子才以爲不同，諒子才必自有説，吾兄必得之深矣。便中乞不惜詳教，使僕得究所以同、不同之實，以俟「同人于野」，彼此之益何如？風便謹此附請，伏惟心炤。不具。

與林以吉書

初春顧使君人便曾附短狀，冀必徹覽。今世士習之弊在學校，師長不得其人，爲士又不知尊師取友以成其身。蓋自在家庭，已無特立之志；及居學校，其所汲汲惟利達登科而已，所以人才日衰、世道日下。今吾兄身任斯道之重，以此表率，以此風勵，以此甄拔，然有不變者寡矣。變一方而天下皆變，其爲幸何如？風便謹此申候，惟冀亮察。不宣。

復二泉先生書

潘大尹來，蒙賜教及張叔成《律呂書解》，知公所以愛縉至矣，敢不深佩！縉無似，亦妄有禮樂之志，編討窮探，已經數歲。初謂有得，既而思之，此皆古人糟粕，於我何有？故悉焚棄。傳曰：「大樂與天地同和，大禮與天地同節。」又曰：「知禮樂之情者能作。」則知禮樂在人，可易言哉！

昔者，文中子謂魏徵諸人，雖遇明王，必愧禮樂，徵輩不服，後事唐太宗，一日語及禮樂，方知其可愧。夫所謂可愧者，豈器數之末有所難哉？誠以先王德業不可易臻、後世風俗不可易變。於此不能，雖英睿如太宗、才辯如徵輩，竟何益哉！

今綰雖云遜志學問，實於大道未聞，焉敢議此？蒙教，益當自勵。叔成書亦未敢議其如何。俟有所得，當更求正鄭主事繼之。便敢此申忱，繼之與綰知己，凡百衷曲，必能道一二。不喋喋。

寄陽明先生書（四首）

登舟月餘，默驗此心，惟宿根難去，時或鬱鬱不樂，竟不知爲何事。此道在人，誠不易得。苟非直前擔當，難行能行，非忍能忍，恶可得哉！相去日遠，疑將誰質？行將誰考？言之不覺淚下。世事如此，先生歸計，亦宜早決。嘗见世之父兄責子弟以榮勢，至死心猶不滅。堂堂天地，如此人品，古今有幾？不求自成，真可惜也！臨風不勝瞻戀。

辱教，知近況，甚慰。甘泉有書，云其鄉士風之薄，難以久居。綰謂士風之薄，實與吾學無妨，且吾人出處以義，豈因士風之薄爲之進退？綰之居鄉，亦甚不易，今亦自孚。近於山中搆一庵，更結二亭，各標尊號，以俟二君子共之。偶成小詩數首，敢録請教。

初春鄉人歸，辱手劄并《祭徐曰仁文》，令人悽然。益念斯世之孤，不知何日得從陽明之麓以畢此生也。綰領教入山，頗知砥礪。邇來又覺向者所謂静坐，所謂主敬，所謂静中看喜怒哀樂未發作何氣象，皆非古人極則工夫。所謂極則工夫，但知本心元具至善，與道吻合，不假外求，只要篤志於道，反求諸己而已。夫篤志於道，即所謂「允執厥中」是也。於凡平日習染塵情，痛抉勇去，弗使纖毫溷於胸臆，日擇日瑩，隨其事物之來，無動静、無内外、無小大、無精粗、無清濁，一皆此理應用，故無時而非入德之地，無事而非造道之工。昔者孔子自十五志學，至七十從心不踰矩，進退無已，只此志之日篤也。故語顔子，使之欲罷不能，既竭吾才，至於卓爾。此乃聖門極則之學與極則之傳也。若徒知静坐、主敬、觀玩光景，而不先之以立志，不免動静交違、滅東而生西也。夫才説静便有不静者在，才説敬便有不敬者在，才説和樂便有不和樂者在，如此用工，雖至没世，無所税駕，乃知「篤志」一語，真萬世爲學之要訣也。近世如白沙諸公之學，恐皆非聖門宗旨。宋儒自濂溪、明道之外，惟象山之言，明白痛快，直抉根源，世反目之爲禪而不信，真可恨也。伊川曰：「罪己責躬之意不可無，亦不可留胸中爲悔。」象山則不然，曰：「舊過不妨追責，益追責益見不好。」又曰：「千古聖賢，何嘗增損？得道只爲人去得病。今若真見得不好、真以爲病，必然去之，去之則天理自在，道自流行，所謂『一日克己復禮，天下歸仁』者也。」往年見甘泉頗疑先生「拔病根」之説，凡遇朋友責過及聞人非議，輒恐亂志，只以静默爲事，殊不知無欲方是真静。若欲無欲，苟非勇猛鍛煉、直前擔當，何能便得私欲净盡、天理純全？此處若不極論，恐終爲病。綰近寄一書，略論静坐無益，亦不敢便盡言及此。向見先生《送甘泉序》云：「孔子傳之顔子，顔子歿而不傳，惟曾子以一貫之旨傳之。」今日恐亦未然，夫一貫之要，只在反己篤志而已。顔、曾資禀雖或不同，其爲一貫之傳則必無二。鄙見如斯，不審日來尊見如何？山亭改搆，相知至者皆有賦詠，敢録閒覽，更望不惜一言，以慰山靈，幸甚！

鄙陋山居，八易寒暑，不覺髭鬢種種，豈勝愧慨！聞隆勛絶世，位寵不卜可知。《乾》之上九曰：「亢龍有悔。」此不獨人君之象，凡爲臣子，處功名位望之極，理亦如此。況危疑之際，事勢可憂，不但亢龍而已。昔孔明謂劉琦曰：「申生在内而危，重耳在外而安。」今奸欺盈朝，欲爲宗社深慮而事權在人，惟在外可以終濟明哲。煌煌君子，其留意焉。

寄甘泉書（二首）

元忠遞至金華書，甚慰。聞太夫人壽履康健，尤慰。仍奉北上，固知非先生之得已。古有跡溷衆人之中，心超萬物之表，此理在人，自知毫釐之間、天壤懸隔，亮不在喋喋。承喻鄉族難處，敝鄉尤甚。綰方喜於此鍛煉，不知久當何如？叔賢謂陽明此時不宜仕，論恐未瑩。君子出處，何必盡同？但要此心終無不同耳！

前歲舍親歸，奉手教，知喪事已畢，甚慰。復聞有鄉寇之警，深切懸念。綰索居窮山，孤陋甚矣，日加深省，方知學問之難，惟在立志。夫釋、老以生死爲事，一切不染，然猶極其勇猛、竭其精勤，然後有得。吾儒爲教，只在人倫之中，仰事俯育，何所不關？惡得頓然無事，一切無染於心？苟非篤志，日用事物各求當理，徒事静坐，心能真静、性能真定者鮮矣。惟先生精造日新，必有獨得之見，便中不惜示及。釋服日久，時事益非，度未可出。陽明不知何日歸越，共尋宿約，以樂斯志。向結二亭，今並爲一亭，題曰「二公」，比舊略寬，可以坐卧，頗得泉石之幽。鄭繼之來，曾宿數月，講明此學，極爲相信。方叔賢曩在京相聚，甚難得。聞同卧西樵，其樂可知。

與趙弘道書（三首）

吾人氣質，稍異俗流，讀書粗識門逕，就其近似一二，詭遇獲禽，人皆爲好，遂信不疑。不知蹉跎歲月，竟未聞道。平日不見如何，惟日遠途長，事事切身，遇真逆境，然後疵病百出，方知不足。不知過此又何如。可懼，可懼。

承喻出處，不知三月果得行否？亦可更從容否？大抵吾人不患難出，亦不患難處，惟患胸中未有定宰。萬一事出不意，便不禁當，以至狼狽，卒疑天下，豈不可懼！此正君子謹始所當知者。苟有真宰，則待價而沽，歷聘而行，當久即久，當速即速，强此之衰，艱彼之進，韜光朝隱，以俟其時，何往不可？恐學未至此，孟浪而曰「我師中行，不欲一偏」，是惡可哉！承惓惓，故敢及此。諺云：「凡人飲水，冷煖自知。」然决行與否，惟吾兄自裁。

承喻，僕更無別處，一切皆委之於命。惟閉户緘口，不涉世故，日讀我書，養我性分，求俯仰無愧，期以卒歲。僕日來白髮漸多，甚覺光陰之暮，惟懼己事不了，一旦或死，真可惜也！外物毁譽、功名通塞，皆任其去來。窮思極想，於我何有也？相見未涯，致此聊當面語。

卷十八

書

與鄭繼之書（三首）

西陵别後，兩接手書，甚慰痞痳之懷。諒今抵家已久，人事當得暇矣。僕辭執事，即同南洲至白洋，會蔡、朱二兄，留數晨夕。所論學問，互有警發，恨不得與執事共之。執事英禀過人，於此學一聞輒了，若以世眼觀之，豈不甚難！但孔門論仁，每不易許人，必如顏、曾之深求密造，方能有得。故孟子論歷古聖賢，至德成才，足任萬世之重，必言其勞苦窮餓、過失謗尤、涉危履險、拂志困心，非人所能堪所能忍者，然後憤悱懲艾，痛切至到，所以深詣遠造，一得永得。執事蚤歲雖云歷涉多故，屢遭謗尤，亦未易及此。況執事初志亦非爲求道，不過欲立名節、爲文章、爲時高人而已，惡可即自以爲足哉！僕所慮於執事者，在衆人之慮固弗慮矣，但謂執事所造既高，世俗污利諒無能染，朋遊之賢必無執事之比，則將日見其至，日自爲是，不復有所不足，則悔尤益鮮，警勵日疏，本無驕吝而驕吝生矣。至德至道，豈不有間！僕每苦朋友不實用功，不足相觀，凡高明者皆坐此病，雖諄諄語之，猶不之悟，豈天於斯道真有限耶！孔子曰：「朝聞道，夕死可矣。」又曰：「加我數年，五十學《易》，可以無大過矣。」豈聖人聞道寡過如此之難，今日吾輩反如此易也！僕今所勉，惟平心觀理，不執己見，不掩己過，不矜小善，不避疑訕，深求古人所至，以責其志之惰，以索其心之蔽，冀有所得。惟執事思日孜孜懋篤厥志，大有所進，以輔其不逮。幸何如也！

僕索居茅塞，讀執事諸稿，如乘風泠然，尤勝面談。交際徧足，識一時名流殷靖江、孫太白，恨不得一面，當交之冥漠矣。方棠陵落落高興，其何可少？亦恨前日不得渡江一敘。明歲取道過閩，必至其家。人行再此附忱。

近至越，會陽明，其學大進。所論格致之説，明白的實，於道方有下手，真聖學秘傳也。坐間每論執事資稟難得，陽明喜動於色，甚有衣鉢相托之意，執事可一來否？天地間此擔甚重，非執事無足當之者，誠不宜自棄。近有一書，欲執事一出，非爲明時可仕，實欲因此相聚，究所未究，以卒此生耳！天台道中見懶椿，忽憶去秋之時，偶成一絶，録去，使知懷念：「蒼松秋雨去年路，一樹懶椿相對青。忽漫詩成回首處，閩山萬疊海溟溟。」自越取道過東陽、入永康，訪應天彝，以家事迫歸，不得至閩償宿約，不勝悵恨，附此相報。

與應元忠書（四首）

承喻自脩，鄙意正欲如此用工。其於爲名爲己處，尤當深省，若欲急小利、安近功，亦不須如此說。苟欲遠大成就，此理不明，將來爲害非細。僕念初志，只欲高絶自居，一切不染，殊不知人之有身，焉能即離日用事物，遂爾清虚？所以義理不精，處事無則，謗尤感應，固其所也。令郎對句甚好，血氣未定，發露太早，將來無受用，還使含蓄，只以忠信寬平養其德性，漸次導其志意，他日自有成耳。愛深不覺覼縷，可愧可愧。

初見人情難處，便欲委屈，以免[一]多口，既如此處數月，驗來只是徇物，終不成道理。且心身亦役役無了。不若一意聖學，專精以求義理，久亦自得。吾果有得，即死無憾，而況身外之利鈍哉！久不承教，聊代面語。

【校勘記】

［一］免，底本作「勉」，據文意改。

接人閱歷，山川與經，憂患之深，胸中覺有見處，不知何故，醉夢中過許多時光也，可恨可恨！大抵人心之蔽實有不自知者，真無奈何！所謂理障、智障，固不待言，便所謂欲障亦有認錯而不易辯者。若非悔吝疢疾、動心忍性之至，何以能開明而頓悟也？兄幸毋忽。

石門書中所言，想必浙士夫有使爲者，未可知也。吾人處此，更無別法，只求盡道理而已。語默出處，一由於道，更有意外之來，則皆天也。「上帝臨女，無貳爾心」，有何疑、何慮哉！仙佛所得，與吾儒果有不同，務此果能害事，此僕近日於自己深隱病中驗出者。非面莫既，幸試思之。

寄應天彝書

向辱闔第尊幼相愛之厚，歸即爲人事碌碌，不克脩謝，甚罪。學問路頭，吾人講之已明，只是不克着實用工。故若有若無，病根在中，精神外散，便謂聖學不若老氏有超凡之功，必待學此有得，方可下手。不知墮入優悠，日復一日，卒無所成，甚可懼也。殊不知心乃神府氣機，其爲靈妙無窮，但爲物欲所障，故不能盡其交變合一之用。前日因閑話多，未得痛講，反使吾兄致疑其間。歸而思之，深恐有誤，敢此奉白。如更有疑，乞不惜極論。

復聞考功靜中書

遠辱尊翰，捧誦三四，如聆欬謦，慰浣無任。縮岩谷病僊，世故遺落殆盡。徒以世受國恩，每有一念，不能已於心者。竊惟主上狩遊，儲宮未建，宗社所繫，事有至大至重者，諒執事固已思之熟矣，不知柱石諸老將何爲計。然度無他施，惟知人慮備，宏密規模，深防小人謀身之變。天相國家，必有機會，當自有無窮之福，誠非區區所能料者。但恐事出倉猝，在臣子積誠，誓死不容以不豫者，敢一及之，不審高明爲何如？承部檄查取，賤恙纏綿，兼以荒陋，實無可用。幸優念少容調復，何感如此？蒙惠會禄，已領。

寄方叔賢書

自京别後，屢奉書而不見回報，不知達否？每憶執事明果之資，入山日久，必有超然之得，非區區可跂也。生近於省察存養一事頗見分曉，但猶懦弱，不能實有所進。因思古之聖賢所以過人者，只篤志之難也。孔子發憤忘食，樂以忘憂，不知老之將至；及齊聞《韶》，三月不知肉味，後世豪傑曾有如此專篤者乎？故又自言曰：「十室之邑，必有忠信如丘者焉，不如丘之好學也。」聖人豈欺我哉！

生歸已七載，鬢髮亦時有白者，歲月逝矣，真可懼也！

復鄭繼之書

近承寄賤兄弟書，意各深至，非君子篤厚，何以有此？五舍弟八月間因感傷寒，遂爾不穀。書至，已不及見，適死三四日耳！且書中有「人不學，心何以長生」之語，使舍弟見之，警切何如？惜遲數日，益令人悲恨無已。此紙已令裱，粘於舍弟哀册之首，使子孫他日見存亡骨肉之情。縉今冬方與南洲北上，出處心事，兄所知者。語默之宜，兄書已盡，更無事喋喋。至杭，就王運同令，親問動静，略知一二，甚慰。

寄陽明先生書（二首）

承示著察之教，警勵何如？但能精切此志，不爲他物所雜，則行必自著，習必自察。此意亦時見得，然亦無别事可見。只覺心中有分曉不放過，才雜毫髮便昏昧。蓋著乃天理昭著，察乃文理密察，所以昭著密察只常見自己過愆而已。不知是如此否？近於人情紛雜中驗之，頗覺間斷時少，莫非啓迪之功，但不知向後又如何耳？黄提學意思頗好，議論皆近裏相向之意，亦與他人不同。其他欲俯就與之一處者，亦因時事人情，略覺數端，故敢云云，亦非止爲一事而言，幸察之。

近日石齋與石潭之去，其詳可悉聞否？原其事情所處，惡可謂朝廷之過？此事全賴聖明，若天地包荒，只依諸公所處，國事當如何耶？雖諸公如此悖理、如此黨比，欺忤至矣，然猶從容斟酌，略無纖毫憤懥之情，此分明堯舜之資，但惜無人輔翼，擴充此心，以爲蒼生之福。今不惟不能擴充，反爲摧挫抑遏，以使消沮疑阻，豈古大臣引君當道之理如是也！世道之衰，天理不明，至此極矣！爲恨何如，亦無怪乎桂子實所謂「强臣抗君」者也。御史毛玉江西勘事，專迎當路之意，敢公然醜正如此，其又可慨何如也！

寄壻高洵書

行時辱承尊翁及世仁厚餞且遠送，其情何如！欲往陽明先生門下受業，此意甚好，已備道之。世仁明年必當與小兒同往一拜，以爲終身依歸。

凡人立志實不可不遠大，若不如此立志，則必孤負所生。縱有聰明，亦只埋歿爲庸人而已。且舉業與聖學原不相妨，若以聖賢爲門面，只在門面上做工夫，果是兩事，焉有一心而可兩岐？此所以妨礙也。若實有志，欲爲真聖賢，講真下手工夫，則將無施不可，反爲舉業有助。方今海内豪傑雲集，歷歷皆有驗，世仁其勉哉！天涯日遠，言不能悉。

寄席元山書（二首）

歐陽子曰：「事固有難明於一時而有待於後世者。」今日大禮之議事異，當時實有不待後世而明者。但人懷阿私，或因之激摶以附名，不究實理，不顧國家安危，紛紜如此，良可慨也。終亦不患不明，但目前黨分乖離，未易翕合。昨聞再下廷議，惟先生淵海爲度，包含其參錯，將彼此章奏明白其理，著其誠慮，與聖祖深微之典鑿鑿爲天下萬世法者，明詔天下。實理所在，何患不明？然又相機視要，處之有道，則自定矣。向聞有以利害相動，欲中變其説者，卓然不移，非曠世人豪，誰能如此？以視朝云是而暮云非，及不敢出一語爲天下解紛，相去猶天淵矣。綰初晉謁論此，即蒙教云：「且不可具疏。」綰云：「欲得致書當路，使其默改，公私各全。」則喜動顔色，如此深厚老成之意，人孰知哉！綰嘗即此數端談於識者，無不深服，以爲真古大臣之用心也。猶不知扶持爲蒼生造福，顧欲以私擠之，此何心哉？陽明先生曾與潘御史壯道及先生，平生頗爲知己。英雄心事，固不患無知者。私室之建，禮當親盡而毁，當何如處之？觀德之名，或云當去，當如何易之？今上聰明仁孝不世，君子遇知素未有如今日者，必有以成一代之大治，實深望焉。《大禮私議》一篇并《知罪録》奉備採擇。綰病，每乞告，不惜引手得遂一歸，甚幸。

昨法司進本官來，附上短狀并《知罪録》《大禮私議》，曾垂覽否？此禮本繫天下萬世之公，今皆爲私事而各有憎愛抑和於其間，以致朝廷之事乖張至此，真可慨也！近日再下廷議，諒必有以昭明於天下萬世者，但群情洶洶，欲行其勝心，將以害人，以壞天下國家不顧，不知何以卒善？識者謂必多得善類，庶可息也，其間尚有甚可痛心而難盡言者。

與羅峰見山書（三首）

別後極切跂望，曾附數書，達否？今日與二兄共論此禮，各期以身明之，不可相負，庶幾昭白於天下萬世。若於辭受去住之間，略有凝滯，不順當然之理，則爲相負必矣，終屬不明。入京見忤必多，須當從容包納，切不可效其攻擊。肝膈懇悃，不能自已。

大禮既定，豈料小人又復如此變亂！諒二兄與元山必能力救，不致壞此盛典。但聖心尚未可回，奈何？縮與致齋因思吾黨勢孤，中心不能自已，各具一疏，以畢初志。倘以此獲罪，皆其分也，實與去年獲罪者不同矣。元山不克具問，會問乞道下情。西樵聞得請，若未行，亦乞拜。意此禮在二兄與元山當以死争。諒不在縮喋喋，惟情亮。

大禮再下廷議，蒙二兄不避艱險，以成國家盛典，至爲難得。但諸人側目，包藏禍心，日猶未已，惟多得善類，庶可解也。又據傳聞，在吾人亦有不協，須知廉、藺之慮，幸甚。當此危疑，不敢不言。

答薛子脩書

蔡簿來，辱教劄，深慰。承喻煩劇難處，僕謂無往而非執事進學進德之資。蓋爲學只在立志，志苟立則無所不益，志不立則無所不害。故孟子論自古聖賢成就，必由於困窮拂鬱；論人之德慧術知，恒存疢疾；而又論孤人孽子之達，必本其操心之危、慮患之深。執事今所遭，亦如此乎？當知人生不如意事十常八九，只要處之有道，常存此意胸中，庶幾遇事廓然，所濟多矣。日來朝中諸事，實傷大激，其過亦在一二。吾黨不究實禮，不知小人情狀，反爲昌作，以助其勢，使成此禍，豈宜歸過君父？此理誠不可不深察。僕爲此不敢顧其身名利害，曾具數疏建白，稿奉覽。

寄王定齋書（二首）

在途附數書，達否？大禮雖云改定，揆之天經，終屬不明，只若欺罔之爲，只以臣子事君之道論之，豈能自安？恐終必有變，不知如何。且《春秋》譏僖公之躋聖祖，著「兄終弟及」之訓，統緒之説甚明，其義甚深，惡可忽也？善哉宋杜太后之言曰：「國有長君，社稷之福。」此事關繫不小，今諸公只務牽合求勝，以行患得患失之慮，而不思宗社無窮之計，真可慨也！況又改入繼大統爲入繼太宗，夫宗法始於大夫而不及天子諸侯，此理亦甚明，乃不深考，窒礙何如？此亦别無所據，只以《綱目》追尊悼考小注爲正，不知此注甚不可通。既云宣帝追尊悼考爲非，不知宣帝當考何人爲是。況引伊川數語乃論濮議，非論悼考，惡可執以斷千古公案？反爲聖經、祖訓皆不如，且此書成於敝鄉趙訥齋，朱子晚年欲改而未成，只以朱子與訥齋數書觀之可知。欲言甚長，筆不能盡。

西山之行，誠出簡命。青陽之盜，諒不日殄滅矣。自古敵無大小、地無難易，惟善兵者能慎密思審於未戰、未取之先，使足知彼又足知我，以爲先勝先取之方，然後動無不遂矣。蓋前日所以難者，但彼能知我，我實未嘗知彼，所以動即無功而彼益得以自固也。綰每見四方盜賊所以久而不敗者，嘗有腹心耳目在吾城郭、在吾左右、在其巢穴前後。惟善用者能得其機而應之無窮也。招降之説決知未可輕議，惟真得其不得已之情，方可用也。知愛無已，偶有所見，敢漫及之，惟高明裁照。幸甚。

羅峰諸公所論大禮，僕誠以爲是，更無可疑。然今日紛紛之説，只緣不知人君之職、《春秋》大統之義耳！孔子書躋僖公，其意謂何？不然，則兄弟名分正所當正，何故譏之？僕前後所具疏，兄皆見否？前疏之意重在解禍，後疏之意專明此理。遠隔無由晤語，心極耿耿。

寄應元忠書（三首）

天下事惟在理，初無彼我同異。張、桂二兄之來，禮雖欲成其是，事則必處以和。向日只緣吾黨不知上下和同以成至治，只事黨同伐異以致紛紛，果誰之罪歟？今以臣子愛君之道論之，當如是耶？吾兄負天下重望，素懷忠愛之心，必當據理和同，弗使君子自相矛盾，徒增君父之過。至禱！至禱！

近奉數書，皆出愛國、愛朋友之情，但恐匆匆，辭不達意，不審高明能亮之否也？諸公所執之禮，餘不暇論，姑以觀過知仁言之。聖主此意，本由孝弟至情所發，縱使未當，亦不至於傾覆宗社；人臣論者，縱有未合，亦不至於大奸極惡。今皆錯認，苦苦攻擊不已，以致君臣上下皆成怨惡。言者愈力而聖心愈疑，張、桂諸君所言雖是，亦未必便能信重如此；只諸公逆之已極，故益見重矣。今不悟此，猶以其言爲未足，日加鼓動，以能言爲賢、爲有功，愈肆攻擊，日增君父之過，何益之有？況繼統與繼嗣之説，大有懸絶，關繫國家興衰治亂不少，且此等事亦國家所常有者，但一時難以盡言耳！今概目議者爲迎合希寵，而不察其理之是非與憂患所在，其如國家何？且國家百餘年來，乾綱下移，禮樂征伐久不自天子出。凡百黜陟，皆大臣當路，惡聞此議？不得已與之相忤，而又欲以此冀望利達，世有如此愚人哉？僕已甚知非進取所宜，只緣本心有不能以自安者，故具三疏，各有微意，實欲明其理以解其禍，且有「納約自牖」之意存乎其間，鬼神可鑒也。敢録清覽，幸查所上歲月，次第衷曲皆可知矣。

寄邃庵先生書

初夏三日拜第下，載蒙賜教，感荷曷忘？恭惟鼎旆入朝，群妄稍息，善類少舒，聖明得倚，以需至治，不啻大旱之望雲霓，矧綰屬愛門牆，其爲瞻仰又何如也！竊惟當今之事，非才非誠，決不能了。先生之才無愧古人，先生之誠益當自盡，久速利鈍，一付諸天，則將何事不濟也？綰累疏乞告，不蒙吏部覆允，出處實爲無據。伏乞俯念素愛，得賜處分，俾遂畎畝，何感如之！

寄胡秀夫諸兄書

僕歸，只謂終焉而已，在家方得安樂。不意元山論薦，朝廷遂差千户來取，纂脩禮書。初聞亦欲堅謝，既而鎮巡藩郡各差官及縣官，日夕到家敦逼，不惟勢不容辭，一時度義亦無可爲辭者。又令人持書質諸陽明，亦云「義不當辭」。且元山後題本内，又反覆説破衆人欲辭之意，不容終已。遂勉強出門，既不獲辭，今已就道。今亦無可説者，惟心乎國、心乎天下，固僕素志，亦兄輩平日惓惓共勉者，益當奮勵，惟誓死竭誠以圖自盡，成敗利鈍則付諸天，辭受久速則付諸理，不敢毫髮自私，以俟他日相見，無負此言，庶可自立人世，可瞑目以死以終。交遊之道，吴乘韋再三道兄書中意，友朋相愛之誠，可謂至矣盡矣，感激何如！

再寄胡秀夫吴惟新書

吾人所學，當以道爲重，出處語默，惟道自憑。然今日之出，當以國家天下爲重者，非重國家天下也，爲道故也。若徒云當自重以立吾人赤幟，則非道矣，何以言之？

才有立赤幟之意，即是爲名，即是自私。才自私便是意、必、固、我，則心地迫隘，無以弘道，便不能與天地同體、生民立命、心乎國、心乎天下矣。世所貴乎聖賢之學，而氣節功名、一偏一曲之士所以不可同日語者，正在此耳！此則吾人所謂誓死竭誠而懋勉者，亦在此耳！辭受久速，亦此是決。故曰：「一日可業乎其官則敢一日居乎其位，一日不可業乎其官則不敢一日居乎其位。」過此而別有所爲，即所謂希寵苟富貴之徒，又何但吾數人而已哉！

雖然，天下國家，事非一端，人非一情，非廣心大量、休休有容、溷毁譽、忘得失、積誠日久，惡可成也？今日諸公皆云有志，而卒不能成天下國家之務，負聖主之德，壞天下若斯之甚者，正坐於此，則又不但營私樹黨之爲害也。昨發書後，有懷耿耿，不能自已，再此喋喋，惟情亮而共勉之。

復應天彝書

承諭陽明先生喪事，所以爲斯道慮者，懇切至到，豈勝感愴！服制，僕已據王魯齋《師友服議》爲之，諒於道亦可弗畔矣。反塲築室之説，但時王已有定制，況僕忝卿末，遽欲爲之，必須題本，則該部必難覆議，朝廷亦難裁決，則反爲驚世駭俗，斷非所以處吾党而衛斯道也。且斯道之續絶、明晦，只在吾人真實用工所在，必不在形跡貌似之間。況僕童年學道，白首無成，方切愧懼之不暇，又焉敢以當子貢之責哉？餘凡俱俟面確。魯齋《服議》，敢録奉覽。

復天彝問師友服制書

承問師友服制，昨録上魯齋之議已悉，而猶云有未明者，想必冠絰之説有未了故也。今只用白深衣，不須緣邊，腰間加緦麻小絰，頭上用白幅巾加緦麻襞積冠。乃臨喪時用之，平居只用如常素服。喪期各隨情淺深自定，或緦、或期、或功、或三年，皆可也。

又承問師友之别，蓋五倫中只有「朋友」字樣，故師亦在朋友之中，又何疑焉？謂之師者，以其能成己；謂之友者，以其能輔己：此師友之所以分也。故《禮》云：「師，吾哭諸寢；朋友，吾哭諸寢門之外。」又云：「師，心喪三年如喪父而無服。」此師之禮所以重於友也。大率古人朋友之喪皆服緦三月，此乃通制。今因人倫不明，朋友道廢，故朋友之喪亦久不爲之服。驟然論此，故不易明，尚容面悉。

卷十九

書

寄羅峰書（三首）

小人忘君，騁私爲謀，畢竟至此。若非西樵建白之明、聖明悔悟之速，一時善類真無駐足之地，國家大事或自此去矣，可懼可懼！遭此變故，而我公公忠貞白之心益彰顯。不然，何紛紛傾陷，竟無一事指摘？尤加欽服。綰亦無以稱述，但惟人心尚未可測，事變終亦無窮，惟望我公益當以此爲監，益堅素志，益擴休休之容。必求聖學之真，以明其體，使心無蔽礙；必行王道之純，以通其用，使人無怨尤，餘皆聽其自然。或有議者云：「可因此去其門禁之榜，以盡古人下賢禮士之美；因集衆思廣忠益慮，以報聖主之德，圖其萬全，垂之不朽。」綰亦於此不勝惓惓至顧。綰無似，疾病日增，惟日切林壑之思。昨曾有疏乞休，如未蒙允，尚期數四得請。幸乞垂念，早賜俯就，足徵至愛。某人來，伏承手教并惓惓之意，深感兀崖跡若狂妄，心實至忠，公爲救解非獨兀崖，治亂之機繫此不小，狂瀾之回實有不可勝言者。更望俟時納約，必使宵旰釋疑是祝。竊觀近者揣合逢迎之風日長，投間抵隙之情日深，且紛更刻核、争相爲事，所以傷天下、壞國脈者，將無不至。知公處此，爲益難矣。惟願積誠體道，順人心以遵成憲，舍己集忠，不自有其功名，則將無所不濟，人亦無可尤者，天下後世必有公論，使綰亦得依藉末光，以逃紊亂之罪而免覆赤之禍，爲幸爲望何如哉！昨見傳來敕諭，有「儲嗣未立」之語，或者天啓聖衷，偶發此言，將成宗社萬萬年之基，未可知也。且前星未耀，耗神靡文，亦所當戒。諒公赤心，必能相機納忠，有不待喋喋者。

朝廷綱紀已振，天下已安，君子願治之心遂矣。然而衆人之情獨若有所拂者，何居？蓋往時内閣與中貴交通，天下利權盡歸於此。雖上有英辟不能覺，下有豪傑不能救。今公貞潔輔佐，死生利害一無所動，苞苴請託一無所行，舊日交通污壞之習，一旦滌濯無遺，風清弊絶，政善民安，天下陰受其福而不知誰之所爲，是公之功莫大於此也。然而公之憂亦莫大於此。蓋人情樂於有所招權，樂於得所附麗，其所附麗不在内閣則在中貴。雖言官諭列、撫巡舉措，亦皆視之以爲軒輕，故進取謀利之方無不讐。今公遽爾改其途轍，使内無所招、外無所入，猶孺子割其乳哺，豈得不内外側目以窺之！且有昔日不騁之徒，又皆翹足以待，此公之憂所以莫大於此也。然所賴者，聖明一心相信之篤而已。昔者唐堯之世，治逾百年，不意而有四凶在朝。故當時同聲所賢者惟四凶之徒，元愷諸人一無所及，故堯乃别命方岳而舉舜。堯既得舜而任之，舜乃首誅四凶，悉舉元愷諸人爲九官十二牧，以期共治。然四凶之黨，豈能盡去！則於舜之新政必有所不便，其所深忌而欲排者，必元愷諸人。故舜曰：「讒説殄行，震驚朕師。」乃命龍作納言而戒以夙夜出納惟允，然後其治可行也。今天下之勢有異於此者乎？《詩》云：「迨天之未陰雨，徹彼桑土，綢繆牖户。今女下民，或敢侮予！」惟公鑒唐虞之成跡，念詩人之豫患。爲今計者，其要莫先於進賢，進賢之急莫先於九卿，九卿得其人則百官之職必舉。公可不勞以收其成功，他日之憂亦可於此免矣。於此不得其人，則百官之職皆廢，公雖日勞，於上何益哉？他日之憂其得已乎？綰鈍劣不諧於俗，惟思一去爲足，但念受國厚恩及蒙公愛之深，思無以報，敢此喋喋。

三代以還，其間英辟、才識、勛業非無其人，然求其一意聖學、身任皇極，則不見有如我皇上者。人生斯時，亦爲至幸，況爲輔相、相得猶如魚水如公者，誠曠世僅見，可不爲難乎！但承平日久，人才積衰，一時未見能同心血誠以思共濟。然光陰易邁，機會易失，有識又不能不於此而慮也。惟公益殫素心，早求真才，布列樞要，共圖至治，以成我聖明不世之業。綰雖即死蓬蒿，亦何憾哉！

寄見山閣老書

昨聞召命，喜極不寐，望早命駕，以慰天下，幸甚！經此一變，人心世態皆已畢見。回視曩昔所謂親愛獻忠，其不爲遊說禍釁之助者，能幾何哉？可懼，可慨！吾人於此真所謂卧薪嘗膽之秋，不知何日化此積污，卒成中興之業？保全首領，死於牖下，其樂何如！

寄方矯亭書

上都別後，常切傾念，及聞有南容臺之命，喜不能已。日冀書劍之臨，以終教益。每見辭疏，固於鄙心有惕然者，但揆吾人事君大義，尚有未可，故不敢不遲遲以俟其兆，庶他日蓋棺得以自安。昨見胡秀夫云：「書劍已至，頃刻可會。」喜益不禁。未幾，又聞有歸思，實於鄙心未安。專此奉留，惟冀慨然以大義自任，弗以向日紛紛小嫌爲芥，則吾道之光何如哉！

與王浚川書

《慎言録》一册讀之終卷，鑿鑿造道之文，鄙吝之心鎔化多矣。其曰：「學當以聖人爲榘，不然則局。」此言當爲性善同功，百世之下，尚將優劣《中説》《正蒙》而傳矣。但「甲子寒暑」之説，鄙心猶有未了了者，尚容他日請益。謹此奉納。不具。

復聶文蔚太守書

自陽明先生云亡，深懼斯道之孤。昨聞執事以官行志，毅然擔當，經綸宰制，日見不窮，斯道之明，非執事其誰望哉！但習俗已深，君子之處甚難，每每令人增慨。雖然，其在吾人亦復何爲？惟益自勵，日有孳孳，斃而後已。辱惓惓，敢吐所懷，遞間幸時惠教。

寄吴士美僉憲書

遠承教劄，喜慰如獲珍貝。又見《與胡九峰書》，云「求其本雖病無害，不求其本乃爲大病」，此足見爲己之實。且云「根本功夫不在於意思描畫間」，此尤見用工之切。既云「不在意思描畫」，則必非沉空守寂，決當從四端下手。

夫四端在人，就其發動則謂之情，就其知覺則謂之良知，於此無須臾放過謂之慎獨，謂之精一，謂之依仁，謂之集義，謂之由仁義行，豈假絲髮安排而可以「意思描畫」哉！孟子曰：「乃若其情，則可以爲善，乃所謂善也。」此乃孟子論性善骨髓。世儒學不足知此，故註解獨忽於此。所以使今日之學事考索者則墮於支離，談性命者或淪於空寂，皆不知性善之實、良知之真，妄意揣摸，以爲道之根柢，豈不遠哉！此情之在天地，人人固有，本無難見。雖強梁如莊蹻、盜跖，邪蕩如文姜、南子，方以凶淫爲快，而所謂惻隱、羞惡之心乃炯然不能泯於中，此所謂「乃若其情，則可以爲善，乃所謂善也」，此所謂「我固有之，非由外鑠我者也，人患弗思耳」，曾子所謂「毋自欺」者，不可欺此也，子思所謂隱微而云莫見莫顯者，正指此也。學者苟能於此深信不疑，方可謂之篤信；於此實用其力而不懈，方可謂之用工。

高明懇到如執事，必已瞭然，不在喋喋。但承至愛，敢此質疑，尚冀有以教之。幸甚。

寄羅峰（九首）

當今天下，積弊已極。人情萬狀莫齊，皆未暇論，只有正君、致治爲要；二者之要，又只在五六大臣。用得其人，則君心自定，治化自興。但今日士習積衰，難於共事，此風未易卒變。苟非真才至誠同心爲國，老成持重足鎮其勢，則必上疑下譖，彼同此異。輕車熟路，孰能輓之？宗社之慮，可勝言哉！縚每度今日此言惟公可以聞之，亦惟公可以行之，故敢汲汲於公是告，惟望公精思而蚤圖之。至禱！

闊別多年，幸承一會，言若太多，其實衷誠之積有不能已者，非此則無以明愛國愛公之至。知素如公，必有以深諒者。竊謂先務之急只在進賢，進賢之基則在格心。然今日格心之難，又在於忠邪誠僞之難辨、人品高下之難明，何則？昔者聖明嘗倚任楊石齋、楊邃庵二三公矣，而二三公者卒莫能變，謂聖心弗疑，可乎？既而聖明翻悟，信任我公及見山諸公，以爲千載奇逢；而諸公又不同憂合慮，以定中興規模，以一天下之心以成天下之治，各懷己見，互相同異，使人情至今不定，謂聖心弗疑，可乎？聖心既疑，此國是所以不定、衆志所以不一、積習之所以難變，而治功之所以日遠也。爲今計者，欲使聖心灼知忠邪誠僞而無疑、人品高下而不惑，莫若先將歷古聖賢豪傑、鄉愿鄙夫、王霸功利立心之不同、成敗治亂之相去，因事納約，使知所辨，然後隨事舉論其人，以明進退黜陟之機，則將不勞而合矣。於此有合，何事不濟？又何太平之不成也？失此不爲，不惟中興之效日遠，而天下之亂必將自此基矣，何則？聖明英志，決非默默而已，其急功趨利之徒，必將有所開導迎合以遂其身圖。興一事則增一人，增一人則增一蠹，況今諸邊之空虚如此、四方之民窮財竭如此、民風之弊壞如此、士習之積衰如此，其爲可憂，殆有不可勝言者。於此日增一人，以爲腹心之蠹，謂之治乎、亂乎？此綰之所以戀戀而未忍去、惓惓而不能已者，惟此而已！惟公精察而早圖之，則宗社幸甚，而我公身名亦不朽矣。

别後無時不念在左右，聞公日事貶損，不以寵澤功名矜伐，深得古人謙虚益忠之理，喜慰無任。昨者又聞星變之咎，世事不無可慨，然在我公又觀此一番人情，益當恐懼修省，講求身心實學，弗事纖苛之察，弗爲靡文之具，尊賢容衆，愈積至誠，期悟聖心，以圖太和至治，則天下後世必自有公論。綰實於此不勝惓惓願望之至，惟公其諒之。羅憲副質夫才識忠藎，堪以大用，恐欲知敢聞。

聞以星變致咎，俾公東歸，世事之慨何如！雖然，君子處此，又何爲哉？唯有反己積誠以俟其定而已。夫欲反己積誠，苟無必爲聖人之志，慎獨思誠，講求心地實學，則終爲功利，夾帶毫髮，難以強爲。己苟有得，則感應之機決自不同，正所謂不動而敬、不言而信、不賞而勸、不怒而民威於鈇鉞，聖心有不感格、人情有不大定、天下有不太平哉？如此自盡，縱使終身不出，亦無不可。不然，雖或聖心悔悟，不旋踵而召公，又將不旋踵而疑公矣。此實綰肝膈至言，區區平生芹曝所欲獻者。公幸勿以書生常談忽之，則天下之福何如，斯道之光何如！

兩承舟中手教，知公惓惓報主之心未嘗一日少間，深慰深慰。公去國月餘而彗星至今未滅，更當誰咎？聖明必將自悟矣。此實治亂一大機栝，關繫不小。在公只宜益自脩檢、益自積誠以待其定，務求精一真傳，爲真皋夔稷契。期必成聖主爲真堯舜，斯士真爲堯舜之士，斯世真蒙堯舜之澤，乃公所以爲報也。如此立志，則平日功名之可矜、寵澤之可恃、靡文之增餙，復何有哉？夫名寵文餙之心毫髮不去，則決知非精一至誠之本，欲爲真皋夔稷契，可乎？捨此不務，而欲致君堯舜、丕變士習、天下唐虞，決不能矣。不能致君堯舜、丕變士習、天下唐虞，而欲釋天下之疑謗，難矣。疑謗不息，雖或聖明悔悟，再召公起，則群小益易側目，是公益增其憂危而已。吾人千艱萬苦，依依而不忍去者，果何求哉！更何望哉！此實縉肝膽血忱，至此無餘藴矣。惟公弗以常言忽之，至懇至禱！

昨留都諸公共遣人至丹陽，迎迓不及，追至常州，又不及而回。今托趙知府具禮，雖屬衆意，而浚川之意爲尤厚。物不足言，但君子相信，比之常情，風彩自不侔矣。故君子貴其相知，小人雖多，有何益哉！由是觀公平日所親信而最汲引、遇事變而不操戈者，能復幾何？且縉每思公之忠誠潔白，世真無幾！然天下猶不之信、名譽不彰，何哉？只緣君子正直、無所阿媚而小人讒諂、反得親附故也。故曰：「鴟鴞入林，鳳鳥遠去。」豈不信哉！不必別觀，只觀公三黜三召，而人情盡可知矣。願公弗忽，則天下太平之機在此矣。縉故不復忌諱，傾其肝膈言之，蓋真以皋夔望公，而不敢以常情度也。惟公其諒之，幸甚！

聞彗久不滅，若有再召之機。識者皆謂不若静處以待，况公功名至此已極，即如此收拾，亦足不朽。若復輕出，上下或有未孚，不知後患又何如也。須寧耐以卜人情孚否。如猶未孚，不如不出之爲愈也。況吾人所志在濟天下，他非所慮。静躬積誠，俟其咸孚而出，則所濟多矣。此事固曰在我而實係國家氣數，非人力所能與者。倘不得已而出，沿途迎送及當自損者，須痛加檢點。恃愛敢爾云云，惟公其深察之，幸甚！

恭惟召命甚嚴，促駕知不可緩。但念公昨者之去，朝紳方以爲慶，今公之來，其環視側目之情更當何如？此公之孤危又有甚於前日，而公之禍福誠有不可測者。不知爲公慮者，將何卒善？綰愚不知時宜，無可爲忠，但謂「君子之道皆求諸己」。今公之當求者，何去矜以成虚己之德、去躁以致沉潛之功？又知親賢遠佞以善養人而弗以君寵爲恃，又知靡文無益而專以宗社蒼生爲慮，且惟辟威福切不宜收之於己，只宜歸之朝廷、付之公論而已。蓋公前日衆口之所以易譖、衆情之所由深恶，皆本於此。於此數端，知所深慎，則公之道盡矣。於此自盡，何所不濟？其他禍福，一聽諸天。如或不濟，猶足寡禍，縱使百黜，亦不爲害。此綰區區肝膈所願忠者，惟公諒之，弗以多言爲罪，幸甚。

承儀真手教，知前後微忱，皆蒙见諒。此實宗社蒼生之慶，豈勝深慰！大人之道，只在正己。正己之要，只在慎獨。獨者，獨知也。獨知之地，四端所在，萬理攸具。孟子所謂「萬物皆備于我」是也。於此致思則曰「惟精」，於此歸縮則曰「惟一」，「惟精惟一」乃堯舜學問之傳也。曰「志道」、曰「據德」、曰「依仁」，乃孔門學問之事也。曰「學而不思則罔，思而不學則殆」，此指點精一用工之方也。夫非思則不精，非精則不一，非一則此心之動紛紜無已，其可建皇極而立天下之大本乎？於此有立，大人之道盡矣。綰向者嘗敢進言於公，曰：「公欲成聖主爲真堯舜，必公自爲真皋夔。」蒙深然之。今欲爲真皋夔，舍此無可爲矣。此綰區區芹曝，敢爲公復獻之。唯冀不棄蒭蕘而俯察之，幸甚。

寄王定齋中丞書（四首）

別來極用耿耿，所不能忘情者，惟宗社生民一念而已。諒在同心，不待言而喻。每思古今中興，時不可失，得之則爲宗社生民無窮福，失之則爲宗社生民無窮禍。今日之時，其可失哉？分陰真可惜也。外寄羅峰一緘，專論用人之要，敢録奉覽。

昨承手教及鄭莊之作，惓惓之情，不一而足。邇者又聞有星變之咎，及於元臣。此事稽之占書，頗爲無謂，不無世道之慨。但在君子，則無往而非恐懼脩省之益。又復經此一番，則人情益可知矣。故曰「隱憂啓聖」，豈不然哉！有書羅峰及致齋，亦嘗以此言之。會間幸常以此規勗，則宗社蒼生之福何如也！

昨羅質夫行，附上小柬，達否？人情事變，又復至此，聖心憂勞爲何如也？世道之慮爲何如也？綰自陳疏，辭加懇切，非因今日而有所畏，寔素心然也。春月在京，多蒙諸公雅意，欲各致一書申謝。適值此時，又所不敢，相知會間，乞道此情。人行速，百凡不克悉。

曾二次使人至途奉迓，不見消息而回。昨致齋人來，方知南歸之詳，甚慰。君子並黜，世道之憂何如？然公論在人，終不可泯。惟望益深保愛，益進經濟，以需旌召。不宣。

寄王晉谿冢宰書

向者在京，深辱厚愛，自顧薄劣，何以克當？綰往年濫與諸公爲薦剡，敢及我公，所以悉此心之知，盡報國之誠而已。方今天下承豐豫之餘，循積衰之漸，士習之壞莫甚斯時，共濟之難亦莫斯時爲甚。所以聖明勤勤求治已餘十載，而成效日遠，豈不在兹！幸者天啓淵衷，前言偶合獲簡，我公任居冢宰，士習之變、人才之興，豈不於我公而深望哉！於此得遂所願，獲睹四海康阜之盛，以固宗社萬年之基，綰即投閒槁死林壑，爲樂當何如也！

與王公弼僉憲書

小壻正億誠爲陽明先生一綫之緒，幸賴周旋，保全至此，感慰何如！此後教養，俱責在僕，惟求始終，庶他日相見冥漠可無愧也。在浙家事當留情者，還望加意，至禱。王禎先歸，謹此申謝。

尚容子行還日更悉。

寄方西樵閣老書（二首）

綰嘗竊觀天下勢承積衰，苟由其道，無變其俗，將來寔有不可勝言者。雖賴聖明在上，憂勤日夕，猶未足以挽之，只緣人情溺於習俗，猝未可變。幸者我公入輔左右，出典銓衡，與一二元老共濟公忠，納約自牖，進退臧否，將無所不可。舟次邂逅，亦嘗以用人爲今日先務，諒素藴如我公，必有以大慰天下之望。不在喋喋。羅憲副質夫才識忠藎，堪以大用，向夕亦嘗語之，不審猶記否？

綰受知門下，固非一日；受教之深，亦非一端。然綰惓惓仰望，惟幸今日聖明在上而公爲輔相，則所以畢素望而慰平生者，端在此矣。然人心猶或未一，士風猶或未變，則宗社蒼生之計尚多可憂，諒公必有以深慮而納約者。綰不能不於此而深望焉。茲胡少卿便，謹此申謝，兼承台候，伏惟尊炤。不宣。

與致齋司馬書（二首）

昨又聞有星變之咎及於元臣，此事稽之占書頗無謂，不無世道之慨。但在君子，則無往而非恐懼脩省之益。今又歷此一番人情，則寵澤之不足恃、功名之不可矜，於此尤可知矣。惟深自貶損，尊賢容衆，弗事纖苛之察，弗爲靡文之具，講求身心實學，愈積至誠，期悟聖心，以圖太和至治，則庶乎其可也！他亦無可倚賴、無可謀慮者，惟吾執事會間幸常以此規勗，則宗社蒼生之福何如也！

昨者吾兄之言實非得已，可謂竭盡忠愛者矣，朋友與有光焉。但念聖明在上，爲臣子者叨沐厚恩，不能上引當道，乃爲身謀，旅進旅退，其爲慨恨何如！又見初二日邸報，定齋公以失寫職名下獄，督責之故，想亦有以致之，不然，豈聖明肯爲此哉！縮以公事至鳳陽，留此奉迓，欲言不悉。

與韓苑洛廷尉書

昨貴省解羊官歸，曾附小啓，達否？顧司徒回，又辱手教，豈勝感慰！天下治否，惟在君子小人之進退。世事每每參錯，尚幸執事勉進，則治機從可望矣。但不知天意竟何如也。

復王浚川尚書書（二首）

伏承下問二事。其一，虞道園作《〈安敬仲文集〉序》，所云縉紳先生者，此必指許魯齋。蓋道園嘗云南北未一，許衡先得朱子之書，伏讀而深信之，持其説以事世祖。儒者之道不廢，衡實啓之，則知爲魯齋無疑矣。其劉靜脩所云，當時有陰用老氏之説，以一身之利害節量天下之休戚，其終必至於誤國害民，而又特立物表，不受其責，且以孔孟時義、程朱名理自居，此實不知其所指。蓋必其人得君顯用，方有此責。若猶閒散隱晦在下，則不須如此説。然元儒之得顯用，又以孔孟程朱自任者，惟姚樞、許衡、竇默而已。吴澄雖有可譏，其稍得見用，乃在英宗至治之間。静脩卒於世祖至元三十年，其非指草廬明矣。豈姚、許諸公，静脩或見其情而尚有不足者乎？夫專以節量爲責，恐當時諸公亦有不得已處。況元之世祖起於夷狄，未嘗深諳華夏之道、人倫之美，實賴諸公啓渥之懇，粗知趨向。且阿合馬、王文統之徒，又嘗陰排密沮其間，則諸公在當時亦有難盡責者。但聖人之學，自南渡至勝國，實未有真得其道、粹然無疑者。此縮又不敢執一説以定之也。鄙見如斯，未知如何，惟冀高明有以教之，幸甚。

昨承下問，敢以所知奉質。蒙示道園謂「縉紳先生」既指魯齋，則静脩亦指魯齋矣。但云「以一身利害節量天下休戚」，其義未明，欲縮再條析者。蓋聞斯道之在天地，其用與舍實關生民休戚。然聖人之於天下也，惟聽於天。時行則行，是爲天下有道，故曰其言足以興，以道殉身；時止則止，是爲天下無道，故曰其默足以容，以身殉道。然其於人也，則曰中人已上可以語上也，中人已下不可以語上也。是則聖人之於天下，未嘗不節量也。但聖人之心則無所不盡，必不得已而後有所節量，要皆盡其當然而矣，惡可專以「節量」二字爲老氏之術哉？夫所謂「老子之術」，迺是得盡其心，只顧其身利害，有所不盡，方可言也。今若不究其時與其心之得盡不盡，而概以老子之術目之，則聖人語默行藏之道自此晦矣。昔孔子論殷有三仁，比干諫而死，微子抱祭器而去，箕子佯狂而爲奴，三人跡皆不同，惡在其爲三仁？孔子究其本心，皆出愛君憂國之誠、惻怛忠蓋之至，皆有不得已，故皆目之爲仁，夫豈形跡之得異哉！今觀元政，固多可議，但以魯齋所上世祖前後諸疏讀之，亦未見有不盡者。或静脩在當時親見世祖之事，在魯齋猶得以盡言者，或有規避而不盡，故如此云云。又非綰今日所能逆斷也，尚俟他日力學有得，更當請教。

答胡秀才書

辱簡問，甚慰。所示學論及《上東石書》，意思皆佳，但頭腦猶繁亂。愚意只於慎獨一著，着實用工，毫髮不輕放過，久久自當明白，聖賢言語皆自貫通。此非一時筆舌所能盡者，須俟他日相見更悉。行人索書甚速，草此，不一一。

與林子仁書

平生所學，幸今致用。不審曩所論者皆能一一得力否？此只於獨知處自考，如有不得，反求諸己而已。己苟自盡，窮通得喪一聽諸天，更無毫髮可靠託者。所謂至誠之道，焉有所倚？所謂「寂然不動，感而遂通」，如斯而已。區區平生受用，惟此而已。

卷二十

書

寄甘泉宗伯書

綰去歲自京歸，至維楊，崇一諸友以書邀於路，云陽明先生家事甚狼狽，有難處者，欲綰至越一處。綰初聞，不以爲然，至金陵細詢，方知果有掣肘難言之情。又躊躇數日，方託王汝止携取孤子至此教養。將陽明先生囊橐所遺賬目，煩諸友及親經其事者，與王伯顯、王仲肅並管事家人，逐一查對明白，立一樣合同簿三本：一付越中，一付孤子之母，綰亦收執一本。俟孤子成人之日查對，毫髮不許輕動，目前只令家人以田租所入供給。且綰居黃岩海濱，去越幾六百餘里，而重山阻隔，兒女遠適，豈人情得已哉！或者反佐伯顯爲浮言，是可慨也！不審先生亦曾聞否？諒素愛陽明先生，此情必有不約而同者，敢此馳告，庶他日相逢泉路，可相質也。

謝杭雙溪都憲惠茶書

林壑高風，正切傾仰，辱惠陽羨露牙，煮以金陵八功，小酌一甌，清風颯然，此身恍若在雙溪上矣。謹此申謝。不宣。

答楊完書

遠辱使問，又兼鷄酒之惠，豈勝感感！聖學只以忠信爲主，但於庸言庸行之間，驗之良知。如何方是忠信？如何不是忠信？於此苟分曉，則作聖之功在是矣。承惓惓，故此脩復。

寄羅峯閣老書

入朝已來，向不得的人，不聞動定之詳，日切懸念。昨者北臺簡用浚川，綰實不勝爲公私賀。蓋朝廷之進君子，自此始矣，喜慰爲之不寐。惟公念中興之艱，思共濟之難，篤同人之道，盡協恭之宜，痛講積衰之故，先定下手規模於己，以漸納約而堅聖志。更求天下之真足經濟二三君子，共之以成宗社不拔之業，以默消小人陰沍之道。此綰之至願至望也。綰所以依依未忍去者，惟此而已。於此又或不諧而有阻忤，更無可望，綰亦自此遁矣。綰故以此自矢，而不得不喋喋，惟公其深諒之，幸甚。

答黄致齋書

未得入闈消息，正切懸念，吏來，獲手教及途中諸作，得聞近況，深慰深慰！大抵世味只如此，登庸視謫宦，相去幾何！若以道眼觀之，元無差等；若以世眼觀之，便有許多分別。此世情所以日迷、日競、日營營而無已也。執事既於此有省，則於學於道思過半矣，不必待入深山、履窮谷而後覺也。「昔舜之居深山，與木石居、鹿豕遊，其何以異於深山野人？但聞一善言，見一善行，若決江河，沛然莫之能禦」，此所以異也。此段工夫視之甚易而甚難。然人情逆順、世味濃澹、義利公私，皆於此焉分曉。執事既有省，必有以實見其如何，亦無題目可理會，只在良知獨知、庸言庸行之所可见，所謂「習察」、所謂「行著」，即此是也。僕年來無他進，只覺於此不敢放過。此舜與野人之所由分別。天淵懸絶，亦只在此而已。恃知愛，不覺覼縷，唯執事試思，必有以教之。幸甚。

復馬柳泉中丞書

昨者晉謁，承款教勤厚，豈勝感謝！漕河繫國家無窮之慮，黄河爲宇内數千年之患，若有以處之，此功誠不在禹下。故綰蓄此心爲此議久矣，而實未嘗有同其憂必欲見諸行事者。辱惓惓，敢録其議並小集奉覽，惟冀必有以潤色之，綰亦得附托不朽矣。

寄魏師説書

向聞時事紛紛，豈勝慨念！今甑既破矣，亦復何云？然篤志問學，以光斯道，則原無顯晦窮通之得間也。吾兄志力素定，固有不待鄙人之喋喋者。

與錢洪甫書（二首）

別去豈勝馳念！《陽明先生文集》必如此編輯，使學者觀之，如入叢山，如探淵海，乃見元氣之生、群才衆類、異物奇品，靡所不有，庶足以盡平生學問之大全。隨其所好而擇之，皆足以啓其機而克其量。斯不爲至善至妙者乎？

价來，辱教，深荷道誼至愛。所論「講學」一事，僕謂必於有講固非，必於不講亦非，但當隨其分量淺深，因其語默之宜，有以投之，則無不得。但恨僕學力未足及此，故見其嘵嘵也。得教，警發多矣，尚期策勵以圖後功。所命從皂事，自能留意。九峰鶴山未及會，相見能一一。价索歸速，率此不悉。

復應石門司丞書

舍姪來，辱手書，知南洲已赴廣西之行。此固君子敦仁之道，但不知此兄日來性度如何？彼處當路，能一一相諒否？況西南多事，土俗又非中土之比，不知素昔篤愛如石門者何以爲慮？僕自度非語默之次，故不敢率言。惟吾兄無惜相告，亦朋友始終之誼也。姪女幸再締姻好，甚慰！僕受國厚恩圖報，固欲無已。若時必不可，亦竟東歸而已，相從丘壑，講求素業，尚有日矣。

復應南洲大參書

昨獲陳經歷附到手書，知桂林消息，甚慰傾渴。承道來此，雖無以教之，得朝夕與處，精神志意頗覺與昔不同，亦可賀也。綰不遠將進表，餘無可告。會晤未由，瞻遡日遠。

寄聞石塘大司寇書

春月在京，深蒙教愛。南歸日坐碌碌，久失申謝，此心缺然。夫治道必有一定規模，則人有定志，然後持守之而行，故太平之業可望。今時復紛紜，使人皆無定志，虛度聖世光陰，真可惜也！此言不敢聞於人人，惟知愛敢云。

寄王順涯祭酒書

夜來所論出處之道，大略盡之。小人之所窺瞰者必有隙，則可從傍指撥以乘之。若苟無隙，將何指撥而可爲也？況監學中事，實無難處，只盡其道，未有不宜。夫道者，忠恕而已；盡其道者，盡其忠恕而已。此吾人無隙之道也。所謂忠恕者，規矩準繩皆在其中，實非姑息依違之謂也。今之君子不患不知自立，惟患知其名目、求其道而不真，必有所造作，又從而拘泥不通，以致多口爲隙，由非忠恕之道故也。昨言有不悉者，敢此申告。

與羅峰書

《贈浚川紀言》及《治河私議》，敢奉尊覽，此議專爲國家經久之計。若只以目前論之，黄河有一派由孫家渡趙波閘而出徐州小浮橋者，於此疏導，亦可稍殺豐縣魚臺等處淹没。但恐黄河既歸於此，則漕河必自徐州之濟寧皆竭，況久亦有變，尚容面悉。又河間地方亦有水患，聞之人言云：「但知疏導上流以引水勢，而不知開通下流，使入於海。」敢並瀆告。

與聞人邦正提學書

舟次匆匆，情不能悉，别後豈勝悵然！正億孤危之情、奸人機變之多，皆執事所知，不在喋喋。但僕具此重托，虞慮尤深。其家人輩望時致丁寧，萬萬。倘仲行至南，其家人往來之間，亦望以意外之慮祝之，幸甚。

答韓苑洛中丞書

入京正切傾仰，辱賜手書、腆儀，豈勝慰感！綰處南六載甚安，只意自此遠遯，遂將没世，詎料進表在途，忽聞今命，人皆爲喜，綰實深懼。蓋大臣之道，古人所難，知爾之問，聖門所憂，況薄劣如綰，不知將何卒善。平生知己如執事，必當有以教之，弗徒坐視。幸也皇子誕生，實宗社蒼生之至慶，矧忠赤如執事，宜何如爲慰！

與羅峰書

綰數年但以門下相知之故，致疑於人，險巇歷涉，不啻萬端，未嘗稍變其心以趨時好。今幸公三召進用，聖眷方隆，衆皆稱道頌美之不暇，而綰獨以愚戇得罪，因來讒搆，又致別有附托之疑。此實世道之數、吾人賦命之蹇，更復何云？雖然，綰之愚戇，誠何心哉！天地在上，鬼神在傍，及天下後世，必有知其心者。必謂綰之於公，始非私好而有所阿，終非私異而有所薄，實欲以天下蒼生爲己任，而必欲以古大臣之道責全於公也。

蓋以公遭際之時，實千古君臣之所難，不可失而有孤也，則知今日天下之愛公、敬公，孰有先於綰者哉！況君子所爲，固衆人之不識。衆人之情，斷非君子之所同。有言藉藉，亦無怪乎其然矣。久則公必當知之，不在今日之喋喋也。蓋綰平生所學所知，只欲求盡其分。今同僚之與，亦各盡其分而已，實非有所附託而然。且君臣朋友，大分一定，必無變遷。故交雖有時而可絕，國雖有時而可去，而此心之愛則無時而可已。故曰：「不潔其名，不出惡聲。」《詩》云：「我心匪石，不可轉也。我心匪席，不可卷也。」惟公其察之。如不蒙察，尚俟他日蓋棺，必有他人能檢點者，亦不在今日之喋喋也。

因傷風重畏寒，不克即拜門下請罪，謹此申忱，惟冀尊炤。不宣。

答韓苑洛中丞書（四首）

大同之事，其罪實不在多人，而必當有深任其咎者。但僕於事變之初、衆口交和，曾已料度至此，反覆極論，以爲國及當道忠謀，豈料讒邪鼓搆，反致當道見怪。居官僅三月，而罰俸者二月，其他曲折，難以盡言。今事勢至此，雖極難處，但好生惡死，人之至情。有罪，與之以罪；無罪，與之以生。然未有不深感而誠服者，此今古人心之同，惟患上之人不肯實以此存心耳！奉天之詔所以致六軍之泣，亦只在得人之情；若得其情，何事不濟？爲今之計，敵虜、撫人二者俱不可偏廢。若不如此，雖或退虜，絶不能保其不來。若果下詔，須得其人奉行，足敷朝廷誠意於人，方可望濟；不然則亦具文而已，更何望哉！夫臨敵忌於易將，此爲得人者言。苟非其人，何患速易？於此不思而猶欲回護其人，焉能頓忘掩蔽遮飾之情？其誤國大事必矣。況大同百萬生靈及群有司本皆無罪。雖亂軍有罪，原其初，亦止於謀殺主帥，其罪只在本身，妻子皆無與也，惡可概律以謀叛、謀反、謀危社稷者哉！此言甚非得已，細思事機，今日雖失，將來尚有可圖。敢此奉告，惟高明其裁之。

執事前後所示揭帖，皆切計也，但當路者猶不以爲事，奈何？以僕愚料，縱使即然執事之策，尚恐宣府精兵久困冰雪，今在虜圍，其中心向背尚未可知。將來事變，有不能不深憂者，況猶未肯快。然即從執事之策，其爲可憂可慨何如也？今度虜兵之盛如此，知未可輕戰。且觀人心事勢，則大同疑爲虜庭而非朝廷之有矣。其所深仗者只宣府一城而已，不審執事何以撫御之於未行，以爲國家固此捍蔽，以俟可爲之日。人回速，率此申耿耿。

辱使驅馳，持手書見示。爲國之公、朋友之愛，婉然可掬，顧薄劣何以當之？乃事幸賴聖明昭鑒，曲垂保全，實出人情意料之外，萬死何以能報？其詳閱諸邸報可知，敢録附上。使還速，率此申謝。

綰以菲薄，繆承簡托處置重鎮之事，實夙夜憂懼，唯恐不堪。到此幸人心相信，得聲罪以申國威，以覃無窮之澤，成兹久遠之計，皆仰賴聖明在上及我執事指教之力，綰何能哉！承教獎與大過，又示夢寐中語。君子樂善之誠，一至於此，其何敢當，其何敢當！

與桂洲少保書

昨承尊顧，惓惓之情，曠世僅見，感刻何如！彼不忘情私憾，綰久知之，只不能爲人作私門客，欲以國士自處，調和其間，以爲天下之慶、彼此之福，故有今日事。然進退隱顯，自有定命，以義得禍，固所甘心，更復何云？

答歐陽崇一司業書

蒙教惓惓，足徵深愛，敢不銘佩。但恐事機在人，雖平日號爲相知，亦不能無圓枘方鑿之不入，決知行道之有命、治平之有數，而非人力之强爲者。不識高明以爲如何？小壻正億蒙周旋北上，感激曷勝！至京即出痘，今幸無恙，慰賀何如！

寄盧希惠書

僕辱先公相知，且遺愛之在吾邑而不能忘者，恒切於心。墓表略述所知，實恐不足揚先德。然盛美大端，要不出此。及觀古人記載之法，亦只如此而已。

寄桂洲少保書（二首）

人回承教，豈勝深慰！既至大同，所見比所聞殆不同。蓋國事之誤雖多，而未有如此之甚大者。尚幸天祚國家、聖明震怒，得此解圍。不然，稍遲旬日，大事去矣。雖啖誤事者之肉，將何及哉！至今言之，猶可寒心。綰既受重託，苟死可以報，亦所不惜。細察事機，只上下懷疑，積日已深，一時未易洗滌。譬之厝火積薪之旁，遇風即發，深爲可慮。綰今惟以誠心處之，彼皆深信。但度吾黨可共事者甚少，使人益費力耳！俟有次第，另當詳報。聞奸人仍令人在京訛言，敢先具一疏，奉慰聖懷。此間凡百，不能一一，敢以勘事條件及告示、文移諸稿奉覽。

向日差去官回，拜領尊教，一一俱悉。此間事綰不敢不仰體聖心以畢死力，但共事甚難，人各有懷，又多畏忌，頗爲掣肘，倍費力耳！此間人心，只緣積疑不解，故兇頑每乘機竊發，不知有朝廷法度久矣。臨事者又不知乎以誠意，詳刑敕法，使淑慝分别，故致事勢如此。綰今無他，惟以誠意孚之，則積疑自解，人心自服。然後因事用其人，故得獲逆年倡亂渠魁三十三人，其餘同黨俱逃外城。禍亂根株自此悉拔，國法亦自此明矣。此正馬謖所謂「攻心之要」也。今具招題，請處決。疏内頗明積亂之因、誤事之禍，諒聖明在上，必在察悉，此豈綰之能哉？是皆仰賴聖慮先得、我公指教之力也！今賑濟已畢，所勘事亦將完。其初只知郤永侵欺官錢數多，今備查，方知劉源清之貪污亦復不減：此二人者真國之大盗也。況敗事如此，誅之真有不可勝誅者。但恐受其重賄結納者，將曲爲回護，又將駕禍於綰。綰死不足惜，其如宗社國家何？今邊事廢壞已極，因循姑息，玩以成風。近有明是失機妄殺，稍自營幹，只得冠帶閒住而已；亦有明盗邊糧巨萬，監追一年半載，分文不納，又得軍前取用，若此之類，不可枚舉。方今聖明在上，而人猶敢欺罔如此，若復得計，則將來諸邊視傚，又何如哉？綰昨曾對衆委官自誓，云：「今日明知邊弊如此，關係安危如此，若又不盡其心，以欺我聖明，即當死於此地，決不敢還朝復命以立聖朝矣。」

答張東瀛司馬書

承喻大同之事。蓋今日方命之罪，實當有深任其責而不必盡在大同之人。夫拒虜必先安内，安内必使情罪允協天理人心之公。此實今日至計，苟能盡此，將何人不信、何事不濟哉！況謀殺主帥，律有明條，雖犯人妻子亦在所原，況一城生靈之無辜哉！此謂國法，此爲天討，執此而行，雖使北虜聞之，亦將自服，況我大同之人哉！

綰於事變之初，即以此義告之當路，不意反信讒搆，不以綰爲忠謀至愛而遂以爲惡，搜求法外，欲加之罪。尚幸聖明在上，已洞燭其情，想不久當有明白。綰之一身不足惜，其於天下國家亦非細矣。其詳諒閲前後邸報可知。

與樊中丞書（二首）

功臣爲奴，家屬既拘在監，早解來京爲宜。所勘事情，吾人蓋以宗社生民爲重，權門顧以賄賂媢娅爲厚，不復知有國家大計，極欲曲爲變亂以行其回護。但賴聖明在上，有不可盡欺者。想必聞，不在喋喋。

罪人、家屬俱解到京，甚慰。此後事體，只在公平詳恕、省刑薄罰處之，則人心無有不服，地方可永保而無事也。諒皆執事優爲，不在喋喋。

寄甘泉先生書（二首）

奉違既久，聞教日疏，企渴之情，當何如也？雲中事謬承簡命，偶人心孚信，獲擒首惡，以明功罪。粗免罪戾，實皆平日得聞君子緒論之所及也。過辱獎與，愧不敢當。

大同之事，焉敢言能？求盡此心而已。承獎教，豈勝愧感！但賞罰者，國之大柄；信者，國之至寶。今於成事之後，每欲顛倒，尚賴聖明在上，敢申論之。稍得仿佛，然猶不免失信而泱觖人心。世事難任如此，奈何奈何！將來有事，何以用人而責人之效力哉！

與錢徐二司馬書（二首）

三級之例，貴部所定，往年曾以此陞其人矣。今若吝之，則人心之失不少。況生曾以此許之，方肯用力。生之失信，是朝廷之失信也，關係豈細故哉！且喪命破家，人孰肯任？設身處其地則可知矣。夫功疑惟重，況此功實昭然明白而無可疑者。今强生猜疑，苦欲屯吝，誠不知其何謂也？若此數十人而不謂之渠魁，又以何人爲渠魁哉？幸乞公道一言，免費唇舌，爲國爲民，利實博哉！

大同之事，只緣渠魁未除[一]。十餘年來，人人危而憂之，天下所共知也。設使昨日綰承簡命，只圖苟且了事，不思擒此數十渠魁及驅之出城，謂大同之事，至今了乎、未了乎？萬一再變，則前日姑息之説復昌，洗城之疑益固，人心再失，決不可回，崩潰四出，爲宗社生民慮，何如也！方使當其時，更令何人可再主張以止其勢？此綰所以深憂忘死，必欲使人了此，以副簡命者也。夫擾攘之際，既奉欽命，握兵數萬，欲擒渠魁，是猶掩穽以取獸，其勢似難而實易。但任非其人，不知其要，故自難耳！及夫機宜已失，事勢既窘，不得已而徹兵。乘此之後，不提一旅，不持寸鐵，欲擒渠魁，是猶入穴以覓虎，其勢似易而實難，稍不慎密，稍失機宜，諸人身命有孑遺乎？今反以此謂易，此誠綰愚之所不知也。

【校勘記】

［一］未除，底本作「木除」，據上下文意徑改。

寄周子亮書

行時適雲中初歸，冗奪不克趨送，此心缺然。辱托先慈誌銘，近始就稿，稍慰孝思。然闡揚之大，則又在吾契遠到自力，豈淺薄所能與哉！

寄穆玄庵太常書

養痾丘園，日適其趣，視塵埃中淚淚，奚啻清都而視泥塗也。方切懷仰，適承手翰，豈勝深慰！令郎公移已領，且令給引爲照，待長可來監讀書。

與人論學書（三首）

綰樸拙人也，平日惟自守而已。顧二三知己之外，雖里巷之親未嘗有知其心者。猥蒙執事察於群蒙之中，謂其心有近道者，特舉之以勵學校諸生，謂當取法。又承屈衡茅問所學者何如，徒以一時蹔縮，不違仰答，然盛德惡可虚辱？綰聞孔門之學，雖資禀有明睿魯鈍之不同，然實體深契，直見聖人全體本根，惟顏子、曾子能之；其他文學如子夏，政事如冉有，堂堂如子張，篤行如高柴，謹言如南容，勇往如季路，孝弟如閔子騫，皆得聖人之一體，故傳之皆有弊。惟顏子、曾子爲無弊。顏子早死而無傳，曾子傳之子思至于孟子，孟子没而又無傳。至宋諸儒，始由釋老入門，而後求聖人之經，經又多爲漢唐儒者所亂，故語焉而不精、擇焉而不詳者有之，流傳至今。所謂學者，其論德性存養之工，不入上乘之空無，則必入下乘之軀槪；其論禮制，皆溺于漢儒於附會，而根本於叔孫通之繆妄；其論經濟，皆出於後世之雜王雜霸，而源流於管、商之術數，乃以遏性絶情爲本體，以私心好惡爲察理。故分動静爲二心：静則謂耳無聞、目無見、心無知覺，動則謂耳有聞、目有見、心始知覺。故静則命之爲「存養」，動則命之爲「省察」。殊不知人心之靈，無時而不知覺，寤寐之時，形體雖息，心之知覺則未之或息。其所謂「知覺」者，乃《烝民》之詩所謂「天生烝民，有物有則。民之秉彝，好是懿德」。惟兹天則存乎人心，最隱而微，思則得之，不思則不得。是故爲學之始於凡平日所習嗜好、意欲之足累此心、足蔽此天則者，必精思痛滌，纖毫不容於意，則氣機不雜、思慮無妄而天則明矣。天則既明，則通寂自由，無所不照。譬之苗除害草、木去蠹嚙，生理自得，夭喬自遂，此蓋得於我者，非由外鑠我也。故曰：「萬物皆備於我，反身而誠，樂莫大焉。」又曰：「欲其自得之也。」自得之者，必如騶虞之不殺、竊脂之不穀是也。不然，則偷竊依倣之私，或作或輟之仁，惡可爲自得哉！以此誤身，又以誤人、以誤天下國家，豈不哀哉！綰之始學甚勞，久無所得，一日讀《孟子》「人能無以飢渴之害爲心害」，於此思之，曰飢渴非所以爲害，惟溺於飢渴而不思其當食飲之則，乃所以爲害也，自此有省，故云云如此。惟執事其正之，幸甚。

小童歸，辱劄教及二令兄文集，深荷至愛。承招固所願，但自伏痾丘壑，跬步不他出，故敢以書請教。來教謂：「光風霽月雖足形容有道氣象，而識者猶嫌涉於清虛，初學必當有執，以致交養之功。」此言甚是。但門路頭緒亦有當明者，不敢不一明之。綰初年之學，只守舊說，專求典籍，將十載而無所得，乃專求諸心。及讀《定性書》，見云「天地之常以其心普萬物而無心，聖人之常以其情順萬事而無情。是故君子之學莫若廓然而大公，物來而順應」，以爲真聖人之學在是矣。如此用工又幾二十載，而無所得，乃思《大學》所謂「致知」者何在。一日讀《大學傳》，曰：「身有所忿懥則不得其正，有所恐懼則不得其正，有所好樂則不得其正，有所憂患則不得其正。」忽思而有省，乃知所謂「忿懥」「恐懼」「好樂」「憂患」即所謂「喜怒哀樂之情」，所謂「人心」是也；其中有道心焉，於此致思，乃所謂「致知」者是也。又讀「曰所謂誠其意者，毋自欺也，如惡惡臭，如好好色。此之謂自謙，故君子必慎其獨也」，反覆體驗，乃知其所謂「毋自欺」者即所謂「致知之工」也。「如惡惡臭，如好好色」者，秉彝有知，是非不昧，實致其知，必見如此。「謙」者，成德至善之名，乃所謂「自謙」者，卑以自牧是也。又曰「故君子必慎其獨」者，丁寧天則之所在，以示學者於此必不可忽也。夫「毋自欺」之一言，此真孔門之嫡傳，千古論學之無弊者，莫此過也。以視後世諸儒之論，可同日語哉！自孟子已還，並無一人以此爲致知之要，此所謂「聖學久晦而不明」

也。由此有得而見於言行，是謂「依仁」，是謂「率性之謂道」者也。於此有志，是謂「志道」。於此專切，是謂「篤志」。乃知平日之所謂「篤志求道、專切用工」者，皆坐釋老空虛之歸而非吾聖人之所謂「學」、所謂「道」也。此言微執事無以發之，尚期深造，卒底于成。相見未涯，惟尊炤。不具。

辱示「格物」之義，足見新工。區區每體此義舊説，俱有未當。凡工夫只在一處，無有兩處之理。夫獨知者，人心本體也。致知則是格物工夫，格物則是致知功效。習察即是致知，行著即是格物。「喜怒哀樂未發謂之中」，於此戒恐乃致知也。「發而皆中節謂之和」，得其中和乃格物也。「物」者，吾之君臣、父子、夫婦、長幼、朋友之事也。「格」者，停當而不可易也。事至於格則至善矣，故上文云「在止於至善」，即下文云「致知在格物」也。此二「在」字實管上文三「在」字。《大學》之道，只在盡性盡倫而已，故曰「在明明德，在親民」。盡性盡倫必皆至於至善而後無餘藴，故曰「在止於至善」「在格物」也。此謂「成己成物皆止於至善」也。於此存心以求其中，是謂「至善」；於此用工以求其道，是謂「允執厥中」。「中」即「道」也，「道」即「中」也，既無賢智之過，亦無愚不肖之不及。故盡道、盡中則物格矣，故「格物」二字只可言功効不可言工夫也。古人言「格」字極不容易，學問到得「格」處，即所謂「聲爲律、身爲度」矣。故言則謂之格言，行則謂之格行，人則謂之格人，王則謂之格王，故曰「動而世爲天下道，行而世爲天下法，言而世爲天下則。遠之則有望，近之則不厭。」以此事天則皇天格，以此事鬼神則鬼神格，以此治庶民則庶民格，以此御夷狄則有苗格，以此事君則君心格。故知「格」字之義，實爲至善之名，灼然知其爲功効而非工夫也。故學問工夫只有致知而已，自無自欺，至没世不忘。五節專論致知格物之義：其曰「毋自欺」者，致知也；「如惡惡臭，如好好色」者，致知之實工也；「此之謂自謙者」，致得其知，不待勉強而謙，謙以自牧也；「故君子必慎其獨」者，此提撕致知之所在也；小人不知致知，故閒居而自欺，人皆見其肺肝，則愈見不致知之無益也。然此獨知之地，人不睹聞，最爲隱微，即其自知而言則莫見莫顯，雖「十目所視，十手所指」，不是過也，惡可欺之？故曰：「其嚴乎。」苟能於此戒恐，以至於「德潤身」而「心廣體胖」，此致知之極功也。繼之以《淇澳》《烈文》二引詩，則備以格物之在于一身、及於一家、及於一國、及於天下以及萬世者言之，然緊要只在一「獨」字。知於此致力，則心體歸一，亂慮不生，故曰「知止」。「知止」二字，實千古作聖心學之秘訣也。夫人之心必有所止，若非其所自止而強欲止之，思慮稍動，即「憧憧往來，朋從爾思」，而不可遏矣。今欲爲聖學而不得其止之訣，則此心必不能定、能静、能安，釋老空虚公案之説，惡得不爲所惑而不從事其間哉？故自昔儒先以至今日，宗旨源流，鮮不出此。而反使堯舜以來列聖相傳致知格物之學晦而不明，只緣不知「知止」二字故也。不知此訣，則致知之工無所措，故以格物爲工夫，而不知其爲功効也。二者既不明，謂其有物者則滯於物，專於物上窮究其理，必俟「衆物表裏精粗無不到」，然後「吾心全體大用無不明」，方謂「知止」。殊不知天則之在人心者，毫髮不爽，終天地不可磨滅。因其自持公案，梏其心官，不暇致思，故見物理不明，不足以應天下之物，乃謂人心之知固有不明，豈不繆哉？謂其無物者，則以物爲外物，而必欲克去其物，謂之格物，必使一物不存、一意不起，方爲無私，方爲無意、必、固、我，謂之無聲無臭至矣，然後良知自明，方能廓然大公，物來順應。殊不知「天生烝民，有物有則。民之秉彝，好是懿德」，其謂「物」者，實不外吾性分之物；其謂「則」者，實不離吾獨知之則，惡可外之、離之，使克去之以至於無？此乃《觀音經》所謂「四大非有，五藴俱空」、《六祖壇經》所謂「本來無一物」之旨，非吾聖人之旨也。近日海内學者多宗此説，皆自爲得聖人之嫡傳，殊不知差之毫釐，繆以千里，故知「知止」二字真不可忽，若知所止，則此心自然能定、能静、能安，故慮即得之。「慮」者，思也，即所謂「致知」是也。「得」者，得其道也，即所謂「格物」是也。故曰：「天下何思何慮？天下同歸而殊途，一致而百慮。」於此真能體認，努力而有所得，學問決不差，真所謂「百世以俟聖人而不惑」者。區區平生苦盡心志，竭盡心力，偶此有見，幸無忽之，其他義皆有説，不能一一，尚俟他日面悉。令郎來承奠儀，深感，兹回，附此致謝。

答應石門書（二首）

李侯璧來，辱手簡，足见惓惓。僕坐冗而侯璧行速，不遑脩復，此心缺然。聖人之學不明久矣，論心性則必入於釋老，論經世則必流於功利。此習溺人已深，誠所謂如油入麵，雖豪傑明智，誰能脱此？誰能覺此？言之至此，愈覺老婆心切，但非一言兩語之所能悉。近答人書稿附上，一看亦可略知一二。

僕年來更涉益深，磨砺益切，歷驗空無之説爲害，誠不可勝言。故知釋老之道決與聖人之學天淵不侔，冰炭不入。蓋自唐迄宋，釋道大昌，其時儒學之士無不漸染。細考先儒要領，雖有上乘、下乘之不同，其實皆由此出，傳流至今，其説又熾。若僕往年所力所説俱不免，此皆吾兄所見聞而深知者。今見朋友要皆以此爲據，但文以聖人之言，其源流所自，只本《六祖壇經》「本來無一物」一句爲宗。謂心體本無意無思，一有意有思則爲私，故以不起意、無聲臭爲真體。又説「物」字爲「私物」，「格」字爲「克己工夫」，必欲格去其物，方爲能化而不滯於物，然後良知自明、物來順應。殊不知「天生烝民，有物有則」。心之官則思，思則得之，不思則不得。「有物有則」者，惡可使克之而無？其當「思」者，惡可使之弗思也？既無物，則良知何在？既不用思，致知何措？故並良知、致知皆不是，又何體用一源、知行合一、物來順應之有？此説溺人已深，所謂「差之毫釐，繆以千里」，藏多少弊病於其間，所以斯道久不大明而大行者此也。善哉！晉人干寶之論西晉清虚之弊，正有似於今日，可不深念而深戒哉！僕豈得已而好爲同異者哉！此理實難以口舌爭，惟各務躬行，以求古人齊家治國平天下之實，久久自可見矣。惟吾兄深察而深亮之，幸甚。不次。

答吴維新書

向日過杭，因在縗經，不克會晤，少罄衷曲，此心缺然。辱大章厚儀，惠奠先妣，存歿豈勝哀感！仲賓誌銘，甚得史氏之法，且精力有餘，議論壯實，視他文爲勝。由此占執事之疾，其將愈乎？仲賓昔日借僕銀五兩，煩語其家，此銀可不必還，即以之爲助矣。价回，率此申謝。情炤不次。

寄方西樵閣老書

憶昔綰去雲中，不久聞公亦飄然南歸。東門祖帳，綰不獲與，如悵惘何？綰此行實出萬死一生之計，擒稔亂之魁，正其法，以了國家事，以報聖明簡命之恩。既歸廟堂，無復我公公忠及知綰之深，反遭咻訹，至今未已，此情可誰語哉？繼此，綰亦罹先妣憂歸，倏及大祥。兹友人家弟林禮卿判貴府，幸有以教之。

答廣德朱知州書

蒙令姪不棄，過損與遊，每愧薄劣，無可爲益。豈意又蒙執事謙虚垂愛，遠致華緘嘉貺，愧感何如？

區區雲中之役，本以撫賑勘罪受命，自殺張文錦以來，渠魁皆在，所以易亂。區區欲盡擒之，以拔除歷年深患，以安社稷，仰答聖明不世之知。是時赤手無寸鐵，誠所謂出萬死一生之計，事機稍不密，馬革不得裹屍，故不得不慎之又慎。夏斷事者，亦區區擇之共事。初謀，渠亦不知，直至臨期方知。比紀振諸人爲最先，渠亦不得不慎密。豈意當道以此見怪，誣加考語，當路遂以此黜之，略不閔其舍死勤王之勞。區區亦曾與暴白，因憂歸，付諸無用。世事每如此可慨，恨何如也？幸在治下，且渠極道盛德，得垂青愛，尤感。

與孫太守書

綰無似，繆辱高明惓惓之愛，又下問躬行之實，則執事夐出衆見，於兹可占。綰嘗謂：聖人之學，自有真旨，決非世儒註解、衆人口耳所能識者，必有篤志躬行君子涉歷歲月之久、更磨尤悔之多，然後可明也。此道不明已千年，綰之不肖，何足與此？向者不自量力，嘗於蠡測之餘，僭爲《大學中庸古本註》。《大學》刻已將畢，俟他日奉請益也。

答陳子愚書

來書所問，足見憤悱奮發之誠，前後云云已盡。蓋功名爲事，原不離道，能明其道，即此便是聖人所謂出處、仕止，又何功名之可外哉？今之爲功名者，果爲道而求之乎？果爲富貴而求之乎？故曰學不志道，則志非所志；心官有思，思所非思，此功名所以爲外物也。既欲外之，又欲求之，所求在外，此所以爲障蔽而我之知有未悉也。其所謂心動氣揚，勃然而不可遏者，静而考之，果何心哉？於此潛思，則必得其當志不當志、當求不當求、當外不當外之實矣。既得其實而志之，則學有其本矣。學有其本，又何外物之爲疑哉！

區區早年從師取友，講習雖勤，緣不知此，故過失愈多，悔尤愈甚。因懲悵之深，返覆思之，乃知平日之學不曾志道，而談釋説老及矜餙虚名之自誤也。自此有省，遂覺寸進。今惟日孜孜，斃而後已，亦不知將來所進爲何如也。吾友英邁有志，辱惓惓，敢以所知奉復。倘諸友會問出此相質，是亦切嗟之誼也。

答秦子元書

辱手簡，足見立志真篤。此學雖講論千言萬語，皆無用，只要見得路頭，明白立志，懇切不懈怠而已。譬之學棋，象、士、車、馬、炮、卒如何行、如何着、如何取勝，不過數語以授，學者即可了然自明，人孰不知而不能也？但稱爲妙手及無敵國手，苟非其人專心致志，寢食起居、嬉笑怒駡以至於夢寐皆在於棋，必不能深造而精進於此也。觀此則可以論學矣。來价索歸速，冗冗言不能悉。

復王汝中書

辱書諭諸事俱悉，但云《大學古本註》至善之旨、有所忿懥之説，細體會，終未能盡契於衷。僕不敢佞，於此不得不盡言以告。此蓋諸兄習聞禪學之深，一時未能頓舍，且從來未暇致思聖學故也。

夫聖學者所以經世，故有體則必有用，有工夫則必有功效，此所以齊家而治國平天下也。禪學者所以出世，故有體而無用，有工夫而無功效，此所以虛寂無所住着而涅槃也。故爲禪學者略涉作用，稍論功效則爲作念，而四果皆非謂之有漏，其道不可成矣。聖學工夫則在體上做，事業則在用與功效上見，故《大學》首章言大人爲學之道，提出三「在」字以見道之所在，在於盡性，在於盡倫，在止於至善。盡性、盡倫必止於至善，故曰「在格物，物格而後知至」。蓋盡倫所以盡性，工夫必在體上用。體何所在？在於人心獨知之中。既有知覺，必有思慮，思慮略動，則必「憧憧往來」，其體亂矣。不奈其亂，故高者不得不於上乘討虛静，下者不得不於下乘求止息。此説流傳既久，雖高材明智有所不免，往往互相譏闢，而不知皆墮其中。凡既涉此，雖是妙説巧持，只是禪宗落空，於聖學何與哉？縱使道盡躬行妙悟，雖或七八分彷彿，亦決不是動容周旋中禮而合聖人知止時措之宜也。傳之他人，決是差誤下稍頭，決是不同。此等所在，其實似是而非，毫釐之差，千里之繆，胡安國所謂「禪與儒學句句似、字字同」，若於此識得，許汝具隻眼。

僕非敢便謂識得，只是自少妄立此志，亦嘗聽諸公講論，誤入禪學數十年，辛勤磨礪，久之始覺其非，偶爾有見，故見得「止」字親切。方知《書》《詩》所云「止」字及《大易》所示《艮》卦之義皆深契於心而有不可以言語形容者。故向因諸兄所論，而敢云「止」字足包「至善」，「至善」不可包「止」字。蓋心知所止，則「至善」在其中，徒云「至善」而不知所止，則憧憧雜亂而無所寓，惡在其爲至善也？此僕所以將二「止」字看得明白：上「止」字雖兼體用而工夫全在體上用，下「止」字專指體而言而貫「定」「静」「安」三字。定者，心不憧憧而能止也；静者，心如止水而能明也；安者，心隨所寓而能安，所謂動亦定、静亦定也。此正對對「憧憧往來」者言，所以灼然爲聖學之心訣也。

其云忿懥、恐懼、憂患、好樂，即所謂喜怒懼憂之情者。細求人心，七情必不可無。今欲無之，乃是禪學宗旨。但於此致精一、依天則，使發皆中節，方爲聖人經世之學。是非明、賢否別、賞罰當，達道之行，通於天地矣。不然，空無適莫，及至臨事，意從境起，不爲莊周、田子方之猖狂自恣，則爲墨氏之兼愛，否則爲楊氏之爲我，否則是非不明、賢否無別、賞罰不當而天下解體矣，將何與於經世哉？

此僕血忱之言，惟諸兄其諒之，勿徒以虛言相高，而謂僕之好異也。

與張僉憲書

向暮承高軒屈顧，恙中多簡慢，此心缺如也。不審旆還何日，極切瞻望。敝縣清水、混水二閘，專爲城濠而設，原與灌田及通濟無干。其委山閘一帶河港則是從來天設通濟水道，只緣清水等閘兩岸居民貪圖小利，欲塞委山一帶河道，將東浦一帶開深，盡邀通濟船隻以爲私利。況黄岩地理龍脉發自邑東方山，惡可深鑿？且由十里鋪經石湫橋、委山閘至西橋港入澄江，實是抱衛一邑腰帶之水，實不宜壅塞。又況黄岩、太平兩縣，通濟舟楫只有委山一處河道。若或設閘關閉，則往來舟楫皆不通矣。此實下情至切無由上達者，今里老呈縣申詳臺下，伏乞俯賜垂察，豈勝均感！

寄甘泉先生書

綰不類，每承教念，尤見久要盛德。因思當時京國盍簪及從遊之徒，自陽明云逝，皆在鬼録，今僅存者亦零落星散而不可睹。惟先生巋然若靈光獨奠，而綰亦白髮蕭搔以追隨，言之傷心可慨，益知自勉者不可不及時也。悵望方切，適舍姪承芳赴南雍，謹此並拙稿上請教。

寄倫白山書

去歲施生劉歸道，承惓惓及惠華緘厚貺，不一而足，極知愛顧之隆，自省薄劣，何以當此？惟執事偉度曠世，知人拔俗，必有以深契而厚諒我者，綰之感激何如也！山居閴寂，事無可告。茲二先兄舍姪承芳赴監，先兄止一子，臨終舉以爲囑，幸蒙俯念，綰之感激，又何如也！

卷二十一

題跋

跋南郭子

《南郭子》者，皆即事物之小者、近者，以發夫大者、遠者，其文平實有據，不流詭異。噫，世之作者多矣，然必自有所得，而後可言不徒作，《南郭子》其真不徒作者歟！其言曰：「富貴，吾志所不及。典籍，吾老不去也。」此所以終居物外，心無所累，諳練既久，約而發之有如此者，其爲自得多矣。

題方孝聞先生手簡

先祖舊藏遜志先生墨跡若干幅，有一束《與禮齋》者，乃遜志之兄孝聞先生手筆，名字下剜去一半，存者一半，視之乃「聞」字之半户。及讀之，有「漢中舍弟」「小舍弟」之語，「漢中」乃遜志爲漢中教授時所稱，「小舍弟」乃季弟孝友也，則知爲孝聞先生者無疑。蓋人但知其弟之可重，而不知其兄之可重也。昔遜志有云：「某所以粗通斯道，爲薦紳之後者，非特父師之教，亦吾兄訓飭誘掖之功也。」

按《修史私録》云：先生字希學，濟寧太守愚庵先生長子，少有至性。年十三喪母，輒稽典禮，疏食水飲，彌越三年。及父卒，斷酒肉，居宿於外。祖母亡，亦如之，每一號慟，聲盡氣極，嘔噦出血，扶而後起，於是寖成羸疾，行步傴僂，然守禮益確，親戚鄉閭莫不稱爲孝子。家素貧寠，一錢寸帛不私妻子，奉尊撫幼，衣食賓祭，喪葬昏嫁，費用百出，經理補葺，以身任之。曲中儀節，儉而不陋。平居未嘗去書，徧學《五經》而邃於《易》，精求聖賢旨趣，由致知而誠身，由親睦而愛物，務篤踐履，不爲空言，發文爲詞，理深意遠。存心仁厚，接物和恕，里中有争訟者，不至郡縣而相率以質是非，開以一言，莫不悦服。德器完精，才具優長，通達世務，論議甚偉。由此觀之，則知世之知其弟者，果未知其兄歟？故並著之以竢論世者之有徵也。

跋王捨刲股詩後

刲股非聖人之教，不惟三代無之，秦漢亦未見也，其來起於晉學佛之徒炷頂爇身。世之孝子、慈婦往往效之爲刲股、取肝之事。噫，豈人之情哉？蓋耳目之習然也。雖然，聖人固常以性之固有、分之當爲者教之，何人不知守而反於異端之信耶？夫人之孝，皆其情之不能已者，故雖異端之教難如此者尚肯爲之，况實無難者哉？吾於此益知人皆可爲堯舜，但惜世教之未明也。

一坡楊翁作詩記王捨事。捨，田夫也。求其事，雖非中道；推其心，實可謂愛親真切者矣，不謂孝乎？澆時薄俗，乃有途人，視親疾痛患難，漫無憂戚，視捨相去何如？一坡好德，悼時宜，其於捨喜談樂道之也。吾黨又可謂非聖人之道而置之乎？

題觀物卷

開化胡用良蚤遊燕冀嶺海間，以其所經，繪圖爲卷，將侈其美。客有見之，名之爲《觀物》。徐可大爲携至都下，請諸薦紳先生各出所見，蓋已盡夫。用良、可大復爲之請於石龍子，以石龍子嘗爲觀物之學者，欲爲新説以遂用良之道。

石龍子撫卷，三仰青天，不知所云，乃爲歌曰：「成象博兮覆載沕，日日東出兮復西没。倏千古兮萬古，生不已兮如蟣虱。吾生奈何欲觀物？」可大默然，曰：「信子之言，則世皆不足觀乎？」石龍子笑而不答，遂書其言而遺之。

題大閭楊氏家譜

《大閭楊氏家譜》，乃其祖大理寺正某所修。有宋大史、金長史、葉夷仲、林公輔、王藴德序跋，諸公皆名人，皆與之遊，其人可知矣！或又謂其不妄牽合爲可法。噫，則是譜之足重於世，非但此矣！後百餘年，同里世婣家黄縉觀而識之。正德乙亥孟秋望前二日也。

題華山對雨圖

「華山對雨」者，太守顧公謫湘南時事也。古鄞陳魯南圖以詩之，以寫其幽思羈旅之悰。公以賢才忠智忤權奄，辱而不雪，遠而見疏，此魯南所爲悲也。雖然，畎畝鑄舜者也，羑里鑄文王者也。及凡今古仁賢，何枉不有鑄之者？公又何傷而不知天以之鑄公耶？公鑄之於彼，乃今用之於此，天其有私乎？私吾台者，非私吾台也，將試之以及天下也。吾於此卜諸，則荒陬遠壤、陰霾風雨，其既鑄公矣！

題文徵明詩墨

余每讀文徵明文辭而觀其書與畫，爲之憮然，曰：「美哉，徵明止技邪！」余曩聞徵明之先君子守温州，卒，吏甿爲賻數百金，徵明謝不一顧，若恐污其身以垢其先人者。噫，世有志節如徵明者，顧甘心斯技而已也！古蓋有不得於此而托於彼以匿焉者，徵明豈若人之儔歟？吾又不得而知也。此卷徵明之詩書，寄太守東橋以遺其壻俞商用。余故贅於此，俾藏之以俟徵明見而考焉。

題鄭水部碑狀後

余少侍先君於京邸，有同鄉鄭水部者以病告歸，行至杭而卒。先君每語必惜之，余時不知所謂。後二十年，偶與林典卿尋幽漫行郡南平嶺之原，見荒丘蘚碑，躋而觀之，即先君所惜鄭水部墓也。遂與典卿考論吾邦之士，始知先君意蓋有在也。今年歲暮，余在郡城，有携卷來館者，即水部之子，視之，乃文肅謝公所爲碑、樗散陳先生所爲狀，讀之益詳其平生。於乎，水部蓋有志爲善而不究厥施者也！矧予於此又重有感焉，故書以歸之。

題喬白岩篆石碁子歌後

涯翁酬方石先生《石碁子歌》，大司馬白岩喬公作小篆，屬太守顧公刻石。以縉嘗遊三公之門，故謀之。又令家弟約併録方石先生和篇。蓋李、謝二公之詞誦於世矣，今兼白岩公之篆，豈不益珍哉！且篆筆失傳久矣，時有爲之糺毫燔穎，若刳劂用而不適，神韻索然。涯翁始極研究，見古篆畫中懸一綫，遂爾妙悞，汛掃糺燔，濡吮生毫，如作楷草，獨臻古雅。白岩公則師而闖其奥者也。

記於此以俟譜書法者，況三公勛德節概，又自足相重於世也耶！

題倒杖註釋

堪輿家有云，倒杖法者即《周禮》土圭遺意。以日喻向，以影喻竿，竿立而影倒，其倒必隨日，所照自然無易，以見山川之融會凝結，皆有自然一定之理而不可以強爲也。袁宗善爲之註釋，蓋能明此者歟！故著以俟知者。

題重刊遜志齋集後

道藏天地，散於萬物，著於日用，豈在言耶！非言則不彰，是言所以彰道也。有聖賢之言，有君子之言，有百家之言，有文人之言。聖賢之言言其道，《六經》、四子皆仁義也。君子之言言其志，望道之未究也。百家之言言其術，衆流所以異也。文人之言言其文，辭勝而漓真也。

吾鄉方先生者，其志大，其行方，其節廉，其辭宏，其氣昌，蔚乎君子之言也！所著有《周禮考次》《武王戒書》《基命録》《宋史要言》。《遜志齋集》將以飭治，不幸罹變殉義，死而弗傳，晦已百年。先司空與謝文肅公搜校其集而刻之。索於山盩水澨，不無殘錯訛僞。又四十年，太守顧公以吾友應南洲、趙竹江二子再加删訂，刻於郡齋。一代彝倫之矩，非徒空言，要皆允蹈而足徵，若斯時斯人之不遇，其命也。噫！

題羅太守諭民文

甚矣，習俗之難變也！自大朴既散，人騁其私，各溺所安，雖賢父兄不能詔其子弟。猶以草木爲滋味，不知鼎俎之爲珍；猶以厠溷爲清都，不知人世之爲潔。蔽陋邪罔，甘觸刑辟，滔滔皆是，良可悲哉！故古之君子篤躬以先之，明其好惡之歸，使皆知所趨，然後寓之以賞罰，使皆知所勸懲，然後可驅而之善，善久而浸，浸而相化，相化而後風俗淳，廢一不可也。

我太守羅公之爲諭，蓋欲皆知所趨也，遂使山海之民知所諭者必不可干、必不忍違。將求治康，乃公之德，有足致哉！邑社之人相率爲詩以頌之，余故書其端以俟熙熙，更書爲天下則焉。

題東川集

昔者逆瑾用事，虐焰烜天，偵邏忠良，皆以言諱，行路以目，莫敢吐氣。獨廷評吉水羅公抗疏直論，無所顧忌，猶孤鳳鳴於群鷙，奮擊之間左右縮頸，愕不敢盻，咸謂必死，幸得元老陰救，僅獲放歸。予時寢疾京旅，恨不識面。既而逆瑾伏辜，予謝病入山。忽十餘載，真人龍飛，捧檄聯名，甚慰宿跂。未幾，公守兹郡，仁嚴條理，随物間見，信非君子不能也。予謁公堂上，登之與語，各露肺肝，欣若平生，乃出所著《東川集》及《語録》，觀之知公所自得者非一日矣。於是書之，以俟覽者之有考也。

題霍山代卷後

太宰白岩喬公在奉常，往旅中嶽，公祖少司空爲給事中時，亦嘗有事於此。舊碑殘泐，公復修之，士林稱異，謂公後先職望光映兹山，非偶然者。綰獨不然，昔孔子作《春秋》，譏世卿；孟子論故國，以世臣爲重。孔子譏者，謂不足以繼述；孟子重者，謂典刑之有存也。司空以端修重雅表於先朝，今公又以清温之德爲國重臣。蓋可貴固有在此而不在彼者，獨兹一事乎哉！

赤壁圖跋

讀《赤壁》二賦，信哉東坡爲奇逸之才，有凌駕千古之氣。然猶惜者，不免於功利之心，豈家庭學術之染有以蔽之耶！或曰：「東坡不幸不遇，無以盡其才。」或又曰：「幸而不遇，故不見其偏之害夫。」然遇不遇皆不足論才之成不成，實在我之責，故人貴自成而尤貴乎擇學術之端也。

太守南濱先生曩予同舟北上，論古今人物優劣，每形欣慨，各求勉戒。既而出處異跡南北，不相聞二十年矣。乃今始會於毘陵，先生置酒酌予，出《赤壁》之圖，與衆歌於几上。予覽復有感，書訂久要，更求益自勵焉。

讀鄭少谷詩

閩中新刻鄭少谷繼之詩，末卷有《哭朱白浦侍御》詩，云：「哭友魂初返，兄今復訃音。杞憂元不寐，颜樂只須尋。江海投膏意，乾坤攬轡心。成言俱寂寞，勝事竟消沉。邦國賢豪盡，關河涕淚深。瓣香與絮酒，咫尺弔山陰。」即繼以「憂」字爲題，詩云：「擬將新句詠銷憂，詠罷重增雙淚流。柱下朱郎成永别，江東黄尉竟何求？青袍事業悲三試，晝省風煙感四休。摇落江山客途裏，石門修竹夢林丘。」少谷，予知己友也。其謂黄尉者，蓋指予也。少谷志欲以斯道康濟於世，嘗與白浦期待及予，白浦又嘗薦予。予被命之日，少谷寄書，拳拳以此爲言，故於白浦之歿即念及予也。豈意少谷亦絶筆於此！予竟遯去，讀之悵然泣下，故書以誌之。丙戌二月晦日，石龍山人綰識。

鍾石山房詩引

横林大溪之上有石突起若鍾，費子結屋石顛。大溪曲屈，三面抱石而流，又外環靈山、鵞湖、芙蓉、五峯之奇。費子讀書其間，於是鏗鍧之音日警於耳，崒屼之容日壯於目，泓澄之色日滌於心，費子乃起聖智與遊。於是精會神融，千古莫遁。費子遂攸然而得、頹然而化，蹙爾乃出《復觀上國擅詞林》，將之白下，衆自異之，皆爲之歌。予聽而善之，乃嗚缶擊筑，使反和之。衆皆歡曰：「是不可無紀。」故書之歌端，俾刻於石。

題唐仲珠西白卷

嵊人唐仲珠家傳堪輿，以其術謁陽明先生，先生進之於學，而術亦以攻，仲珠乃以學問予。予聞吾鄉國初有葉拙訥先生，少失學，年三十，居父喪，始集喪禮，因讀《小學》，凡讀不爲章句，必思其義而實踐之，遂成篤行之儒。迄老謂人曰：「吾平生於《小學》之言，無一字敢愧之。」先生肥遯授徒，故吾鄉曩昔風俗之厚未必不繇此也。

今仲珠學於陽明先生之門，既已習聞良知之説，當知良知之所當致者實不外乎日用彜倫之間，則當知《小學》之當急務者，又豈有外於良知者乎！予故以此勗之。蓋欲仲珠求其未足，以爲他日越溪之拙訥。

西白，嵊山仲珠祖居所在，因以自號。陽明先生爲之書於卷端，予故附其辭云。

知罪録引

予疏草私録，名之曰「知罪」。蓋予食君禄，見有不可於理與分當言者，憂之不食，或繼以不寐，輒疏而上，皆不自知其爲罪也。既而人有以罪予者，予亦不得以無罪辭。雖然，又豈予之得已哉！故録之，以著其罪，以俟天下後世之知予罪者。而并以有關素履之言附焉，其心一也。[一]

【校勘記】

［一］上海圖書館古籍善本室藏明嘉靖年間黄綰自序刻本《知罪録》卷首所録《知罪録引》文與《石龍集》中的《知罪録引》有較大出入，兹把前者轉録於此：「當今繼統之義不合於當路者，遂指目爲邪説，爲希寵。予故知而猶犯之，此予之罪也，豈予之得已哉！故録之以著其罪，以俟天下後世之知予罪者。嘉靖三年仲秋四日石龍山人黄綰識。」

諸葛公傳引

綰少慕武侯而學之，恨無以詳其平生，且恨陳壽作史不足知其心。偶於故篋中得南軒張子所著《傳》，讀之甚喜，然猶有未足者，故别爲《諸葛公傳》以便尋繹。先師謝文肅公及前輩夏赤城先生見而識其端。今忽餘一紀，回盻追惟，可勝慨哉！

題應天成悲感册

正德辛巳，予訪友人應天彝於永康之壽岩，過其居，會諸昆，皆樸茂若淳古。長兄曰天成，尤謹飭。予雅重之，固歎應氏之盛。

忽閲十餘載，諸昆相繼凋喪，天成亦逝世。一日，其子兼持其墓銘、輓詩之册視予，讀之而悲，迺爲題曰《悲感》。蓋予方慨世風之衰，而懼後時之下況，重以代謝之感，其爲悲也能自已乎？

題先文毅公與齊立齋先生書詩後

予嘗觀風俗之於世運，厚則一時皆厚，薄則一時皆薄，匪由氣數，實人事習染使然也。予又觀高曾以來，凡在姻朋僚舊，閲數世，其情猶一日而未嘗有薄者。及於今，雖姻交僚好之方新，轉背項而楚越不謀矣。不獨一方一家，天下之勢皆然也。《語》曰：「君子篤於親，則民興於仁；故舊不遺，則民不偷。」斯言，其諒哉！

今讀先祖文毅公與天台齊立齋先生詩及手書，益可見矣。蓋立齋之父駕部先生與先曾祖職方府君爲同僚，故先祖以此遺之，而詞意深確篤至如此，想見其時風俗，惡得不厚？立齋之孫河内訓導獻之以詩與書裝爲卷，請予識其後。予撫卷，不覺泣下。此實予子孫視爲儀刑者，豈獨齊氏之當珍藏而已！謹書以歸之。

題高宗呂卷後

予昔抱病山中，少谷鄭子自閩來欵，與語聖人之學有契，與予曰：「惜乎，高、傅二子不獲共聞！」予問爲誰，曰高瀫宗呂，曰傅汝舟木虛。既數歲，少谷子下世，以遺孤托諸二子，而二子間關險巇，不顧患害，翼長其孤。乃有存亡易心者將穽二子以快其私，二子處若固有，弗以自催。又數歲，鄭氏家難迭作，有司有反其好惡者，佑淫以虐柔良，鄭孤不能自存，流落天涯，高宗呂跋涉冰雪，追踵至山中。時以歲暮，予以太淑人喪事在疚。宗呂指鄭孤視予，悲不能語。予亦泫然爲之慨曰：「世衰俗漓，人惡衰歇而樂榮盛，見害則避，見利則趨，滔滔天下皆是。孰能視亡若存，守其信義，不以危難久近而少變有如宗呂者，豈不爲君子者哉！豈不爲君子者哉！」遂力疾以語少谷者語之，宗呂欣然有省，携鄭孤而別，尚期與木虛同來。書以贈之。

題族兄南溪輓詩册

予始祖都監公緒，初居莆陽涵江，五代末遷居吾台洞黄。莆陽始祖則桂陽刺史公岸，都監公八世祖也。故在莆之黄，凡爲刺史公孫子者，皆予族也。江海相逢，仕宦相值，必往來親愛而無間也。

德府長史南溪先生科，刺史公二十五世孫。予，都監公十八世孫，視南溪爲昆弟。南溪没且葬，墓木拱矣，其子文潛持其册曰《南溪挽詩》者視予，爲之泫然，曰：「斯人也，信可哀矣！矧予猶同祖同宗者乎！」

夫挽詩之作有誠僞：苟其人德無可稱而强爲之者，僞也；苟其人德有可感而自爲之者，誠也。蓋予與南溪，相遇必親，親之必洽，非一日矣，故予之知南溪亦非一日矣。南溪實厚重長者，言貌恂恂，能容忍而嚏忌不形，遇人無親疏，必盡其誠，其在官在家，皆有可稱述者，故曰：「斯人也，信可哀矣！斯册之作，皆其誠歟！」予故爲之泫然，書以俟知言者之有可考，且以訂其宗次，以敦宗盟云。

題王氏三節婦册

臨海錢介夫持王氏三節婦册來視予，展而讀之，曰：「此吾台之懿觀也，豈徒王氏爲榮已哉！」蓋三節婦，其二曰趙氏，皆日溪師古先生之女也，歸王氏兄弟宗孝、宗制，早死，二趙氏同矢志孀居，並爲節婦。予嘗聞日溪先生始刻正學遺文二册，其惓惓愍惜忠義之意可知。以是父也，宜其有是二女也。其一曰金氏，乃宗制之孫漳繼室，寔介夫之外祖母也。金氏無子，止育一女，撫其前室之子猶己出以守志。厥女嫁錢氏，生介夫，嘗從予遊，焯有譽聞。予觀南郭子敘節婦引斧自戕，用沮他適之議。噫，亦壯矣！以是母也，宜其有是孫也。

惜乎！有司不以時舉，俾三節婦無籍於朝，且予又聞桐城陶氏四節婦皆於歿後舉旌門之典。他日，良有司有援陶氏故事，爲之請樹綽楔、表厥宅里，則三節婦者又天下之懿觀也，豈徒吾台爲榮已哉！庸書諸册以俟。

書寶一官藏陽明先生三劄卷

道無精粗大小，惟深造而自得者，則隨所遇而徵而動而變而化也。予觀陽明先生與寶一官三劄，所語皆家常小事，然而情理孚當，則徵矣。寶一官及里社貸負議姻，諸人皆信服奉行，則動矣。寶一官表章於卷，諸士友皆題識而服膺之，則動且變而化由之矣。予觀訖，撫卷三歎而書之。

卷二十二

傳

林節婦傳

林節婦金氏，小坑金天祐女，珠溪林宗權母也。金、林二氏皆舊族。小坑、珠溪，故黄岩南鄙，今隸太平。節婦年未三十而寡，獨懷孤稚方八歲。稍長，遭忠臣王叔英事起，坐親黨，謫戍隆慶。節婦低徊赤立，惟姑在堂。父母憐之，曰：「汝之不他者猶望此孤兒，今戍萬里，其生死莫測，欲誰守乎？」節婦曰：「吾豈不思與兒偕行，但不忍煢其老、飢其鬼。然人異於物者，以有此心也。父母愛我，何忍使我亦物也？或夫有靈，兒獲生還，吾笑歸地下見夫，足矣。」縣官以女户立籍，掃地藭影，内外孑立，敬盡事先，孝盡事姑。姑死，葬之。繭枲織絍，以供賦役。林氏之不僨者實賴焉。久之，子以癃老放歸。母躍執子，子舞拜母，抆血嘻笑，如隔世再見者。未幾，節婦就木，其子復完家室，乃作「景節」之堂以昭其德。鄉先哲葉拙訥、程成趣、林石盤皆爲紀述，予故稽而爲之傳。論曰：

古貴節婦，賢於烈婦，何也？豈不以巨痛一時之易畢，而持循歲月之爲難也！想夫寒燈孤幌，春雨秋蟲，人情不堪，金石或變，而能秉心一致，之死不易。守其炊汲，不沈其家，卒俟其兒之歸，而付之以酧初心，世有如林節婦者乎？於乎！此蓋蘇武、洪浩之流與？可不謂之尤難也哉！

王翁傳

王翁，良畫者也，以輕墨淺彩作禽蟲蓏果華草，間出山石林藪，莽蒼幽岑，或音或颺，或憇或嬉，或色或馨，往往極妙。尤妙寒塘野水，拍泳朝暮之態。又間作茅屋竹樹，雲氣點逗，人物灑灑，益可玩。於乎，技耶臻斯也！予每見翁作，人甚珍，翁不惜，不問其值多少受之，否者亦受之，可與輒不吝，貧不顧，耽耽若有事，嗒焉似忘。揮而迅，注而留，衆妙翁，而翁之精神猶塵表也。於乎！此翁所爲妙也，可觀哉！故爲傳，示其子。翁諱乾，字一清，初號藏春，更號天峰，吾郡臨海人。翁既死，尺幅人罕之。

論曰：昔庖丁解牛，進惠文君以養生，予初不知其説。既而觀王翁操觚染素，始信有之。天下事物多矣，天機之動淵微矣，故曰「百姓日用而不知」，獨翁畫哉！

林府君傳

林府君諱珵，字士輝，號五峰，台之臨海人也。以氣自雄，不妄與人，非衣冠不行里巷，好義喜施，與人謀，無疏戚必盡誠。自爲諸生，能執義，範其儔，每爲師長郡守所重。塞於命，不獲一第顯庸於時，晚始以貢爲建州司訓。嘗攝建安縣事，興作工役，不擾於民。當道有索，謝之不應。

適白水洞盜發，防禦有方，急調兵糧，旦日而具，上下皆愛之。在建幾九載，偶疾輒棄官家居，絕跡城市，卒年六十有七。子四：元敘、元秩、元倫聯發解，元顯未第。元敘嘗遊陽明王子之門，方勗志聖學，以帥諸弟云。

論曰：元秩常語余：「先君孝友出於天性，先祖將終，召諸父析産，先君退然慰以母苦，後竟以其居讓諸伯。」於乎！昔晉王祥以孝友起家，其後江左衣冠盛於天下。林氏其昌與，矧今元敘有志聖學者乎！

二張先生傳

先生諱璣，字士璇，號存心。少孤，力學嗜古，性至孝，容肅氣和，言必忠正，接後生必教所以立身。嘗遊静學王公之門，公與正學方公不幸同死國難，親知不復敢稍引，惟先生能不失故步。以歲貢入太學，嘗持部檄督宣、歙等州筆竹，謝絕賂遺。楊文貞公在内閣，以静學故，詢知召見，以語祭酒李忠文公，忠文歲割俸贍之。授定州同知，居如僧舍，誠愛入於民心，而其嚴正莫敢犯。内艱去，再起移涿州。其治涿如定，有地數百頃，以稅重而廢，奏減其稅，使耕之，至今懷其利。善政纍纍，不傳者多矣。秩滿遂老，行李惟故簡敝裘，百姓擁哭不得行。同官憐之，醵金贐，追候數百里，竟謝不受，呼爲「乾張」。故有田八十餘畝，易爲官資。及歸，破屋僅庇，不問有無。年八十三而卒。子七人，六皆夭，惟末子鄉人稱曰木庵先生者在。

木庵名尺，字守度，年十四而孤，時故居以易，益不自存。族人使爲釋童，木庵曰：「我固儒子，飲水讀書，奉先志，嬔足矣。」爲人録文字，躬樵蘇以給。浙江布政使秦公敬，涿州所遇士也，行部至台，奠其墓，召木庵爲掾吏，固辭，厚遺之，亦弗受。問所欲，曰：「讀書。」秦深賞歎，俾與其子同學，後歸隱不仕。涿州垂没時，求一綿襖弗得，感痛，遂終身不衣絹帛。結數椽，復鬻之，鐫父墓碑。慎交遊，接物以誠。鄉先正若復軒、逸老、方石諸公，余祖司空，咸稱其清標雅德，實光前人。前後郡守山陽葉公贄、姑蘇顧公璘皆禮之。顧又榜列，以風六邑。今年七十有九，無嗣。

論曰：吾鄉自徐八行父子一德，至今復有二張相繼廉白，信自力繼志者難也。余讀詩至《伐檀》，未嘗不撫卷哀其志焉。二徐無後，二張亦無後，此天道之不可曉者，悲夫！

高節婦陳氏傳

節婦，泉溪高端表妻，長沙陳氏女也，五世祖某爲四明同知。少嫁於高，姑老家貧，養常不給，必求其奉，雖菽水亦致其誠。越七年，夫死，一女甚幼，遺娠方五月，哀痛不欲生。既而生子，曰：「慰吾恨者在此乎？可不死矣。」事姑愈謹，數歲姑殁，盡鬻其産以葬。居喪煢戚，人益不堪，有諷他適者，遂以死誓。自此縞衣素食，不茹葷，不被色服，不爲慶事，治家循理有法，户内無叱咤聲，晝夜績紝以植家業，教子與女皆成立。年六十，清苦之操愈堅。一甥幼失父母，撫之成人，不異己子。甥姓黄，名某，綰之再從叔父也，請爲之傳。

論曰：吾鄉端女之操，獲昭管彤雖不無，然幽沈溝壑、抱志以殁身者豈少哉？若綰姨母鮑氏、族母二陳氏、花塢趙氏婢阿桃及節婦，而世典咸漏，真可慨也！故類著之，以俟夫君子。

靜學先生傳

先生姓王氏，諱元彩，字叔英，號靜學，黄岩人。少孤，隨母嫁陳氏，故亦稱陳氏。居亭嶺，今屬太平。洪武中爲仙居教諭，陞漢陽知縣，革除。初以薦陞翰林修撰，與正學先後被召，或云正學薦之。上《資治八策》，曰務學問，曰謹好惡，曰辯邪正，曰納諫諍，曰審才否，曰慎刑賞，曰明利害，曰定法制。又曰，太祖皇帝除奸剔穢，抑鋤強梗，若醫之去疾、農之去草；急於去疾，或傷其體膚，嚴於去草，或損於禾稼。體膚疾去，宜變其血氣；禾稼草去，宜培其根苗。又論行限田法。初在漢陽，聞正學被召，貽書曰：「子房於高帝，察可行而言，故高帝用之，時受其利，雖親如樊、呂，信如陵、勃，任如蕭何，不得間此，子房能用其才也。賈生於文帝，不察而易言，且言之太過，故絳、灌之屬得短之，此賈生不能用其才也。」入朝。與正學期身致三代。未幾，太宗皇帝入繼大統，先生與正學死之。先生募兵廣德，將進，遇尚書齊泰來奔，知事不可爲，遂退，館於祠山，作絶命辭，曰：「嘗聞夷與齊，餓死首陽巔。周粟豈不佳？所見良獨偏。」又書其案，曰：「生既久矣，愧無補於當時。死亦徒然，庶無慙於後世。」以辭裹金，置道士棺中。夜沐浴，冠帶，經於庭柏。月出犬吠，皂隸啓户視之，則先生死矣。道士以其棺斂之，葬於横山。道士姓盛，名希年，黄岩人。皂隸上其狀。妻某氏，捕死於獄；二女，死於井。

余聞諸父老云：楊文貞公士奇爲布衣，主塾漢陽村落。先生行部偶至，聞讀書聲，曰：「兵革之後，久不聞此聲。」乃入其塾視之，文貞避去，見案上詩文，題曰「此公輔器也」。乃邀致薦之，及讀文貞他文，曰：「予素與先生相知。」審理之除，實其所薦。又與人手簡，曰：「昨得王大尹文字讀之，説理甚精，且有法度，愈讀益有味，羈旅中何幸遇也！」又《東里小傳》曰：「文貞少遊湖湘，漢陽府學聘爲訓導，不就。」則鄉老所傳及簡所云，乃漢陽時事。府學之聘蓋亦先生薦之，至入朝而又薦之。又云鄉有張璣者嘗遊其門，正統間歲貢爲國子生，文貞詢其後，鄉吏引見，待之甚厚，後爲定、涿二州同知。

先生有幼子名某，謫戍大同。因璣語知，文貞以百金與鄉人孟範，訪得之。又以金若干遺揚州教諭某人，使教之，久而無成，返諸文貞。又益金若干，再使教之，卒無成。文貞抱之痛哭，以金若干與而遣之，不知所終。孟範後爲治中，亦云文貞薦之。弟元默，變姓名匿於京城商旅中，鄉有金寬者識之，告太宗，捕斬之，剉其屍。

先生所著有《静學集》傳於世。

論曰：先生與正學生當興運，懷經綸之志，卒皆無成，殉義以死。及太孫聰明好古，篤信儒術，志欲以周官致治，竟失天下而遁死，果天命然乎，人事然乎？余於是益感君臣相遇之難，又益信祖法之未可以輕議也。讀先生《貽正學書》，爲之三復流涕者久之。嗚呼，識慮深遠矣！〔一〕

【校勘記】

〔一〕《文淵閣四庫全書·静學文集》所附黄綰撰《静學先生傳》，文尾有「太史氏黄綰撰」六字。

黄節婦傳

節婦陳氏，彦道黄府君妻也。節婦年十二，招彦道爲贅婿，時未可婚，勒之事田，不堪辛苦，潛去吴松酒肆爲傭。聲影不聞，或謂飼於虎，或謂葬於鱼腹，人皆謂已死。父母欲嫁之，有同里張姓者請再委贄。節婦聞之，泣不肯。父母欲強之，乃自縊，垂絶，叔母李氏覺而抱救之，曰：「女待黄誠是，誰可強哉？」乃剪髮，誓曰：「生不爲黄婦，死必爲黄鬼。」衆知其志不可奪，遂聽之。居十二年，彦道忽自吴松歸，遂歸我黄氏。又七年，而彦道死。生二子，家貧無所賴，猶有他言者，詈曰：「若非人耶，今可有是哉！」衆不敢語。織紝衣食，長其子以立其家。天性温良，尤克勤儉，又能周人之急。有田家夫婦俱死，只遺一女，始抱將爲子息，既而思曰：「我鞠即若己出，豈宜爲婦！」遂以奩妝嫁之。

彦道於綰爲從曾叔祖，世居太平之洞黄，孝友都公之十五世孫。節婦族在車路，祖、父皆田舍翁。節婦卒年七十有四。

贊曰：《易》云「恒其德貞」，婦人貞吉，從一而終，節婦之道，蓋有得哉！雖然，初要以言，未及恩義，凡人孰不爲可嫁？而即斷死以守，始終不易。且父祖田翁，略無前聞，處己揆物，悉合矩矱，其質美何如哉！然而厲俗不及，噫，可慨也！

古迂先生傳

古迂先生姓陳氏，諱壯，字直夫，越山陰人。祖珪，坐革除黨人，戍交趾。父簡，内徙京師，生先生。幼嗜書，家貧，嘗借録於人，不專記誦而求實踐。舉進士，燕山岳公正一見而知非凡士，乃薦於大司馬王公竑，將特用之，謝曰：「同年皆未選，獨先美除，豈所安哉？」岳益重之。既擢南京御史，憂曰：「今政事日弊，御史之當務者何限？不知所務，何以爲御史？」請改選，不獲。編修章公懋、黄公仲昭、檢討莊公昶共論鰲山事，觸諱調外任，先生歷疏其忠，獲改内職。又論荒政，及論陳文謚法未當，悉見施行。又進綱維治道六事，一曰勤聖學，二曰明賞罰，三曰變士風，四曰汰冗官，五曰重臺諫之選，六曰均内外之任。不報。散賞江淮，還至儀真，聞父没官邸，泣血步行數百里不息，有司強與之輿，不受。及歸葬，廬於墓側。既釋服，創祠堂，講宗法。藩臬及四方知名過者必造問，皆得益。至京，例留北道，以母老求南便養。金御史忠言事謫戍遼左，以妻子爲託，先生受而周旋之，且教其子祺，卒成名士。御史謝文祥以論大臣失體謫官，給事中董旻、御史胡深以論銓法不公被杖，先生連上章論救之。又論南京兵部尚書李賓及成國公朱儀等不堪留守，及論庶官常禄不宜折豆，識者皆謂知體。居母喪，守禮廬墓，一如曩昔。起復補河南道御史。上遣中使汪直往江南取花木，先生論止之。未幾，陞江西僉事，首以劾贓息訟爲事。寇聚嶺北，督兵討平之。廣東布政使陳公選，爲管市泊宦者所誣，詔械京獄，幽閉舟中，至江西而疾革。先生往視之，守械者不可，先生剖門，輿至故人張公元禎家，共治藥餌，既卒，以禮斂而歸之，爲緫服者三月。遂乞致仕，時年四十七。

生事蕭然，閉户讀書，不入公府。祠墓之外，不問他事。搆亭清江之上，曰「鷗沙」，日坐其中，若將終身。尚書張公悦特薦於朝，先君時典選部，屢薦於冢宰，欲爲憲使，不可。補福建僉事，上疏辭謝。而公檄及門，乃出，梳滌宿弊，禁止暴徵，按指揮陳鎬等七人贓罪，輿情甚快。會赦疏免屯稅，民咸惠之。分巡漳南，遇旱，禱雨輒應，民擁謝之，先生曰：「天也，吾何與！」乞致仕，不報。陞河南副使。唐王府誣奏民占欽賜莊田，遣大臣與中使勘其事。下先生訊詳，曰：「若爲欽賜，當有璽券，若無即民田也，惡可奪？」竟歸諸民。王讎之，不顧。河南奏飢，孝廟特出宫羡金數萬，遣大理丞吴公一贯往濟，屬先生講民利害，別官淑慝，先及無告，招集流亡，給牛散種，緩刑弭盜，無不盡心，全活殆數百萬。吴公上其功，孝廟勞以金帛。趙王薨，先生入臨，至門，閽者奉幣請服，曰：「朝制，諸王無服。」臨畢，長史請宴，曰：「今非宴日。」世子降階曳留，曰：「世子喪主，請無失禮。」既出，長史以世子饌幣來饋，先生以禮責而歸之。都御史林公俊薦以自代，冢宰倪公岳舉爲大理少卿，俱不報。嘗署提學，帥先古道，考校有方，士習爲變。累疏乞老，巡撫孫公需與巡按交章論留之。又請加褒職，俱不報。

先生無素積，俸餘不及百金，悉均宗族。先生平生狷介特立，忠孝自盡，教子弟必先孝弟。爲人交，久而益篤。信古好學，老而不倦。没二十年，浙江提學劉公瑞舉祠鄉賢。

綰久知先生於過庭，恨不及識面。故爲論曰：世有色莊取仁，壟斷希世，矯利於人，咸稱爲賢，以視孔子所謂幸而免者，相去幾何？若先生正道直行，邦之有道、無道，己之窮通、得喪，始終一致，其處心可辨矣。然其清不爲激，諒不爲訐，斯爲粹德君子，而世何難能也？

曾翁傳

曾翁，江西吉水人也，諱德，字伯崇，號鈍樸。其先南豐人，後徙泰和，居五世而徙吉水。其六世族曰申伯者生省堂，省堂生竹隱，竹隱生如心，如心生禮元，禮元生梅隱，美豐儀，好學問，蚤涉艱危，備嘗世味，生子五人，以和敬稱於鄉而同爨者三世。翁父紹庵爲梅隱長子，翁則其嫡孫也。

承其世德，敦龎雅重，度越流俗，遁身畎畝，祇服耕稼，間出賈於荆漢之間，克敏作勞，盡其子職。諸叔皆爲私蓄，獨紹庵不介意。至兒女婚嫁或不給，翁則悉力營辦以慰其心。諸弟或以地訟，翁即割己地使相易以釋其訟。他日祖父既逝，兄弟析居，而荆漢之賈爲人所逋貸，其地水旱，民多飢餒，即投券棄之，徒手而歸。家適廢落，亦晏然不爲尤怨。其子存仁爲主事，言事被謫，及其復官，並不爲欣戚，曰：「命也，惟正，斯吾子也。」及受封誥，獲如子官，人多以此榮之，翁翛然不失布衣之舊。存仁今爲主客郎中，遠到未可量也，請爲傳，故爲之傳。

論曰：君子之道，廣大而不可以器量也。然世降道漓，人鮮完德，苟能以義爲質，約以爲守，則亦寡過也矣。若曾翁者，不尤諸叔之私而身營婚嫁以終厥父之讓，又能輕割己地以釋昆弟之争，捐其資券以恤他人之困，甘居貧匱，正以望子，不以冠冕自多，榮枯嬰情以視，知義守約，豈不優哉！而猶不爲君子者乎？

少谷子傳

少谷子者，閩人也，姓鄭氏，諱善夫，字繼之。少負才名，不遇師友，學凡五變而始志於道。就其所履考之，可謂今之豪傑，非耶？蓋少谷子初業舉子，欲從今世成功名，乃自悱曰：「舉業足盡此生乎？」遂刻意爲詩文，將追先秦莊屈、唐杜諸人之作，研求步驟。既得之，又自悱曰：「文辭足盡此生乎？」遂慕東漢以來至於南宋高人逸士孤風遠韻之可激者而追蹤之。又自悱曰：「風節足盡此生乎？」遂慕西漢以來至於盛宋將相名公鴻勛盛烈之可垂休者而從事之。又自悱曰：「功業足盡此生乎？」遂慕堯舜以來至於孔孟修己經世之可參立者而尚友之，曰：「道在是矣，吾將没身於是乎！」

昔者歲在壬申，予官後軍，知未足於道，將隱故山求其志。少谷子爲户部主事，督稅吴江之滸墅。予過而遇之，握予手與語，竟日而别，别猶眷戀，曰：「吾亦自此遯矣，子不我棄，其將訪予於天台、雁蕩間乎！」予歸六載，歲在丁丑，而少谷子果來，遂與坐凌峰、步石梁、倚天柱、面龍湫，倦則歸紫霄，卧予所居謂之石龍書院者。時天晦大雪，浹旬不止，人蹤盡滅，予晝伐松枝，夜燒榾柮，與少谷子對坐，劇談堯舜以來所傳之道、六經百家、禮樂刑政、天文地理、律曆之源流及二氏之所以同異，極於天地之間，無一不究。少谷子亦盡出其平日所著述者以質予。又貽書其友孫太初、高宗吕、傅汝舟諸子，使之遜志而同歸。故太初之逃老歸儒，皆少谷子啓之也。少谷子又自謂平生知己莫予若者，但恨相遇之晚，遂忘形而不忍去。予兄芝谷主人因爲少谷亭以居之。

南洲應子亦來會，凡數月而出，至台城，台守金陵顧公欲重勝會，乃作玉輝之堂以延之。少谷子時以起疾將趨朝，予乃與南洲子送之，渡錢塘而還。少谷子又與予期，曰：「吾爲父母贈典未獲有此行，行當不遠，再訪子於兹山，以共老焉。」少谷子入朝爲禮部主事，陞員外郎，三載考績，乃推封厥父母。武皇自稱威武大將軍、鎮國公，欲東幸泰山，遂從南狩，廷臣莫敢議者，少谷子特爲疏論其非禮，并指斥權奸之所以逢迎及狩遊意外之虞，詞極剴切，率群僚共上之。武皇怒杖之闕下，或死或竄、或削籍爲民者，而少谷子瀕於死者亦幾矣。既而告歸，果再來山中，又同入雁蕩，登天台，卧於龍湫、華頂之間，糧絶殽盡，則掇山花、乞僧糜以食者，各旬月而去。

既而武皇晏駕，今上入繼大統。予與少谷子先後各被薦召，少谷子則貽書於予曰：「今上冲年，百無玩好，一味恭默，誠堯舜之資也。今日所急者，知學之臣以講明古帝王執中之傳，使聖德日新月盛，然後可以責成唐虞之治。今日四方徵召多是丘林冲養君子，今日所闕又非尋常，百執事如先生者直宜處以論思之地，勿泥常格。更得一二元臣，鼓動其間。使舉朝皆相信附，使有道君子得安其位、行其志，積之歲年，不患先王至治不見於今日也。」既而聞朱御史白浦之卒，則爲詩哭之，即繼一詩，題曰「憂」，其詩曰：「柱下朱郎成永别，江東黄尉竟何求。」黄尉指予也，以白浦嘗薦予，故於其卒而云云。其於斯世吾人之情之責，望何如哉！

予出，陞南京都察院經歷，携家過越，聞少谷子陞南京刑部郎中，未幾改南京吏部郎中。有書期將至越訪陽明先生，先生聞之喜，留予候之，月餘不至。予至金陵，而少谷子訃至，訃者曰：「少谷子出，經武夷，陟絶巘，闖陰洞，不知其疲且襲寒，醫誤用藥，遂病革。速輿歸，至家二日而卒，卒年三十有九，乃歲癸未臘月晦前二日也。發其藏，蕭然無所有，歛而葬之者皆福州守汪君文盛、別駕陳君鑭之爲也。」

少谷子器度温厚而剛果，超邁而淵密，清介不爲激抗，貞信不爲諒執，皆天資之近道者也。視其貌，瀟灑清曠，碧鬚蓮目，若神仙中人。至其自勵實足，茹粗糲，耐煩勞，馳風塵，其與取可以謝萬鍾而不顧，揮千金而若芥。其與人交，小而一語諾之間，大而死生患難之際，未嘗或爽，又每有千里命駕而不失鷄黍之期之風。其處家，弟妹七人少孤，撫之成人，而竭力爲之婚嫁。又以其田贍族母及姑妹之孀居者，又舉母黨之不能葬者二十二喪。其居官許墅，則寬商船之税而不虧國賦，治強猾之罪以惠於良善。禮部則每執典秩以贊其長，如論曆元歲差之未定、日月薄蝕南北分秒之難齊，皆鑿鑿有見，足發古人之秘，誠可謂超絶古往，出乎風氣，而不可一世一方之士目之。若使天假以年，充之學問，其於《中庸》之由、禮樂之文，進於聖門，誠有可觀者矣。惜其壽不永齡，未見其止而止於斯已也。所著詩文有《少谷集》者，人以鄭詩、鄭文稱之，刻行於世，又有某集、某集者，則録而未行。

配袁氏，子男二，長曰鳴梧，次曰某，夭。女二，長曰某，適進士林應亮；次曰某，適某人。應亮以予與少谷子相知最深，請爲傳。乃述而論曰：

古之聖賢所以濟非常之業、立萬世之極者，固其天資之絶人，亦其有志，而又有師友之成、學問之功有以致之。然則天資也、立志也、師友也、學問也，於人可缺一哉！世有如馬遷、賈誼、陶潛、杜甫、李白、韓愈、柳宗元、歐陽修、蘇軾，皆天資絶人，惜皆無志於道，又皆不遇師友之真，講明聖人學問之功，故其所成僅止於事功、風節、詞章而已。又如慧可、慧能、馬道一、吕岩、張平叔、白長庚，亦皆天資絶人，生不逢時，厭世溷濁，而逃於釋老而已。他有有志者，又皆天資有所不及，所以斯道之未大光、至治之未大明也，豈非世運氣數使然乎？今以少谷子天資之美，而又有其志，蹉跎於世，五變始有所聞，而又遽止於斯，其爲斯道斯世之慨之憾又何如也，噫！

蘿石翁傳

蘿石翁者，不知何爲人也，姓董氏，諱澐，字復宗，蘿石其别號也。其先汴人，始祖曰健，爲宋武功大夫，扈從南渡，家於澉浦。其後曰仲真者，遷海寧之錢山。澉浦世隸戎籍，其兄源長當往戍，蘿石請代之，遂復家澉浦。

初學爲詩不解，隨俗營生業，獨好吟咏，遇時序之更、風物之變、古跡奇蹤、幽岑遠壑，及夫人情世態之可歡、可哀、可駭、可愕、可慨、可慶，一於詩以寓之。家徒四壁，一毫不入於心。時名能詩者吴下沈周、關西孫一元、閩中鄭善夫皆與遊，往來賡倡。遇佳辰，輒携親知，蕩舟江湖，拖屐雲山，凌危履險，吟嘯忘返，放浪於形骸之外。凡所欲之，或衝風雪，或冒零雨，或乘夜月，雖豺虎交前，鬼魅伺途，衆不能從，亦獨行孤往不顧。吴越好事家每懸榻俟之，乃紀爲《五館記》。

平居樂義好施，不計囊橐有無，兄貧則捐己産鬻以給之。海寧衛指揮某人因貧不能赴京襲職，竭所有與之，以速其行。所知鄔魯者以田易值，易畢，魯疾革，出券燬焉；卒，復經紀其葬。每聞當世之賢人君子所在，不計寒暑遠近，輒投贄納交。見後生工一辭、勵一行，亟稱屢歎不能已。晚聞陽明先生講良知之説，趨聽數日，乃悔曰：「不爾，可稱人乎？」遂幡然就子弟列，時年六十七矣。舊所與遊聞，皆笑之，但曰：「吾從吾所好而已。」遂更號「從吾道人」。且讀内典，遂究心釋老，忽若有悟，乃喟然曰：「今日客得歸矣。」於是援廬山故事，與海門僧法聚者，集諸緇俗，結社寺之丈室，又號「白塔山人」。澉浦廢寺，有鍾卧地，俗傳其靈異，乃募貲樹樓以登之。甫訖工而疾，不起。屬纊之日，視日早晚，曰：「吾其歸與！」又口占一詩，曰：「我非污世中者儔，偶來七十七春秋。自知此去無污染，一道天泉月自流。」遂瞑目。

其子舉人穀以予與蘿石嘗有一日之雅，乃以九杞山人許台仲所爲《誌》寄王宗範，請予爲傳。乃敘而論曰：

人各有志，品各不同，其事每不相爲，然論世而考德者必歸一之，其志、其爲、其品始定。若蘿石翁者，始嗜吟詩，習之垂老；晚乃執弟子禮於陽明先生之門，欲爲儒學；既而又逃釋老，遂以没世。吾誠不知其何志、何爲、何品者也？雖然，就其所至而言，則蘿石者實可謂超然斯世，錙銖不入，樂善無求，其賢於人也何如哉！

李節婦鮑氏傳

節婦姓鮑氏，諱允勤，温之樂清揚川里人，家母太淑人姊也。父諱恩，號簡庵，厚德博學，舉正統丁卯鄉薦，授夷陵、潁二州知州，皆有遺愛。母趙氏，有慈德。節婦生而静淑，年十九，歸太平庠生李嵩。嵩性輕鷙驕愊，少不如意，輒恣罵擊，節婦辭色自若，事之愈謹。嵩溺愛一婢，因惡節婦，乃欲其死，用巫蠱術，以破釜鐵若干片，硃書節婦庚命，擇煞方釘埋之，以詛節婦。或告之節婦，弗信，曰：「惡有是哉？」越數歲，嵩病，躬事湯藥，手掬糞溺不怠。又禱諸上下神祇，請以身代。嵩病危，見鬼物日來撲執，恐懼，自鋤出所埋硃書鐵片，畚置牆陰。節婦見而知其情，乃持告其母丘氏，乃大怒，呼諸子婦告之，曰：「輕薄子如此絶行，命必不長，且待媳婦如此之薄，若死，媳婦必不俟七七之終而嫁矣。」既而嵩死，節婦時年二十四，乃斷髮自矢曰：「吾夫薄行乃其自失，一醮之恩乃人大倫，惡可因此而有二心？」遂守志終身。丘氏以嵩死無子，只留節婦田八畝，歲食或不足，則躬織紝以自給。事丘氏，克盡孝敬無違。年七十九而終。鄉閭遠近咸知其節，屢舉旌表，竟以寡力沉没。噫，可慨也！

論曰：世衰俗偷，民彝日喪。其於父子、兄弟、夫婦、君臣、朋友之間，順之而合則無不厚，逆之而離則傾陷相賊，無所不至。於此而不失常，非至仁君子，其孰能之？節婦遇薄倖之夫，處煢匱之極，猶勵志守節，不負一醮之恩，之死靡他。視《緑衣》《谷風》所詠歎者，誠異世同軌。若原其情其處，豈不爲尤難哉！

卷二十三

行狀　誌

謝文肅公行狀

先生姓謝氏，諱鐸，字鳴治，別號方石。少警敏，能爲韻句。年十四，其叔父逸老先生授四子、《毛詩》，輒悟大意。將冠，遊邑校，與縉先大父少司空友，大父樹立堅特罕比，獨先生相與砥礪，慨然以古人自期。天順己卯，發解第二人。甲申，登進士第，與今少師長沙李公、大司馬華容劉公同選入翰林，爲庶吉士。益肆力學問，學士永新劉公、莆田柯公典教，皆深器之。

成化乙酉，授編修，預修英廟《實録》，賜銀幣，陞俸從六品。癸巳，被旨校《通鑑綱目》，先生因指歷代得失，爲疏數千言以進，曰：「宋神宗好《通鑑》，理宗好《綱目》，徒知留意其書，不能推之政治。」因論時政之失，宜求賢講學，見諸行事，不爲二君之徒好。甲午，被旨入讀中秘書，條上西北備邊事宜，略曰：「河曲一方，近失聲援，夷狄伏爲窟穴。夫大河爲關輔之限，而授降、東勝又大河之藩籬，失此則河不可守，況又失河而退守，其何能及？況延綏經榆林至寧夏，二千餘里，列堡二十有三，馬步軍二萬三千有奇，老羸半之，是以往歲寇掠如入無人之境，東自孤山、柏林諸堡，中自平夷、懷遠諸堡，西自靖邊、清平諸堡；又西則寧塞諸處，直抵金湯川；安邊諸處，直抵環慶；花馬池諸處，直抵固原；以至土門、塞門、山城諸處，莫非入寇之路。朝廷久爲搜套之策，疑而未决。及此無事，正宜蓄兵養鋭，於大同、寧夏以爲東西之援，漸圖收復漢唐故疆與國初東勝之地。據三受降城以極形勢，守其不攻者，策之上也。」又曰：「今用將帥，皆晚唐之債帥也。戰没者士卒而名數不聞，克捷者士卒而賞歸權勢，剋減之暴、辦納之艱，怨塞胸腹，得而使之乎？」言甚剴切，皆鑿鑿可用。乙未，秩滿，陞侍講，入預經筵，反覆推説，皆人所難言。庚子，丁外艱，再罹内艱，守禮如古。壬寅，終制，謂人曰：「初心冀禄爲親，今無及矣。苟仕，非義也。」遂以疾聞。明年癸卯，吏部趣起復，堅以疾謝，楗門讀書，暇則侍逸老，登眺方岩、雁宕之上，仕進之念泊如也。

孝皇初新庶政，於是廷臣交章論薦，會修《憲廟實録》，詔起之。先生未决，大父與長沙公貽書來勸，遂行入朝，供事兵館。書汪直、王越開邊事最直。庚戌，陞南京國子祭酒，以廉節爲教，士皆刮滌，有以請托自愧者。又疏上國學事宜，曰擇師儒、慎科貢、正祀典、廣載籍、復會饌、均撥歷。其論祀典，略曰：「孔廟從祀之賢，萬代瞻仰，教化之原。龜山楊時，程門高弟，實衍延平之派；新經之闢，足衛吾道，而不預從祀。臨川郡公吴澄，生長於宋而顯於元，夫出處聖賢大節，夷夏古今大防，忘君事虜，跡其所爲，不及洛邑頑民，顧在從祀之列，臣固不能無惑。況二人皆太學之師，其於廟祀黜陟，不可不正。」先生以師道難盡，疏請致仕，不許。明年辛亥，仲子死，先祀無托，遂致仕。諸生以狀歷部臺，請留且疏，留於朝。先生嘗抑諸生之納粟馬者，至是舉則多所抑者，一時薦紳榮其歸，皆祖於郊外。家居幾十載，惟讀書求志，日不少懈，勢利一毫不嬰於懷。天下之思其人、想其風者，皆謂可望而不可即，而薦者益力，孝廟於是深知先生，欲大用之。戊午，會國子缺祭酒，吏部以先生名進，上特命陞禮部右侍郎掌祭酒事，遣使就其家起之。先生兩具疏辭疾。長沙公在政府，貽書諭上意，乃行。次越，得疾徑歸，以狀投紹興府繳進，力求致仕，不許。又疏投台州府轉奏，知府不敢上。給事中吴世忠、主事潘府言當速起，以盡正人之用。使者再至，有司勸駕益急，遂行至京。以求退而得遷，非義所安，辭以舊官供職，不許，始受命。其爲教如在南雍。時地震，詔諸司言事，因上章論「維持風教」四事，而論黜吴氏及納粟馬之害尤切。連疏乞致仕，六館師生上章乞留。廷臣吴世忠、張芝、吴蕣薦益力，被旨不允。癸亥，上命會輯《通鑑綱目》，并續編爲《纂要》，先生爲潤色官。論黜晉、隋、胡元之統，説皆有據。任職三載，念祖母趙氏守節未白，俟滿考，請以本身誥命易爲趙氏旌表。例，死者不旌，上特破格行之，仍給誥命。既而復疏，乞致仕。半歲之間，疏凡五上，辭署印至再四，上皆以温旨勉留。又不能奪，方許養疾，命驛歸，俟疾愈以聞。

正德戊辰，吏部上其名，會權奸用事，遂令致仕。先生歸六歲，終於正寢，享年七十有六，正德庚午二月二日也。有司以聞，贈禮部尚書，諭祭賜謚文肅。命進士桂萼治其葬，葬其里暘嶴大夢山之原。

先生性孤介，簡樸無華，節操堅勵，慎取予，有防畛，晚始寬涵有内。居常坦坦，雖庸人、孺子得親之。及遇事，則斷斷一定，不可奪志。恥温飽，布素疏食將以終身，嘗曰：「吾無他長，惟安分知止而已。」故其生平不吝義退，不榮倖進：其進也，反覆辭免，至不得已而後就；其退也，量任揆己，奮而決去。此其出處大節，本末甚明，夫豈偶中幸致者！前時學士大夫務希世進取，巧躋捷攫，揚揚得計。由二三君子，天下乃始貴名節、尚廉耻。嗚呼！先生志不究，才不盡用，澤不加於民，惟流風猶悚動後世，先生之功可少哉！國學自會膳不行，膳夫之輸，常爲祭酒故有，先生獨不然，盡籍貯於公，不私銖兩。乃措之廢墜。如南雍搆二樓，庋故典刻板，北雍增號房，置官廨，修文廟，開廟前衢，奏均屬官與諸生之貧者，有餘貯之，以需會膳之復行。諸生至館，用賂教官，謂之班錢，爲禁止之。又捐己阜銀以賑教官之廉者。平生不喜與内侍往來，在纂局有内侍之執權者，每設食恭禮，丐一言不可得。見義必爲，先公有遺田若干畝，斥供先世祠墓。禄食稍贏，輒買田代之，分給諸弟，置家塾，資宗族貧葬。又買田分諸姪，而又創方岩書院，築牛橋閘，與賙親故婚喪患難之不贍者。鄉郡先哲行義、著述，靡不蒐輯表闡，或求其祠墓繕之。老居田里，有以自樂。每聞朝政改革，君子、小人進退消長之機，未嘗不感慨深嗟而掩袂也。於書無不讀，其所爲文甚多，尤長於詩，蓋其精識絶人，論議歸於一是。所著有《桃溪集》《續真西山讀書記》《伊洛遺音》《伊洛淵源續録》《四子擇言》《元史本末》《宰輔沿革》《國朝名臣事略》《尊鄉録》《赤城志》及《文集》《詩集》《論諫録》《緦山集》百餘卷。

先生裔出晉康樂公。宋經略使鞅始遷黄岩縣學西。元末高祖孝子温良再遷桃溪，今隸太平。曾祖原睦。祖性端，贈禮部右侍郎；妣趙氏，贈淑人，即節婦。考世衍，封編修，贈禮部右侍郎；妣高氏，贈淑人。從叔父省，寶慶太守，所謂逸老先生；及其弟王城山人績，皆以學行重於時。先生娶陳氏；繼孔氏，宣聖五十七代孫，皆贈淑人。子男三：興仁、興義皆夭；興寅，側室焦氏出。女二：長聘綰叔父侹，俱夭；次適金忻。孫男一：必祚，興義遺腹子，以蔭補國子生。曾孫男二：某、某。

綰竊惟早歲受業，受知先生特深，世契尤篤，非綰無以摭其詳，故必祚以遺行見屬，義有不得辭者，謹爲狀，以告立言君子，庶先生大節，百世之後有考。謹狀。

先祖文毅公行狀

先祖文毅公，姓黄氏，諱曜，字孔昭，後以字行，更字世顯，别號定軒，晚號洞山迂叟。其先楚春申君黄歇之後。至漢，江夏黄童香生子瓊，瓊生琬。傳世至諱大綱，封定侯，居光州固始。十五世孫諱知運，爲永嘉守，生子諱元方，爲晉安守，避五胡之亂，遷晉安侯官黄巷。十二世孫諱岸，爲唐桂陽刺史，封忠義公，遷莆陽涵江。忠義公八世孫諱緒，爲昭武鎮都監使，五代末避王審知諸子亂，遷黄岩洞山。山今分隸太平，歲久族蕃，人因呼曰「洞黄」。自都監至文毅公十六世，世敦儒術，或仕或隱，皆鉅人長者。曾大父諱與莊，韞德貞晦，父祖嘗三世同居産，至是昆從求分異，田廬美者讓諸昆從，而自取其荒頓者。大父諱尚斌，號松塢，性狷介而敦尚長厚。嘗讀史，見奸佞必掩卷奮駡。盗有發其家藏者，見則卻避以掩縱之。鄉人倚信，至權量衡尺皆視爲憑。父諱彦俊，以進士起家，爲職方主事，才德節行，爲時推重，與松塢並贈南京工部右侍郎。母浦口金氏，贈太淑人。

公生於外家浦口，俗生子三日而祭，時冬月無魚，金氏令人蕩舟破冰，忽大鯉躍入，舟中人皆異之。少端凝如成人，不妄言笑。始讀書，輒以古賢哲自期。年十四，金太淑人殁於京邸，扶櫬歸，營葬事，周慎無遺。逾年，趨省至張家灣，聞職方公訃，一哭輒死，翌日始甦而奔喪。徧求名碩詩文，以圖不朽。欲肖遺像莫及，遍訪畫工，有工善相，知職方公必不壽，嘗竊肖之，乃重購以歸。弟妹幼弱，撫育以長，皆成室家。厲志問學，不問寒餒，稍倦，書姓名於掌以自擊。讀書集怡楼上，諸母以盂蜜盤糍來饋，食糍用蜜，公方發憤，誤認硯墨爲蜜，食已，人見其唇墨，視盂蜜猶如故。又嘗夜誦至徹曉，賊有伺於門者不得間，乃唾牖隙而去，曰：「秀才誤我立一宵。」公亦不問而誦讀如故。歲歉，食辦粥，先老婢北人，不習治辦，雜芒粃不可口，日盛一器，俟其凝，畫爲四塊，讀倦剔其芒而食，旦暮盡四塊。弟妹不能食，以辦易米食之。

執友建寧守賀公浤知其賢，舉爲松溪縣訓導。入京，試不利，公笑曰：「士貴自立，奚以薦爲？」歸爲邑諸生，始與文肅謝公鐸定交。謝公亦貧寠，出入起處必與之俱，或寓旅舍，或甠道傍，或共鋤圃，或共炊爨，亦相講習不廢。其在庠序，超然思遠，於俗流輩務爲姱揚，二公淡如也。同校有婚事，諸生往賀，里中富人見諸姱揚者皆優禮，獨慢二公，雖同坐杯酒亦不至，公若罔知，識者已知爲遠器。領景泰丙子鄉薦，登天順庚辰進士，初讀卷官欲置之首甲第一，宰臣有私忌者託以姓名音同，惶恐不便傳臚，乃置之二甲第五，人皆惜之。公人物修偉，人皆擬其得顯擢。職方公同年居要地者比肩，公未嘗至其門，曰：「既成進士，何官不可做，而猶事干謁以求進耶？」屯田時號濁曹，官此多敗，要地者惡不附己，遂不俟選期，特奏補爲屯田主事。公益奮勵，居將三載，竟以持正不阿爲同官所忌，嗾惡吏誣奏下獄，經八月而白，同官坐是落職，公由是聲譽大起，獨署司事，宿弊盡革。

陞都水員外郎，差督造江南段疋，謝絶私饋，雖鄉人仕其地以尺帛來贐亦卻之。時適議慈懿皇太后山陵，公憤其事，曰：「治葬，吾職也。」輒草數百言欲上，會事定，乃已。

既而吏部文選官坐事外調，輿論推公，乃自江南召改文選員外郎。八載遷郎中，公歎曰：「形端則表正，源潔則流清，銓司者，天下人才根本，吾既居此，可負厥初心哉！」又嘗謂人曰：「國家用才，猶富家之積粟，粟積於豐年，乃可濟飢，才聚於平時，乃可備用。」日開門延客，以詢訪爲事。或勸當遠嫌者，則曰：「朝廷以銓衡寄我，貴得人也。我若杜門謝客，與輿情閡絶，但據衆人愛憎之言，惡知妍醜之真？況閉門而不閉心，特沽名耳，吾不爲也。」又曰：「一人之不職，一方之害也。雖小官冗職，吾可忽哉！」每公退，不入私室，置衣冠座隅，坐於廳事，讀書手不釋卷，客至則衣冠延坐。凡四方郡邑道里遠邇風俗美惡、獄訟錢穀繁簡及守令政事得失，悉加蒐訪，纖悉靡遺。又察其言之誠僞與其鑒識高下，因以觀其賢否，客退，私記於籍，日置袖中以便檢閲。間涉請託，正色不應，未嘗少貶以徇權貴。所與語之人，苟見其賢，則不啻若自己出；苟見其不肖，雖密且故，不以私。故日開門延客，而不肖私謁之跡自遠。即所薦有知而來謝者，應之曰：「用人事有朝廷、有冢宰，吾安能爲力？」在銓司日久，歷事冢宰數人，舉措或有不當，公執之甚，至推案憑怒，左右皆匿，公拱立不去，顔色愈和，俟怒止，復言；又推案憑怒，則又拱立如前，冢宰悟，竟從公。後有私請於冢宰者，亦以公爲解。其見嚴憚如此。內閣有任子，將選而死，乞恩求一京御掩棺，公執不行，曰：「朝廷名器所以勵天下，非賻襚類也。」嘗朝罷，司禮監用事中人立俟禁城樹陰中，使邀公語，公徑趨出。冢宰有故人爲方伯者，每推舉爲都御史，公不應，其人抵京，冢宰使來見公，見輒長跪，公乃扶而謝曰：「君重臣，而行此禮，某何敢當？」明日復推舉，公復不應，問之，則曰：「無大臣體段。」冢宰諗知其故，遽謂其人曰：「汝誤矣。」然薦賢求才，汲汲唯恐不及。凡公所汲引之人，驗之於後，不爲名公鉅卿，則爲清修高節之士。一時名士翕然，皆以此歸重於公。雖在庠序岩穴，稍聞才德，亦惓惓留意，恐其不達。幸其既仕，則委曲成就之；不幸或坐累，每陰爲援捄，其人不知也。又欲盡舉廉静深造如周時可、周梁石、陳士賢、張時敏、胡希仁諸公爲提學，以變士習，而海内嚮風。永新胡某者始爲河南訓導，公習知其孝，及任滿，來謁選，得遷教授，公銓注其地，南北遠甚，胡欲迎養母則道艱不可往，撫膺日泣，或謂之曰：「黄郎中不可以私干而可以情愬。」胡愬之，公始記憶，曰：「吾適誤也。」自檢劾，爲疏於朝，竟改便郡。凡下品選人，各量其鄉土道里，與之近地，曰：「小官禄薄，萬一不偶，則妻子皆爲他鄉殍鬼。」凡鄉人之選者，雖親舊之情，未嘗稍失而舉錯之，公亦未嘗稍貶，但各量其宜，至今天下無私厚之議，在鄉無遠嫌之怨，可謂至公而曲盡者。嘗爲會試考官，有勢家子暮夜持金來謁，公叱去之，終不言其姓名。

滿考，例不復職，每推陞，即爲司禮監内閣所阻，需次居間幾一載。時朝廷設東廠，俾邏伺過失，最能爲禍福。一日，冢宰尹公旻遇東廠中貴，與之語，嘖嘖稱吏部黄郎中之賢。尹問：「何以知之？」曰：「人有持其短長者，吾密令察之，毫髮無所有，以此知之。」因曰：「爲郎中幾年？」

曰：「九年矣。」復嘖嘖曰：「吾復不知其官九年也。」尹喜，因浼之内告，乃推陞右通政，始獲點用。尹初聞即過公，令投一刺致謝。公卒不往，曰：「有命焉！」後先在文選者，率驟遷，輒敗，至或並累其上之人，爲天下笑。公獨循循，滿考又越歲而後遷。公去文選僅一年，而尹公以子龍事敗，株連甚衆，卒不能浼。蓋尹爲冢宰，亦每爲士論所否，但公輔之以正，故無敗事。初談綸、張頤輩皆以巧附權幸欲驟陞，公力争，謂其邪佞庸下，若用之必敗，後果如公言，衆益信公爲知人。爲通政，專清武職録黄。又五年，始陞南京工部右侍郎。

公至南都，適缺尚書，獨署部事，按制考存，澡剔宿弊，部政爲之焕然。舊以沿江諸郡縣蘆洲屬之工部，每歲徵課以資營繕。歲久，乃爲守備及勢家奸民侵匿，有司無措，乃責無辜細民陪賍，致鬻賣妻子而竄者。然營繕浩繁，公帑匱乏，則令上江二縣鋪家借辦，積逋動數萬計，而二縣之商皆不能存。公乃曲爲規畫，節量盈縮，以償逋負，而二縣之商稍安。乃濳稽舊籍，疏請復之。並稽新漲洲及諸郡舊洲，備造圖籍，悉歸工部。又請敕二道專委屬官一人，理其事，著爲令，乃委郎中毛科理之。科亦盡心，不孤所托。於是凡有營作，皆於此取給，至今賴之。揚、池、廬、和、安慶、九江諸州郡歲解各窰廠蘆柴，諸遠州郡解户多爲攬頭尅騙，致累貧困。且積柴日久朽腐，不堪燒造，乃疏只以應天、太平、鎮江三近郡令納本色蘆柴，餘令納折色價銀，公私俱便。又龍江提舉司及瓦屑壩竹木局等衙門，所轄地場十餘處，亦爲守備及勢家奸民所侵匿，亦稽舊籍，奏請復之。度量頃畝，歲賦黄麻、桐油，以備造船之用，率爲定規。後科竟爲奸豪所嫉，陰嗾守備蔣琮誣奏下獄。公力奏釋之。部署災燬，撤舊更新，甲於他部，而民不知擾。有劉主事者管庫藏，以餘銀數千來饋，公驚訝，將白其事，劉慚而退，以其銀需於官。有抽分主事在職貪婪，及解部課價多於前額，公曰：「剥民以自肥，增額以導利，皆國蠹也。」欲奏黜之，卒自愧引去。廠中掘地，得古銅鼎，緑色如玉，皆異之，公曰：「此非常物，若聞，守備必取進御，徒滋人主玩好之心，更令天下求此，豈不爲民害耶！」亟命工刻「文廟」二字，俄而守備來視，果欲取獻，以文廟遺器而止。甲字等庫千餘間坍塌，詔修理，工費以數十萬計，守備度藏金不敷，欲借貸應天府居賈，及令湖廣、四川採辦木植。時方災傷，公力争不可，遂爲區畫，奏以蘇、松、常、揚、淮五府贓贖鍰金助用，民不知擾而事集。江操船壞，守備欲易底版，用杉楠，因以規利；時杉楠正缺，公奏請用松，所省亦數千計。内官監裝載版枋之類用馬船，往往夾帶私貨，搔擾傳路，公奏請禁，約減其船隻。凡蠹政害民如此類者，悉奏罷之。

有詔令大臣舉堪方面，公初舉知府樊瑩，再舉僉事章懋。樊後爲刑部尚書，章爲南京國子祭酒，時稱得人。公去吏部久，人益思之。行人吴敘、御史陳璧、余濬交章請任公銓衡，御史曹璘亦以公與何尚書喬新、張編修元禎、陳檢討獻章、林員外俊諸公同薦。冢宰三原王公恕欲引以自代，兩薦爲吏部侍郎，沮於内閣、司禮監，不果用。後當推舉，預示吏部不許推公。王公曰：「如黄某不用，豈天下公論！寧推而不用，吾不可以不推也。」又數因會推，舉薦尤力，竟不得用。然物論在人，駸駸未已，要皆以鈞衡望公。

弘治辛亥六月十七日，以疾卒於官。生宣德戊申十二月二十二日，享年六十有四。

蓋自成化以來，朝廷始不親政，政歸内閣與司禮監，交互用事，百僚奔趨其門，惟視其好惡爲賢否，故當時之稱才德真足爲大臣而無愧者，皆不獲用。如公者，天下至今誦之，蓋重其難進而惜其用之不究也。雖然，藉公久爲文選，用人惟公，小大皆當其職，以故四海清平，國家無事，久安極治，惟此時爲盛，人亦不知爲誰之力。

公卒之前十餘日，先君適以工部主事祗承公事至南都，獲躬歛扶喪以歸。朝廷遣官諭祭，賜葬委羽山之陽。配淑人蔡氏與公合葬。後三年，督學憲臣檄有司從祀鄉賢祠。今上中興，追念舊德，贈禮部尚書，謚文毅。及綰推恩，加贈蔡淑人夫人。

公天資篤實，內則剛明果決，外則温厚含蓄，心地坦易，無纖芥殘刻意。器量宏深，不以人之觸己而怒、逢己而喜。或有横逆之加，處之不較。無矯言飾行，接物一以至誠。下逮臧獲僕隸，未嘗有欺，遇之甚莊，而使之甚恕，時有小過，宥而弗問，人故不惟不敢欺，而亦不忍欺。篤於倫理，六行無缺。平生所爲，誠無有不可對人言者，視公事如家事，不避險難，不畏權勢，凡可以益國利民，見之必爲，爲之必盡其心。不屑以生事自累，田宅有無，粟帛多寡，一無所問。教子孫敦本務實，不以外物榮枯爲意。性甘儉素，不喜華靡，位至三品，居處服食如寒士。雅好施與，親故以貧告，必周之。嘗以舊宅之直讓其弟，以餘俸之金恤其妹。又以先職方遺田三十畝，歲出束脩爲義學，以訓族人。爲通政南遷，有屋一所當貿易，增葺更新，視舊直十倍之三，或勸增價取償，公曰：「吾聞年尚書賣馬不多取直，吾可多取屋直耶？」南都務簡蚤休，齋居必讀書。雖燕居亦左右置几，一公自居，一夫人蔡氏居之，而相敬如賓。閱書有關內德及家人之道，必詳釋近喻以曉夫人。又嘗夜讀，或問曰：「尚欲科舉乎？」曰：「不然，聖賢行己治人之方，悉在於是。且讀書則使心有歸宿，不至外馳。」晚益寬容，有轎夫醉跌，墮公於地，從容整衣而起，略無辭色。醉者驚懼伏罪，公笑曰：「汝誤耳，非故也。」復有狂生醉酒來見公，坐與之語，温恭自若。及去，人問曰：「此何人，公不怒？」公曰：「如其人，我即慢之則爲失人；苟非其人，彼自狂耳，於我何與？」弘治初，言路大通，衆以爲賀，公獨憂，曰：「是誠盛事，但恐言者務於求名，言之過激，宦豎之黨疑懼，益自樹結，則言皆無濟。上聰明不世，惟當朝夕勸學，邇正人，崇成聖德，爲將來出治之本可也。」識者韙之。其慕古好學之心，至老不倦，聞天下有名籍古典，必重直置之，雖多費不吝。鄉前輩葉拙訥先生以古行聞，公爲請於有司，俾祀鄉賢。他如郭饒陽樌、季考功茂弘，皆鄉先正，常稱其遺烈，以勵風俗。方遜志先生遺文散逸，匿藏民家，公爲會稡梓傳。又輯宋元以來前輩詩文，爲《赤城論諫録》及《赤城詩集》行於世。且摭其行實，爲《尊鄉録》。所著有《定軒存稿》若干卷，存於家。

子男三，長即先君諱俌，仕終文選司郎中，以綰官贈詹事兼侍講學士。孫男五，紹、繹、綰、約、紒。曾孫男十有七人。

其所與交，海内之賢雖多，惟同鄉謝文肅公及陳公選、林公鶚、謝公省終始無間。林、陳卒，皆爲撫其子，或經紀其喪，輯其事行以傳。

公平生深默，不事表襮。然我朝論銓司之賢，必以公爲稱首。謝文肅公有曰：「公居選部，不市恩，不賣直，凡所舉錯，不獨人莫之敢干，雖上之人亦或以公爲辭而若有所憚。每公退，過予，望而見其喜，則知賢者之得進，見其憂，則知不肖者之不得退，如此十五年，始終不變。」參政戴公豪有曰：「孝弟絶倫，恬淡寡欲，盡忠事君，羞爲詭隨，秉義飭躬，耻爲狷介，有光明正大之心、精詣卓絶之才、剛勁不可屈之節，而處之若無。」尚書王公紱歎其銓司十載，門可羅雀，民部兩考，室如縣磬。吴文定公寬爲《傳》，論曰：「昔毛玠仕魏爲東曹掾，所舉皆清正之士，能以儉率人，一時皆以廉節自勵。今觀黄定軒之爲人，蓋近之。」噫，諸君子之言皆實録也！

正德初，兩浙會修孝廟《實録》，士論咸以張忠定、范忠文爲比。綰憶自弱冠，先君輒命綰摭公事實爲狀。歲月侵尋，迄今三紀，始克追成先志，敬書一通，貽示子孫，俾世守之，且用以備國史之遺缺云。謹狀。

先府君行狀

先君姓黄氏，諱俌，字汝修，初號艾齋，後更方麓。

其先楚人春申君歇系孫。漢封定侯諱大綱，居光州固始。其後避五胡之亂，遷於閩晉安。至唐忠義公諱岸，遷莆陽涵江。八世孫昭武鎮都監使諱緒，遷黄岩洞山，東南大海之上。歲久，子孫蕃衍，因呼曰洞黄。族祖諱聰，爲宋德化縣令。諱恪，紹興間累官諫議大夫，謇直有聲。諱石，中嘉定丁丑進士，官著作郎，與黄勉齋、孫竹湖友，實淑考亭之學。他不仕而隱，益務種德。自都監至先君十七世，世修儒業，黄氏之慶，實深於此。高祖諱與莊，載德貞晦，嘗三世同居，産至是始分，田廬美者皆讓群從，而自取荒陋，義過薛包。曾祖諱尚斌，號松塢，剛介明達，博學力行，讀史見奸臣賊子，必掩卷而罵；又每掩盜竊之耻，一鄉之權量皆視爲憑，人故以龐德公目之。

祖諱彦俊，正統丙辰進士，官職方主事，性至孝友，才操爲時所推。父諱孔昭，天順庚辰進士，南京工部右侍郎，名德重於時；母蔡氏，封淑人。

先君生而静重，稍長，遊執友克庵陳公，寶慶、方石二謝公之門。踰冠，入邑庠，勵志清苦。先司空居選部，聲稱方赫，益自退避，人不知爲選部子。領成化丁酉鄉薦，有司例贐，悉却不受。或被誣法得死者八人，爲白其冤，釋之，以數百金謝，謂曰：「吾義當然，何謝之有？」登辛丑進士第，初授職方主事。改武選，管武職録黄。日與宦者共事，事不苟同，宦者群肆凌侮，有不樂者，遂以疾告歸。過留都，見司空，喜曰：「此真吾兒也。」方石先生聞之，以詩爲賀，曰：「落落驚聞不措風，少年豪氣許誰同。」居數歲，司空使之仕，始出，改工部營繕主事。差荆州抽分，便道留都省侍，僅十餘日，司空卒，獲躬斂、扶櫬歸。司空子惟先君一人，人謂慈孝所感。

服闋，補車駕主事，親王之國，車船費數十萬，先時府屬與中官互爲奸弊，莫可究。先君悉究，請損其半。又立票給車船户，令往還繳銷以驗，冒濫怨切齒不顧。文選缺員，時論以先司空嘗九年爲郎，前後莫並，必其子可。冢宰耿公特奏改文選主事，尋陞員外，歷郎中。守職慎法，不爲恩怨近名，汲汲以用材爲事。苟知材德，不以隱顯崇卑有所輕重，如僉事陳壯、員外郎祝萃、儒士蕭子鵬輩，人猶未知，皆力薦之。雖弗悉用，必自盡。嘗曰：「先公居是官，實以人材爲己任，敢忘先志？」未考滿，以例得受正五品，誥命其文曰：「性資敦厚，操修罔懈。」又曰：「念爾父嘗居是官，人以是知廟堂之論有在也。」

己未，以内艱去。服終，謂人曰：「本無宦情，今可止矣。」人曰：「公年力強，止非時。」乃出，爲稽勛郎中。未幾，復爲文選郎中。其時首相及冢宰、太少皆同鄉，又以鄉人在中貴者，内持宫闈之命，每欲以私授其鄉人，且立南、北黨分之名。先君每與之争，給事中吴蕣、王蓋、蔚春、吴世忠諸人，以言爲其所惡，欲擠之。先君力争不可，遂爲所疾。且諸公皆以權術籠結上下，外假公直，内藏多私，雖在朝之士，莫測其端，及相與歆羡，以成風習。時同列好進者，皆競務投合，亦相率爲機械，陽示親愛，陰蓄禍毒，以行攘奪之計。先君每歸而歎曰：「國家百餘年淳風自此壞矣，後將何極？」日鬱鬱不樂，遂以成疾，乃慨然曰：「二十年夙心，今茲決矣，吾豈與時人競進取也！」即上疏致仕。或曰：「合引疾。」又曰：「當援例進階以行。」曰：「吾無庸此。」遂以舊官致仕。其後果肇正德初政之禍，人始知先君爲有先見。

先君既獲家居，杜門不出，日惟閲書課子孫而已，曰：「吾無他能，唯安分知止，乃平生之志。」正德元年三月十五日終於正寢。先一日，猶正襟危坐，家人泣勸扶，就枕而逝。

先君儀表豐偉，容貌儼然，其簡重出於天性。居常拱手端坐，其座不正不坐。行無趨蹌，立無跛倚。雖祈寒盛暑無惰容，雖倉皇造次無妄語，雖宴褻劇喜無苟笑。望之凛不可犯，而心地坦坦，忠厚質直，無纖毫涯岸。平生不能欺人，亦不疑人欺，不務取名，以皦皦之行區區然爲矜爲衒者。恩當施人則施，力當自盡必盡，不揚己，不求報。若設機穽下石之事，即强之使爲，亦不能也，故識者以厚德歸之。言納不出口，而中有分辯，寬容無較，隱惡藏短，而孜孜樂善如不及。交友不妄，所與皆海内端人。

生景泰庚午十一月十一日，享年五十有七。配家母太淑人鮑氏，慈嚴惕勵，家政斬斬，繇是始增，修先業，置室廬，家人乃有託，先君平居常若無事者。今上嘉靖，綰叨侍從，與修《國典》，蒙恩賜先君通議大夫、詹事府詹事兼翰林院侍講學士。子男五：紹、繹、綰、約、紒。孫男十七：承芳、承文、承箕、承孝、承廉、承武、承德、承仁、承祐（夭）、承亨、承翰、承遜（夭）、承敬、承禮、承忠、承孚、承惠。孫女十：婧適王宏，娟適高洵，嬋適施坦，媏適余讜，婉適應本，餘幼。曾孫男八：應召、應台、應選、應節、應澤、應泮、應遷、應呂、應淙。

已於正德某年某月某日奉柩葬委羽山之陽先文毅公墓左。先師文肅謝公爲墓銘，猶懼幽美弗彰，無以逭不孝之罪，揮淚述此。惟哀其誠，賜之一言，庶昭不朽。謹狀。

貞七叔墓誌銘

府君姓黄氏，諱位，字汝端。父諱晲。祖諱瑾，號桃溪居士，讀書敦行重於鄉。曾祖諱尚斌，贈工部右侍郎，學德無愧古人，薦紳尊之謂松塢先生是也。高祖諱與莊，父子一德，綰與府君同出其後。

府君居洞黄山中，粤洞黄自唐末至今幾七百年，世以讀書耕稼爲業，府君則專務耕稼者也。配林氏。子男三：欽綺、欽綀、欽紱。女一，適陳瑤。綺以今年九月二十日葬府君於洞黄焦坑之原。銘曰：

松塢有言：遂末嗜利，非吾子孫。惟士惟農，四民之本。守之弗去，古風攸存。有效其一，不廢先人。猗歟賢哉，畎畝終身！

張恭人墓誌銘

予少遊京師，聞太師英國公家法，竊羨之。前歲，叨穀後軍，爲公屬吏，益得其詳。今秋，予以疾告將歸，公長子錦衣君欽以幣言曰：「吾妻穆氏之喪，以十月癸卯，將葬於盧溝橋先塋之鄙，墓中之石，欲取一言於執事者。」

按狀，穆氏諱叔祥，封恭人。其先齊郡瑯琊人。祖肅，錦衣衛都指揮。父弘，恩榮官，正統間以孝行旌，娶杜氏，生恭人。幼而醇爽祇孝，婾怡針釜間事，不習而能。錦衣君初室顧氏卒，請繼室，父母喜曰：「此閥閲家肖子孫，可託女矣。」遂以恭人歸張氏，生一子而殤。顧氏生子嶽及側室魏氏生子崙，皆鞠之，不異己出。崙幼苦薙髮，待其寤，跽而剪之。事舅姑及祖姑，確敬順承，皆獲其愛，尤爲太師所禮。二姑之歿，哀戚備至。蒸嘗之奉，必躬必潔。家宗外内，迄於臧獲，各心得之。門内事無不脩，勤儉弛張，皆足爲法。

於乎，賢哉！夫婦人居止閨閣有善，雖丈夫俊偉，坐與之馳。袵席之上，生人之始，家國衰降所繇。張氏鉅家，恭人盛族，人則驕盈不暇，寧有是哉！矧張氏媲美帝室，又將涵膏郁芬，畜而發之，有以助哉！乃爲之銘曰：

生而豐順以成，殁而寧令以終。子匪育，恩無窮。善遺家，福逾崇。噫，天實相之！誰之慶？

徐府君墓誌銘

徐府君諱廷玉，字汝詢。其先汴人，宋建炎間諱琛者爲參謀軍事，扈從渡江，居餘姚之嶼墩。其曾孫良徙馬堰。孫原貞以孝友啓家，生府君，家貧，不堪凍餒。

府君少，則慨然曰：「康身、康家、康國，一也。其身與家不能謀而能謀國者，吾不聞。古曰爲富不仁，不以其力掩取之者；爲仁不富，非舍其當爲而求飢餓者也。古之負才德而餓死者，吾亦不聞。」遂治生。配胡氏，孝静柔和，嚴飭内範，終身人不見其唾洟。中年，家大裕，故府君行義而實有相之者。府君偉儀度，美鬚髯，氣豪自信，好面攻人過，不顧其喜怒。鄉人不潔，望之而匿。里婦聞聲輒走，以故惡者目以爲敵，陰巧中之，有司不察，置獄。既辯，知其誣，將釋之，竟憤死。

於乎！醻善報惡，天道不爽，其理妄邪？跡君之平生，爲善明矣。顧蒙溷垢，死非其所，天道未定也。

府君生二子：文炯、文瑩。二子之子九人：璧、璽、珏、瑞、珍、瑛、璉、璞、珮。璽、珏、珮，皆聽選官。諸孫之子十八人：祥、愛、言、受、孚、爵、爰、豸，餘幼。愛即都水郎中曰仁，遊陽明王子之門，志求聖學，將以施於世，則前日之未定與其心未究者，其終負耶！

府君殁且葬餘百年，曰仁始考幽墜，有事其墓，爲狀告予，使誌之。銘曰：

古誰爲善，不食於躬？偃王之隮，厥後有庥。有類其宗，執義弗酧。以昌厥孫，既晦益昭，越山之陬，石道之丘。我以銘之，爲善弗憂。

司訓府君墓誌銘

府君諱彦良，字某，高祖松塢翁之子。翁幽德比龐公，八子皆讀書，若桃溪處士之介、職方公之重、易齋之通，爲時建杓，然其他亦皆循循如也。府君生最後，惇謹疏越。翁歿，桃溪、職方皆逝。府君甚貧，鬻田以給。受業於猶子司空公，砥礪自爲，淹邑庠久之。應弘治乙卯歲貢，廷試第一。去爲延平司訓，舉職有同官者加以横逆，輒容之不報。其人以事罹於法，顧援之甚力，爲少保劉公璋及前後守士所賢。垂满，致其事以歸，曰：「吾願足矣。」歸而猶貧，曰：「吾願足矣。」遂號爲坦然居士。

府君少時見家藏尺籍，曰：「此皆吾黨人名氏，置此後必有按爲口實者。」輒焚之。鄉族有憤者，輒諭以弗争，且曲爲解之。晚又以時節爲族會，戒子弟弗使爲惡。配車路李氏，皓首相敬猶賓。子男四：曰昉、曰晵、曰煦、曰曈。女二：長適張冕，次適金許。孫男八：曰俅、曰儲、曰俗、曰代、曰僎、曰俣、曰某、曰某。曾孫男三：欽旒、欽某、欽某。享年七十有八。生於景泰〔一〕庚申正月十六日〔二〕，卒於正德丁丑七月二十七日。以閏月八日葬於洞黄下畬大岩裹之原。銘曰：

吾宗之老，維鄉之憑。維風有遺，以昌其承。

【校勘記】

［一］景泰，《洞山黄氏宗譜》（民國乙酉年重修本）作「正統」。

［二］十六日，《洞山黄氏宗譜》作「十九日」。

應節婦墓誌銘

台自三國歷宋至今千數百年，女德幸見稱紀僅六十餘人，不幸幽沈溝壑，泯泯不知其幾。若仙居應太母，其幸歟！太母姓陳氏，父從謙，應府君某之妻也。

少端静，不妄笑言，通《孝經》《小學》《論語》。年二十，歸府君。性嚴，事猶尊賓。往役暴卒，舁歸，抱屍號絶，若不欲生，七日水漿不入口。斂葬終喪，誠禮無遺。府君田二頃，積貲素豐，族有利者諷使再適。誓死撫孤，利者無得，日肆淩侮，計可撼之。久之，又假税役侵剥。歲飢，遂散積絶累，又爲蹊田盜券，詭奪百出，始貧飢不堪活。或日一炊，織紝，口授書教諸孤。長遣從師，暮歸必對讀夜分，反覆曉其義。教以孝弟忠信及善惡果報之理。弛然待盡，里曲皆哀而敬之。弘治庚戌，子某以情事聞于朝，下有司覈實，詔旌其門。疾漸，問遺囑，曰：「清苦此生，既及兒孫成立，報夫地下，足矣。」時年八十。

平生甘於澹泊，未嘗自享一牲肉，食不過二三筯。居處肅整，子孫服食、動止稍非禮，輒笞責。曾孫擊鼓相戲，曰：「鼓不亂聲。」門内寂如無人。終身寡疾，見子孫飲藥裹首即不喜。府君生時愛乘白馬，蒻秣俟其自斃，埋之甚窶，不忍鬻。年邁，步履如少壯，夜必篝燈績數刻方就寢。治事有法，家業初毀而晚復裕。

子男三：長曰曇，次曰旭，季曰昌。旭，媵李氏出，李薰義相守。昌孝行重于鄉，尉分宜，廉潔爲士林稱。孫男七：曰沼、曰湘、曰賢、曰敏、曰河、曰良、曰賓。曾孫男，若干。曾孫女，若干。良舉進士，爲翰林編修，克志爲學，其成未量。

弘治壬戌，欲葬從府君兆，或云曾爲穴以俟，人莫知之，啓藏宛然，見者益歎貞志之素定也。於乎！府君歿，太母纔二十八，諸孤方孩，分宜公生始週，他日事皆未見，其視泯泯者相去幾何？而乃有今日，天道於人，其終負耶！太母之德，豈但子孫不可忘耶！銘曰：

貞臣志女賴己尚，有一於國國必隆，有一於家家必昌。今有見者流斯光，鐫之片石埋其旁，後千百年鬱其風。

卷二十四

碣銘　墓表　碑

知縣應君墓碣銘

君諱恩，字天錫，姓應氏。曾祖某，父某，皆晦韋布。其先自仙居徙縉雲。宋末有諱歸孫者，贅永康大田竇氏，遂家焉；至君十世矣。

君爲人襟宇夷曠，雖遇仇讎，亦與歡洽。中弘治乙卯舉人，初授永新知縣，丁繼母憂。服闋，再領高安縣。胥徒嚚雜，皆爲民害。君按籍留用，袪出千餘人，撼將復入，罪其魁者十餘人，遂寂然。倉庫之役，馬户之丁，前令例於此取羸，不爲非議，君皆革之。凡公廨之圮、城郭之廢，修治一新，而盈縮必當。道傍井有死人，居人來報，君疑有讎，索其人而鞫之，果得其情。又有童子因渡而溺，君即渡，稍鞫之，乃與童子争婚者賄令殺之，咸服其明。寧濠之亂，高安密邇南昌，君能爲備。中丞王公賢之，乃令分部，克復省城，有功録於朝，將用之而卒。

君之爲政，以節才愛民爲本。太守嚴酷，君每不顧喜怒與争，太守銜之。縣庫被盜，遂置獄，令君自誣，君無解，只禱於城隍，俄而得盜，乃白。后太守入壽寧濠，陷不得出，君多方求之。與君手劄，有不合理，輒掩不示人，其厚如此。

配婁氏，子一曰琦，淮王府典禮。女二，長適通判趙懋德，幼適進士徐昭。孫男五，孫女一。從弟尚賓司丞典、弟知縣照、其壻懋德、及舉人李釗、進士胡經、訓導周桐皆受業於君，今皆瑰偉，有志於道，不但科第人物而已。琦以某年某月某日葬□□□之原，丐銘於予，銘曰：

淳風日漓，猥狙呀呀。孰居今世，爲德不陂？猗維長者，一方之儀。以錫我類，青藍攸化。變魯於道，灩耳何施？山川出雲，厥究孔都。

呂府君梅安人墓表

進士呂載道，布衣時與余遊，常念其祖廛隱翁與祖母梅安人潛德弗光，輒泣下，以墓上石屬余。明年，載道獲策名，余意足自顯揚，可弗爲。未幾，有訃其死者。余曰：嗟乎，載道！天負之矣，吾人又忍負之也？憶載道嘗語余曰：「吾祖端樸，寡言笑，恂恂如鄙人。終日衣冠，非弔問不出戶。居近縣，平生不跡其門，鄰人亦數月不見。少失父，恨不及養，每語輒垂涕。二弟一妹，撫成立，有遺産悉與之，無所取。族有貧，必賙之。有持器誤墮碎於市，引歸償之，御下有恩。善飲酒，多而不亂，喜歌誦古詩文。無飾行詐言，故人信之；有爭，視以爲平。梅安人克相之，性嚴有法，宗戚至家，察其寒温飢渴，皆得其情；好施予，或不足於施，若有失者。子讀書，常夜績以伴之讀，少澮，以桯木拍几警之。」

子男三：長曰貴成，進士，終宜黄令；次曰某。女一：適某人。孫男三：曰經，曰絅，曰純。經即載道，有大志，將尚友古人，不幸止矣。孫女一：適舉人王度。曾孫男若干：曰某，曰某。翁别號誠齋，諱巨，字世鴻，宋忠穆公十二世孫。父、祖皆弗仕。梅安人世出黄壇，爲卿舊族。於是爲表，以慰載道於冥冥。呂氏後人，其可忘耶？

迂川葉公墓表

迂川葉公墓在崇國寺東山之麓，公葬於此五十年，其孫慎請予爲表。公諱址，字從哲，迂川其號也。父諱志遠，有隱德。始祖帝良自仙居小同遷於今太平之鷄鳴，至公五世矣。予聞長老云，葉氏之興，皆由迂川。蓋迂川嘗教其子弟讀書，至夜分不寐，察其勤惰，躬煮茗粥，伺其倦而飲食之，故吾鄉一時稱讀書之盛，莫與葉氏並者；若其弟陝州判官培、貢士埴與子南京刑部主事鳳靈、姪漳州訓導鳳翔、梓潼訓導鳳岐，皆所造就也。

公心地夷曠，容貌温恭，交誼甚厚，孝友睦婣，老而彌篤。家有盈餘，不務廣田廬，惟樂施與，見貧匱患難必恤之，梁道有壞必治之。暇日，則道古今成敗以戒其家人。喜飲酒，樂吟咏，以陶其情，爲詩淡而有味，且質直不阿，雖樵夫牧竪亦就而依之。

配長山陳氏，賢而有相，生子鳳鰲、鳳鶚；女一，壻任爽。側室何氏，生鳳昆、鳳靈。孫男八：兆、革、彩、楷、平、慎、重、默。曾孫男二十有二。玄孫男十有二。駸駸未艾，信乎積善之有餘慶也。用表使有徵。

薛助教墓誌銘

國子助教薛君，志將以求道，行將以遂志，駸駸乎聖賢之域，年五十一而卒。其弟尚謙以狀來請銘，曰：「此吾兄平生，非子無以託。」

按狀，君諱俊，字尚節，號靖軒。世爲揭陽龍溪之薛壟人。高祖艮、曾祖田、父驥號讓齋，俱有隱德。母曾氏。弟五人：曰傑，曰侃，曰僎，曰偉，曰僑。侃即尚謙，行人司行人。僑，進士。子三人：曰宗鎧、曰宗銓、曰宗鐘。宗鎧與僑同科進士，貴溪知縣。女三人：長適陳某，次適鄭某，次幼。

君自少穎異端成，不事嬉遊。五歲從師授書，入耳即成誦，又能盡誦諸童所授書。放塾歸，有伐樹橫道者，衆穿樹隙而去，君獨立俟道通。君善問難，師或不能對，嘗更數師，師皆無以教。聞鄉人陳琨有理學，往從之，遭鄉達韋公某於途，拱而俟。韋異之，造館賀其師曰：「此子他日必大成。」年十九，補郡庠子弟。家貧，授徒爲生，束脩所入，悉歸父母。凡遊其門，皆循循雅飭。一日，讓齋謂曰：「吾老且病，諸弟稚弱，萬一不諱，將奈何？」君對曰：「俊在，大人弗憂。」弘治甲子，領鄉薦，報至，讓齋卒。君居喪哀毀盡禮。既釋服，雖遇吉慶，不用聲樂。事母益謹，教撫諸弟，愛而有法；終身不析居，一錢寸帛無所私。正德戊辰，領乙榜，授連江訓導，奉母以養，携二弟一姪，延師教之，禄薄不給，不以爲歉。諸生有餽，辭受惟義，又察其貧者而周之，日夕親爲講解。居七載，士習、民風皆變，雖僚寀亦爲之化。提學楊公子器知之，以閩清、古田二邑僻陋鮮才，委君選其秀充學員，皆得人。又爲之備其祭器，助其冠婚。及還，咸賮，弗受。邑宰持金贈之，亦弗受。楊公益重之，待以賓禮。己亥，陞玉山教諭。去之日，囊橐蕭然。玉山士習尤弊，君至，人猶弗信，久而漸變，諸生有萁荳相燃者，恐君知而改之。學宇災廢，君白當道修治，凡工役皆聽君自處。於是神宮、經閣、業舍、門廡焕然一新而無甚費。丙子，陽明先生過玉山，君遂執弟子禮，問行己之要。先生曰：「自尚謙與予遊，知子篤行久矣，試自言之。」君曰：「俊未知學，但凡事依理而行，不敢出範圍耳！」先生曰：「依理而行，是理與心猶二也，當求無私行之，則一矣。」君乃有省，自是所學遂進。是歲，聘典湖南文衡。未幾，陞國子助教。時已病，聞母喪，葷漿不入口，奔至貴溪宗鎧官邸而卒。病且革，猶與宗鎧講學。實嘉靖甲申七月二十二日也，以明年二月二十六日葬於府治東廂九龍山之原。

於乎，君遂止於斯乎！昔孔門論弟子之入道，而曰：「柴也愚，參也魯，師也辟，由也喭。」他日又曰：「不得中行與之，必也狂狷乎！」何哉？蓋聖人之學，以無私爲本，至誠爲極。其愚、魯、辟、喭與夫狂狷，雖不無氣質之偏，然皆非私心所爲，研磨而至，故皆可以入道，否則「巧言令色，鮮矣仁」「居之似忠信，行之似廉潔」如鄉原者，但爲德之賊而已，惡可以言道哉？君氣質樸茂，孝友仁恕，久而彌篤，接物和煦，愛人猶己，人或有求，傾囊無吝，皆出性情之真而非色莊取仁，矧篤志勵行以幾於道。奈何天奪之壽而未底大成。於乎，悲夫！

侃、僑、宗鎧皆陽明先生門人云，故爲之銘。銘曰：

志匪由命，行匪由天。不求斯道，實非己愆。其所未盡，以俟來者之進。

教授應先生墓碑銘

教授應先生殁且葬餘三十年，其子綸以墓道之石丐銘。按狀，先生諱廣平，字志道，號益閒。中景泰癸酉鄉試，以乙榜爲廣德州學正，任滿復爲濟寧州學正。丁外艱，釋服，改徐州。丁内艱，釋服，改潁州。又九載，陞大名府教授。閱四載，乃老。所至以身爲帥，雍容修飭，人咸孚服。燕居偶飲，必具衣冠。乃變陋習，士風丕振，文彩可觀，諸州皆誌其績。始廣德僻壤，久稱乏人，循循誨誘，於是科第迭出，念違甘旨，分俸歸養。從弟曰珉，猶子曰博、曰敦，甥曰張曹，少失怙恃，携而教之，珉學成登科，博、敦、曹皆成室家。晚與鄉達居者爲真率會。治家有法，内外井然；處鄉耿介，不徇流俗。或有過，面折不貸，人知無他，亦不怨。其先永康人，曰宗翰，始遷黄岩，至先生十六世。高祖曰肖翁，元黄岩州學正。曾祖曰虎。祖曰大賓，太原稅課局大使。父曰謂，廣平府教授，累封僉事，年百歲，祀於鄉賢。兄弟六人，皆稱善士：曰欽，廣東按察司副使；曰祐，蘇州府通判，配蔡氏，有淑德。子男五：曰傳，曰纘，曰練，曰綸，曰佐。女二：長適陰陽訓術蔡從學，次適施棨。孫男十，孫女八。曾孫男十四，曾孫女六。先生之墓，在永寧鄉黄罂山之原。銘曰：

台南喦邑，多稱世族。緊彼應氏，世濟醇朴。顯隱無貳，先生維修。吁嗟不作，伊誰之戚。遺風有存，求追孝德。

潁州太守簡庵公墓碑銘

公姓鮑氏，諱恩，字光元，號簡庵。其先台之仙居人。梁八部侍衛大將軍諱伍，遷居温之樂清楊川里，没爲神，血食里中。六世祖諱叔廉，讀書知義，元兵下台州，揭旗山頂，曰：「台州雖已降，温州不願爲之氓。」元將怒，縱兵屠戮，一族皆盡。五世祖諱約己，甫三歲，家童抱匿深谷，得不死，後生五子，族復盛。父諱恒，號雲石，讀書信古，工詩律，有《雲石集》藏於家。嫡母徐氏，生母應氏，皆有婦德。

公幼敏絶人，七歲能詩對句，出語驚人。太守建昌何公文淵見而異之，選入郡庠，與狀元周公旋、宗伯章公綸、方伯鍾公清、廉憲呂公洪，並許穎脱，周、章折節下之。中正統丁卯鄉試，業太學，與遊皆當世名士。桐廬姚文敏公延置家塾。天順癸未，科場災，公體肥重，入必難脱，前一日忽病，幸免。成化戊子，詮試優等，授夷陵知州，爲政仁恕。流民爲盗，令嚴驅逐。荆襄多富賈新籍，部使不察，概欲逐之，號哭振野，諸州望風奔令。公獨曰：「我民牧，忍置民如此極也？」執不從。使者怒，去冠擊之，欲坐以法。公不顧，皆賴以安。冬月斷囚，見寒者引附火，老病者輒推己湯糕食之，讞死獄情具必泣。内艱去，民泣留，爲立生祠。喪除，改潁州，政視夷陵不易，居一歲以病歸。綰嘗閲《夷陵圖誌》，有謂「文章太守，處事有條」，此實録也。後寓黄岩，遂定居焉，囊槖蕭然，曠不爲意。

公篤行出於天性，事親不違顔色。母病，糞遺床席，手掬净之。一弟克愛，至老不替，親朋情誼，久而彌真。官舍嘗書司馬温公、趙清獻公言於屏以自警，有詩云：「懶將客氣争頭角，羞把民膏作面皮。」或持金帛，干以公事，輒瀕蹙曰：「若何陷我於罪？人禍不加，天殃尚及也。」平居容貌莊嚴，接人則和，中心誠怛，憂人之憂，樂人之樂。與鄉人飲酒，微醺，歌古詩，琅琅中音節。自少至老，手不釋卷，《六經》之外，百家紀載皆成誦。偶有及陳剛中與呂徽之「乘驢談驢」故事數十者，問能記幾何，因語五十不輟，其博物類此。嗜吟詩，尤喜爲律，一韻累千首，又多爲長律，人皆以「鮑長律」目之。賦《歸田》一百韻，友人東海張公弼見之，笑曰：「此真鮑長律也。」

弘治戊申五月十七日卒於黄岩新第。未卒前兩月，忽夢章公具舟促裝邀遊蓬島，卜之不吉，携所著《簡庵稿》數帙，謂家母曰：「汝子他日必有立者，吾以此託之，無使弗傳。」配花塢趙氏，有慈德。子二：長曰鵬，爲黟縣學訓導；次曰鵠。側室林氏，出女二：長曰允勤，適邑庠生李嵩，年二十四，嵩死，冰櫱自守，鄉稱節婦；次曰允儉，即綰母太宜人，先選部其壻也。孫男八：曰雲，爲武學訓導；曰雷，曰震，曰霽，曰霍，曰霶，曰電，曰霦。孫女二：曰月娟，適楊恕；曰月娥，夭。曾孫男九：曰文業，曰文舉，曰文英，曰文衍，曰文邦，曰文衢，曰文道，曰文銓，曰文衡。

弘治丙辰正月初五日，葬於楊川接待山之原。綰懼潛德弗白，謹摭其概，爲之銘曰：

逐物娟俗，人弗以愆。矯利巧宦，時譽其賢。曷晦才德，乃不遠騫。嗚呼！今世何咎望焉？

張木庵墓碣銘

台南隱逸木庵張先生，諱尺，字守度。父諱璣，爲涿州同知，守官廉潔，没無以斂。先生少孤，無田廬，族人驅爲行童。先生曰：「我儒家子，啜水坐甃足矣，何事外道？」既而樵蘇取給，鈔録求直。浙布政使秦公敬，涿州遇士，招爲掾，弗應；遺之金，弗受。問所欲，曰：「願讀書。」延與其子同學，後卒歸隱。念涿州垂没，欲一綿襖弗得，終身感痛，不衣絹帛。老結數椽，鬻鑴父碑。與物無求，交必有終。鄉先正復軒、逸老、方石諸公，洎余祖司空，咸稱其標節。郡守山陽葉公贄、姑蘇顧公璘、吉水羅公僑，皆待以賓禮。顧又榜列，以風六邑。

年八十有七卒，無嗣。余時乞休山中，與弟約往，率其姪孫彬斂之，葬于百家山之麓涿州墓左。訃聞，邑大夫晉安王君欽請予表其墓，以白金若干兩付鄉人牟某葢亭樹石。乃爲銘曰：

台之山兮秀以銛，台之人兮多介廉。孰父子兮同一德，夐先生兮繼貞恬。夜臺寂兮淚空霑，清風悠兮白雲潛，永千秋兮在兹崦。

叔祖孔美墓碣銘

黄中，字孔美，綰之族叔祖也。少而穎異，長益端飭。與兄鼐並馳舉業，俱爲邑校廩膳生。既知方，欲薰師友，求遠到，不以綰不類，欲俯問以究其道。綰方役四方，未遑，遂抱志而歿，歿年三十有一。其兄先之而亡，其友林文相等哀而葬之，墓於泉溪梅嶺之原，請爲之銘。於乎，惜哉！乃銘曰：

生也斯穀，吾不知其受。卒也不造，吾不知其咎。宗門之衰，世道之憂。鑴銘斯石，庶幾有考。

應翁與配李氏墓表

尚寶司丞應君天彝令猶子兼持書與狀，謂予曰：「吾父母墓於前倉之陂，潛德未彰，敢於執事而託。」

按狀，翁諱枌，字尚端，姓應氏。世爲婺之永康人。父曰思行，室李氏，初育二女，不孕，傾貲施與，久而育翁兄弟二人。翁甫九齡而父没，十五而母喪，哀毁誠至，殯葬盡禮。門户多故，堂兄尚道實右之，恭審聽從，事之如父。小有過，尚道責之不貸，惟益謹戒，寖能自立。尚道喜曰：「叔父有後矣。」迄長，長身垂耳，顔如渥丹，見者目而異之。立心寬厚，制行不苟，沈重樸實，不尚華飾，言恂恂若不出口。遇事謙抑如不勝，或遇難處，必咄咄達旦以求其濟，故應接鮮敗而終身寡怨。喜飲酒，客至，輒命觴共酌，酌則必醉，醉而益臧。以早失怙恃不及養，每遇忌辰，則哀慕如初喪。弟曰尚才，克篤友愛，或有小忿，退即怡然。姊適朱氏，早寡而貧，謂其弟曰：「姊今孤苦，吾與汝安乎？」迎之歸，養撫其子，教之如己子。至處宗族、親戚、鄉黨，敦慎委曲，無遠近親疏，咸得其歡。初喪亂相繼，家業散亡，迺躬勤儉，遂日以豐，拓田築室，倍於父時。鄉人爲之較，曰：「其父云『兒孫自有兒孫福，莫爲兒孫作馬牛』，今果然矣。」邑校文廟圮，僉事洪公遠令縣擇行義董役，縣以翁應。翁久不入城府，辭不獲已，供事指使，纖毫必當，竹頭木屑無私。甫畢役，得腹疾，數月而卒。餘無所語，惟囑天彝讀書成立。

配李氏，諱佩，系唐宗室即姑李之族女。幼而淑慎，李擇爲翁配。舅殁，事姑婉順，克盡婦道。及姑歿，助殮相喪，一本於禮。時鬼物爲妖，殆至鴨鷄腹下贅肉如螭。衆駭，莫知能止，安人烹而啗之，諸妖遂息。翁好客，常預數饌以俟，雖日再舉，無難色。及於奉先，尤致誠恪，烹爨必躬，然後敢祭。凡有喪與疾病，問恤無倦。尚才長娶婦，視無彼此，獨綜内務，出入惟公，閲十年始析，卒無間言。教育子女必正，日食惟蔬食，偶有肉，計臠與之，弗得自縱。衣常傳服，弊必補綴。未成童，衣不許絲帛，食坐不許列案。諸子暫遊郭舍，或相謔侮，知必痛責，曰：「爾胡效人浮薄子耶？」翁教子甚嚴，平居不輕與語，不借顔色。諸子有過，先責安人，受而不辭，誨加諄切。既而翁卒，安人益督諸子，各務所業，盡倫諧族，惟恐有墜。晝夜悲號，勞瘁日甚，如此數歲，雙目失明。始以家事分屬諸子，各令炊爨，又自爲爨，令蒼頭給侍，曰：「爾欲養我，不如自養之安也。」目雖無見，猶日笄櫛而織紝如故，或有勸者，曰：「我性樂此，不爾無以度日。」及天彝舉進士，兩爲兵曹主事，獲贈其父如其官，封其母曰太安人。適值良醫鍼治，雙目復明。天彝移疾歸侍，見之，喜曰：「我何意年逾七十，失明十年，再見天日，又得被冠服之榮哉！但恨爾父不及見耳！」優遊數歲，偶以微疾而卒。

翁卒於弘治壬戌之九月，享年五十有三。安人卒於嘉靖丁亥之十月，享年八十有三。子男四：長曰勛，次曰烜，次曰燾，次曰典，即尚寶司丞天彝是也。女一，適同里周章。孫男十二：曰兼、曰鏗、曰田、曰可、曰璙、曰在、曰璜、曰珠、曰琅、曰墅、曰鶴齡、曰珝。孫女五。曾孫男十九，曾孫女五。

天彝有大志，初官兵曹即告歸，從楓山章先生遊學，令詣南洲應子，因與予友。日究所未至，又自不足，復登陽明先生之門，遂爲高第。安人常勗之曰：「諸兄不仕，治生致富。汝仕而貧，幸親師友，尚友古人，以善爲富，顧不多乎？汝尚懋勉，吾復何憾！」傳曰：「言人之善，必本諸父母。」今於天彜益信哉！吾於是以表之。

司訓味澹鮑君墓表

後世專以科第論才、資格用人，苟非豪傑，足奮青雲之上，振拔寥廓之表，則無以見於世，況下此，雖敦篤忠信足以善俗，寬平通達足以集事，然而華藻不及、履歷不著，則亦槁死蓬蒿而已。此所以士生後世爲不幸也。

味澹先生少負才器，爲邑諸生，所謂敦篤忠信、寬平通達而拙於華藻者歟！屢試場屋不售。成化丙午，隨例入粟，欲爲國子生。至京，例止，乃就遂安伯，辟爲侯門教書訓導。未幾，以病告歸，數歲而卒，年四十有九。此則先生履歷之概，其視蓬蒿以没者，相去幾何？於乎，此固先生遭遇之不幸，悼世者亦不能不深慨于斯也。

先生姓鮑氏，諱寵，字全録，味澹其號也。其先括蒼人，有諱漢者，爲台州路判官，遂家仙居之花街。九世孫諱仲純，遷黄岩之迂江，今隸太平。又十三世至先生父，諱克振，號鼎軒，以讀書好義重於鄉。子一，曰玄道。先生之鮑與綰母楊川之鮑爲同宗，故綰嘗稱先生爲舅云。

人無顯晦，仕無崇卑，苟克己以修其身，盡心以事其職，則雖晦亦顯，雖卑亦崇，將垂芳金石，流光竹素。何必王公而後重哉？

縣丞楊君墓表

楊君全，字復初，寧國宣城人。少以才選爲郡從事，最爲通判陳公紀、太守涂公觀、范公吉所賢。及歷試諸司，皆以恭謹見稱，銓補黄岩丞。修事舉職，號爲疏通；偶缺令，君署邑事。民有任馘者數十人，與松海戍卒爲無賴，潛入海中爲盜，殺人無慮數百，莫測爲誰，有司以幽遠不問。有賈舶被害，知風密告，君悉爲計，擒而戮之。又有曰王八大王者，恃其勇健嚚訟，盜取無忌，夜割漁人罟遠賣，其人明知不敢問，君亦以計捕而斃之。當道誤聽愬牒，欲以罪君，民爲訟之而白。迄滿九載，遂乞休去，民欲留之，不可。噫！浙東西郡邑幾百餘，承平以來，有事於土者何啻什伯，求其懲惡激善皆得其情而不爽者鮮矣。間有一二差强人意，又以讒譖黜。鑿鑿如君而又得善其終者，蓋未之見也。於此尤知世之致美無窮者，誠不在於顯晦、崇卑間也。

君歿，葬於其鄉上干之原，其弟序班某率其子某請予表於墓上之石。予謂君在吾邑，善政尚多，皆不暇書，特書其尤著者爲之表。

白雲趙先生墓碣銘

文獻之稱，吾鄉舊矣。至國初，貞成郭先生躬行率物，傳承私淑，葉拙訥諸先生、某高祖松塢府君、曾祖職方府君兄弟而教益明。鄉閭在在，皆有巨人，廉介忠信，孝友婣睦，足爲楷範。及成化、弘治，遺老猶存。某爲童稚，每於里閈婣族間得覿瞻焉，雖一語一揖亦聞訓誨，足知向方。但敦樸之過，或類於愚，浮薄反爲訾笑，自此人學流通。又一二勢利之家，偶獲富顯，轉相慕效，至今遺風蕩然，莫或存者。於乎，悲哉！

白雲先生姓趙氏，諱元鉊，字廷時，某外皇母從弟，蓋某所謂婣黨得覿瞻者也。先生之先，閩柯山人，諱徵明，爲福州司户，石晉開運二年，棄官避亂，浮海至樂清大塢居焉，今隸太平。八世祖諱林成，宋國子司業。六世祖諱宗式，宋金華教授。五世祖諱文藻，宋景定進士。高祖諱師閆，智略恢傑，方國珍延爲幕賓，不赴，以軍功爲元副萬户。曾祖諱溥、祖諱□、父諱惟恢，皆以行義重於鄉。

先生少從應復軒志和、林無逸某、李顧軒某學，與林亞卿鶚、陳敬所彬、葉一得元紀爲同門友。讀書務踐履，不事章句。孝弟婣睦之行，一無可愧，而尤嚴閨門之別。接人恭慎，雖迨臧獲，亦無惰容。少膺家難，年長未娶，定婚盤峰江氏，其父卒，衆欲徇俗借婚，先生不可，迄三十二而后娶。初寓武林，有色女以果潛具，意有所歆，即移别館。樂清蔡知縣家巨富，其女初與伯兄議婚，未問名；伯兄卒，欲以先生諧禮，堅謝不可。户充糧長，每至輸户，家饔飧持以自隨，一茶不以擾人，輸納有餘即還之。嘗於廣盈二倉輸米五十石獲串訖，倉官又誤以串遺，即持還之。鄉人、親戚貧乏，輒賙之，死則爲助殯葬；兒女孤貧，爲之婚嫁。假貸不計其息，凶年則焚券以屆之。晚而家落亦不倦，屢被強[一]暴侵辱，略不芥意。人有問者，則曰：「狗或嚙人，人亦嚙狗也？」一日行海濱，遇醉漢，欲負置於水，鄉人不平，欲搥之，先生笑曰：「此人變常，不宜與較。」至夜，其人果嘔血而死。江氏先卒，墓上植松，數被惡鄰伐之殆盡，或語邑大夫，欲繩以法，以詩謝曰：「千載白雲長自在，十年之計等浮漚。」將嫁女，買孥，詢是良家子，即擇善配嫁之。其鄉居民或先世佃僕，今以富強，故相凌犯，先生退然自守，不與之較。先後郡邑大夫如袁公道、丁公隆、葉公贇、陳公相，特加禮重，歎曰：「忍難忍事，順不順人，可謂群鳥之鳳、衆獸之麟。」袁公、丁公皆躬拜其門。袁公有詩，曰：「茅屋出中老，和雲日採薇。縣官強一見，雲氣尚蒸衣。」先祖文毅公慎於許可，居選部時嘗以書遺，曰：「執事肥遯林泉，誦詩讀書，凡所以修諸身、刑諸家、施諸鄉邦者，無一不在規矩内。方諸古人，實爲無愧。鄰有君子，久不能知，近方得諸兒曹，何有知天下之賢也？」每稱諸縉紳，故文正李公以扇書詩寄，曰：「京國由來不計春，採芝人遠夢應頻。天門拾得青鸞尾，寄與山齋掃白雲。」平居手不釋卷，雖隆寒盛暑，衣巾未嘗去體。偶夜半思所讀書中意味，輒起持書，坐待分曉，或有所得，以至忘食。鄉人皆以先生言行無愧古人，故以「趙古人」稱之。

平生寡疾，年九十，忽語其子曰：「我將死矣。惜我年三十時，於黄堂祖源山中遇一老人，鬚眉皓白，執手語我曰：『子有仙風道骨，言行不苟，我今惠子當知之旨，復期再會。』回首而老人不見，逾十年，果會，又期紫薇山相會。我昨夜夢到紫薇山，得非數之終乎？」言畢而卒。生於永樂甲辰八月十五日辰時，卒於正德癸酉六月十六日辰時。是年臘月初八日，與江氏合葬其里積穀山之原。子男二：長曰崇福；次曰崇祐，爲四會縣河泊。女三：長適鍾慶遐，次適賀秉中，又次適林夔。孫男九：茂傑、茂極、茂概、茂棉、茂幹、茂粱、茂棟、茂柄、茂术。於乎，悲哉！斯俗日下，欺人惡可復睹？斯風其孰振之哉？迺爲銘曰：

白雲英英海嶠蒼，白雲悠悠天宇長。彼美人兮今何鄉，思不見兮悲心涼。大塢積穀聞馨香，後百千載遺流光。閭閻醉夢覺徬徨，庶兹末俗回黄唐。

【校勘記】

［一］强，底本作「疆」，據文意改。

卷二十五

誌　表　碣

梁長史墓誌銘

嘉靖癸巳孟秋之夕，予次舟安山，吏迓道旁，問默庵梁君音耗，曰：「君卒矣。」予灑涕弗已，欲往哭之，顧進賀萬壽，遂收涕不果，令价持書帛致弔。既有禮曹之命，其子紹儒持狀來京邸乞銘。於乎，悲哉！吾忍銘吾友耶？蓋君夙負豪邁，中勵遠志，其所自待何如而今止是，予忍銘吾友耶？

君諱穀，字仲用，母太夫人夢白虎踞床而吼，生君，奇穎絶人。七歲見壁間文字，一覽成誦，坐客皆驚，父憲副公深器之。十歲習經史，肄業郡庠。十四，補郡學生。明年，憲副公即世，哀慟不食，太夫人以禮喻之，始食。潛學曲阜山谷中。正德丁卯鄉試第七，登辛未進士第，慨然有用世之志。時陽明、甘泉二先生與予始講學京師，君趨陽明之門，執子弟禮。因與予及顧箬溪、王順涯諸君友講究窮研，晨夕不離。一日，陽明問：「天下何物至善？」君應曰：「惟性爲至善。」陽明稱歎。又一夕，與陽明同寢，語至夜分。陽明慨風俗日下，聖學不明，君爲泣下。其篤志如此。

明年二月，授吏部稽勛主事。六月，調考功主事，贊議黜陟，深爲冢宰邃庵楊公所器，僚宷亦推其才。是歲，魯藩歸善王陰蓄異志，養士馬，將屠東平，爲不軌。東平人有覺者，貽書於君，君與邃庵謀告於大司馬，移檄山東，使之伺禦守土。以事不先發，恐責有歸，乃屬巡按御史劾君離間親藩，言出虚誕。君因與奏辯。命逮繫御史究問。適魯王奏至，云歸善不孝，疏與君詞相同。上怒，徵歸善詣御前，會都官鞫問。御史被鞫，強執不服，君毅然曰：「爲國家臣子，受寄一方，既不能彌亂於未形，事敗又不直言，反欲爲罔。」乞就獄對理，詔從之。事既得實，上念親親，處歸善以不死，廢發高牆，其長史及與謀皆謫戍。法司乃以御史及君請，同落職。上特命君復職，調御史外任。科道回護體面，喧然交章劾君，君避衆怒，乞致仕。命下吏部，邃庵覆奏，曰：「徙薪之勤，非火至，誰策其勛？拯溺之勞，雖徒人，亦在所許。」且又欲均謫，以息衆怒。上不許。

未幾，考察京官，以君黜，補壽州同知。在壽三月，力求民瘼，爲之更置。巡按御史朱諫見君執事恭謹，凡遇糾紛，必囑君覆訊。壽之士民乃有「梁青天」之謠。明年，風雨浹旬，淮水泛溢，水與城平，軍民遑遑，不知所爲。州守索舟欲逃，富者架木筏以避，貧者悲泣待溺而已。君時有事於亳，得報，兼程而返，渡水入城。城將圮，君曰：「官者，民之司命。官去，民無所主。忍以十萬生靈俱爲魚鱉乎？」乃禁私渡以安民心，衝冒風雨，躬履泥塗，懸重賞募水工。凡城之脆薄者，内貼木城，實之以土，甫就而城崩矣，水賴不入。且風雨弗止，水猶衝嚙，君曰：「人力竭矣，又將奈何？」遂竭誠禱於城隍，禱訖，風雨隨止，壽人歡呼，聲震天地。至夜，陰雲復合，有黿如舟，乘浪觸城。君舉酒酹曰：「自古有道之國，災沴不入，今壽雖褊小，獨無一善人乎？予受命此州，如天欲陷此州，則吾當同死，如不欲陷此州，則當早顯靈貺。」聞者皆泣，君亦垂涕霑臆。俄而霹靂大震，陰雲倏開，星月皎然，水漸歸壑，壽民始有生全之望。乃議改築其城，綜理精密，工訖，費只七千餘緡。壽人德之，乃立生祠祀君。

未幾，遷鄖陽通判。以地險人朴，政尚簡易，上下安之。巡撫王君文哲檄君移居襄陽。政務巨細，悉諮辯決，有奸隱屢年不明，一訊輒得其情，冤者白而慝者服，襄人稱神明焉。巡按御史毛伯温以鄉試外簾徵君，雖職各有司，而科場題目及程文皆屬之，故人至今誦之。

明年，遷太倉知州。飢饉之餘，疾疫[二]流行，積屍相籍。君命社長及里之富人在在埋瘞，凡一千九百。乃發粟以濟居民，設粥以哺流亡，措置有方，所賴全活不可勝計。時海盜起，劫掠海濱，殺指揮使等官，官兵無如之何。君曰：「民力既不堪命，撲滅又不可得，不若因其勢而招徠之，令自攻捕，則賊可息矣。」乃懸榜示意，甫三日，賊首十餘人詣君來投，君因授之方略，俾募其黨。月餘，來投者相繼，餘賊悉散。君謂來者曰：「汝能悔過，今一切宥之。」使貨舟易廬置産，散居村野，令肅而安堵焉。巡撫李公充嗣謂君「不持寸兵，不費斗粟，平數十年巨寇」，乃特薦於朝。里中總税，舊擇富人充糧長，累年民多逋負，莫能窮治，有司惟責成糧長，坐是傾覆者十常七八。君曰：「窮民固可憫，奈何使富民無罪而破其家，吾不忍也。」乃悉從寬貸，自是糧長得賴矣。春夏亢旱，穀價踴貴，君乃節浮費，詰姦殘，禱諸神祠，澍雨數降，其秋大熟，流散皆復。

旌擢有期而太夫人病不起，君奔喪西歸。悲哀踰禮，羸瘠骨立。蓋君少時文義經史，俱太夫人親授，慈訓極嚴。每有政事，稟義而行。疾革，乃囑君曰：「汝性剛直，自負太高，不能韜晦，恐非家門之福。」起復赴京，龍灣廖公典銓，嘗舊於君，惜其久屈，欲以提學僉事官之。君思太夫人[二]遺囑，喟然歎曰：「吾求適吾性分，歸教子孫足矣，焉能復事奔走耶？」廖公知君意不奪，遂以德府左長史擬授，猶遲疑，久之既得命鴻臚。唱名謝恩，朝士皆歎曰：「梁仲用奈何小就若此？」

德王素寬厚，群下或有不檢，君先聲初及，無不慴服，自此無敢越法，有司亦無敢悔，王於是雅敬重焉。君杜門簡出，日與諸子講明經籍，求古人意，作《學規》十二篇。嘗曰：「六經皆聖賢言行，其學無不備，舉業豈相妨哉！但今學者判身心兩途，遂若相妨。」御史任佃信讒，乃誣劾，君默不與辨。巡撫王君伯岐遂言於朝，詔君「盡心輔導，以責後功」。尋加正四品服色。君屢啓王求休致，不允，乃上疏於朝，不待命而去。予時在京，以書勸君無遽。顧箬溪時爲山東憲長，亦同予意，乃力止君。邃庵以疏論，特開府僚推陞之例，不果，嘗謂所知曰：「豈有豪傑如梁仲用而不獲大用也！」君始復任。知縣朱鵬杖王府軍官，王奏論之，因與有司有隙，君每陰爲調停。有司不知，轉積嫌怨於君，君復引疾乞歸。

明年，巡撫邵君錫行查王府莊田，有宿怨者因而鼓搆，錫遂劾君「陽爲退避，陰售奸謀」。法司覆奏，以無指實而止。王遣使促君還府，辭不獲，已始就道。王又訐奏撫臣陰私及不職諸事，君力諫曰：「彼欺滅誠然，但彼朝廷重臣，受方面之寄。王宜體朝廷優禮臣下之心，保全之。」王命君別具奏草，比至京，則前疏已入奏矣。上怒，詔錫停職，命給事中往，同巡按勘問。適王府千户薛寧酗酒，率軍士毆濟南通判，衆狂洶洶。王不能制，君聞之，歎曰：「是不可一日居矣。」亟趨入諫王曰：「德府素稱賢藩，良以安静遵守國法。曩者釁起有司，彼猶日夜求我之隙，以至於此。今千户與狂卒所爲如此，彼必虚飾。雖有百口，何以自白？惟有自究群小，明正其罪，彼亦無可言矣。」王初與左右甚難之，君力陳利害，言至歔欷，王始下令杖寧等，付諸憲司，問擬如律。御史廖自顯、周寵交章以不軌誣王，且劾君撥置。王忿，上疏自明，及言臺省交謀，污蔑宗室。君又反覆諫王，王不悦，語侵君，君頓首曰：「朝廷聖明，仁睦親親，且素知王，必自辨察，亦不在王之奏白。且王府事俱屬於臣，今有司責備於臣，臣又何惜？但爲殿下惜此舉耳！」王乃沈思久之，曰：「先生之言是也。」君乃袖中出一疏進。王閲畢，持之再三，曰：「事之顛末，皆無所遺。但有司之罪，不一言及之，令人殊不可忍。」君復委曲慰解，王始聽，乃以君草上聞。初撫按劾君，只欲逮君於獄，因以窘辱，而文致其罪。及敕下，但併行勘問。而勘者遲疑未行，君知其意，遂往謁，陳事理甚切。二司同勘者有曰：「先生固非妄，其如撫按何？」遂擬君罪有差。君於是忿鬱成疾，曰：「吾數奇，昔爲人忌，故就此官爲吏隱。今不料又爲人忌，誣搆至此，莫非命也！」乃力疾草疏，啓王立東平王爲世子，遂辭。

日勉諸子，潛心學問，敬慎威儀，以近有德。又曰：「人年五十不稱夭，吾又何憾？但所憾者，進不能攄所藴以裨一代之治，退不能述所聞以成一家之言。天道夢夢，其遂已乎！」言不及私，端卧而逝。遠近聞者，無不惜之。

君行質魁偉，美鬚髯，有膂力，倜儻博物，凡陰陽圖緯、方技曲藝，以至弓馬射獵、博鞠之屬，皆精絶一時。陽明謂君：「機權變化，膽智閎博，有經濟時艱、勘定禍亂之才。」君初舉進士，氣鋭甚，别號「北厓子」。既而悟，曰：「予發太早，烏有己不治而能治人者乎？」乃改號「默庵」，陽明嘗爲文發其義。

所著有《語録》二卷、《文集》十卷，又注《陰符經》以明黄帝之學。好讀兵書，每謂子弟曰：「儒不能此，則豪俠武斷者專之矣。」身仕外藩，心存皇室。凡時政未決，人或質之；策其成敗，卒如所料。或問前代事，輒誦其本末。練達國體，文章出自肺腑，有作者風。晚務晦抑，嘗謂：「少年得意，實少檢點。自遭讒困二十餘年，費盡力氣，方能把捉得定。」乃書「定力」二字置諸座右，時時警省，以示不忘。平生厚自奉養，施予不吝千金。人有貧窘，得其情，即竭貲以濟之。朋友有急，傾身赴之。受人之托，纖毫必盡。才高志廣，俯視一世，行其難而不以爲難，處其不可而以爲可，好人之善而不能隱人之惡。且喜非俗儒，坐是致怨，然察其心，實坦無畦畛。

君之先有諱惟忠者，唐末爲天平軍節度判官，家於鄆，即今之東平州。至宋有諱顥、諱固者，父子皆狀元及第，金紫相承，累世不乏。國初，高祖諱士特，仕至兩淮運使，有善政。曾祖諱繼祖，隱德弗仕，以子貴贈户部郎中。祖諱安，領正統丁卯鄉薦，累官廣平府知府，操持清慎。父諱覲，領己卯鄉薦，授監察御史，累官陝西、福建按察副使，所至有聲。娶李氏蚤卒；繼室孔氏，宣聖四十九代孫，年餘三十，始以處子歸憲副公，克稱内相。

君娶孔氏，宣聖五十代孫。子男十一：紹元，國子生；紹儒、紹先、紹允，俱州學生；紹同、紹奇、紹貞、紹龍、紹陽、紹隱、紹東。女二：長許聘濟南劉某，次幼。君生於成化癸卯八月十九日，卒於嘉靖癸巳四月十九日，享年五十有一。以嘉靖十三年正月二十四日葬於東平北山之原，從世兆也。

於乎，吾忍銘吾友耶？昔漢有賈誼、董仲舒，皆負經世遠略，卒止長沙傅、江都相，古以爲恨。今君之才識幾於二子，而亦以德王長史而止。於乎，曠百世以相感，其不在兹乎！乃爲銘曰：

杰志高才，與命仇矣。英標遠韻，邁乎遒矣。一抔[三]已蓋，梁山陬矣。我銘足徵，百世悠矣。

【校勘記】

[一] 疫，底本作「役」，據文意改。

[二] 人，底本缺，據文意補。

[三] 抔，底本作「坏」，據文意改。

周母墓誌銘

中書舍人周采子亮者，湖南寧鄉人也。昔爲舉人，於金陵從予遊。後舉進士，居京師。予以官守，馳逐南北，數經離合，聲跡不聞者久之，既而子亮授今官。乃今年仲秋之暮，予歸自雲中，方期竣事，與居朝夕，以淬素業。豈意子亮纍然縗絰，泣向予曰：「吾母已於是月晦日歿於館矣。將扶柩歸葬，敢請先生一言爲誌。」

子亮乃自狀曰：「吾母姓唐氏，寧鄉舊族。祖諱忠，爲雲南按察司照磨。父諱文勤，有隱德，能以禮教其子孫。母生十五年歸家君，事吾祖耆老、祖母馮，恪盡婦道。家君攻舉業，母克相之，俾無内顧。時家凉薄，至無以供使令、給朝夕，妯娌以此卑之。母笑曰：『第弗爲耳！』於是刻志治生，或穿深山拾薪，或銜夜雪掇菜，或盛暑執爨，衣不遑解，辛苦之事，靡不備嘗。祖母馮性嚴，或加箠楚，略無怨尤，而供事益謹。馮歿，事繼祖母張，猶夫事馮，雖一飯一茶未嘗不躬，至今不少懈。正德丙子，家君獲鄉薦，卒業成均，往來於外十有四年。母獨當家事，外督耕獲，内率織紝，教子課書，無一不當其則。致家饒裕，母之力爲多。己丑，家君授廣西貴縣知縣，母隨任，慎畏防範，惟恐或有私涉以玷家君名節。每語人曰：『吾此心常如捧盈之不敢釋也。』壬辰，采舉進士，報至，母猶冒雨種蔬，不爲甚喜。癸巳，采使關陝。明年過家，迎母入京，將以升斗奉養，少慰宿昔。豈意吾母止於斯耶！母性慈惠勤儉，逮妾媵有恩，視庶子不啻己出，族里或有喪疾，匍匐往救之。或有逋負，不責其償。采昨奉母於舟中，凡有饋遺，母必戒之，曰：『吾慣素食，受此胡爲？』及至京邸，猶手織麻。采勸止之，母曰：『吾寧不知安樂之爲快也，但謂爲一日人，則當了一日人事。』且戒采曰：『汝青年爲官，當勤職業。汝父爲貴縣，時常戴星出入，夜猶檢薄書。汝可自怠逸乎？』母平居中饋、歲時祭祀，皆親爲之。賓客往來，一茶亦親滌器供之。或至飲饌，雖十顧不爲難色。自奉甚薄，雖極粗糲，未嘗有擇。於乎，豈意吾母止於斯耶！」

予乃哀而爲之銘，曰：

孝慈無忝乃女德，克勤克儉克知類，尤世所難豈易得！胡不永年爲女式，悲乎不復吁可惜！

主事盧君墓表

天下之治，莫先守令；求得其理者，每難其人。未暇概論，姑以吾一鄉言之。自予有知，在太平則聞袁君德純，在黄岩則見盧君文華，二人而已矣。其他齪齪苞苴，固不足論。或不在此，又汲汲名譽以要好官。求其實心爲民，不累失得，如君與袁君者，誠未見也。

君諱英，字文華，四川重慶州人。弘治壬戌進士，觀政於吏部。先君時爲文選郎中，擇君爲吾邑令。君行，將治橐，或謂錫牌當仍吏部，可免驛遞侮慢，君曰：「既爲黄岩知縣，則非吏部進士，若仍用之，爲欺何如？」予適在坐，聞之，歸告先君曰：「即此不欺，知縣果得人矣。」先君喜曰：「吾知久之，汝試觀之。」及至邑爲政，一本誠心，處官事如其家事。先時，里、徭二役每不均，雖平日號爲練達，亦爲吏胥所欺，多貽後言。君以廉平爲法編之，莫不稱快。有宿爲盜者，結黨聚財，以交公門，事敗輒以援解，衆莫敢發。偶夜爲鄉民所跡，衆乘忿槌之，繫於某家三日而死。盜屬乃以人命訟某於上司，令君訊之。某家頗饒蓄，群黨欲因以爲利，君一訊得其情，曰：「殺良民以償盜命，可乎？」竟從原宥。君夜歸，富民有恃援結爲惡者，率其家屬，籠燈篝火，迓於道傍。君明日召而杖之，曰：「爾欲假此張聲勢，暴其鄉里邪？」君之善政，若此甚多，不能枚舉，舉其記憶者如此。蓋君存心忠恕，守己貞潔，不務近名，不逐時好，視民如子，貧則矜而恤之，富則教而安之，故皆悦而化之。先時，爲令好侈，樂於逢迎，民緣以貧，皆鬻田供賦，雖負郭膏腴，市價常輕。及君爲政，未三歲而價倍增，貧者皆富，無復匱乏。先時，民樂争訟，以機械爲賢，至此各自相安，遂若無事。君奉太夫人於養，事之甚孝，家人或至飢寒，而太夫人則未嘗有缺。監司有以白金五兩，令縣買煙橘，意君必因納賄，君用其金，如數饋之，乃憾君，遂以才力不及劾之，更調太平，其政視黄岩無易。黄岩之民皆不平，走愬於朝，又請方石先生爲文立去思碑以頌之。未幾，公論乃白，行取至京，陞户部主事。劉瑾用事，凡經劾才力不及，例調教職，調君鎮江教授。瑾敗，復官南京禮部主事，抵任數月而卒。子男二：長曰介，次曰某。黄岩之人，久而思君不忘，又爲白當道祀君名宦祠。於乎！官箴已廢，前輩之風流益微，天下之勢日趨於弊而不可救，方欲爲國求忠厚循良而不可得，有如君者，乃不永年而止於斯。

袁君，諱道，江西吉水人，官止於御史，豈非天乎！故書表其墓，以俟修國史者之有徵云。

五弟宗哲墓誌銘

予弟諱紒，字宗哲，姓黄氏，先選部贈詹事兼學士府君第五子。少予十歲，生而孝弟循飭，狷而能和。有室十餘載，已育子女，猶不務生業。居父母側，寸金尺帛不私蓄，或與之，亦不自安。紫霄有山公届之，久不樹藝。一日，予問其故，曰：「紒食公廚，如有作爲則費出於公，故遲之。」予請於老母，喻之以義，方往植松，乃結庵爲藏，修傍瀦澗水爲池，蔭以竹樹，沿以蘭菊，軒窗瞰之，泓碧可鑒，因以「石湖」自號。日居其間，若遂可以忘世而超物表者。嘗爲邑庠生，非其志也。平生無子弟之過，不妄語，不欺人，與物若不知較，而胸中涇渭未嘗不明。每竊與語，惟念先人世種厚德，將以繼之。座右一屏，上書古人「修齊切己」之言以自警，其志尤可知也。生於弘治庚戌正月十五日，卒於嘉靖壬午八月初二日，年三十有三。子男一，曰承翰。女三：長曰端，配應布政良之次子木；次曰貞，夭；季曰嚴，配孫通判咸之長子瑶。於乎，悲哉！天胡無知有如此哉！以吾先人累德之深，固宜福其後人而壽之，況吾弟存心修行之無忝，可謂温其玉者也。而至于斯，此實天道之不可曉者。於乎，悲哉！葬委羽山先壠之東，乃某年某月日也。爲之銘曰：

作善裕後世之常，有如吾弟而夭亡。必遺來裔其克昌，知繼知勉天道光。

始遷祖都監公墓碣銘

綰見近世習俗澆漓，多飾文貌巧言，而先民長者之風微矣。嘗記宗老與綰語始遷祖都監公，椎魯敦朴，而其子若孫莫非懿實之行。綰受而識之，不敢忘其言。曰：

都監公生當五代末，避王審知諸子亂，自閩莆陽涵江遷居吾黄岩之洞山。歲久，人因以姓呼其地曰「洞黄」，今隸太平。五季俗尚淫靡，公惟謹守禮法，以孝友起家，流傳子孫。至柏四諱恪、啓一諱軻、富二諱文質、衍三諱德深、統三諱與靈、統五諱與莊、松塢諱禮遐諸府君已數百年，族指幾千人，而守禮益謹，親睦益篤。雖人事或有參錯，而未嘗有頃刻變容、造次鬩牆之事；雖家事或有不齊，而未嘗有片言聞於鄰曲、寸紙訟於公庭。冠婚賓會及大吉慶，未嘗稍徇習俗、搬演劇戲，至喪祭皆循古禮，未嘗有作佛事及諸不經者。教子孫惟務實修飾，含忍退讓，不事誇争頭角，不許酣飲，不許歌唱。故累世已來，族人雖多，皆循循約素，不能僞言、詐行、鬪狠、便儇，至有七八十老翁不識縣門，問諸世人，爲之嘻笑者。聞數十年前，闔族燕會，只置酒一壺，終席不能盡。所務惟讀書耕樵，方其耕樵時，或負薪於路，或布糞於田，親友過之則頓舍而揖，略無赧容。其淳樸有如此者。昔者，泉溪程成趣先生完於洪武初嘗至洞黄，記載其事，有曰：「予抵洞黄之居，見二老蒼顔古貌，出而肅客，斑衣四人從之，蹌蹌濟濟，儼然王謝家子弟風。致觴於集怡之樓，二老從容笑語，四人各執所事以侍，暨終席，禮無違者。父子兄弟各盡其道，孝友之行無媿古人。」其云「二老」者乃衍三、衍五諱德洪二府君，其云「斑衣四人」者乃統三、統五、統七諱與華、統九諱與升四府君。

綰所聞宗老之言若此。噫，皆實録也！

先正有曰「源深者流長」，又曰「仁者必有後」，吾黄氏之所以得有今日者，孰非都監公所遺？綰故述而銘之。凡吾後裔子孫，其朝夕儆戒，以毋忘乃祖之德。

都監公諱緒，字士端，其先楚人春申君歇之後。漢諱大綱，封定侯，居光州固始。十五世孫諱知運，爲永嘉守。生子元方，爲晉安守，五胡之亂，遂家晉安侯［二］官黄巷。十二世孫岸，爲唐桂州刺史，肅宗時遷居莆陽涵江。生子謡，爲閩縣令。謡生五子：曰英、曰蓋、曰華、曰革、曰莫。華爲散騎常侍，生昌齡，爲大理評事。昌齡生岣，爲長史。岣生如規，爲奉議大夫。如規生澳，爲縣丞。澳生三子：曰鑄，爲司户參軍；曰纉，早夭；都監公其季也。都監公墓在洞黄金字山之陽、中田之阜，鄉人皆稱之曰「都公墓」云。銘曰：

五季之亂，梟獍爲雄。弓矢程才，賤德右功。都公矯矯，知微知彰。遺種善地，發我洞黃。大雅之音，澹泊無華。維耕與讀，以世厥家。鉅夫長者，森列來裔。推其言行，莫匪淳懿。流俗蕩蕩，機詐日崇。取則不遠，視我都公。

【校勘記】

［一］　侯，底本作「候」，據文意改。

米母墓碣銘

米母者，邵武米仁夫母也。母諱姙，姓湯氏，樵陽鉅族。年十六歸米氏。米先大同武弁家，永樂初以不効順，謫戍邵武，因而貧乏，至仁夫之父某方思自振。母則辛苦備嘗，不爲慼慼，上事舅姑，下諧妯娌，至於宗族，皆得其歡心。舅歿，事姑無違養。姑臨終祝曰：「願媳婦壽考百年，永膺福祉。」

母性沉静，平居不妄笑言。生仁夫，甫十歲，指而謂其父曰：「此子異日必昌吾門，當令務學。」及就外傅，夜歸讀書，母必篝燈紡績以伴之，不二鼓不止。仁夫少喜博飲，且事逸遊。母戒之曰：「三者皆足敗德，汝耽之，孤吾望矣。」於是仁夫痛自檢飭。母則衣以緼弊，食以粗糲，仁夫或不堪，母喻之曰：「人之美，美在身心。衣食不美，未足爲害。若必欲求盡美，或遭患難，何以處之？」癸未秋，宜興周道通來教邵武，率諸生講學，仁夫退而自省，至忘寢食。母怪，問之，仁夫以實告。母喜曰：「此吾願也。汝勉之！」乙酉，道通轉官南陽，因欲過越謁陽明先生，諸生皆從以行，仁夫猶猶豫未決，母聞即促之曰：「機會不可失也。」既而仁夫舉進士，爲寧國推官，奉母致養。以公事外出，母歿，不獲送終，同官率吏民爲之歛，皆哀而盡其誠，以仁夫之得人故也。

仁夫亦嘗從予遊。既葬母，以書乞銘墓道之石。予感而爲之銘，曰：

道喪世漓，丈夫而賢猶不易，矧茲女德世孰跂。吁嗟米母，今已不作悲可喟！我銘墓道永以示。

錦衣衛指揮沈君墓誌銘

予視篆南京禮部時，一夕，夢於江濱巨舟中，上覆葦席，窿如高屋，見一女子，年方十四，欲附舟上京，令媼驗，若姙者。又一夕，夢上召予語，語畢，上入，予以女子侍上入宮。又一夕，夢上問：「爾背有『盡忠報國』四字，可解衣看視？」看畢，乃有太子立上前，竟不知何謂。

未幾，上爲廣儲嗣，敕予主選貞淑，乃得沈君惟重之女，年方十四，即舊内中葦席數間、窿如高屋狀，皆宛若夢中所見者。予竊異之，既而君女入京，册爲僖嬪，未幾爲上所賢，復進册宸妃，則知貞淑待時將儲祥，以爲天地百神所福饗，豈偶然哉！

蓋沈氏乃吾浙歸安舊族，裔原於周，厥後梁之沈約、宋之沈括皆其祖也。君曾祖諱壽之，始習天官書，爲郡陰陽正術。壽之生三子：長曰文，次曰立，次曰宗。文繼爲正術，立爲南京欽天監冬官正，居金陵。宗生四子：長曰彦昭，次曰彦暐，次曰彦瞳，次曰彦曄。彦曄配湯氏，生君，少孤，撫於彦曈，習儒書，業未就而罷。立子鉦繼爲冬官正，無子，乃取彦曈子九皋爲後。九皋尚稚，君憐而輔之行，遂流寓金陵。

配顔氏，生宸妃，生時多見祥兆；將選前數夕，忽見日光現於其室帳中。君承宸妃恩澤，初授錦衣衛署鎮撫。歲餘，實授正千户，給賜莊地八百畝。及宸妃進册今號，陞君指揮僉事，錫之金帶，役以軍校若干名，命營居第於京師。自聖明臨御，凡戚里恩數，每從殺減，若此皆殊恩也。

君爲人質厚寡言，器度坦率，與人交未嘗愆禮。雅好飲酒，每飲，坐客皆醉，君猶笑語温然。既被多渥，愈加謙慎，人益多之。予審觀君之器度，而以予夢占之，則他日儲祥孕育聖嗣以爲天地百神之主、以永宗社於不替者，其在宸妃歟！其在宸妃歟！惜君之不及見也，君卒，年四十有八。訃聞，上甚惜之，特錫白金六十兩，段幣若干疋，祭三壇。又命工部擇地某處營其葬。子男二：長曰某，次曰某。某以予嘗爲主選也，故請爲銘。乃銘曰：

洽陽有任兮，渭涘有姒兮。昔生聖兮，篤周祉兮。今天妹兮，在江涘兮。兆先祥兮，必昌嗣兮。猗誰祐兮，樂君子兮。寵承頻兮，服章美兮。與國休兮，億萬祀兮。胡弗永兮，遽云已兮。錫葬甸兮，百世視兮。

卷二十六

誌　碣

先母太淑人墓誌

先母太淑人諱允儉，姓鮑氏。父諱恩，號簡庵，厚德博學，舉正統丁卯鄉薦，爲夷陵、潁二州知州，皆有遺愛。母趙氏，有慈德。祖諱恒，敦德而工詩，鄉人稱曰雲石先生。其先台之仙居人，始祖諱伍，爲梁八部侍衛大將軍，遷居温州樂清之楊川里，與黄岩鄰壤也。

簡庵公初未有子，連生二女，又生先母，趙欲棄之不育，適星士至門，曰：「此雖女，他日必光厥宗。」遂育之。稍長，端莊穎慧，能讀《女孝經》、小學諸書，知通大義。簡庵公極鍾愛之，曰：「必無適凡子。」年十七，簡庵公以國學生謁選上天官，先祖文毅公時爲工曹主事，先君隨侍京邸，日趨學館，過簡庵公寓，見之必恭揖而去。簡庵公朝暮坐於門，姑試之，先君亦朝暮揖之不暫輟。簡庵公目而異之：「此子幼而能敬，其不凡乎！」一日，文毅公爲先君納采同邑盧氏，設醴告賓，簡庵公在坐，乃特起酌酒與文毅公曰：「某有弱息，欲執郎君箕帚，惜未及發，乃爲盧氏所先。」文毅公素重簡庵公，歸語先祖母蔡夫人，爲之悵然，因請以先叔父貞三舍人爲議。簡庵公與其友進賢楊公峻皆通星術，乃合先君、先叔、盧氏、先母四人禄命而觀之，曰先叔必夭，盧氏決非先君之配，不遠必將來議，弗壞此事。踰年，盧氏果喪。簡庵公慨然以先母許歸先君。

吾邑富室張氏與鮑世媢，亦以其子來議，趙氏令族子持書至京請命。簡庵公業已許先君，叱之使歸。族子受張厚賄，乃僞爲簡庵公書，曰：「惟家中議。」先母聞而默思，曰：「吾父謁選天涯，吾終身所托，豈可不待父歸而憑族人漫議哉！」時乃取己庚命潛縛其祖妣徐床簀下，及張氏來乞庚帖，覓之不能得。既而簡庵公領選夷陵，以先君歸，將成合巹禮。張氏聞之，乃聚衆持兵，欲爲竄取計，因詐令趙母以先母寄藏族人家，用白金賄族人，伺夜行之。先母又默思，曰：「我女子之身猶白璧，萬有一失，何以自贖？」因執刀繩自隨，度果不得已，必死之，不致辱身。逮晚，適祖妣徐令老婢來視，乃託如廁，遂踰牆間道之他族母有素行者藏焉。老婢稍紓逗不行，輒口嚙其肩，使促走，竟賴以免。

綰家自始祖都監公以來，世居邑南海上萬山中，曰洞黄，至文毅公爲秀才，始遷邑中。先母既歸先君，文毅公方爲文選郎中，一室蕭然，徒四壁立而已。先母因念綰家祖先累世爲官，皆清白自守而家貧如此，以家人不事生業故也，由是遂矢志克家，雖先君仕宦終身，未嘗與俱。作家之始，悉以所有妝奩鬻之，得五十金，典田爲畝五十，歲入可得租百石，由此益務儉勤、滋樹畜。居旁有園幾二畝，百種具備，歲時賓祭及人事往來之需皆取給於此。作二十餘年，有田千餘畝。文毅公久在宦途，始聞之，以爲他人詭籍，及問方知其詳，乃駭而難之。其創造室廬也亦二十餘年，積聚山木，無一不備。文毅公殁於官，輿柩歸，喪事畢，先母乃白先君曰：「諸子皆將有家矣，無室以居之，奈何？」先君檢遺篋，僅存俸金數百兩，餘則一無所有。先君頗難之。先母曰：「吾久備之。」乃盡以所有告先君。先君乃喜，始獲有居宇之庇。

其教子孫也，不以華衣，不以美食，一言之妄，一行之差，必不輕貸。平居必以古人德行節義、陰功貽後、足爲持身治家之法者，諄諄語之不倦。歲時必集諸婦、諸孫婦、孫女爲燕會，亦諄諄語之不倦。綰童子時，文毅公及先君皆在仕途，嘗諄切寄書訓教：「毋學市井子弟，見人面敬背侮，與人語面是背非，流爲輕薄，終不可反」。若此之訓甚多。先母皆揭於所坐壁上，綰兄弟少有過差，必令跪壁下誦之，曰：「爾祖爾父之所以惓惓教爾者何如？爾可不遵耶？」甚之痛箠之乃已。

先母每日必昧旦而興，夜必終二鼓乃寢，率以爲常。平生寡疾，間有痁瘧疾，雖寒熱交攻至不可堪，亦擁衾默坐一榻，子婦更以爲勸，亦少偃即起。先君早年嘗讀書山舍，既仕則多離居在外，暫歸而生綰兄弟五人。既生五弟，即居外寢。日間間入内寢，先母見必起立，寢中置一座，先君中坐，先母傍坐而不敢並，惟歲時子孫羅拜則暫並坐，退又復故。雖先君契闊在外，略無離索之歎。綰爲子，終身未嘗見先君與先母稍有一動之狎、一言之戲，真所謂相敬如賓，情欲之感，無介乎容儀者也。

先母性甘淡薄，日食惟淡飯蔬菜，飲以熟水。非有賓客，未嘗自買一肉、宰一鷄。至於祀先，則極其誠敬豐腆，具物無儉。嫁時裝衣服之終身，雖極弊壞，重復補綴，猶潔浄而無垢。屬纊之日始脱，而尚存將寶藏之，以視我子孫親戚及子婦輩。有饋必收畜以待賓客之用。子孫侍側，常有賜饌。親舊來謁，無間疏貧，必留款酒食。未嘗多市，而常見有餘。

先君在外之日，極嚴内外之防。其門之扃繫之以繩，穴壁引繩入室，啓閉消息皆在室中。室前之窗，垂之以簾。簾之四圍，各以片竹釘之，使不可捲。以紙糊簾之下半，使無所窺。未晨則促侍婢起炊爨，既具則盛以盂，置於門内庋板上。立室中，呼諸僕至窗前付屬之，乃令開門使入携去。食訖以器置門外庋板上，唱云「收食器」，然後令侍婢往携入。他若治家之常、饗飧之候、集事之節，無一不可爲法。綰至今想之，猶宛然在目，惕然可省而不敢懈也。

先母平生慈孝，迨下無一不盡其道。於先文毅公之言，終身記之不忘。凡遇時祭，猶憶之而哭，哭已，又述以教子孫。及綰既仕，則勵自守，勗之盡忠，必有以光前裕後可也：「爾苟能以爾顯其身，使我一日見之，死無憾矣！」臨終前四日，猶呼綰兒承文，執其手而語之曰：「我一生辛勤，上爲汝家祖父，下爲汝家子孫，無毫髮不盡其心，今得汝父竭忠事君，我願足矣。更得汝父益懋顯揚，慰我地下，我願尤足。」自此語迄，遂不語；凡有問，只目視之而已。於乎，痛哉！綰幾欲棄官歸奉菽水没世，而吾母每止之，豈意吾母遽止於此！竟負終天之恨，吾尚忍言之哉？於乎，天乎！吾之痛、之恨，當何日而窮乎！

先母生於景泰辛未十月初八日某時，卒於嘉靖乙未三月十七日寅時，享年八十有五。初先君爲兵部武選主事，封安人。後爲吏部文選郎中，封宜人。今綰以侍從之恩，加贈先君詹事府詹事兼翰林院侍講學士，封先母太淑人。

子男五：長伯兄紹，鑄印局儒士；次仲兄繹，邑學生，遇例冠帶；次即不肖孤綰；次叔弟約；次季弟紒，邑庠生。伯、季俱先卒。孫男十七：承芳、承文、承箕、承孝、承廉、承道、承德、承仁、承祐、承亨、承翰、承遜、承敬、承禮、承忠、承孚、承惠。承芳、承文，俱國子生。承箕、承道、承德、承仁、承亨，俱邑庠生。承箕、承道，先卒。承祐、承遜，夭。孫女九：婧，適國子生王宏；娟，適高洵；嬋，適施坦；媏，適余讜；婉，適應本；端，適應木；嚴，適孫瑶；姞；姆，許聘王正億。洵、坦、本、木，俱邑庠生。正億爲陽明先生嫡嗣。曾孫男九：應召、應台、應選、應節、應澤、應泮、應遷、應呂、應源。曾孫女二：應金、應玉。

綰忝貳禮卿，上念綰略效犬馬微勞，遣官諭祭、賜葬及祭先考，誠異數也。遂以其年十一月二十七日奉柩於委羽山，合葬先君墓兆。

綰深懼至德未揚，無以追不仁不孝之罪。謹泣血誌諸幽惟，且爲子孫永著閨門之式云。

亡室淑人鍾氏墓誌銘

亡室淑人鍾氏，父諱緩，號慕蘭。母孫氏。淑人生而孝敬，最爲慕蘭翁所鍾愛。予方周歲，慕蘭翁見而異之，抱置予妗母鍾氏之懷，曰：「我有息女，汝肯妗乎？」妗母問：「誰可？」曰：「爾甥可乎？」妗母以告舅氏鮑松壑先生，語於先君，遂行納采禮。年二十三，始歸予。見予勵志古人，邁意四方，不事家人生業，自以爲得夫，感悟起敬，深懲往日富家驕逸之習，不足爲人立家。凡所處身、處事，惟予言是聽。即甑突無煙亦無怨尤，甚至逆意不堪，亦幾微不露於人。或歸寧，母兄問之，亦無一言。予嘗讀書外宿，或棲深山，經歲不歸，亦不爲意。或予有所施恤，及湖海賢朋勝友來者，浹旬累月，供饋甚費，至脱簪珥不爲吝。有一商多逋債於人，亦逋予白金十餘兩。商知衆逋難償，乃自溺死。其妻易産分償逋主，予憫，欲辭之，問諸淑人，淑人即忻然從臾予辭不取。

事先公、先妣益篤孝敬，尤爲先妣所憐愛。嘗私語予曰：「事舅姑，惡可欺心？」日常自察，凡在背後敬謹無他，見舅姑亦歡愛無他；凡在背後稍不敬謹，見舅姑亦歡愛有間，皆若預知者。或暫有過失，輒於私室拜禱，以祈自新。予婢二人，各生一子，淑人愛且育之，不啻己出。

慕蘭翁早歿，遺子、女各二人，未幾各喪其一。存子曰世則，娶陳氏，生二女，夫婦相繼而亡。存女即淑人也。母孫氏，年老無依，淑人奉之來養，及二女皆鞠而長之。孫氏歿於予家，淑人殮殯服喪如禮，並兄、嫂二喪葬之。二女，一適予猶子承箕，承箕早喪，事姑篤孝，守節堅勵；一適陳氏之姪某。蓋淑人少而無父，育於母氏，多姑息之愛，不事勤苦，故短於理繁劇而實優於德，亦其天資之美、懲悔之深，故平生本末可書有如此者。嗚呼，豈不尤難矣哉！

淑人生於成化丙申五月□日，卒於正德庚辰二月廿九日，享年四十有五。淑人初封孺人，後贈淑人。子男七，女二。長曰承文，國子生；女曰娟，適高洵，皆淑人所生。次曰承廉，媵某氏生。次曰承德，媵虞氏生。次曰承禮、次曰承忠，女曰姆，許字王正億，皆繼室封淑人王氏生。次曰承孚、次曰承惠，媵陳氏生。承德、高洵，皆縣學生。

淑人以某年某月某日葬於浄土山之原，二媵某氏、虞氏祔焉。乃銘曰：

淑慎且洵，來協我儀。期偕白首，勗帥我思。豈意中路，凰翳鸞離。矢銘爾德，永奠幽居。

仲兄逸庵先生墓誌銘

先兄姓黄氏，諱繹，字宗勤，初號龍厓，晚更逸庵。先選部方麓府君第二子也。資性淳樸，狷而有忍，凡家懷人事有不如意者，惟痛忍而已。少遊邑庠，人皆以忠信目之。攻苦經書，無間寒暑。戊午赴省試，鄉人有以關節通於試官者，堂試被黜，令人轉告先兄，願得百金以關節，所得畀先兄。先兄曰：「我若以此得第，將終身愧怍矣！」其志操如此。提學憲臣考試，每居優等。海陵徐公蕃偶考居次等，不預科舉。綰時抱病在告，先兄謂綰曰：「此我學未至耳，焉可使吾弟干人？」徐公顧綰，問先兄考居何等，綰以其言告之。徐公深加歎賞，因復詢之，乃知先兄平日學行之詳，又再三歎賞而去。已乃以德行置諸首列，遂補廩膳生。九就省試，皆不利。將貢以時例，不果。先兄遂自決曰：「此吾命也，請以衣巾歸養老母。」提學汪君文盛甚惜之。未幾，遇詔，獲冠帶。

念綰久離索，特來金陵視綰，將道其平生心事。適綰進賀萬壽，遂留北禮曹。先兄至日，妻兒先皆北上。友人胡太常秀夫延宿綰舊館，竹樹蕭然，虛窗闃寂，先兄乃終夜永歎不能寐，作數詩寄綰。捧誦，爲之流淚數日。至今念之，猶戚戚不能安。

去年三月，不幸太淑人見背。先兄本衰年多病之人，猶欲勉強成禮，哀戚過甚，遂病不能興。家人來訃，猶力疾作書寄綰，囑以情事滿幅。於乎，痛哉！先兄生於成化丙申十二月二十三日，卒於嘉靖十四年四月十一日，享年六十。配施氏。子男三：長曰承芳，國子生；次曰承訓，季曰承祐，皆早夭。女一曰嫦，適余讜。孫男二：曰應選，曰應遷。承芳將以今年正月二十六日葬先兄於塔山之原，告綰爲銘。綰撫紙悲涕，嗚呼，尚忍銘吾兄哉！銘曰：

猗嗟有志古必成，今胡不然吁何憑。我兄果行天必報，裕之後昆將無窮。猗嗟後昆當益力，我心耿耿鐫此銘。

葉封君符安人合葬墓碣銘

嘉靖十五年冬十二月某日，葉太安人合葬於白山西原主事存古君之墓。其子南京刑部郎中良佩[一]被衰絰、持行狀詣予，請銘墓上之石，欲因以誌諸幽。

按狀，君諱釗，字利卿，姓葉氏，存古其號也。生而頭額有奇骨，其父古趣公抱示人曰：「吾落拓不偶，吾兒其貴乎？」三歲喪母，七歲喪父（古趣公）。古趣公家業豐餘，族豪欺其零丁，日肆侵奪，家遂耗落，不獲事學。年弱冠，始從繆守謙先生習《詩》《禮》二經，猶以外侮，不究所志。年二十四始婚，而生良佩兄弟，皆令事學。良佩爲童子，輒撫其頂，謂之曰：「吾族自始祖待制公以來，踰二百年無以進士列官者，且而祖與吾皆有志不就，汝勉之！」每晡夕，良佩自學館歸，必舉鄉先正所謂大儒大臣者及鄰井二謝先生事以勗之，又指貪婪黷貨之人以爲戒。尤善九九數，歲終，社會計賦役，必請爲約正，總次如流，不爽錙銖。性雖沉静寡言，然與人論理致則窮日不倦。身雖悃愊無華，然治家嚴整，椸枷篋帨皆有別，童僕栗然嚴憚。平居處族處鄉，肫肫若無能，遇事則毅然不可奪，即有俠蕩豪強之人，見之亦爲屈損。平生未嘗出門庭，而善論天下及古人成敗事，歷歷如見。雅不喜臧否人，而工爲近體詩，有傷時憫俗之意。病亟，集所親與子良佩訣終，委順義方，井然不亂。

太安人姓符氏，初歸存古君，值家窘，躬率織紝，每夜分不輟。事繼姑，孝敬如君姑，兒女六人歲時衣服皆手織身製以授之。及賓客往來之奉、醴醬羞饌之需，亦皆躬治，精潔、豐儉得宜，皆足爲有家之法，故中歲家日以裕。及存古君歿，外侮復來，茹荼拮据，靡所不至，教訓兒女，惟恐有負。卒之諸子皆有成立，良佩先爲南京刑部主事，朝廷以郊祀覃恩，贈君如其官，封符氏太安人，而安人之德之名始重於鄉邦矣。

存古君卒年四十，先太安人三十年。安人卒年七十，嘉靖丙申七月五日也。子男三：長即良佩，以進士爲郎中，克修攻文，不蹈方俗故習；次曰良偶，縣學生；季曰良儲，國子生。女三：仲適士人王逢誥，餘夭。孫男五：曰恒先，亦爲縣學生；曰恒光，曰恒表，曰恒冕，曰恒炯。孫女五。

存右君之先自閩遷居台之黄岩靖化鄉。宋季有應輔者，登吴潛榜進士，官至敷文閣待制。次子耿贅邑南鏡川王氏，遂家焉。五傳有居暹者，仕元爲平陽州學正，由是鏡川之葉始聞，今分隸太平。居暹生德驥，爲兩浙行中書省檢校。德驥生安謙，事具少保黄文簡公《墓誌》，乃存古君曾祖。安謙生廷旭，建會輔堂，以《詩》《禮》振厥家。廷旭生古趣公雍，爲縣學廩膳生，嘗從謝貞肅公遊，與文肅謝公爲同門友，文肅公誌其墓。符亦衣冠舊族云。銘曰：

台孰不學，宦誰不文？惟葉有子，絶俗超群。遡厥源流，有開實殷。奇骨不貴，義訓云云。

抱志早逝，符也卒勤。爰作乃立，揚爾芳芬。我庸作銘，以流清薰。

【校勘記】

〔一〕 良佩，底本作「良珮」，據上下文改。

刑部右侍郎東瀛王公神道碑銘

公諱啓，字景昭，初號學古，後更東瀛，姓王氏，黄岩人。始祖益自越錢清遷居黄岩柏山之橋頭，《譜》稱爲文正公後裔。曾祖玩初。祖欽，進士，未廷試，卒。祖妣章氏，旌表節婦。父松，儒士，屢試不利。妣鄭氏。生母黄氏初歸，雙鯉躍於岸，衆以爲祥，乃生公。祖、父二世皆以公貴，贈都察院右副都御史，章氏、鄭氏、黄氏皆贈淑人。

公幼而穎悟過人，書史過目不忘。年十六，家貧，無應門者，其父命執遞鋪役。上官過，公持傘誤，觸怒上官。時知縣歙人鄭君達杖公，見其肌膚、氣貌不類凡兒，疑而問曰：「爾誰家子？」公以祖、父對。又問：「知讀書乎？」公應曰：「知。」遂面試之。鄭君亟歎賞，乃令罷遞鋪役，收而教之。後三年，領鄉舉，連登進士。時猶未婚，告歸。娶畢出，授霍丘知縣，勤政惠民，操慎不苟。有兄弟争財訟不息者，公以宋人所著《兄弟吟》令誦之，使立廳事，朝夕對揖，久之乃悔，讓其所争而退，一邑皆感。公益敦教導，重農事，緩催科，鋤強梗，霍民至今思之，於是名譽大起。

弘治間，先君居選部，薦之，召選南道監察御史。盡職敢言，嘗言皇親張鶴齡家孥生事，宜置國法，及言守備内官董讓不法，人皆韙之。滿考，陞江西按察僉事，詰奸滌冤，既訟者服，未訟者畏。修白鹿洞、濂溪二書院及文丞相祠堂，毁東嶽等淫祠四百餘所。政暇則事讀書，間有所見，則隨手筆記，所著有《正蒙直解》《周易傳疏》《周禮疏義》，及編《古文類選》《大學稽古衍義》等書。

正德丁卯，考績上京，還至河西務，覆舟，幾殁。明年，陞本司副使，擬改山東提學，不果。先是以他事觸怒劉瑾，降廣西容縣知縣。謝文肅公贈以詩，有「不挫心藏國士風」之句。瑾又行令廣西巡按御史提問，罰米三百石，輸之官。已復有他事，罰米二百石。待命未報，久客梧州，會赦免。在梧著《邇言》等書。比瑾敗，乃復爲四川蓬州知州。鎮撫兩廣都御史林公廷選以公志節論薦，陞南雄府知府。履任半載，丁黄太淑人憂。在途聞陞貴州左參政。還家守制。服滿，陞山西按察使。明年，陞江西右布政使。奏罷寧濠私貢新茶、新筍數事，時寧濠威虐方熾，人皆難之。尋丁父憂，服滿，陞廣西左布政使。以征蠻督餉有功，陞俸一級。辛巳，陞都察院右副都御史，巡撫雲南。雲南地雜華夷，公輯綏有方，人賴以安。又著《撫滇翊華録》《赤城會通記》《尊鄉續録》《王氏族譜》《義蜂記》等書。甲申，陞刑部右侍郎，詳慎刑辟。丁亥，以大獄免歸，日事田園，閉户著書，足跡不至公府。重修《會通記》及《元鑒年統》，詩文稿尚多，未經彙輯。公居閒者八年，偶因喪子之戚得羸疾，疾革，猶衣巾坐正寢，湛然而逝，時嘉靖甲午十一月五日也。

公器貌魁偉，虬髯星目，心地坦夷，不矜小節，與人語真率無防畛，亦不肯隨俗作好惡低昂以亂賢否是非。及免官家居，未嘗懟怨。性好著述，然不甚刻意。平生無富貴相，衣服飲食粗糲如野人。今時俗益偷，士習淺薄，惟公尚存前輩之風，今復不可作矣，可慨也。

夫公配楊氏，贈淑人，早卒；次室喬氏，俱有淑德。子男五：曰薰，縣學生，蔚有時名，所著有《青林稿》；曰爵，國子生；曰鰲，縣學生，俱楊氏出；曰炎。女二，皆庶室李氏出。曰煜，庶室周氏出。薰、炎及長女俱先公卒。爵，後公一歲卒。煜及仲女俱幼，鞠於喬氏。孫男八：曰守坑，曰守壁，曰守墐，曰守階，皆縣學生，曰守壐，曰守墀，曰守祖，曰守坦。守坑、守壁、守墐、守壐俱夭。孫女八。銘曰：

仕始克勤，允終惟惕。既歷既諳，厥聲斯奕。崇階攸躋，貳卿爰擢。方期懋官，阿丞可陟。詎知來蹇，雲草革適。遯而不尤，是云忠悊。矢詩不朽，以俟考德。

亡舅黟縣訓導鮑先生墓誌銘

弘治癸亥某月日，吾舅氏松壑先生歿於黟。綰時在京師，及聞訃而哭，已三越月，蓋過時而痛傷心。厥子雲、雷扶櫬還，期明年十二月四日葬於道林北山黃畧之原。會綰歸，往哭之。雲拊予哭，盡哀，謂予曰：「吾父之不死者，在吾子之銘。」綰哭曰：「銘固職也。」乃序而銘之。

先生姓鮑氏，諱一鵬，字搏之，松壑其別號也。祖諱恒，隱處弗仕，工於詩。父諱恩，爲潁州太守，聰慧博學，清節厚德，人皆重之。母趙氏，年幾九十，今尚康強。庶母弟一人，曰鵠。同母女兄二人，長節婦，歸李氏；次則家母，太宜人。而家君文選公，其姊壻云。世居於樂清之楊川，至潁州公徙於黃岩，先生遂爲黃岩人。

自少穎敏，長益疏達，喜飲酒豪縱，好談論古今人物，侃侃自將，不爲世俗恒人態。年四十三，乃以邑庠生歲貢爲直隸徽州黟縣訓導。黟士習素陋，凡官於此者率多難之。先生之至，一變其故而反爲易，於是諸生安而趨之，遂成文雅。時巡按都御史彭公彦恭、巡按御史劉公東之咸檄有司旌勸。又因欲論薦之，會先生卒，卒年四十八而已。

嗚呼，惜哉！先是，潁州公有遺業當析，先生居長爲庠生，俗例必有讓長。佐學之田，先生一無所處；他如器物産業，皆取其薄。宗族親戚有貧窶者，亦量其力厚薄賙之；有争訟者，亦必以義斷而周旋之。於乎！夫訓導之官，位卑而權甚輕、禄甚尠。先生顧能推以及人，如此則其志可知矣。古人謂「隨力到處即功業」，信諒哉，先生其人也！配鍾氏，子男四：長曰雲，爲武學訓導；次曰雷，曰霽，曰霍，皆知讀書。孫男一、女一，皆幼。銘曰：

篤修行道，隨試皆可。有才如此，年胡不假？小官薄就，志豈可涯！古人有言，我銘奚加？

明温州知府郁君墓碑銘

嘉靖十五年十月某日，中順大夫温州知府水軒郁君卒於官。逾時訃聞，予以束帛弔其家。越明年，其子簡卿等將葬君於祖墓蟠龍塘之原。簡卿匍匐千里，以君弟岷所爲狀來乞墓碑銘。狀曰：君諱山，字静之，吴松之華亭人也。少爲邑校生，以穎脱稱。中正德庚午鄉薦，登辛巳進士第，選龍泉知縣。龍泉山邑，民以貲雄，君爲約有方，皆斂服。有匿負公税每累糧甲陪賠者，君列其名於籍，令自納，不納責於其身，糧甲始寧。龍泉習不嗜學，君擇其子弟，延閩士教之，暇則躬課其業，自此皆知奮發。山有猛虎，群伏噬人，君嚴搏虎之令，得大虎白額者剖視，肚中人指爪數升，虎患乃悉。龍泉界閩境，有周馬良者越境盜礦，覺則歸匿深谷。閩部使屢檄淛部使，不能獲，且憂爲亂。君以片紙召之前，縛送於閩，閩、浙部使共嘉之，交薦於朝。以才堪治繁，調臨海縣。行日，民挽之不可，皆泣送於郊外。至臨海，盡心政理，無改龍泉，且節用惠民，惓惓以風教爲本。居三載，陞工部某司主事，差浙江抽分，嚴立簿籍，令杭州府幕官一員同收，日畢送府庫寄藏，吏無容奸，己無私嫌。復命陞虞衡司員外郎，繼陞都水司郎中。未幾，丁母憂。終喪，改刑部江西司郎中。

未幾，陞温州知府。至温，求其利弊而興革之，爲約十條，以曉示諸縣。先時府治學舍及他公署共三十有六所，毁於颶風，欲治，計費數千金，人皆難之，未葺。君默計歲餘，節其浮費，不三月，民不知擾而工告成。明年，適大疫，貧民無醫，君以俸金市藥予之，獲救甚多。温州三衛九所軍餉銀徵於永嘉五縣，總貯府庫，聽知府出入，舊有羨餘，皆歸知府。君一無所取，軍民皆利之。温州庫役相承辦公用酒食等事，歲費千金，因破家者什五六，君以俸貲給用，群僚知檢。樂清民有項姓者，兄死，欺其寡嫂孤姪，以其田百畝輕值獻於勢家，嫂訟之，君斷以法，不顧其他。時有興建展拓，宏侈索辦，棘急材用，夫役之供，一日頓增千數，無有寧室，民之失業，轉徙流離，哭聲載道。且上司往來絡繹，供費百倍往昔，兼以同官魏通判者托勢浚民肆侮，不畏是非，君委曲斡量其間，民稍稍藉以安，視若父母焉。初部使惑於憎言，欲以不職劾之，後知遂以才薦。君竟得痰疾而卒。卒之日，温士民老稚，雖深山窮谷中，皆相聚而哭，如喪考妣，則君之惠澤及人可知矣。

君性孝友儉約，體貌端重，不能隨俗俯仰，遇人以誠。人有犯者，寬以處之，是非毀譽惟其公。無面從背毀，尤不喜談人短。父没，事母無違養，每節序致祭及展墓輒淚下歔欷。昆弟四人，皆教之樹立，授岷以經義。君距生成化辛丑八月十六日，享年五十有六。

父諱桂，號雲樓，以君貴贈工部主事。母李氏，封太安人，共作勞起家，以裕郁氏。祖諱敏，慈善無忮求，鄉人稱爲「郁佛子」。祖母趙氏，年五十不生子，娶側室徐氏，乃生雲樓。曾祖諱駿，以仁厚稱。高祖諱原善。五世祖諱華五，勝國時人，乃居華亭。始祖配陸氏，繼宋氏、岳氏。子男二：曰簡卿，曰直卿。女三：長壻張緝，次壻戴邦榮，季壻吴亮。孫男幾：曰某，曰某。

於乎！考君始終，自筮仕至蓋棺，在在知守而愛人，則君者信今之廉惠吏也，予何銘哉！乃銘曰：

世治已久官政非，風俗不淳才德稀。高爲矯激卑依違，孰切民隱慰寒飢。君不依違不矯激，稱物平施靡弗宜。銘之廉惠庶無易，今不復作吁可悲！

金貞婦墓碣銘

綰昔度樓崎嶺至鞠山，見山麓土丘草萊蕪没，問之，乃貞婦陳氏與夫如珙金公墓，綰曾祖母金太淑人所自出也，綰趨拜之，潸然出涕，曰：「噫，嗟嗟悲乎！綰可忘所自哉？」綰有四方之役，不遑致力，倏三十餘年。綰丁先妣太淑人憂歸，喪事畢，始率工磊石封之。又得鄉先哲葉拙訥先生所著《金貞婦傳》讀之，益感曰：「噫，嗟嗟悲乎！綰可不圖以不泯哉！」

按《傳》，貞婦諱哲，黄岩仁風鄉人。生未晬，父謫戍寧夏，母同往，長於叔母李氏。習女工，容幽静專一，流輩罕比。年十八，歸金公，事上接下皆有法，克務勤儉，稍致豐裕。婣族來者，必盡情禮。一日，金公病革，貞婦時年二十有五。金公謂之曰：「我少失母，汝生無怙恃，皆孤苦人也。今室家方成，尚未鞠子，天奪我年。汝尚年少，他日之苦有涯哉？幸遺諸弱女，汝能忍死待其歸乎？」貞婦矢曰：「我嫁汝七年，猶不諒我心歟！汝果不諱，我從汝死。」金公既死，欲自殺以殉，其親止之，曰：「汝夫囑撫其孤，汝今舍之而死，得無孤其托耶？」貞婦乃斷髮繫夫臂，期必同穴，痛切之聲，聞者不忍。終喪，人猶欲室之，令媒諷曰：「婦之守節，必子可持門户，必財可給衣食。今既無子，財匱醫禱，久益耗殫，年益邁而苦益集，胡不及此時爲身計耶？」貞婦對曰：「餓死事小，失節事大。與其失節而生，孰若守節而死？」摩其諸女，哭曰：「我無爾等，已從爾父地下矣。但念爾等無依，果欲奪我，必決一死，亦不能爾等顧矣。」言者慚而退。貞婦獨居一室，織紝自營，歲僅餬口，皆人所不堪。卒至白首，未嘗少形嗟慨。宗族親戚及鄉黨，聞者莫不歎其難。女三：長曰某，配大閭許某；季曰某，配黄岩池達暄；仲曰某，賢淑夙成，配綰曾祖兵部職方主事、贈工部侍郎慎齋府君，名節重於時，篤生先祖禮部尚書文毅公，爲世名臣。

噫，嗟嗟悲乎！此貞婦之平生也。吾黄濟美於斯，其有相乎於斯，其不可泯也。乃銘曰：

周稱共姜，漢著世叔。亮節秋旻，後女私淑。豈若而貞，遺祥綿毓。開我先正，寔源萬福。天作嘉合，敢忘伊俶？

卷二十七

祭文

祭張東白先生文

嗚呼！聖人之道莫備於經，經存，聖人之心存。今之家傳人誦者，蓋不過耳入口出，疣注其辭，媒獵利禄，階梯富貴而已矣。孰能反之於心，以求聖賢之心哉？惟公以辨博宏雅之資，而濟以窮深博洽之工，兼收百家而精純合會，歸宿一心而大旨貫達。然公猶懼其未悉，顧乃隱處養親，而得之逾茂。故其見於文章、徵於議論，其積之充富，如春流盛漲而源脉方新；其出之平易，如長衢輕車而曲折雍容。世之學者，苟能得其緒餘於毫髮之間，則皆可以開心而明目。是故天下之聞其風而想見其隱括者，莫不渴其膏澤，而恐不屑於一出。然公乃激薦剡之交騰，感旌召之勤渠，三去三來，位乃屢轉，而薦躋司文天閣，儲副三槐，然天下固由此而樂公致君行道之足慰。公亦由此而自喜，舒展其宿昔之有待，孰謂具瞻之地既重而臺衡之望可忌？始之以一人之私，而卒以衆口之交，譬之嗾群犬以吠仁獸，營青蠅以玷白璧，此固群小自爲無知，而公爲何愧？雖然，道之難行，一至此矣，公胡爲哉！公蓋將於此反其道以獨善，置用舍於度外，較出處於古人，以傳聖經於後學。詎料時乎不祥，歲叶龍蛇，旻天不憖，哲人萎而痛莫遺哉！嗚呼，哀哉！世寧復有斯人也！此紳佩之士、岩藪之徒、知德而憂世者所爲失聲而揮涕者也，而況於心之所瞻依而受公之教之愛者乎？卒業無歸，獨立淒悲，緘詞千里，淚與言滋。嗚呼！哀哉！

奉統五府君入象德祠文

支子不祭，古之制也。府君，綰五世祖。嫡既有人，綰之祖父，但當宗廣五府君爲繼禰之嫡，而不祭向曾祭者。恭惟府君，蹈古之學，篤仁之行，終老韋布，卓然天民，盛蓄弗施，泓涵流衍，天實祐之。裕我後昆，繼承弗替，以有今日。此先亞卿公所以祭而不疑，豈但纘緒光大，禄祭有加，然所以追德報本，實於此有在矣。今以先考選部府君神主躋入，府君神主當五世而祧。心雖無窮，分則有限，蓋惟一鄉之賢，尚有專祀，致報無窮，使爲其鄉後人咸對越而知景勵，況家之祖考蒙其休芘者乎？今敢別創象德之祠，奉府君神主棲之，以安人金氏、葉氏配祀，以見内德之相。又當嗣考祖德之足儀刑者，皆祀於此，庶幾子孫時致其思，不敢不修厥德、墜厥聲，以爲前靈之辱。此禮以義起，事與情安，非爲子孫之私，實天理人心之不容已者。今遷主已入，豈勝兢惕悲愴之致！謹以清酌庶羞，用告始事，神其歆之，以永無斁！

告祖考文

綰不肖，獲霑餘慶，幸以門蔭補國子生，今將隨例赴部聽選，以是月初九日戒行。思惟先訓，惟忠惟孝，惟廉惟節，以爲家法。然此一行，一命之寵，或其有及，敢弗乾乾，以期無愧。蓋出處惟義，利鈍惟命，聖賢何心，順受其正。綰曾矢志以學真儒，又敢弗敬？視此有虧，卓然千古，樹我勛名，光揚前烈，以無忝所生。先靈在上，庶其鑒聞，相而佑之，以啓後人。如有不然，神眷用隳。況我黄氏，世受國恩。宿志願酧，實爲罔極。致忠勿失，孝乃斯全。當兹遠離，豈勝感激！謹告，尚享！

祭方石先生文

於乎！先生有德斯峻，有功斯碩，被人而人不知，覆世而世不識。辟彼高嶽生雲，而沛滋者弗思，而施者亦何伐也！蓋世以進取，而先生林壑以自拔；世以婞阿，而先生方介以自勵；世以污濁，而先生玉雪以自潔。天日一心，始終大節。夫可死者身，而有不可死者不得與身而俱没也。猗惟小子，懷舊歸恩，注踵貫髮，喪不與斂，葬不與紼。方岩峩峩，桃溪濊濊。千古傷心，一慟奚怛。於乎！尚享！

祭湛太夫人文

於乎！聖學輟流，幾二千祀。至宋諸子，決之而弗洴；我明白沙，放之而未涘。及夫人之子甘泉與陽明王子，乃窮厥源，將潰於海。雖綰不肖，亦與聞此。庚午冬杪，方會京旅。志之所投，郢人漫堊而不疑匠斧；言之所會，闔户斲輪而出無不軌。談或對案以終宵，坐或聯床而移晷。

於時夫人在養，茶鼎盤飧，幾煩手澤，勞而靡悔。於乎！實懷我心，而孰非夫人之德也歟！辛未之吉，爲壽北堂。我入載拜，章服煌煌。方祈眉壽，載獻我觥，孰知不究，遂至此凶也？於乎！小子惟分通家，惟恩私淑。有痛切膺，有情不極。抱病深山，莫將蒭束。洒涕長飈，雲隔路遥。

奠英國公文

於乎！公三公勛舊，位極寵崇；考終黄馘，蘭玉盈庭，孰不謂稟屆之隆？而不知致之有非人之所豐，惟不忮求，無驕之德，而涵滄海之容，以貫通古今之識，簡威明練之資，而有飄灑風塵之度。不比權奸，特立受辜，愛士忘勢，推人心腑，此又今日賢公卿之所難。所以卒爲邦家之重，而優爲群祉之同。縮爲牘吏，多病最慵，知匪其任，乞歸田農。凡今主人，誰不棄之？公則檄留天卿，揚言明庭，診藥飲食，寔不翅若其父兄。惟病復負，施贐加情。何期一去，遂聞兹凶！御志莫究，服德莫醻，飲泣緘辭，奠此衷誠。於乎！哀哉！

奠西涯先生文

堂堂海宇，我明百年。優種培濡，是生多賢。爲國蔡蓍，爲時車船。有如我公，翩翩其間。爰壯帝猷，以光帝運。維公休休，善類攸宗。乃庸弼輔，視格彌存。既簡而清，群牧無愆。先皇上升，虺蜮中蟠。震驚黔黎，顛倒衣冠。維公克愚，不色不言。辟握天瓢，聚薪不燔。潛消黨禍，陳竇靡冤。卒俟昊旦，虺磔蜮殲。維旦未晝，四野猶氛。命將隸官，截其梟奔。公乃乞身，嬉笑東園。酒觴棋局，妙墨佳篇。香山洛社，世故方捐。僉曰仁壽，胡不萬年？庶憖遺老，典刑是觀。民之無禄，何辜蒼天？公逝不返，誰惜百躬？伊惟小子，年殊位懸。公不鄙夷，世契加憐。待以國士，瓦礫璵璠。俛仰今昔，涕落迸泉。緘辭南國，痛孰我先？哀哉！尚享！

祭徐曰仁文

於乎曰仁，其知余悲乎？自余抱志，懼難獨立。在歲庚午，奔竄斗升，邂逅王子，於彼都城。古寺燈前，一語輒傾。明日湛子，乃復尋盟，定以終身，期必相成。視時都城，俊髦如林，求其有志，而同予三人鮮矣。惟君在祈，數書來投。踰年考績，若特相求。假館共榻，無言不謀。余即東歸，君恨莫留，假金贈詩，以壯行舟。期邀二子，結廬丹丘。共明斯道，俟時作休。豈意余歸七載，湛子憂居，王子猶繫軍旅，志未及究，君已逝矣。於乎，痛哉！尚忍言哉！賴有王子，日明斯道，軍旅或釋，或歸陽明之麓，相觀砥礪，死而後已。庶幾慰子之鬼，不負平生之言！悲乎，傷哉！

奠章東雁文

於乎東雁！揭揭自立，孰謂不孤？庸庸與偶，孰謂不污？污不害志，竟玉雪也。孤而違時，乃困屈也。至死不尤，明氣節也。顧余夙年，道不屑也。遨遊燕趙，雜儒俠也。隱憂相瞝，色愀愀也。假金勸醵，紓余抱也。不見古人，孰得少也？奈何而逝，不可招也！石門之陰，雁蕩之岑。

或逝或歌，仿佛采尋。死而不朽，其名崟崟。於乎，悲哉！

祭實翁先生文

於乎！我公以宏才厚德，自布衣魁天下，爲時元老，享有壽考。而又篤生令子，以聖人之學繼往躅、開來裔，以濟時艱，功存社稷，福及生民，頫仰天地，能幾如之？綰從遊令子，感淑恩私。於公之逝，傷痛如何！一巵薄酬，物菲情悲。於乎！尚享！

應召告祖考文

綰抱病林丘，既餘十載，兹以當道論薦，朝命臨門，義不可辭，乃卜今月十二日戒行。揆厥繇來，莫非先慶所致，凡在綰身，敢不懋勉，以求不負？但念老母在堂，少弟夭死，其稚孤弱，懸繫不捨。尚賴神佑，老者享膺遐福，少者獲承世澤，俾綰殫心於外，死生以之，以報國恩。言之痛心，豈勝悲哽！於乎！尚享！

奠朱白浦侍御文

於乎白浦！生不負其親，用不負其君，行不負其友，食不負其民，蓋不當求之今世，而當求之古人之中。今則已矣，天也何爲？遂使慈母失其孝子，吾君失其社稷之臣，吾人失其篤志之友，吾民失其乳哺之母，斯世遂無斯人。於乎！痛哉！

奠戴子良方伯文

於乎！徐洪之惠，南昌之忠，臨江之政，蕪湖之清。民惟懷德，帝方念功，胡顛厥舟，逢此奇凶？秋日風帆，載颶泗汀。慘其江水，杳其涕零。林丘舊約，曷遽逃盟？瞻望雲山，魂飛魄征。我慟孔悲，豈曰朋情！於乎！尚享！

奠鄭少谷文

於乎繼之！才雄一世，行比古人。志恥小成，必求大道之方；學如弗及，將造自成之妙。匡翼吾人，共淑墜緒，爲萬世生民賴。詎意造物猶吝，止於斯邪！故其才之具，僅可見於摛文吟弄之末；行之立，僅可考於朋遊倫理之間。就其志、其學之所至，則闇然日益未有施也。予無類，繼之最獨知予，兩踵予山，冀竭所聞。予方自究自治之未暇，惡足以酧其萬一？於乎繼之，今則已矣！予實不知相知相遇之難而相馳相失之易也。夫繼之之度之文，人皆知之；至繼之之志與學，人或未知，而予獨知之。磊落俊偉，求如繼之，世幾人哉？繼之卒幾一載，猶未表束蒭，蓋予逐跡塵埃，苟從世事，所以慎之，非予敢忘。繼之有知，其鑒予誠，冥漠相觀，弼予不逮，則繼之可以未死。於乎！痛哉！

奠林典卿文

於乎！君之志學凡幾歲於茲矣，與予相知凡幾歲於茲矣。曩予入城，必館君家。君視予如娟聯，而予視君猶弟昆，所以論心講道，相規以期於成者何限。既而予以召起，君以試行，復會京旅，相顧益親。未幾，君下第謁選，簡治一州，予亦領職南臺。君之政聲日至，薦剡方騰，予方幸君嚮用之有期，奈何凶問即來，不究厥施，天道之不可知有如此者。嗚呼，哀哉！

奠蔡親翁文

予妻家衰絶，君予外舅之甥。忠厚周詳，視予篤愛，乃以其女女予子，以綿婣好。予念妻家無人，所親惟君。君哀舅氏零替，眷亦在予。奈何天不閔此，既喪予妻，又奪君之速也！於此興悲，其有已乎？

奠表叔金一峰文

先祖少失怙恃，撫成弟妹，推愛所出，並迄没齒。化及吾叔，亦篤渭陽，白頭一日。視今箕荳相燃，婣婭相賊，仰懷疇昔，邈乎何有？吾叔已矣，舊人愈鮮，舊俗愈衰。於乎！哀哉！

祭徐御史母文

嗚呼孺人！孰不爲女？懿德鮮備，豈若孺人，淑慎柔嘉，姆教之式。孰不爲婦？艱貞或渝，豈若孺人，鞠遺存孤，顛沛艱難，之死靡他。孰不爲母？正則實難，豈若孺人，身爲教範，蒙端長立，逐躋顯庸。子道允成，母德斯彰。既崇綽禊，方懋金章。奈何數命，不與豐全？蓋人不能有者，孺人能有之；人所常享者，孺人乃不永焉。豈在此者已厚，而在彼者獨嗇之乎！於乎天也，傷如之何！凡我同寅，悲曷已哉！

奠黄誠甫母文

於乎安人！温亮慈良。克相彼伉，一命允臧。澤卑莫施，中路摧戕。美鍾其胤，廟庭璉璋。穎孝不匱，錫贊我皇。孝治四敷，百世之光。既乃出牧，曰龔曰黄。綏動洋洋，有顒厥望。豈云無自？母道孔彰。禄養方引，乃弗永祥。爲世亦慟，矧朋胤行。綴辭菲奠，寄兹悽傷。

奠席元山先生文

於乎先生！豪傑之心，經濟之才。欲行其志，雖泰山莫壓，雷霆不摧。竟賴明道，群蒙歘開。遂得究宋議之不稽，辨訛籍以無猜。誅莽心於異代，息丹黨之諠豗。因大孝之昭彰，轉堯基而乾回。啓明堂以敷治，欣海岳之咸來。奈何先生既栽不培，以致聖主當宁而浩歎，志士抱心而莫裁。遺此至恨，千古傷哉！

奠陳石峰先生文

於乎先生，敦質植行，長厚存誠。憲郎貳卿，寔洪寔貞。囂世蓍龜，末俗典刑。奈不憖遺，人復何憑！憶綰童年，造席執經。一入裴鑑，遂迄頹齡。訃聞涕隕，矧在門庭。於乎！尚享！

奠應天彝母文

於乎安人！幽人之妻，良士之母。淑德考終，世寧幾有？萬里胡哀，通家惟舊。於乎！尚享！

奠王鳳林文

於乎鳳林！凡人識量之宏，必享福壽之厚。今子識量宏矣，而福壽莫臻，何也？凡人抱負之大，必將建立之隆，今子抱負大矣，而建立未極，何也？凡人晚成必稱大器，今子晚成矣，而位不崇，何也？故可見者，孝友之行，僅範一鄉；循良之政，方試一邑：今皆已矣。於乎！此實天道之不可測、人事之難論有如此者。吾何以究其理而知其然哉？臨風長號，聊泄此恨，以寄吾哀，更復何云！

卷二十八

祭文

奠長兄五弟墓文

父母我育，昆弟維五。如手具指，如繡備組。是教是長，以期踵武。穎見標舉，並馳争樹。豈意元少，如聯中剖。若割肺肝，若折兩羽。歲久彌痛，曷云能愈？曩聞宅幽，執紼莫遂。歸奠一觴，血淚如雨。

奠徐封君文

吁嗟封君！江湖釣侶，雲山羽儀。或稗或史，或嘯或詩。睥睨百世，遨遊斯時。人弗我知，我復何疑。翁歘胡之，傷悼孔悲。有子振振，死亦憖遺。

先祖焚黄文

綰念祖考潛德未光，敢以贈謚爲請。仰荷聖恩，賜贈祖考禮部尚書，謚文毅。吁嗟！祖考實學純行，卓冠一時；清標勁節，凛然百世。惟闇修而廉於取名，斯實大而久乃彌彰。幸皇仁之昭軌，闡幽沉而啓度；賴公論之未泯，爰易名以崇秩。庶爲善之足恃，亦天道之好還。捧龍章而遠賁，耿丘原之不昧；垂曠代而益光，乃來裔之是肖。勉忠孝以無斁，期天壤而俱弊。祇奉命書，敬録以焚。豈勝感激哀隕之至！

先考焚黄文

縮承先訓，叨陪侍從。仰荷聖皇，以孝敷治，特賜推恩，贈先考通議大夫詹事府詹事兼翰林院侍講學士。嗟予先考厚德純心，宏規偉度。忮巧弗形，至童子以無欺；端莊可象，及衽席而不移。登甲科而淹仕，守直道而無求；僅典銓以小試，下大夫而遂止，故悼世者每傷其不究，而考德者亦悲其無壽。幸遺不類，薦陟清華，聿蒙殊渥，有兹申命。庶食報於未盡，尚垂榮於無窮。念音容之莫睹，耿哀激而逾勵。祇奉誥命，敬録以焚。

亡室鍾氏焚黄文

予叨侍從，仰荷皇仁，特賜推恩，贈爾淑人。於乎淑人！昔歸我室，我志四方，燕昵非懷；我期千古，生業非事。寒宵風雪，每慨角枕之孤眠；厄歲饉飢，或視塵甑以無炊。賴相守而終憐，矢懋勉以逾勵。豈百年之難竟，忽朝露之先晞。念往事之未忘，慨陳迹而深悲。幸推恩之再加，庶足慰乎九京！祇奉誥命，敬録以焚。

祭陽明先生文

於乎斯道！原於民彝，本諸物則。無人不全，無物不得。亘古長存，無時或息。惟人有情，情有公私，故心有邪正，而道有通塞。斯道既塞，此政教所以多訛，生人所以不蒙至治之澤也。惟我先生，負絶人之識，挺豪傑之資，哀斯道之溺，憂斯道之疵。指良知以闡人心之要，揭親民以啓大道之方。篤躬允蹈，信知行之合一；人十己千，並誠明而兩至。續往聖不傳之宗，救末代已迷之失。孝弟可通神明，忠誠每貫日月。試之武備，既足以勘亂；用之文事，必將以匡時。幸文明之協運，式濬哲之遭逢，何勤勞僅死於瘴嶺，勛勚徒存於社稷？慨風雲之難際，悼膏澤之未施。言之傷心，竟莫之究。悠悠蒼天，卒無知哉！尚賴斯道之明，如日中天，勉之惟在於人，責之敢辭後死！冀竭吾才，庶幾先生千古而如在也。嗚呼哀哉！尚享！

祭陽明先生墓文

道喪既久，聖遠言微。千載有作，聿開其迷。指良知爲下手之方，即親民爲用力之地，合知行爲進德之實。夫學非良知，則所學皆俗學，而聖學由不明；道非親民，則所道皆霸功，而王道爲之晦；知行不合，則所知皆虚妄，而實德無自進。此乃先生極深研幾之妙得，繼往開來之峻功，學者獲聞，方醉夢之得醒。而世之懵昧，反以爲異而見非，以致明良難遇，志士永歎，而先生之道亦遂不獲大用於時、大被於民，而竟止於斯也矣。綰等或摳趨於門牆之最久，或私淑於諸人之已深。兹聞宅幽，各羈官守。素衣白馬，尚愧乙夜之不能；易服毁冠，必知市肆之弗忍。望蘭亭以興思，豈一日之敢忘；溯耶溪而勗志，惟没世而後已。於乎，悲夫！

奠余子華通政文

夫人小得不以自足，近成不以爲榮，則其志意之遠、器識之宏可知矣。昔君科登及第，官躋翰苑，此世所垂涎朵頤、寤寐弗得以自慼者。君乃視之若辱，願請學職，遂以外補，偃蹇迄今，不以爲悔，則其爲人何如也！今幸聖人啓運，君子彙徵，方恨同志之寡，奈何君竟無疾溘然而逝！於乎，天乎！予之痛當何極乎！撫棺一觴，悲乎尚享！

奠王南泉文

於乎！先生淑志衰俗，果行丘園。歷履霜而孝師伯奇，遭箕荳而義慕薛包。憤世或激乎靈均，掩惡何殊乎彦方。豈今時之希有，乃古人之難能！胡韞櫝以終身，尚潤河於百里。匪天道之好還，實積德之必光。知先生之不死，庶範俗以流芳。於乎，尚享！

奠鄭伯興廷尉文

士生世於百年，非朋友以何成？視交誼之凋喪，每嗟歎於浮萍。或鶯鳴於鴞巢，或蓋傾而戈操。幸膠漆之方投，忽零露之崇朝。豈夫人之難遇，計鬼録而屢傷。胡吾子之又逝？忍淒楚以摧腸。指江漢以西遡，渺落日之蒼蒼。瞻鹿門而不睹，望鳳林（承吉號）以何居。乃怊悵以獨立，顧宇宙而長悲。於乎！哀哉！

奠葉山南文

於乎！今世孰不才辨？惟君才爲適用。孰不交遊？至歲寒而鮮共。性若率易以無拘，事方有臨而弗縱。雖鄉曲之平生，尚不足以深洞。幸同朝以同官，庶本末之堪綜。竟讒搆以蹇殁，胡利用之不從？顧斯世而深悲，豈夫人之寡儔！信天道之難測，實賦命之莫尤。君靈有知，尚鑒斯詞！

奠方思道父文

於乎！凡物之生，有開必先。丹砂見而育銅，磁石浮而孕鐵。矧兹大雅之音、經濟之文，將贊皇猷、黼黻明世而有先之者乎？故知翁之坦蕩超廓，實韞膏澤以流芬芳，爲山爲嶽而滋雲雨者也。奈何不憖，長遊胡歸？訃聞吾黨，孰不興哀！

奠張東軒先生文

於乎先生！於前弗遺，昭先德以踵武；於後弗替，盛徽音於來許。紹芳奕美，顧前代之已難；勵忠揚孝，實今日之可睹。幸通家於三葉，獲麗澤之頻溥。貽孫子以式好，庶百世之足樹。

聞訃音而悲咽，豈悼世之凉躅。聊菲奠以陳詞，冀明靈之歆取。於乎！尚享！

奠吕仲仁母文

於乎恭人！夙儀君子，克稱賢婦。晚穀諸英，允矣令母。四德攸迪，五福爰集。不永千齡，閨門奚式？矧我通家，胡爲不惻？於乎哀哉！

奠霍詹事母文

猗與淑人，厥德孔徽。終温無斁，孝敬不違。既章婦順，亦令母儀。篤生儒碩，堂堂仡仡。大放厥辭，不可窮極。孤忠勁氣，萬仞壁立。闡禮發奸，震虢回遹。軒紱何榮，狼跋非恤。春宫簡畀，將母徒鬱。齎咨請歸，帝眷不釋。萬里迎養，已望京國。一疾遽捐，霾昏霧塞。哀惸抱慟，纍纍銜恤。人孰無死，死則已矣。淑人不死，實惟有子。榮禄一朝，名德千禩。考終有輝，奕世流祉。

奠韓尚書文

於乎！國家之初，風氣淳樸，故昔日之士，多敦龐之風；承平既久，風氣漸漓，故今日之士，多恌刻之習。惟公乃魏國忠獻公之裔，生於承平之後，獨完淳樸之風。乃以惇德，起家進士，爲廷評，歷遷中丞，爲大司寇，皆以正直忠厚稱於朝。及居林壑，壽幾百年，又以清儉誠素重於鄉。

若公可謂今之人龍、古之遺直者也。綰等方悼世風之日降，每懷前哲之靡及。訃聞而慟，豈直鄉邦之私而已？兹奠一觴，公其歆之！

祭謝木齋閣老文

國家重熙日久，士習浮靡。每思前輩典刑，坐以鎮之，而難其人。惟公元老舊相，清德允誠雍容，雅望重於四朝。昔者受命托遺，則如諸葛之在蜀；既而遭讒屏處，則如潞國之居洛；及今蒲帛特召，則如司馬之再相。儼然斯時，猶靈光之殿魯邦、九鼎之遺後世。奈何昨者元臣有忌，倏進遽退。然使我公而在，則典刑猶存，世尚有賴。奈何天不憖遺，遽爾奄逝，卒使頹風莫挽，爲世深悲！

奠張侍郎父文

鴻鈞賦物，豐嗇靡同。曰德曰祐，鮮備厥躬。猗歟先生，幽德既崇；復有賢子，大其世風，顒顒昂昂，爲時詎公。褒錫隆赫，秩命有融。而況年逾古稀，澹佚雍容。陶情詩酒，全真鴻濛者哉！今也何之，蹤跡欻空，徒使知德而悼世者獨隕涕於悲風！

奠侯郎中文

於乎！應乾而止斯耶！蓋天之生才甚難，而世之喪士何易！夫辨捷聰明，足效一官，以干一時，布國溢廷，豈曰無人？但求獨立特見，不爲形勢所驅、流俗所移，可憑以定國是、變積習，而輔我聖明勵精之治，舉世莫見其人。惟君出自關右，卓然豪傑。昔者執政怙權，動摇國是，入彀之士或太半焉，其或不入，惟朝邑韓子與君二人，鑿鑿錚錚，屹然若砥柱之障頹波，而人莫之攖。今韓子方在偃蹇，而君遽即世，使殉道自立之士皆悵顧而悲傷，憸壬朋比之徒反揚眉而吐氣。於乎，何天之不祚斯世也！雖然，君不可作矣，然此心之公、是非之明，則有如青天白日，亘千古而不泯者，亦惡得與此身而俱亡！於乎，悲乎！

祭張尚書文

於乎！時運中昌，聖人有作。衆方歎人才之寥落，念大業之未濟，謂如公者宜居廟堂以成不世之勛，豈意公乃以讒退居，卒殞丘園而不復慭遺也！蓋公素以廉樸剛直之才，敭歷中外，自下邑而郎署、而州郡、而藩臬、而撫鎮、而總憲、而司空，光明磊落，在在著聲。其尤昭灼而不可泯者，若在江藩，處逆濠煙熖之時，人皆悚息不敢仰視，公獨確然守正，無少阿順。又若在南臺，風紀之弊，幾及百年，公一振肅，群儇凜然。今求如公，能幾人哉？然公亦竟以此致讒，不獲大施，佐我聖人，以際風雲之會。遂使有志之士、憂世之徒，徒抱恨於無窮也！於乎悲哉！尚享！

祭方思道文

於乎棠陵！孤蹤遠韻，奇懷逸思，今何之乎？豪才簡節，清文妙句，今何爲乎？窮兩間，俯斯世；莫知其之，莫見其爲，惟空山野水之濱、荒古幽怪之區，猶時聞其清嘯悲吟，欷歔欻忽而不可即也。於乎，悲哉！

祭李遜庵宫保文

於乎！求治常患乎無才，得才每憂其難遇，此至治之所以不易而今昔之所共憾也。惟公豪才，家學深資，自下邑以躋乎岩廊，由庶務而與聞乎邦政，罔不奮庸熙載，所在著聲。今幸聖明中興，瘝瘝英賢，方舟楫鹽梅之思濟。奈積習難變，才高易忌，陰計陽排，掩遏覆蔽。若非離照洞燭，乾綱速正，幾何不覆巢空國，詒禍於蒼生也！既而上虛衡宰，將屬之公，詎意邪類猶存，讒言復入，及上深悟，而公忽隕逝。不能不增志士之深恨，而益悲遭遇之難也。縮等菲劣，皆欲持方入圓，見嗤於世。後先萍水，辱公知與。初聞訃音，慟哭深嗟，矧瞻旅櫬，慘復何云？於乎，全才大名，今何歸乎？文武廟略，今誰資乎？君子何恃而小民何依乎？臨江灑淚，獨吾私乎？於乎！尚饗！

奠王母蔣太淑人文

惟靈貞姿霜潔，馨德春和。早相幽人，丘園之皤。晚淑令子，廟堂巍峨。翟冠霞服，百禄是加。駘背鯢齒，遐齡斯荷。維天特厚，枚世孰過。今胡逝止？瑶水婆娑。椒漿莫奠，臨風奈何。束蒭千里，敬弔南柯。

祖妣蔡夫人焚黄文

昔蒙朝廷特贈祖考禮部尚書，今蒙推恩，加贈祖妣夫人。洪惟聖世汪濊之恩，固爲無窮；然自台邦夫人之封，實自今始。揆厥所由，綰之不肖，何以獲此？蓋惟祖妣端莊簡重之德，克相祖考爲時名臣，以貽子孫。天道好還，復有今日。龍章遠届，丘原爲光。凡我後人，可不益思先德，愈勵忠勤，以效於家，以報於國？謹令長男承文，祗奉誥命，爰録以焚，及潔牲醴，用申虔告。於乎，尚享！

雲中葬冤民亡伍文

嘉靖十三年，歲次甲午，七月丙寅朔越某日，欽差禮部左侍郎黄綰遣山西行都司都指揮僉事楊恭、大同府知府王誥，以牲醴祭於冤民亡伍之靈。曰：爾乃國之蒸庶與國之戎伍，逢辰不淑，值彼貪殘，不良厥職，貽害於爾。紀律不明，縱部下以妄殺；事機屢失，致凶頑以勾虜。或無辜而横罹於鋒刃，或敵愾而陷没於賊手。冤魂莫雪，遺髑髏以見情；名烈莫揚，僅煨燼之可知。九重北睠，爲爾興哀，特命職來，察爾之冤，廉爾之績。爾死不可復生，軀骸已焚，不可復全。故令有司葬爾之首與爾灰骨，仍疏於朝，附爾於厲，歲時祭爾，以慰爾痛。今以牲醪先事，爾其歆之，毋爲淫虐兹土，尚鑒善惡以呵護，兹人皆爾情也。於乎悲哉！尚享！

祭仲兄文

於乎我兄！狷介之資，淳朴之行，早遊邑校，辛苦芸窗。心徒勞而靡功，力已惓而難庸。匪儒冠之誤身，實造物之多窮。故鬱鬱而未舒，乃幽憂而搆疾。歲癸巳而遠届，憶姜被之同眠。奈王事之靡盬，適鴻燕以相馳。坐虚館而不寐，徒永歎以終宵。寫數詩以來寄，藹骨肉之至情。冀驅馳之有終，將掛冠以東歸，老丘壑以殁齒，永天倫之至樂。何期閲歲之未幾，即爾多艱之忽罹。哀慈母之見背，兄猶訃以來聞。乃力疾以作書，致深悲之諄諄。豈意此書之不再，遂成終天之永訣。渺萬里而歸奔，慘空堂之寂寂。歘大葬之有期，將宅幽而莫留。率弟姪以薄奠，瀝一觴而徒悲。割肝腸以何痛，惟此恨之莫言。於乎哀哉！尚享！

奠葉母符氏文

於乎安人，爲婦爲母，莫不令儀。婦順以貞，母儀以慈。貞順不失，以相君子。中路見背，於終克俟。慈義無斁，愛篤鞠子。有文有操，顯揚騫峙。乃婦斯終，不負君子。在鄉豈易，於世可指。時運或乖，鵬翅暫委。豈意令儀，蘭蕙亦萎。不俟亨屯，永享光祉。爲鄉作式，爲世作視。彼蒼胡爲，悲乎曷已？於乎哀哉！

奠王東瀛司寇文

於乎！予不見公，十載於兹矣；公斂手足，又兩載於兹矣。思昔共公澄江之館、柏山之廬，劇談世事，究論經籍，上盡天文，下極地理，及乎神仙釋氏之典，無不窮詰相酬，今皆不可獲矣。其魁然之容、炯然之目、虬然之髯、樸素之態、真率之情，今皆不可獲矣。然自筮仕以至歸田，作邑以歷卿佐，知操知勤，知言知施，知慎知安，則又非尋常之可論、庸人俗子之可與語者。予忝公相知，今公不可作矣。故爲文以奠之，且送其葬。公有知也，亦有感於予言乎！於乎尚享！

方石先生遷葬告文

先生舊葬大夢山，不吉子孫，家道日見衰弱，人皆疑於天道。綰則惻然傷感，思盡其心，爲擇桃溪上黄吉壤，將遷先生及陳、孔二淑人，二子一孫之柩，改葬於此，庶盡人事。冀天道之定，俾爲善者之無疑也。於乎尚享！

祭舅氏嶼南鮑翁文

於乎舅氏！夙豐而晚窘，少作而老違。信窮通之莫期，固貧富之有命。庶永年以自適，幸安常而考終。瞻白水而興思，若渭陽之在目。於乎哀哉！尚享！

奠金貞婦墓文

樓崎之麓，黄土一丘，青茅掩苒而無主者，乃綰曾祖母金太淑人之母貞婦陳氏與夫金翁墓也。貞婦生三女，無丈夫子；中女則綰曾祖母，實篤生先祖尚書文毅公。迄我於今，追思懿德，零替無聞，惻然傷心。乃修塋域，爲文樹碑，庶丘壠不廢，没世有傳，永著閨門之範，以勵衰俗之風。於乎尚享！

祭洞黄山靈文

維洞黄之山，發跡括蒼，顯奇方岩，聚秀小雷飯閎，而爲盤谷於兹。台南海上，崇岩疊翠，争回複繞，澄瀛汗漫，周浸旁環，斯爲風氣所萃，神靈是司。我祖都監公由閩避亂，携家浮海，若啓而導，來奠兹居，惟丘與壠，於斯是託。裕我孫子，歲今七百，産英毓秀，綿綿瓜瓞。今有事先塋，反始修古，敢忘神德！尚享！

祭洞黄先墓文

於乎！木盛有本，流長有源。攬幹沿流，敢忘所自？粤惟吾黄，始自都監公，於五季石晉開運之歲，由閩涵江遷居洞黄。厥後或顯或晦，或隆或替，家運不齊，然存誠之德、敦樸之風、詩書之脈，未嘗一日而有間。至吾先祖晉一府君，家罹兵刃，一綫圖存。及於啓一，修整遺編，復搆書堂。及於富二、衍三，懋德孝友，營樓集怡，同産不析，累澤攸深。及於統五松塢，德盛仁肫，培植益深，譬之高嶽巨淵，巍浸一方，千條萬派，靡不自兹。垂於曾祖職方公，迨我祖尚書文毅公、我父選部詹事府君，揚名顯德，厚積私施。雖貴盛累世，自視歉然，猶惓惓以行不逮祖德爲愧。慶流小子，幸有於今，仰思前修，内省厥身，何以爲人，無忝爾祖，辛螫恫心，如履淵冰，維何顯示，永世不忘。今特駿奔洞黄，展省先祖諸府君丘墓，上及都監公以下諸祖及族祖之修德而顯者，同兹瞻掃，兼視銘碑，及樹綽楔，表厥封域，庶罄報本追源之誠。於乎尚享！

祭十三叔父兩峯府君文

於乎！叔父好古知書，旁通術數。早雖隨俗以求名，晚則返身而退守。力求先世之遺文，遍考鄉閭之典故。方期克踐以有立，亦欲著述而成編。嘗袖襲以來視，每終咎而勤談。遂矻矻以窮年，竟栖栖而没世。於乎尚享！

祭鍾氏墓文

綰亡室淑人鍾氏，家祚衰絶，其父、祖及叔兄三世之墓，人濳毁而竊鬻之。綰不忍見，乃以十餘金贖歸。兒子承文，悽然感泣，匍匐往視，爲興棟宇，奉棲三世神主。文爲置田，以供祀事。綰官守京師，久不瞻省。兹以先妣太淑人憂歸，釋吉來兹展拜。追惟疇昔，盛衰不齊，哀樂殊時，徘徊荒草，豈勝悲慨！於乎尚享！

石龍集後序

（明）葉良佩

有刻久庵公所撰詩若文曰《石龍集》者，授新本於予，俾卒業焉。而問予詩之説。予曰：「聞諸古昔，詩言志尚聲。」問文。曰：「文言事尚理。」「然則詩不尚理乎？文不尚聲乎？」曰：「詩之道與政通矣，宜若有至理存焉。若夫文之從順識職，毋亦深於聲者能之爾！」「然則奚取夫尚聲尚理之云？」曰：「乃若其用則然矣。是故詩之用行，以迄夫天地訢合、神人克和者，聲爲之也。文之用行，以迄夫萬物咸序者，理爲之也。凡各以其盛者言之也。」「然則惟聲惟理斯已乎？」曰：「聞諸古昔，色香味具有之。且夫人之受感於物，其凡有五，獨於詩若文異乎？是故有理斯有聲，有聲斯有色，有色斯有味，有味斯有香，試相與求諸載籍之間，理與聲至矣。而望之如有見乎其蒼然，即之如有見乎其油然者，是色也。誦且惟之，而有旨乎其言者，是味也。彼以氣感、我以意悦者，是香也。具兹五者，而神行乎其中矣。夫是故傳之天下，凡有血氣心知者，莫不斐然悦悟，率有不可諼之懷而莫自知其故也。此之謂傳世之文。」「然則曷以序公之集？」曰：「請論其世。今夫深沈於屈宋，澶漫於馬楊，格律於魏晉，馳騖於李唐諸大家，世之言詩者皆是也。今夫掠莊荀、凖遷固、翼韓柳，簡辭短章，則並驅雄通，與之相上下，世之言文者皆是也。予嘗承間於公而竊聞其緒論矣，則皆舍乎是而寤寐。夫盤誥四始以相忘於前六言者，此公之夙昔也。而其趨深遠矣，要諸未可以筆墨蹊徑求之也。」

（録自《海峰堂稿》卷十三，日本内閣文庫藏明嘉靖三十年刻本）

附録

禮部尚書兼翰林院學士黄公綰行狀

（明）李一瀚

公姓黄氏，諱綰，字宗賢，别號久庵居士，台之黄岩人也。幼承祖文毅定軒公蔭，弱冠即優通《詩》義，尤善古詩文。一日，因感横渠先生論蔭襲語，遂棄舉子業，師文肅謝公鐸，毅然以聖賢自期，揭座右曰：「窮師孔孟，達法伊周。」爲監察御史陳公銓所知，招應舉，具書力辭不赴。隱紫霄山中，歷寒暑十餘年，勤讀苦思，學益充裕。因母鮑太淑人强命出仕，授後軍都事。公素少治生術，家甚窘，有商人覘知，饋金千餘兩，公卻之。且上疏革那移冒支弊，盛爲當道所重。凡三年，疏乞養病歸田。與王公守仁、湛公若水訂終身盟，講明絶學，共扶世教，一意恬退。儲公瓘、喬公宇、張公元禎咸以台之先哲方正學者稱之。

家居幾十年，恭遇先帝龍飛，詔徵遺逸，時侍御朱公節特疏薦公「志專正道，素行愜於輿情；心存王佐，學術明於澤物」，起升南京都察院經歷。適「大禮議」起，公具疏與焉。先帝用何淵議，欲以獻帝入祀太廟，舉朝莫敢沮，公特疏諫而寢。繼上《論聖學求良輔疏》，致忤時相。尋升南京工部員外郎，又累疏乞休歸田。未幾，尚書席公書、侍郎胡公世寧各疏薦公「才堪大用，學裕纂修」，起升光禄寺少卿，纂修《明倫大典》。時王公守仁江右功成，忌者議奪，公力疏辯之得明。繼升大理寺少卿，首上《論刑獄疏》，列六款，又釋無辜囚，辯冤枉獄，不可勝數，時稱明允。先帝以翰林缺官，命選中外臣僚才德學識堪備儲輔者入翰林，時公膺首選，改少詹事兼侍講學士充講官。先帝嘗曰：「爾以不羣之才、卓越之見，故超資寵用，以圖治弘功。」《大典》書成，升詹事，仍兼侍讀學士。其在史館，事核理直，無少阿比，同事者咸稱良史之才；其在經筵，日以養德格心、求賢才、謹好尚爲言，先帝嘗以君子之言褒之。

升南京禮部右侍郎，時各部院缺官，公署五篆，日歷諸曹，一無廢事，各屬咸歎以爲難及。帶管操江，嚴防禦之法，謹盤詰之司，一時江盜悉皆屏跡。凡所應行，奏爲定例，至今猶賴之。三載考績，升禮部左侍郎。適大同倡亂，公奉敕往撫大同，奮不顧身，兼程到鎮，運謀計策，擒斬積年創亂首惡張玉、穆通等二百餘名，而一方之難遂靖，民立安輯祠祀之。所餘賑濟銀三萬有奇，毫無所蝕，齎回還諸内帑。先後功次，《國朝典故》内《雲中紀變篇》載之詳矣。惜乎，尚未論其功也！明年知乙未貢舉，事甫畢，適丁母憂。服闋，時有安南之亂，先帝又起公禮部尚書兼翰林院學士充安南正使。其區處事宜，歷有章疏，啓行間朝指權相贓私，遂搆令閑住。

歸抵家，遷居翠屏山中，杜門謝客，日事注述，布衣草履，超然於塵埃之外。雖極寒暑，手未嘗釋卷。遠近有志士咸趨事之，與語終夕不倦。凡有事關民瘼者，獨慨然言於當道。凡有親故貧乏者，悉與賙給。置立清獻杜公範墓山祭田，擇其裔守之。買山遷葬文肅謝公鐸，並與其諸孫貧無娶者聘之。至如撫養王公守仁遺孤，其間事尤爲難能。所著有《四書五經原古》《明道編》

《石龍集》《石龍奏議》《思古堂筆記》《家訓》等書。享年七十有五。

（轉録自焦竑輯《國朝獻徵録》卷三十四，明萬曆年間刻本，第十一至十三頁）

洞山黄氏宗譜·黄綰傳

（明）黄承忠

道七，諱欽綰，字宗賢，號石龍，又號久庵。幼穎異不凡，讀書過目成誦。年十三，承祖父文毅公蔭，入胄監。年十八，遂優通時義，更善古詩文。一日有感於横渠先生論蔭襲之言，遂棄舉子業。時按院陳公銓聞府君，書招應舉，力辭不赴。隱居紫霄山中，專志聖賢之學，揭座右曰：「窮師孔孟，達法伊周。」不出山者一十五年。母鮑太淑人強之仕，始翻然出。授後軍都事，卻商人數千金。革那移冒支宿弊，爲西涯李公、柴墟儲公、東白張公、白岩喬公雅重。僅滿考，疏乞養病歸几十年。與陽明王公、甘泉湛公講明絶學，以斯道爲己任，海内一時稱重。

時世宗龍飛，收天下遺逸。御史朱公節疏薦府君「志專正學，素行孚於士論；心存王佐，學術明於澤物」。起升南京都察院經歷。方廷臣「大禮議」沸起，府君具疏與議，以明「濮議」之非，並上《諫止獻帝入太廟》《論聖學求良輔》諸疏，侃直風聞，赫然中外。隨升南京工部營繕員外，府君又累疏乞休。歸三年。尚書席公書、侍郎胡公世寧交章薦府君「才堪大用、學裕纂修」，起升光禄寺少卿，纂修《明倫大典》。時陽明王公爲時相忌，倡禁僞學，府君奮不自顧，特疏辨之，議遂止。尋升大理卿，首上《論刑獄疏》凡六，至今著爲令典；又釋無辜囚，辨冤枉獄，不可枚舉，時稱明允。世宗以翰林缺官，命選中外臣僚才德學識堪備他日儲輔者改翰林，時府君應首選，改詹事府少詹事兼翰林侍講學士，充講官，兼修《明倫大典》。《大典》成，升詹事府詹事，仍兼侍講學士。時與宰相議不合，尋升南京禮部右侍郎。時部院缺正官，日視五篆，自朝至於日昃，一無廢事。又帶管操江，嚴防禦，謹盤詰，江盜屏息。凡所應行，題請永爲定例。

凡三年，升禮部左侍郎。適大同亂，世宗特敕並御劄差府君撫賑勘[一]叛。府君奉命至大同，分猶宣力，竭忠殫智，五閱月而善惡判、功罪分，擒斬首惡張玉等二百三十餘人，而大同之亂遂靖。復命還京，叨賜厚賞。其先後功次詳見巡院樊公繼祖《共貞録》及《鴻猷録》《雲中紀變》諸書。明年乙未知貢舉，所論選者皆奇偉之士，若王槐野、薛方山尤爲得意者。未幾，丁母鮑太淑人憂歸。服闋，安南之亂，世宗特旨起府君升禮部尚書兼翰林院學士，充安南正使，賜一品服，食一品俸，區畫事宜見《安南奏疏》、五嶽山人黄省曾《安南問隨》。因直指權貪，遂告歸。

遷居翠屏山中，杜門謝客，日惟注述，雖極寒暑亦罔倦，如此者十五年。所著有《四書原古》《五經原古》《明道編》《石龍集》《奏議》《家訓》《思古堂筆記》等書。

府君性資敦樸，學問淵宏，具百折不回之操，負獨立不懼之勇。一行成如山之不可移，一言出如經之不可易。忠貞出自性成，孝友原於天植。見有善則稱揚之不置，見不善則斥詈無所容。處家御下，凛若秋霜；立心制行，皎如白日。視性分内道理皆所當盡，宇宙間事業無不可爲，此誠亘古之豪傑，豈特一家之鸑鷟哉！

府君生於明成化十六年二月二十一日辰時，生之日，澄江清三日爲之瑞。卒於嘉靖三十三年九月初四日戌時，卒之先，星隕於庭；卒之日，車旗鼓樂，夜過市，返洞山，人有見之者。享年七〔二〕十有五。卒之明年，督學行縣，崇祀鄉賢。娶扁嶼鍾氏，封孺人，贈淑人，葬净土寺後。繼王氏。子七：承文、承廉、承德、承式、承忠、承孚、承恭。女二：長適生員高洵，憲長高瑛孫；次適新建伯王正億，陽明先生子也。

附記：

鍾淑人没，府君年未及四旬，已生長兄承文，次兄承廉、承德，暨適高氏姊，意將終身不再娶。會有日者術最精，相府君曰：「公他日官極品，建大事功，後嗣當貴且昌。」府君笑曰：「我今官不過都事，焉望極品？子嗣有三，君盍爲我相之？」日者曰：「三子吾已相之矣，所謂貴且昌者當續生。」府君笑曰：「我將不娶矣，何生歟？」日者力贊再娶，且遍訪可以當娶者，不可得。適世宗以朱御史薦，起府君爲都察院經歷，舟過宿遷，仙居奚先生作教訪府君於舟次，問及家眷，府君以無對。奚先生以此鄉多淑女，有彭上舍者與生最善，生當見之，爲公謀再娶，何如？府君俞之。奚先生遂見彭，彭即與奚同訪府君於舟中。彭見府君器宇不凡，慨然以甥女許妻之，即先母王淑人也。

不數日，議遂定。府君迎夫人同赴京，淑人年方二十，越三四年即荷誥封三品。初生女曰姆，適王新建爲一品夫人，子孫皆世爵。次生兄式及忠，雖不至大顯揚，皆讀書知禮，又爲弟子員，無玷先人聲譽；且各有子，又讀書爲弟子員有聲，人皆期之。府君官八座，賜服與俸一品，議大禮，定大同，使安南，日者「官極品、建事功」之言驗矣。「後嗣貴且昌」之言雖未得驗，但府君歿後事，微忠等在，誰其繩之？

淑人性真直，無作好惡，又善克家，言語不妄，舉止端凝，視衆子且一體，有疾苦則憐而賙之，有死喪則濟之，御僕妾則藹然慈惠也。婦德母儀，兩無所愧，賢矣哉！當府君在秩宗時，淑人以命婦入朝，禮儀閑肅，言語條暢，内廷咸異之，因問知爲府君配也，乃叨懿慈太后，賜金碧佛像一軸、紵絲二表裏。懿慈太后親蠶，淑人入以供蠶繅禮。太后喪，淑人入以與哭臨禮，無有少失，内廷咸歎服，此爲命婦者所難耳！

淑人生於弘治癸亥年七月□日辰時，卒於萬曆甲申年五月初七日巳時，享年八十有二，與府君合葬於長隴云。府君始葬於邑南東盤山，以家多變，遷葬委羽山文毅公墓前，以地多水，又遷於紫霄山之南曰長隴。

男承忠識。

（録自《洞山黄氏宗譜》卷四，民國乙卯年重修本，第四四至四七頁）

【校勘記】

［一］勘，民國乙卯重修《洞山黄氏宗譜》本誤作「看」，茲改。

［二］七，《洞山黄氏宗譜》本誤作「八」，茲改。

明實録·黄綰傳

（明）張居正等

黄綰，浙江黄岩人。正德中，以祖蔭授後軍都督府都事。嘉靖改元，爲南京都察院經歷。以議「大禮」與張、桂合，遷南京工部員外郎，謝病免歸。未幾復起爲光禄寺少卿，與修《明倫大典》，尋升大理少卿，改少詹事兼侍讀學士，充經筵講官。《大典》成，進詹事。久之，進南京禮部右侍郎，轉禮部左。時大同軍亂後，反側子猶攘臂鼓噪，人心洶洶，代王請遣大臣安集，上命綰往。綰撫輯流亡，分别善惡，悉索其倡亂黨與誅之，還奏稱旨。母憂，服闋，即其家拜禮部尚書兼翰林院學士。撫諭安南，未行，落職閑住，至是卒於家。

綰有文學，明習國家故事，博辯捷給，吏幹亦敏瞻，故雖起家任子，致位八座，人不以爲忝。然其傾狡善變，不專一節，初以講學取聲譽，比「議禮」，見舉朝不悦，復首鼠避去，事定乃復揚揚自負，力附張、桂，鋤所憎忌。嘗上書，以隱語撼大學士楊一清，公論惡之。及夏言有寵，復附言而非張孚敬。跡其終始，真傾危之士哉！

（録自《明世宗實録》卷之四百十四「嘉靖三十三年九月壬寅」條下）

明史・黄綰傳 （清）張廷玉等

黄綰，字宗賢，黄岩人，侍郎孔昭孫也。承祖廕官後府都事。嘗師謝鐸、王守仁。嘉靖初，爲南京都察院經歷。

張璁、桂萼争「大禮」，帝心嚮之。三年二月，綰亦上言曰：「武宗承孝宗之統十有六年，今復以陛下爲孝宗之子，繼孝宗之統，則武宗不應有廟矣。是使孝宗不得子武宗，乃所以絶孝宗也。由是，使興獻帝不得子陛下，乃所以絶興獻帝也。不幾於三綱淪、九法斁哉！」奏入，帝大喜，下之所司。其月，再上疏申前說。俄聞帝下詔稱本生皇考，復抗疏極辨。又與璁、萼及黄宗明合疏爭，「大禮」乃定。綰自是大受帝知。及明年，何淵請建世室，綰與宗明斥其謬。尋遷南京刑部員外郎，再謝病歸。帝念其「議禮」功，六年六月召擢光禄少卿，預修《明倫大典》。

王守仁中忌者，雖封伯，不給誥券歲禄；諸有功若知府邢珣、徐璉、陳槐，御史伍希儒、謝源，多以考察黜。綰訟之於朝，且請召守仁輔政。守仁得給賜如制，珣等亦敘録。綰尋遷大理寺少卿。其年十月，璁、萼逐諸翰林於外，引己所善者補之，遂用綰爲少詹事兼侍講學士，直經筵。以任子官翰林，前此未有也。

明年，《大典》成，進詹事。錦衣僉事聶能遷者，初附錢寧得官，用登極詔例還爲百户。後附璁、萼議「大禮」，且交關中貴崔文，得復故職。《大典》成，諸人皆進秩，能遷獨不與，大恨。囑罷閑主事翁洪草奏，誣王守仁賄席書得召用，詞連綰及璁。綰疏辨，且乞引避。帝優旨留之，而下能遷法司，遣之戍，洪亦編原籍爲民。

綰與璁輩深相得。璁欲用爲吏部侍郎，且令典試南京，並爲楊一清所抑，又以其南音不令與經筵。綰大恚，上疏醜詆一清而不斥其名。帝心知其爲一清也，以浮詞責之。其年十月，出爲南京禮部右侍郎，遍攝諸部印。十二年召拜禮部左侍郎。初，綰與璁深相結。至是，夏言長禮部，帝方嚮用，綰乃潛附之，與璁左。其佐南禮部也，郎中鄒守益引疾，詔綰核實。久不報，而守益竟去。吏部尚書汪鋐希璁指，疏發其事，詔奪守益官，令鋐覆核，鋐遂劾綰欺蔽。璁調旨削三秩，出之外。會禮部請祈穀導引官，帝留綰供事。鋐於是再疏攻綰，且摭及他事，帝復命調外。綰上疏自理，因詆鋐爲璁鷹犬，乞賜罷黜以避禍。帝終念綰「議禮」功，仍留任如故。綰自是顯與璁貳矣。

初，大同軍變，殺總兵官李瑾，據城拒守。總制侍郎劉源清、提督郤永議屠之。城中恟懼，外勾蒙古爲助，塞上大震。巡撫潘倣急請止兵，源清怒，馳疏力詆倣。璁及廷議並右源清，綰獨言非策。及源清罷，侍郎張瓚往代。未至，而郎中詹榮等已定亂。叛卒未盡獲，軍民瘡痍甚，代王請遣大臣綏緝之。疏下禮部，夏言以爲宜許，而極詆前用兵之謬，語侵璁。璁怒，力持不欲遣。帝委曲諭解之，乃特以命綰，且令察軍情，勘功罪，得便宜行事。綰馳至大同，宗室軍民牒訴官軍暴掠者以百數，無告叛軍者。綰一無所問，以安其心。有爲叛軍使蒙古歸者，綰執戮之，反側者復相煽。綰大集軍民，曉以禍福。罹害者陳牒，綰佯不問，而密以牒授給賑官，按里核實，一日捕首惡數十人。卒尚欽殺一家三人，懼不免，夜鳴金倡亂，無應者，遂就擒。綰復圖形購首惡數人，軍民乃不復虞詿誤。遂令有司樹木柵，設保甲四隅，創社學，教軍民子弟，城中大安。還朝，列上文武將吏功罪，極詆源清、永。綰以勞增俸一等，璁及兵部庇源清，陰抑綰。綰累疏論，帝亦意嚮之，源清、永卒被逮。綰尋以母憂歸。

十八年，禮官以恭上皇天上帝大號及皇祖謚號，請遣官詔諭朝鮮。時帝方議討安南，欲因以覘之，乃曰：「安南亦朝貢之國，不可以邇年叛服故，不使與聞。其擇大臣有學識者往。」廷臣屢以名上，皆不用。特起綰禮部尚書兼翰林學士爲正使，諭德張治副之。帝方幸承天，趣綰詣行在受命。綰憚往，至徐州，先馳使奏疾不能前，致失期。帝責綰不馳赴行在而舟詣京師爲大不敬，令陳狀，已而釋之。綰數陳便宜，請得節制兩廣雲貴重臣，遣給事御史同事，吏、禮、兵三部擇郎官二人備任使。帝悉從之。最後爲其父母請贈，且援建儲恩例請給誥命如其官。帝怒，褫尚書新命，令以侍郎閒住，使事亦竟寢。久之，卒於家。

綰起家任子，致位卿貳。初附張璁，晚背璁附夏言，時皆以傾狡目之。

（録自張廷玉等撰《明史》卷一百九十七《列傳》第八十五，中華書局二〇〇〇年版，第三四七九至三四八一頁）

明儒學案·尚書黄久庵先生綰傳

（清）黄宗羲

黄綰，字宗賢，號久庵，台之黄岩人。以祖蔭入官，授後軍都事。告病歸，家居十年。以薦起南京都察院經歷。同張璁、桂萼上疏主大禮，升南京工部員外郎，累疏乞休。尚書席書纂修《明倫大典》，薦先生與之同事。起光禄寺少卿，轉大理寺，改少詹事兼侍講學士，充講官。《大典》成，陞詹事，兼侍讀學士。出爲南京禮部右侍郎，轉禮部左侍郎。雲中之變，往撫平之。知乙未貢舉。丁憂。服闋，起禮部尚書兼翰林院學士，充安南正使，以遲緩不行，閒住。遷家翠屏山中，寒暑未嘗釋卷。享年七十有五。

先生初師謝文肅，及官都事，聞陽明講學，請見。陽明曰：「作何工夫？」對曰：「初有志，工夫全未。」陽明曰：「人患無志，不患無工夫可用。」復見甘泉，相與矢志於學。陽明歸越，先生過之，聞致良知之教，曰：「簡易直截，聖學無疑，先生真吾師也，尚可自處於友乎！」乃稱門弟子。

陽明既没，桂萼齮齕之，先生上疏言：「昔議『大禮』，臣與萼合，臣遂直友以忠君。今萼毁臣師，臣不敢阿友以背師。」又以女妻陽明之子正億，携之金陵，銷其外侮。

先生立「艮止」爲學的，謂：「中涉世故，見不誠、非理之異，欲用其誠、行其理，而反羞之。既不羞而任諸己，則憤世疾邪，有輕世肆志之意。於是當毁譽機穽之交作，鬱鬱困心，無所自容，乃始窮理盡性以求樂天知命，庶幾可安矣。久之自相湊泊，則見理、性、天、命皆在於我，無所容其窮、盡、樂、知也，此之謂『艮止』。」

其於《五經》皆有原古。《易》以先天諸圖有圖無書爲伏羲《易》，《彖辭》爲文王《易》，爻辭爲周公《易》，《彖傳》《小象傳》《系辭傳》《文言》《説卦》《序卦》《雜卦》爲孔子《易》。以《大象傳》爲《大象辭》，爲孔子明《先天易》。其卦次序，亦依《先天横圖》之先後。又以孔子《繫辭》言神農、黄帝、堯、舜、周《易》之韞，爲明歷代《易》。又以孔子「始終萬物莫盛乎艮」，以闔户之《坤》，先闢户之《乾》，合《先、後天》而推之，以見夏、商《連山》《歸藏》之次序。《詩》以《南》《雅》《頌》合樂者，次第於先，退十三國於後，去「國風」之名，謂之「列國」。魯之有《頌》，僭也，亦降之爲「列國」。《春秋》則痛掃諸儒義例之鑿，一皆以聖經明文爲據。《禮經》則以身、事、世爲三重，凡言身者以身爲類（容貌之類），凡言事者以事爲類（冠婚之類），凡言世者以世爲類（朝聘之類）。《書》則正其錯簡而已。此皆師心自用，顛倒聖經，而其尤害理者《易》與《詩》。夫《先、後天圖説》，固康節一家之學也，朱子置之别傳，亦無不可。今以《先天諸圖》即爲伏羲手筆，與三聖並列爲經，無乃以草竊者爲正統乎？《大象傳》之次第，又復從之，是使千年以上之聖人，俯首而從後人也。《詩》有《南》《雅》《頌》

及列國之名，而曰「國風」者非古也，此説本於宋之程泰之。泰之取《左氏》季札觀樂爲證，而於《左氏》所云「《風》有《采蘩》《采蘋》」，則又非之，是豈可信？然季札觀樂次第，先《二南》，即繼之以十三國，而後《雅》《頌》。今以《南》《雅》《頌》居先，「列國」居後，將復何所本乎？此又泰之所不取也。

《識余録》言先生「比羅一峰，以傾邃庵」，高忠憲《家譜》言「居鄉豪横」。按，先生規其同門，謂「吾党於學，未免落空」，同門皆敬信無異言，未必大段放倒如是也。

（録自《明儒學案》卷十三《浙中王門學案三·尚書黄久庵先生綰》，載《黄宗羲全集》第七册，浙江古籍出版社二〇〇五年版，第三一八至三二〇頁）